As mais belas histórias da Antiguidade Clássica
Metamorfoses e mitos menores
VOL.1

GUSTAV SCHWAB
Tradução de LUÍS KRAUSZ

As mais belas histórias da Antiguidade Clássica

Metamorfoses e mitos menores
VOL. 1

9ª edição

Paz & Terra
Rio de Janeiro
2023

copyright © 1974 by Verlag Carl Ueberreuter

Título original: Die schönsten Sagen des klassischen Altertums (Viena, Carl Ue-
berreuter, 1974 [1850]).
Fixação de texto: Dra. Ilona Paar
Tradução: Luis Krausz
Capa: Gabinete de artes

Direitos de edição da obra em língua portuguesa no Brasil adquiridos pela EDI-
TORA PAZ E TERRA. Todos os direitos reservados. Nenhuma parte desta obra pode
ser apropriada e estocada em sistema de bancos de dados ou processo similar, em
qualquer forma ou meio, seja eletrônico, de fotocópia, gravação etc., sem a permissão do detentor do copyright.

Editora Paz e Terra Ltda.
Rua Argentina, 171 – Rio de Janeiro, RJ – 20921-380 –
Tel.: (21) 2585-2000
http://www.record.com.br

Seja um leitor preferencial Record.
Cadastre-se e receba informações sobre nossos lançamentos e
nossas promoções.

Atendimento e venda direta ao leitor:
sac@record.com.br

Texto revisado segundo o Acordo Ortográfico da Língua Portuguesa de 1990.

CIP-BRASIL. CATALOGAÇÃO NA FONTE
SINDICATO NACIONAL DOS EDITORES DE LIVROS, RJ

S425m
9ª ed.

Schwab, Gustav Benjamin, 1792-1850
   As mais belas histórias da antiguidade
clássica : metamorfoses e mitos menores /
Gustav Schwab; tradução Luís Krausz. –
9ª ed. – Rio de Janei: Paz e Terra, 2023.
   336 p.; 23 cm. (As mais belas histórias da
antiguidade clássica: os mitos da Grécia e
de Roma; 1)

   Tradução de: Die schönster sagen des
klassischen altertums
   Inclui índice
   ISBN 978-85-7753-323-7

   1. Mitologia grega. I. Krausz, Luís.
II. Título. III. Série.

14-18529

CDD: 292
CDU: 255.2

Impresso no Brasil
2023

Sumário

Prefácio — Paula da Cunha Corrêa   11

METAMORFOSES E MITOS MENORES

Prometeu	17
As idades da humanidade	22
Deucalião e Pirra	24
Io	28
Faetonte	34
Europa	38
Cadmo	43
Penteu	46
Perseu	52
Íon	57
Dédalo e Ícaro	67
Tântalo	71
Pélops	72
Níobe	74
*Actéon	78
*Procne e Filomela	80

---

*Para tornar a presente compilação o mais abrangente possível, foram acrescentados à edição original, pela editora Carl Ueberreuter (4ª ed. ampl., Viena, 1954), catorze mitos, cujos títulos são aqui indicados com asteriscos.

*Zeto e Anfíon	85
*Prócris e Céfalo	87
*Éaco	90
*Filêmon e Báucis	92
*Aracne	95
*Midas	98
*Jacinto	100
Meleagro e a caça ao javali	101
*Atalanta	106
Sísifo e Belerofonte	108
Salmoneu	111
*Os dióscoros	112
*Melampo	115
*Orfeu e Eurídice	119
*Ceíce e Alcíone	122

OS ARGONAUTAS — 126

Jasão e Pélias	126
O início da expedição dos argonautas	127
Os argonautas em Lemnos	129
Os argonautas no país dos dolíones	132
Héracles é deixado para trás	134
Pólux e o rei dos bébrices	136
Fineu e as harpias	137
As Simplégades	139
Jasão no palácio de Eetes	144
Medeia e Eetes	145
O conselho de Argos	148
Medeia promete ajudar os argonautas	150
Jasão e Medeia	151
Jasão realiza a tarefa de Eetes	155
Medeia rouba o Velocino de Ouro	158
Os argonautas fogem com Medeia	160

Viagem de regresso dos argonautas	163
Perseguição pelos cólquidos	167
Últimas aventuras dos heróis	169
O fim de Jasão	174

HÉRACLES 179

Nascimento e juventude de Héracles	179
A educação de Héracles	180
Héracles entre dois caminhos	181
Os primeiros feitos de Héracles	183
Héracles na luta contra os gigantes	185
Héracles e Euristeu	188
A luta contra o leão de Nemeia	189
A Hidra	191
A corça de Cerineia	192
O javali de Erimanto	192
Os estábulos de Augias	194
As estinfálidas	195
O touro de Creta	196
As éguas de Diomedes	197
A expedição contra as amazonas	197
O gado do gigante Gérion	199
As maçãs das hespérides	201
Cérbero, o cão dos Ínferos	203
Héracles e Êurito	206
Héracles e Admeto	207
Héracles a serviço de Ônfale	212
Os feitos heroicos tardios de Héracles	215
Héracles e Dejanira	217
Héracles e Nesso	218
O fim de Héracles	219

OS HERACLIDAS 225

Os heraclidas chegam a Atenas	225
Demofonte	226

Macária	229
A batalha da salvação	230
Euristeu perante Alcmena	233
Hilo e seus descendentes	234
Os heraclidas dividem o Peloponeso	238
Mérope e Épito	239

TESEU 242

Nascimento e juventude do herói	242
A viagem de Teseu para junto de seu pai	244
Teseu em Atenas	246
Teseu em Minos	247
Teseu rei	250
A guerra das amazonas	251
Teseu e Pirítoo	253
A luta dos lápitas e dos centauros	254
Teseu e Fedra	255
Teseu perseguindo as mulheres	259
O fim de Teseu	261

ÉDIPO 264

O assassínio do pai	264
Édipo desposa sua mãe	266
A revelação	268
Édipo e Jocasta penitenciam-se	272
Édipo e Antígona	273
Édipo em Colona	274
Édipo e Teseu	277
Édipo e Creonte	278
Édipo e Polinices	280
O fim de Édipo	281

A GUERRA DE TEBAS — 284

Polinices, Tideu e Adrasto — 284
A partida dos sete contra Tebas — 286
Tebas sitiada — 288
Meneceu — 290
O ataque à cidade — 292
O duelo entre os irmãos — 295
A decisão de Creonte — 297
Antígona e Creonte — 299
Hémon e Antígona — 300
A punição de Creonte — 302
O enterro dos heróis argivos — 303
Os epígonos — 303
Alcméon e o colar — 305

APÊNDICE
OS DEUSES GREGOS E ROMANOS — 309

Os deuses celestes — 309
Os deuses da água — 317
Os deuses da terra — 319
Os deuses dos Ínferos — 320

ÍNDICE ONOMÁSTICO — 323

Prefácio

Paula da Cunha Corrêa

O presente livro constitui a mais célebre obra de Gustav Schwab (1792-1850). Escrito entre 1838-40, surge no período tardio do romantismo alemão, em meio ao crescente interesse pelas sagas populares e mitologia clássica. Característico ao movimento que desponta em meados do século XVIII, liderado por Winkelmann, Herder e Goethe, o renascimento da cultura clássica é evidente nas artes seja com uma inspiração, um modelo, ou um rival a ser superado. Ao mesmo tempo, os estudos clássicos são retomados nas escolas e universidades, aumenta o número de traduções dos textos greco-romanos e, no final do século, F.A. Wolf e seus alunos preparam edições de originais a serem publicados pela primeira vez em grande escala.

Enquanto se busca uma "nova mitologia" que sirva de testemunho ao "espírito do povo alemão" (*Volkgeist*), contexto em que vemos surgir inúmeras antologias de contos e lendas populares reunidos por folcloristas e medievalistas, entre as quais figura a obra fundamental dos irmãos Grimm (*Märchen*, 1812-15; *Deutschen Sagen*, 1816-18), paralelamente, a crítica historicista nos estudos clássicos dedicava-se à reunião e ao ordenamento sistemático das fontes dos mitos gregos,[1] procurando também resgatar nestes as origens das diversas tribos helênicas,

---

1. Cf. C.A. Lobeck (1781-1860) em *Agloaphamus* (1829).

discernindo os supostos fatos reais (históricos) dos imaginários.[2] Estes helenistas, sobretudo Lobeck, opunham-se a outra linha de interpretação vigente na época, a escola que, liderada por Friedrich Creuzer (*Symbolik*, 1810-12) e inspirada no misticismo de J. Görres, ocupava-se das verdades religiosas que se acreditava encontrar expressas de forma simbólica na mitologia de todos os povos.[3] Em seus trabalhos, herdeiros de certa maneira dos alegoristas, Creuzer reúne versões míticas de diversas épocas, ignorando a natureza da tradição oral em que foram criadas. Embora essa abordagem especulativa sobrevivesse até os anos 1840, tendo adeptos como Schelling, foram os historicistas que dominaram por fim os estudos clássicos.[4]

Gustav Schwab, como estudante de filosofia e teologia em Tübingen, associou-se a Uhland, Varnhagen, Kerner e Mayer, integrando-se ao círculo de poetas suábios. Editor de Paul Flemming (1820), tradutor de Lamartine (1826), autor de canções e baladas (*Gedichte*, 1828-38), de uma biografia de Schiller (1839) e de um ensaio sobre *O culto do gênio* (1840), Schwab obteve maior êxito com suas coletâneas de lendas (*Legende von den heiligen drei Königen*, 1827), sagas alemãs (*Deutsche Volksbücher*, 1835) e, principalmente, com esta reunião dos mitos greco-romanos, também chamados por ele de "sagas" (*Die schönsten Sagen des klassischen Altertums*, 1838-40).

Em *As mais belas histórias da Antiguidade Clássica*, costurando com sua prosa ágil as diversas versões míticas que encontramos originalmente espalhadas na literatura clássica, Schwab reconta os mitos das Grécia e Roma antigas com um colorido romântico reconhecível no vocabulário, recorte e ênfase dada a certos elementos. O classicista que tentar identificar as diferentes fontes antigas utilizadas em cada narrativa ficará admirado com a erudição do autor, dado o número de versões reunidas em cada história, e a lisura com a qual ele as une: as emendas são praticamente imperceptíveis.

---

2. K.O. Müller (1797-1840), em *Prolegomena zu einer wissenschafilichen Mythologie (1825)*.
3. W. Burkert, "Griechische Mythologie" em *Les Études Classiques aux XIXéme et XX Siècles*. Hardt. XXVI. Ed. Vandoevres, Genebra, 1979, pág. 162.
4. *Ibidem*, pág. 163.

Mas, neste trabalho, Schwab não visava a leitores especialistas. No final de sua vida, o professor de ginásio queria oferecer à juventude alemã (*unserer vaterländischen Jungend*) uma instrutiva e agradável introdução aos mitos greco-romanos que a fizesse tomar gosto pelos estudos clássicos, levando-a mais tarde à leitura dos originais. E Schwab atingiu sua meta, pois esta versão romanceada dos mitos antigos, originalmente ilustrada por Flaxman, gozou de grande popularidade na Alemanha, sendo usada como manual didático e introdução à mitologia clássica nas escolas até o início do século XX. Assim, *As mais belas histórias da Antiguidade Clássica* foi sua obra de maior influência, responsável pela formação de muitos. Basta-nos citar como exemplo Wagner, que, segundo Rudolf Kassel, a tomou como fonte para diversos mitos.[5]

A tradução brasileira não foi feita a partir do original de 1838-40, mas da edição modernizada em 1974 pela Dra. Ilona Paar. Procurando ser fiel aos objetivos de Schwab, a editora Carl Ueberreuter justifica a adaptação pela necessidade de tornar a prosa novamente acessível à juventude. Trata-se de uma simplificação da sintaxe, apenas nos casos em que o entendimento pudesse ficar prejudicado (como pelas enormes orações participiais); e do vocabulário, quando, a seu ver, este soava exaltado demais para ouvidos modernos. Além disso, tendo em vista uma maior completude, foram adicionados à primeira parte catorze mitos (marcados com asteriscos no índice) que não faziam parte da coletânea original.

Este é o primeiro de três volumes, e o de conteúdo mais variado. Aqui são reunidos "Metamorfoses e mitos menores", a começar pelo mito de Prometeu (um grande favorito dos românticos), o mito hesiódico das gerações humanas e os relativos às origens das tribos gregas (Deucalião e Pirra, Io, Europa, Cadmo, Pélops), entre outros. Além destes, temos ainda neste volume as histórias dos argonautas, de Héracles e os heraclidas, Teseu, Édipo e a guerra de Tebas. O segundo volume resume a saga de Troia (a ira de Aquiles, a guerra e tomada de Troia), e as

---

5. K.O. Müller, *op. cit.*.

histórias dos últimos tantálidas (Agamémnon, Orestes e Ifigênia), cujas fontes principais são respectivamente a *Ilíada* de Homero e a tragédia ática do quinto século. No último volume da coleção, o autor reconta dois poemas épicos, a *Odisseia* de Homero e a *Eneida* de Virgílio, em seus capítulos Odisseu e Eneias.

Hoje, *As mais belas histórias da Antiguidade clássica* permanece como leitura valiosa não apenas para adolescentes, mas também para adultos. Útil para quem procura um primeiro contato com os mitos da Antiguidade clássica (sem a aridez habitual aos manuais de mitologia), as narrativas são também lidas com grande prazer e curiosidade pelos já iniciados, pois é antes de tudo obra de valor literário intrínseco, além de qualquer função didática que possa ter.

METAMORFOSES E MITOS MENORES

PROMETEU

Céu e terra estavam criados. Entre as margens da terra, o mar debatia-se em ondas; dentro dele brincavam os peixes; os pássaros esvoaçavam, gorjeando; a terra estava repleta de animais. Mas não havia ainda nenhuma criatura onde o espírito pudesse alojar-se e de onde pudesse dominar o mundo terrestre. Prometeu, então, chegou à terra. Descendia da antiga geração de deuses que tinham sido destronados por Zeus. Era filho de Jápeto, filho de Urano e da Terra, e sabia que, no seio da terra, dormia a semente dos céus. Por isso apanhou argila, molhou-a com a água de um rio, amassou-a e com ela formou uma imagem à semelhança dos deuses, senhores do mundo. Para dar vida ao boneco de argila, tomou emprestadas às almas dos animais características boas e más e colocou-as no peito do ser humano. Prometeu tinha uma amiga entre os deuses celestes, Atena, a deusa da sabedoria. Ela admirou a obra do filho dos titãs e insuflou naquela imagem semianimada o espírito, o sopro divino.

Foi assim que surgiram os primeiros seres humanos, que logo povoaram a terra. Mas por muito tempo eles não souberam como fazer uso de seus membros, nem da centelha divina que tinham recebido. Embora fossem capazes de enxergar, nada viam; ainda que escutassem, não sabiam ouvir. Vagavam como vultos de sonhos, e não sabiam utilizar-se da criação. Não conheciam a arte de desenterrar pedras e cortá-las; de fazer tijolos de terra queimada; de fazer tábuas da madeira retirada das florestas para construir casas. Rastejavam como formigas em cavernas que a luz do sol não iluminava, sem saber se era inverno, primavera ou verão. Tudo faziam sem plano algum.

Prometeu, então, se aproximou de suas criaturas. Ensinou-as a observar as estrelas que nascem e se põem; descobriu a arte de contar; descobriu a escrita; ensinou-as a subjugar os animais e a usá-los como ajudantes em seu trabalho; habituou os cavalos às rédeas e às carroças; inventou barcos e velas para a navegação. E ensinou a humanidade a enfrentar todas as circunstâncias da vida. Antes não se conheciam medicamentos contra as doenças, nem pomadas para aliviar as dores, nem alimentos nutritivos. Por falta de remédios, os doentes morriam, miseravelmente. Por isso Prometeu ensinou os homens a preparar remédios suaves para curar as doenças.

Ensinou-lhes depois a arte da profecia, interpretando para eles sinais e sonhos. Dirigiu-lhes a visão para as profundezas da terra, fazendo com que ali descobrissem o cobre e o ferro, o ouro e a prata. Ensinou-lhes também todas as artes que tornam a vida mais cômoda.

No céu reinavam, havia pouco tempo, Zeus e seus filhos. Zeus destronara seu pai, Crono, depondo a antiga geração de deuses, da qual também Prometeu descendia.

Agora os novos deuses voltavam suas atenções para a recém-criada humanidade. Dela exigiam honras, oferecendo em troca a sua proteção. Em Mecone, na Grécia, mortais e imortais encontraram-se, e foram determinados os direitos e as obrigações dos seres humanos. Nessa assembleia, Prometeu agiu como advogado de suas criaturas, reivindicando aos deuses que não fizessem exigências exageradas em troca da proteção por eles prometida. Mas aí a esperteza do filho dos titãs o levou a querer enganar os deuses. Em nome de suas criaturas, sacrificou um grande touro, do qual os deuses deveriam escolher o que quisessem. Dos pedaços do animal sacrificado Prometeu fez dois montes. Num deles colocou a carne, as entranhas e a gordura e cobriu-o com a pele do touro. No outro empilhou os ossos, envolvendo-os cuidadosamente com o sebo do animal. E este era o maior monte. Zeus, pai dos deuses, que tudo sabe, percebeu a artimanha e disse:

— Filho de Jápeto, honrado rei, bom amigo, como você dividiu desigualmente a vítima do sacrifício!

Prometeu achou que conseguira enganá-lo. Sorriu e disse:

— Honrado Zeus, maior dentre todos os deuses imortais, escolha a parte que seu coração desejar!

Zeus encolerizou-se em seu coração, mas propositalmente agarrou o monte com o sebo. Quando os ossos descarnados apareceram, ele fez como se só então estivesse descobrindo o engano e disse, enfurecido:

— Bem vejo, amigo japetonida, que ainda não se esqueceu da arte de enganar!

Zeus resolveu vingar-se de Prometeu por esse logro e recusou aos mortais o último dom de que necessitavam para manter-se vivos: o fogo. Mas o astuto filho de Jápeto já sabia o que fazer. Apanhou o longo caule do nártex, aproximou-se com ele da carruagem do Sol, que passava, e assim colocou-o em brasa incandescente. Com esta semente de fogo voltou para a terra, e logo a primeira fogueira lançava as suas chamas em direção ao céu. Zeus irritou-se ao ver o brilho do fogo entre os mortais. Uma vez que não podia mais confiscar-lhes o fogo, concebeu para eles um novo malefício. Pediu a Hefesto, deus do fogo, famoso por sua arte, para fazer-lhe uma estátua de pedra retratando uma linda donzela. A própria Atena, que ficara com ciúmes de Prometeu, trajou aquela escultura com um manto branco e reluzente, cobriu-lhe o rosto com um véu, coroou-lhe a cabeça com flores frescas e cingiu-a com um diadema de ouro ornamentado com desenhos de animais, que Hefesto fizera para agradar a seu pai. Hermes, o mensageiro dos deuses, emprestou a fala à maravilhosa criatura, e Afrodite concedeu-lhe todo o encanto do amor. Então Zeus criou naquela forma perfeita um malefício. Ele chamou sua criatura de Pandora, que significa "a que possui todos os dons", pois cada um dos imortais dera à donzela algum presente maléfico para a humanidade. Em seguida levou a virgem à terra, onde deuses e mortais passeavam. Todos admiraram a beleza incomparável de suas formas. Porém, ela se aproximou de Epimeteu, o ingênuo irmão de Prometeu,[1] para lhe trazer o presente de Zeus. Prometeu o advertira a jamais aceitar nenhum presente de Zeus olímpico, e sim devolvê-lo imediatamente. Mas Epimeteu, não se lembrando dessas palavras, recebeu com alegria a linda donzela, só descobrindo o mal depois que este já se abatera sobre ele. Até então as gerações dos homens, aconselhadas por seu irmão, viviam livres de males, sem dolorosos trabalhos, sem doenças torturantes. A donzela, porém, levava nas mãos o seu presente, um vaso grande, fechado. Diante de Epimeteu, tirou a tampa e do vaso ergueu-se o mal, como uma nuvem negra, espalhando-se pela terra com a rapidez de um raio. Um único dom benéfico estava escondido no fundo do vaso: a esperança. Mas, obedecendo às ordens do pai dos deuses, Pandora tornou a fechar a tampa rapidamente, antes que a esperança pudesse escapar, e com isso ela ficou encerrada ali para sempre. O sofrimento, entrementes, tomando todas as formas, encheu a terra, o ar e o mar. As doenças espalhavam-se dia e noite entre os homens, terríveis e silenciosas, pois Zeus não lhes concedera voz. A febre grassava na terra, a morte apressava o passo, esvoaçante.

Em seguida Zeus vingou-se do próprio Prometeu. Entregou seu inimigo a Hefesto e a seus servidores, Crato e Bia (a força e a violência). Eles o levaram para o deserto da Cítia, e lá ele foi preso à parede de um terrível abismo com correntes inquebráveis, num penhasco da montanha do Cáucaso. Hefesto cumpriu de má vontade as ordens de seu pai, pois amava aquele parente, filho de titãs e descendente, como ele, do bisavô Urano. Mas os rudes serviçais que realizaram o terrível trabalho o reprovaram por suas palavras repassadas de piedade.

E assim Prometeu ficou preso ao rochedo, de pé, sem dormir, incapaz de dobrar os joelhos cansados.

---

1. Prometeu significa "aquele que pensa antes, o prevenido". Epimeteu, "o que pensa depois."

— Seus lamentos e suspiros hão de ser em vão — disse-lhe Hefesto —, pois as decisões de Zeus são irrevogáveis. Todos os que estão reinando há pouco tempo[2] têm o coração duro.

A tortura do prisioneiro, efetivamente, deveria durar para sempre, ou por trinta mil anos. Embora ele gritasse alto, chamando como testemunhas de sua dor os ventos, as correntes, as fontes e as ondas do mar, a Terra, mãe de tudo, e o Sol, que tudo vê, Prometeu permaneceu com o espírito inabalado.

— O que foi resolvido pelo Destino — disse ele — precisa ser suportado por aquele que aprendeu a reconhecer a força inexorável da necessidade.

E também permaneceu impassível ante as ameaças de Zeus, que queria forçá-lo a dar uma interpretação mais clara da profecia segundo a qual o senhor dos deuses haveria de ser derrubado em consequência de um novo casamento.[3] Zeus manteve a palavra e mandou pôr sobre o prisioneiro uma águia para lhe devorar diariamente o fígado, que sempre voltava a reconstituir-se. O sofrimento não haveria de terminar enquanto não aparecesse um homem disposto a morrer em seu lugar.

Por fim, também para esse desafortunado, chegou o dia da redenção. Depois que ele passara muitos anos atado ao penhasco, sofrendo terrivelmente, Héracles, a caminho do jardim das Hespérides, passou por ali. Ao ver como a águia devorava o fígado do infeliz, pousou no chão a clava e a pele de leão, empunhou o arco e desfechou uma flecha contra a terrível ave, abatendo-a. Em seguida, soltou as correntes e levou o liberto consigo. Mas, para que a exigência do rei dos deuses fosse satisfeita, ofereceu em seu lugar o centauro Quíron, que estava disposto a morrer no lugar de Prometeu, pois antes ele fora imortal.[4]

---

2. Zeus derrubara Crono (Saturno), seu pai, e com ele a antiga dinastia de deuses, apoderando-se do Olimpo com violência. Jápeto e Crono eram irmãos, Prometeu e Zeus, primos-irmãos.
3. Com Tétis, pois a ela fora profetizado que haveria de gerar um filho mais forte do que o seu próprio pai. Por isto, mais tarde, Zeus a casou com o herói mortal Peleu, fazendo com que desse à luz o esplêndido Aquiles.
4. Veja Héracles, p. 202-203

Entretanto, para que a sentença de Zeus fosse cumprida, Prometeu teria de usar no dedo um anel com uma pequena pedra retirada daquele penhasco. Só assim Zeus poderia gabar-se de que seu inimigo continuava preso ao Cáucaso.

As idades da humanidade

Os primeiros homens criados pelos deuses formavam uma geração de ouro. Enquanto Crono (Saturno) reinava no céu, eles viviam sem preocupações. Eram muito parecidos com os deuses, sem os sofrimentos do trabalho e sem problemas. A terra lhes oferecia todos os seus frutos em abundância, nos úberes campos pastavam rebanhos esplêndidos, e as atividades do dia eram feitas com tranquilidade. Também não conheciam os sofrimentos causados pelo envelhecimento e, chegada a hora de morrer, simplesmente adormeciam num sono suave.

Quando, por determinação do destino, essa geração desapareceu, eles se transformaram em devotos deuses protetores que, ocultos em espessa neblina, vagavam pela terra. Eram eles os doadores de tudo o que há de bom, protetores da justiça e vingadores de todas as transgressões.

Em seguida, os imortais criaram uma segunda geração de homens, de prata, mas esta não se assemelhava à primeira nem quanto à forma do corpo, nem quanto à mentalidade. Por cem anos as crianças cresciam, ainda imaturas, sob os cuidados maternos, na casa dos pais, e quando chegavam à adolescência só lhes restava pouco tempo de vida. Atos irracionais precipitaram esta segunda humanidade na miséria, pois os homens não eram capazes de moderar as suas paixões e, arrogantes, cometiam crimes uns contra os outros. Os altares dos deuses também já não eram honrados com agradáveis oferendas. Por isso Zeus retirou essa geração da terra, pois não lhe agradava a sua falta de respeito para com os imortais. Ainda assim, esses seres humanos tinham tantas qualidades, que, depois de terminada sua vida terrena, receberam a honra de poder vagar pela terra como *dáimones* mortais.

E então Zeus pai criou uma terceira geração de homens, de bronze. Esta também não se assemelhava à geração de prata: eram cruéis, violentos, só conheciam a guerra e só pensavam em prejudicar os outros. Desprezavam os frutos da terra e alimentavam-se só da carne de animais. Sua teimosia era adamantina, seus corpos, gigantescos. Suas armas eram de bronze, suas moradias eram de bronze, com o bronze cultivavam os campos, pois ainda não existia o ferro. Brigavam uns com os outros, mas, embora fossem grandes e terríveis, nada podiam contra a morte e, partindo da clara luz do sol, desciam para a terrível escuridão das profundezas.

Depois que essa geração também submergiu no seio da terra, criou Zeus uma quarta geração, que deveria habitar na terra fértil. Era mais nobre e mais justa do que a anterior, a geração dos heróis divinos, que o mundo conhecera também como semideuses. Mas encontraram o seu fim no conflito e na guerra. Uns tombaram diante dos sete portões de Tebas, onde lutaram pelo reino do rei Édipo; outros nos campos que circundam Troia, onde chegaram em grande número por causa da bela Helena. Quando terminaram, com lutas e sofrimentos, sua vida sobre a terra, Zeus pai designou-lhes como moradia as Ilhas dos Bem-aventurados, que se encontram no Oceano, às margens do Éter. Ali levam uma vida feliz, sem preocupações, e o solo fértil lhes fornece, três vezes por ano, frutas doces como o mel.

"Ah", suspira o antigo poeta Hesíodo, que narra o mito das idades da humanidade, "quisera eu não ser um membro da quinta geração de homens, que surgiu agora, quisera eu ter morrido antes ou nascido mais tarde! Pois esta geração é a do ferro! Totalmente arruinados, estes homens não têm sossego de dia ou de noite, cheios de queixas e de problemas, e os deuses sempre lhes enviam novas e devoradoras preocupações. Porém eles mesmos são a causa dos seus piores males. O pai é inimigo do filho, assim como o filho o é do pai. O hóspede odeia o amigo que o hospeda, o companheiro odeia o companheiro, e também entre os irmãos já não há, como antes, um amor cordial. Nem mesmo os cabelos grisalhos dos pais são respeitados, e frequentemente eles são obrigados a suportar maus-tratos. Homens cruéis! Não pensam nos juízos dos deuses quando recusam aos velhos pais a gratidão pelos cuidados que lhes prestaram? Em toda parte prevalece o direito da força, e os homens só pensam em como fazer para destruir as cidades de seus vizinhos. O correto, o justo e o bom não são considerados, só o que engana é estimado. Justiça e moderação não valem mais nada, o mau pode ferir o nobre, dizer palavras enganosas e calúnias, jurar em falso. É por isto que esses homens são tão infelizes. As deusas do pudor e do respeito, que até então ainda podiam ser vistas sobre a terra, agora cobrem entristecidas os belos corpos com roupas brancas e abandonam a humanidade, fugindo para reunir-se aos deuses eternos. Aos mortais só resta a miséria desesperada, e não há esperança de salvação."

Deucalião e Pirra

Quando vivia sobre a terra a geração do bronze, Zeus, o soberano do mundo, inteirou-se de suas terríveis transgressões e decidiu percorrer a terra em forma humana. Mas descobriu que a realidade era ainda pior do que faziam supor os rumores que corriam. Num final de tarde, quando já escurecia, ele chegou à nada hospitaleira morada do rei Licáon, da Arcádia, cuja crueldade era famosa. Com gestos milagrosos mostrou que era um deus, e a multidão ajoelhou-se à sua frente. Mas Licáon riu-se desse gesto piedoso.

— Vamos ver se ele é um mortal ou um deus — disse.

E em segredo resolveu que, à meia-noite, quando seu hóspede estivesse dormindo profundamente, ele o mataria. Mas antes assassinou um pobre homem — um refém que lhe fora enviado pelo povo de Molosso —, cozeu em água fervente ou assou-os ao fogo seus membros, e serviu-os ao hóspede no jantar. Zeus, que vira tudo, levantou-se da mesa, indignado, e desferiu o raio da vingança contra a fortaleza do infiel. O rei fugiu para o campo aberto. O primeiro grito de dor que soltou foi um uivo. Suas roupas transformaram-se em pelo espesso, seus braços transformaram-se em pernas, e o rei se viu transformado num lobo sanguinário.

Zeus voltou para o Olimpo, aconselhou-se com os deuses e decidiu exterminar a cruel raça dos homens. Já estava pronto para lançar seus raios sobre toda a terra, mas o receio de que o éter pudesse incendiar-se e o eixo do mundo arder impediu-o de fazê-lo. Deixou de lado a cunha dos trovões, forjada para ele pelos ciclopes,[5] e decidiu mandar dos céus uma enchente sobre toda a terra, para destruir os mortais pela água. Os ventos foram trancafiados na caverna de Éolo, só o Vento Sul foi solto. Com as asas escorrendo, ele voou para a terra; seu rosto assustador estava coberto de atra escuridão, as barbas lhe pesavam por causa das nuvens e de seus cabelos brancos jorrava a enchente. A Neblina pairava-lhe sobre a testa e a água lhe corria do peito. O Vento Sul invadiu os céus, agarrou as nuvens e começou a espremê-las. Os trovões ribombaram, uma enchente precipitou-se do céu, as plantações curvaram-se sob a tempestade furiosa, frustrando as esperanças dos agricultores e inutilizando o penoso trabalho de um ano inteiro. Também Posídon, irmão de Zeus, ajudou-o na destruição. Reuniu todos os rios, e disse:

— Façam com que as suas ondas rompam todos os limites, derrubem as casas, arrebentem todos os diques!

Os rios cumpriram as suas ordens, e o próprio Posídon fendeu, com o seu tridente, a superfície da terra, flanqueando o caminho para as enchentes.

E assim os rios inundaram as ravinas e os campos, destruindo pomares, templos e casas. Mesmo que algum palácio permanecesse em pé, a água não tardava a cobrir os seus telhados, e as torres mais elevadas desapareciam sob a enchente. Logo se tornou impossível

---

5. Os gigantescos filhos de Urano e Geia, de um só olho, ajudantes de Hefesto, o deus da forja. Sua oficina normalmente era imaginada no interior do Etna. De espécie totalmente diversa são os ciclopes que surgem no mito de Odisseu (Ulisses).

distinguir entre o mar e a terra, tudo era um oceano infindo e sem margens. As pessoas tentavam salvar-se como podiam. Uns subiam as montanhas, outros embarcavam em canoas, remando sobre o telhado submerso de suas casas ou sobre as colinas de seus vinhedos, de maneira que resvalavam por elas. Os peixes nadavam entre os galhos. Javalis em fuga eram tragados pela enchente, povoações inteiras arrastadas pela água, e os que eram poupados pelas águas morriam de fome, sofrendo terrivelmente sobre os picos desertos das montanhas. Dois picos de um alto monte ainda apareciam, sobre as águas, na Fócida. Era o Parnaso. Foi para lá que Deucalião, filho de Prometeu, dirigiu-se. Ele recebera uma advertência e construíra uma barca com sua esposa, Pirra. Jamais houve homem ou mulher que superasse esses dois em justiça e temor aos deuses. Depois que Zeus terminou de inundar o mundo, e dos milhares e milhares de casais humanos só restava um com vida, ambos inocentes, ambos fiéis aos deuses, ele soltou o Vento Norte. Este dissolveu as negras nuvens e afastou a neblina, voltando a mostrar a terra ao céu e o céu à terra. Também Posídon, o príncipe das águas, baixou o seu tridente, acalmando a inundação. O mar voltou a ter margens, os rios tornaram aos seus leitos, florestas ressurgiram das profundezas, com as copas das árvores cobertas de lodo. Novamente se viram as montanhas, e, por fim, a enchente libertou também as planícies.

Deucalião olhou à sua volta. A terra estava destruída, coberta por um silêncio mortal. Lágrimas rolaram-lhe pelas faces, e ele disse à sua mulher:

— Amada! Esquadrinhando toda a terra, em todas as direções e tão longe quanto a minha vista pode alcançar, não vejo vivalma. Nós dois somos os únicos seres humanos sobre a terra. Todos os demais afogaram-se na enchente. Mas também não sabemos se permaneceremos vivos. Cada nuvem que vejo me assusta. Mesmo que todos os perigos tenham se acabado, que faremos sozinhos sobre a terra erma? Ah!, se meu pai Prometeu me tivesse ensinado a arte de criar seres humanos, e de dar vida e alma a esculturas de argila!

Assim falava ele, e o casal desvalido pôs-se a chorar. Então ajoelharam-se diante de um altar semidestruído da deusa Têmis,[6] suplicando:

— Diga-nos, ó deusa, de que maneira recriaremos a nossa espécie extinta! Oh!, ajude a terra submersa a renascer!

— Deixem meu altar — ecoou a voz da deusa —, cubram a cabeça com um véu, soltem seus cintos e atirem os ossos de sua mãe atrás das costas!

Por algum tempo os dois ficaram admirados com essas enigmáticas palavras. Pirra foi a primeira a romper o silêncio:

— Perdoe, ó nobre deusa, se com temor me nego a obedecer-lhe, pois não quero ofender a sombra de minha mãe espalhando os seus ossos!

Mas Deucalião teve uma iluminação súbita e acalmou a esposa com as seguintes palavras:

— Se não me engana a minha inteligência, as palavras da deusa não contêm nenhuma transgressão! Nossa mãe é a terra, os seus ossos são as pedras, e são estas, Pirra, que nós devemos jogar por cima das nossas costas!

Durante um bom tempo os dois continuaram duvidando da justeza dessa interpretação. Mas resolveram fazer uma tentativa. Então afastaram-se, cobriram a cabeça, tiraram o cinto e, conforme lhes fora ordenado, lançaram as pedras atrás de si. Aconteceu então um grande milagre: as pedras começaram a perder a dureza e a aspereza, tornaram-se maleáveis, cresceram e tomaram forma. Começaram a aparecer formas humanas, mas não definidas, e sim imagens grosseiras. Assemelhavam-se a esculturas que um artista começa a fazer a partir de um bloco de mármore. Porém aquilo que as pedras contêm de água e de terra transformou-se em carne; o que era inflexível e rijo transformou-se em ossos, as veias das pedras permaneceram como veias. E assim, com a ajuda da deusa, as pedras lançadas pelo homem logo tomaram forma de homens, as lançadas pela mulher, forma de mulheres. E ainda hoje

---

6. A benéfica e profética deusa da justiça, da ordem e dos costumes.

a humanidade não nega essa sua origem. É uma espécie dura, que se presta ao trabalho. E a cada instante nos lembra de onde surgiu.

Mais tarde Pirra teve de Deucalião um filho, Hélen, o patriarca dos helenos (isto é, os gregos). Seus filhos foram Éolo, Doro e Xuto. É deles que descendem os eólios e os dórios. Sobre Xuto, comparar o mito de Íon, p. 57.

Io

Ínaco, o antigo príncipe fundador e rei dos pelasgos, tinha uma belíssima filha chamada Io. O libidinoso olhar do soberano do Olimpo caíra sobre a moça num dia em que ela pastoreava os rebanhos de seu pai na planície de Lerna. Zeus a amava. Tomou a forma humana e começou a seduzi-la com adulações tentadoras.

— Ó donzela, feliz será aquele que vier a possuí-la. Mas nenhum mortal é digno de você, que bem merece ser a noiva do maior dos deuses! Pois saiba que sou Zeus. Não fuja de mim! O calor do meio-dia está ardente. Venha comigo, a sombra da mata nos convida. Por que ficar se torturando no calor do dia? Não tema entrar na floresta escura. Eu vou protegê-la, eu, o deus que empunha o cetro dos céus e que lança os raios sobre a terra.

Porém a donzela fugiu tão rápido quanto era capaz, e teria escapado se o deus não tivesse abusado de seu poder, envolvendo toda a terra em profunda escuridão. A fugitiva foi rodeada por uma espessa neblina e logo, vendo-se impedida de avançar, parou, temendo bater em algum rochedo ou cair em algum rio. Foi assim que a infeliz Io caiu nas mãos do deus.

Hera, a mãe dos deuses, havia tempos que estava acostumada com a infidelidade de seu marido. Ele afastara-se de seu amor, voltando-se para o das filhas dos semideuses e dos mortais. Sempre desconfiada, ela observava atentamente os passos de Zeus sobre a terra. E assim, para sua grande surpresa, percebeu como o dia subitamente desaparecera sob uma grossa camada de neblina, em meio à qual não era possível distinguir nada, e viu que aquilo não poderia ter tido uma causa natural. Hera então lembrou-se de seu marido infiel. Procurou-o por todo o Olimpo e não o encontrou.

— Se eu não estiver totalmente enganada — disse ela, furiosa —, estou sendo novamente traída por meu marido!

Envolta numa nuvem, desceu para a terra e ordenou à neblina, que ocultava o sedutor e sua vítima, que desaparecesse.

Zeus já suspeitava da chegada de sua esposa e, para salvar sua amada da vingança de Hera, rapidamente transformou a bela filha de Ínaco numa linda e branca vaca. Mas também nesta forma a graciosa donzela continuava linda. Hera, que logo percebeu a astúcia do marido, elogiou o belo animal e, fingindo nada saber, perguntou a quem a vaca pertencia e de que rebanho era. Naquela emergência, Zeus recorreu a uma mentira, afirmando que a vaca era descendente da terra. Hera deu-se por satisfeita com a explicação, mas pediu que o marido lhe desse de presente o belo animal. O que o enganador enganado poderia fazer? Se lhe entregasse a vaca, perderia a sua amada, se a recusasse, despertaria as suspeitas da esposa, que certamente haveria se de vingar cruelmente da infeliz. Então decidiu abdicar, por um momento, da donzela, entregando à esposa a magnífica vaca. Aparentemente satisfeita com o presente, Hera atou uma corda em torno do pescoço do belo animal, levando, em triunfo, a infeliz. Em seguida procurou Argos, o filho de Arestor, um monstro que lhe parecia especialmente adequado para esse serviço. Argos tinha cem olhos na cabeça, dos quais sempre só dois se fechavam quando ele estava cansado, enquanto os demais permaneciam vigilantes.

O monstro foi designado por Hera como vigia da pobre Io, para que seu marido Zeus não pudesse raptar a amada que lhe fora arrancada. Sob seus cem olhos, Io poderia pastar, durante o dia, numa abundante pastagem, mas Argos permanecia o tempo todo perto dela, vigiando. Tinha-a diante dos olhos até mesmo quando lhe dava as costas. Mas, quando o sol se punha, ele a trancafiava, atando-lhe o pescoço com pesadas correntes. Ervas amargas e folhas de árvores eram o seu alimento, seu leito era o chão duro, sequer coberto de folhas, e ela bebia água de poças lamacentas. Io esquecia com frequência que já não era um ser humano. Para suplicar piedade, queria estender os braços a Argos, mas então se lembrava de que já não tinha braços. Queria fazer-lhe súplicas tocantes, mas de sua boca saía um rugido que a assustava.

Porém Argos não permanecia com ela sempre no mesmo local. Fazendo com que Io mudasse frequentemente de lugar, Hera queria afastá-la do marido. Por isso, seu vigia percorria as terras com ela, e foi assim que ela chegou a sua antiga cidade natal, às margens do rio onde, durante sua infância, tantas vezes brincara. Foi então que ela viu, pela primeira vez, sua imagem na água. Quando a cabeça de animal com chifres a olhou da água, ela recuou, horrorizada. Cheia de saudades, buscou aproximar-se de suas irmãs, de seu pai Ínaco, contudo eles não a reconheceram. Ínaco acariciou o belo animal, oferecendo-lhe folhas arrancadas de um arbusto. Agradecida, Io lambeu-lhe a mão, cobrindo-a de beijos e lágrimas. Mas o velho não tinha ideia de quem era aquela que ele acariciava e que também o acariciava.

Por fim, Io, cujo espírito não fora alterado com a transformação, teve um pensamento salvador. Começou a desenhar letras com os cascos, chamando assim a atenção do pai, que logo leu na terra que tinha à sua frente a sua própria filha.

— Pobre de mim! — exclamou o velho, abraçando o pescoço de sua infeliz filha —, é assim que tenho que reencontrar você, depois de procurá-la por todas as terras? Pobre de mim, estava sofrendo menos enquanto a procurava do que agora, quando a encontrei. Você permanece calada? Não é capaz de me dizer nenhuma palavra de consolo, só consegue me responder com mugidos? Que tolo sou, pensava em como fazer para encontrar-lhe um marido digno, só pensava na tocha matrimonial e no casamento. Porém agora você é parte de um rebanho...

Mas Argos, o cruel vigia, não deixou que o pai continuasse com seus lamentos: puxou Io e a levou embora dali. Galgou, então, o pico de uma montanha e, com seus cem olhos atentos, olhava em todas as direções.

Zeus já não conseguia suportar os sofrimentos da donzela. Chamou seu filho Hermes e ordenou-lhe empregar sua astúcia. Hermes apanhou seu cetro sonífero, abandonou o palácio de seu pai e dirigiu-se à terra. Ali chegando, tirou o chapéu e as asas, ficando só com o bastão. Parecia um pastor. Chamou cabras para junto de si e conduziu-as a pastagens distantes, onde Io pastava, vigiada por Argos. Apanhou, então, uma flauta de pastor, chamada pelos gregos de siringe, e começou a tocar de maneira encantadora, como nenhum pastor mortal era capaz. Argos alegrou-se com aquele som agradável, ergueu-se de seu lugar sobre o morro e exclamou:

— Seja bem-vindo, seja você quem for, ó tocador de flauta. Venha descansar aqui perto de mim, neste morro. Não há, em nenhuma parte, grama mais opulenta para o gado do que aqui, e veja que sombra agradável estas árvores oferecem!

Hermes lhe agradeceu, subiu o morro e sentou-se ao lado do vigia. Começou a conversar com ele, e logo já estavam tão entretidos na conversa que o dia já findava sem que Argos sequer percebesse. Seus vários olhos começavam a ficar sonolentos, e então Hermes voltou a apanhar sua flauta, tentando usar sua música para adormecê-lo totalmente. Porém Argos, temendo o ódio de sua senhora, caso ele deixasse de vigiar a prisioneira, lutava contra o sono e, quando uma parte de seus olhos cochilava, ele se concentrava e permanecia desperto com a outra parte. Como a flauta de tubos fora há pouco tempo inventada, ele perguntou sobre a origem daquele instrumento.

— Conto-lhe com prazer — disse Hermes —, se nesta hora tão tardia você ainda tiver paciência para me ouvir. Nas montanhas nevadas da Arcádia vivia uma famosa hamadríade (ninfa das árvores) chamada Siringe. Os deuses da floresta e os sátiros estavam encantados com a sua beleza e a perseguiam havia tempo, cortejando-a; ela, porém, sempre conseguia escapar-lhes. Ela queria evitar o casamento e queria permanecer solteira, assim como Ártemis, com quem partilhava o amor pela caça. Por fim o poderoso deus Pã, numa de suas expedições por aquelas florestas, viu a ninfa, aproximou-se dela e lhe pediu a mão impetuosamente, orgulhoso de sua alta posição. Mas a ninfa o desprezou, como aos outros, e fugiu, atravessando estepes desertas. Por fim, ela chegou às águas mansas do rio Ládon. Mas o rio era fundo demais para que ela pudesse atravessá-lo. Ela então invocou sua protetora, a deusa Ártemis, pedindo-lhe que se apiedasse dela. Mas enquanto isso, o deus chegou, voando, e abraçou a ninfa, que esperava na margem do rio. Como ele se assustou ao ver que tinha nas mãos apenas uma vara de junco! Seus suspiros dolorosos eram amplificados e transformados por aquele tubo. E o encanto desse som agradável consolou o deus logrado. "Pois bem, ninfa metamorfoseada", exclamou ele, com nova alegria, "também a nossa ligação será indissolúvel!" E da vara de junco cortou vários tubos, de comprimentos diferentes, colando-os uns aos outros com cera, e chamou a flauta de doces sons com o nome da querida hamadríade. E desde então a flauta dos pastores se chama siringe.

Enquanto contava essa história, Hermes mantinha os olhos fixos no monstro de cem olhos. Ainda não tinha terminado a história quando viu que os olhos do monstro se fechavam, um depois do outro, e por fim todos tinham mergulhado num sono profundo. O mensageiro dos deuses, então, baixou o tom da voz, tocou com o seu bastão mágico, uma depois da outra, as cem pálpebras fechadas, reforçando assim o entorpecimento. E então, enquanto Argos estava mergulhado num sono profundo, Hermes agarrou apressadamente sua espada, escondida sob seu manto de pastor, e lhe perfurou o pescoço.

Io estava liberta. É verdade que permanecia em forma de vaca, mas, livre, correu, fugindo dali. Porém o que se passara na terra não escapara da vista de Hera. Ela concebeu uma nova tortura para a sua rival, mandando sobre ela um moscardo que enlouquecia com suas picadas a pobre criatura. A angustiada Io foi tocada pela terra inteira, para os citas no Cáucaso, para o povo das amazonas, para o Bósforo da Ciméria e para o mar Meótico,[7] e de lá para a Ásia, e por fim, de-

---

7. O Bósforo da Ciméria teria recebido daí o seu nome, que em grego significa "Passagem

pois de uma louca e desesperada corrida, para o Egito. Às margens do Nilo, as patas dianteiras de Io dobraram-se de exaustão e, inclinando para trás o pescoço, ela ergueu os olhos suplicantes em direção ao Olimpo. Zeus ficou comovido com aquele olhar. Correu para junto da esposa, abraçou-a e suplicou misericórdia para com a pobre donzela, que era inocente. Jurou, diante das águas do Estige, a água dos Ínferos perante a qual os deuses prestam juramentos, que não mais perseguiria a donzela com seu amor.

Ao mesmo tempo, Hera ouvia os lamentos súplices da vaca, que se erguiam em direção ao Olimpo. E então a mãe dos deuses deixou-se convencer e permitiu que seu marido restituísse a Io o corpo humano. Zeus correu para junto do Nilo. Afagou as costas da vaca com a mão, e o que aconteceu então foi um milagre: os pelos desapareceram do corpo do animal, os chifres sumiram, os olhos se estreitaram, a boca encolheu-se, transformando-se em lábios, ombros e mãos reapareceram, e os cascos desapareceram. A única coisa que restou da vaca foi o seu belo alvor. Em sua forma original, Io levantou-se do chão, erguendo-se em toda a sua beleza.

Às margens do Nilo, Io deu à luz Épafo, filho de Zeus. E, como o povo honrasse aquela mulher maravilhosamente transformada e salva como a uma deusa, ela reinou como princesa por muito tempo sobre aquele país. Mas apesar disso, ela não foi inteiramente poupada do ódio de Hera. Pois esta incitou a selvagem raça dos curetes a raptar seu jovem filho Épafo, e então Io foi obrigada a empreender uma nova migração para procurá-lo. Por fim, depois que Zeus fulminou os curetes com o seu raio, ela reencontrou o filho que lhe fora raptado na fronteira da Etiópia. Com ele voltou para o Egito e reinou a seu lado. Ele se casou com Mênfis, que lhe deu Líbia, da qual a terra da Líbia tem o nome. Após sua morte, mãe e filho passaram a ser honrados como os deuses Ísis e Ápis nos templos.

---

do Boi". O mar Meótico é o mar de Azov com a península da Crimeia, que na Antiguidade era chamada de Táurida e que era habitada pelos cimérios.

O filho de Líbia era Belo. Além de outros filhos, ele teve dois rapazes, Egito e Dânao, que se tornaram príncipes poderosos. Egito teve cinquenta filhos, os egipcíadas, e Dânao o mesmo número de filhas, as danaides. Fugindo da perseguição dos egipcíadas, Dânao dirigiu-se com suas filhas para Argos, no Peloponeso. Ali, na terra de origem de sua antepassada Io, construiu a fortaleza de Argos e escavou o primeiro poço, fazendo com que, em sinal de gratidão, os argivos o elegessem rei. Mas pouco depois vieram os cinquenta filhos de Egito, para cortejar as danaides, por causa de suas riquezas. Dânao deu o seu consentimento, mas na noite seguinte à do casamento, as danaides, incitadas por ele, mataram os maridos. Só um, Linceu, foi poupado por sua carinhosa esposa Hipermnestra. Mas as assassinas, depois de sua morte, foram punidas nos Ínferos pelo crime que cometeram, sendo condenadas a carregar água eternamente num barril furado.

Faetonte

A fortaleza do deus-sol era construída sobre esplêndidas colunas. E brilhava, coberta de reluzente ouro e flamejantes rubis. O frontão superior era emoldurado por marfim alvo e brilhante, e os portões duplos eram de prata, ornamentados com impressionantes relevos, retratando acontecimentos maravilhosos. Foi nesse palácio que entrou Faetonte, filho de Hélio, o deus-sol, pedindo para falar com seu pai. Parou a uma certa distância, pois mais perto já não era possível suportar a luz forte. Hélio, vestido com um manto púrpura, estava sentado sobre o seu trono, ornamentado com esmeraldas. À sua direita e à sua esquerda estava o seu séquito, o Dia, o Mês, o Ano, os Séculos e as Horas. Do outro lado a Primavera, com suas coroas de flores, o Verão com suas espigas de cereais, o Outono com uma cornucópia cheia de uvas e o Inverno com seus cabelos brancos como a neve. Hélio, sentado no meio destes, logo percebeu o rapaz, impressionado com este cenário magnífico.

— Que o traz ao palácio de seu pai, meu filho? — perguntou ele.

Faetonte respondeu:

— Honrado pai, na terra todos me ridicularizam e repreendem minha mãe Clímene. Afirmam ser falsa a minha origem divina, dizendo que sou filho bastardo, de um pai desconhecido. É por isso que estou aqui, para pedir-lhe um sinal que prove a todos na terra que eu sou seu filho.

Hélio então tirou os raios que brilhavam em torno de sua cabeça e ordenou ao jovem que se aproximasse. Abraçou-o, então, e disse:

— Sua mãe Clímene disse a verdade, meu filho, e eu jamais haverei de renegá-lo. Mas para que você não tenha mais dúvidas, peça algum presente: juro pelas águas do Estige, o rio dos Ínferos, que vou realizar o seu desejo.

Faetonte, mal seu pai havia pronunciado essas palavras, disse:

— Então satisfaça ao meu desejo mais ardente: confie-me, por um só dia, a condução de sua carruagem alada.

Susto e arrependimento logo se expressaram nas faces do deus. Três ou quatro vezes ele balançou a cabeça, e por fim exclamou:

— Oh, filho! Quisera eu poder voltar atrás em minha promessa! Você está me pedindo algo para o que as suas forças não bastam; você é jovem demais, é mortal! Você almeja mais do que os outros deuses são capazes de obter. Pois, além de mim, nenhum deles é capaz de equilibrar-se sobre o eixo incandescente. O caminho que minha carruagem percorre é íngreme, e só com muito esforço é que, ao amanhecer, meus cavalos são rapazes de galgá-lo. O meio do caminho é bem no alto, no meio do céu. Acredite, quando estou sobre o meu carro, a uma tal altura, eu mesmo frequentemente sou tomado de vertigem, vendo lá longe, nas profundezas, o mar e a terra. E no final o caminho desce abruptamente, e precisa de uma condução segura. Até mesmo a deusa do mar, que me recebe em suas ondas, frequentemente teme que eu me espatife nas profundezas. Lembre-se de que o céu se move num ímpeto constante, e que preciso viajar em sentido contrário ao desse movimento circular. E como é que você haveria de conseguir isso, mesmo se lhe emprestasse a minha carruagem? Por isso, querido filho, volte atrás em seu pedido enquanto ainda é tempo. Peça o que quiser de todas as riquezas dos céus e da terra, mas não isso. Juro pelas águas do Estige que lho darei.

Mas o jovem insistia em seu pedido, e o pai prestara o juramento sagrado. Assim ele tomou o filho pela mão e o conduziu à carruagem solar. O eixo e as rodas da carruagem eram de ouro, os raios das rodas, de prata, e na canga reluziam pedras preciosas. Enquanto Faetonte admirava o esplêndido trabalho, no oriente despertava a aurora. As estrelas desapareciam, assim como a Lua.

Hélio então ordenou às aladas Horas que atrelassem os cavalos, e elas conduziram os reluzentes animais de seus esplêndidos estábulos, cheios de ambrosia, colocando neles os belíssimos arreios. Enquanto isso, o pai cobria o rosto do filho com uma pomada sagrada, para que sua pele pudesse suportar as chamas ardentes. Em volta da cabeça colocou seus raios, mas suspirou e disse, num tom de advertência:

— Filho, devagar com o chicote; seja atento com as rédeas, pois os cavalos correm sozinhos e é difícil controlá-los. Não se incline demais para baixo, senão a terra se incendeia; não suba alto demais, senão você queimará o céu. Vamos! A escuridão está desaparecendo, tome as rédeas nas mãos, ou pense; mais uma vez, ainda é tempo; deixe a carruagem para mim, deixe-me conceder a luz à terra e fique como espectador.

O jovem parecia nem ouvir as palavras do pai. Saltou sobre a carruagem, agarrou as rédeas cheio de alegria e agradeceu apressadamente ao preocupado pai. Os quatro cavalos alados encheram o ar com relinchos fogosos e seus cascos bateram contra as barras. Tétis, a avó de Faetonte,[8] que nada sabia do destino do neto, abriu os portões. O mundo, em meio ao espaço infinito, estendia-se diante do olhar do jovem. Os cavalos começaram a galgar seu caminho, dissipando a neblina matinal que se encontrava à sua frente.

Enquanto isso, os cavalos sentiam que não estavam levando a sua carga habitual e que a carruagem estava mais leve do que de costume.

---

8. Ela era esposa de Oceano e mãe de Clímene, a mãe de Faetonte.

Assim como os navios oscilam no mar quando lhes falta lastro, também a carruagem dava saltos pelo ar, balançando como se estivesse vazia. Quando os cavalos perceberam isso, deixaram seu caminho habitual. Faetonte estremeceu. Não sabia como dirigir as rédeas, já não conseguia encontrar o caminho nem sabia o que fazer para domar os cavalos selvagens.

Quando olhou para as terras, longe, lá embaixo, o infeliz empalideceu e seus joelhos começaram a tremer. Olhou para trás: já percorrera um longo caminho, mas a maior parte ainda faltava. Sem saber o que fazer, ficou com o olhar fixo bem longe, sem soltar as rédeas e também sem puxá-las. Queria chamar os cavalos, mas não sabia quais eram os seus nomes. Horrorizado, viu as estrelas que pendiam do céu. Então largou as rédeas e quando, em sua queda, elas roçaram nas costas dos cavalos, eles abandonaram de uma vez o seu caminho, voando de um lado para outro pelo ar, ora subindo, ora descendo. Tocaram as estrelas fixas, depois desceram por caminhos íngremes em direção à terra. Chegaram à primeira camada de nuvens, que se evaporou com o calor. A carruagem descia cada vez mais e, passado um instante, já estava perto de uma montanha.

O solo então se abriu por causa do calor e, como todos os líquidos secassem subitamente, começou a arder. As pastagens ficaram amarelas e murchas, as copas das árvores das florestas incendiaram-se, logo o fervor chegou à planície, queimando as colheitas, incendiando cidades; países inteiros ardiam com sua população. Picos, florestas e montanhas estavam em chamas, e foi então que os negros ficaram pretos.

Os rios secaram, ou fugiram às pressas de volta para as suas fontes, até o mar encolheu-se, e o que havia pouco ainda estava coberto pelas águas transformou-se em areia seca.

Faetonte viu que, por todos os lados, a terra estava em chamas, e o calor logo se tornou insuportável também para ele. O ar que ele respirava parecia vir de uma fornalha, e sob as solas dos pés sentia a carruagem incandescente. Já não podia suportar a fumaça e as cinzas que se erguiam da terra em chamas, fumaça e escuridão o cercavam por todos os lados. Já não era possível controlar os cavalos. Por fim, o fogo alcançou-lhe os cabelos. Ele caiu da carruagem e, em chamas, revirou-se pelo ar. Para longe de seu lar, foi levado pela larga corrente do rio Erídano. Hélio, forçado a ver tudo isso, cobriu a cabeça, em luto.

Náiades compadecidas enterraram o corpo despedaçado do infeliz jovem. Clímene, a mãe inconsolável, chorou com suas filhas, as helíades ou faetonidas, por quatro meses sem parar, até que as delicadas irmãs foram transformadas em papoulas e suas lágrimas em âmbar.

Europa

Na terra de Tiro e Sídon vivia Europa, a filha do rei Agenor, na solidão profunda do palácio paterno. Certa vez, pouco depois da meia-noite, ela teve um sonho estranho. Apareceram à sua frente duas partes do mundo, em forma de mulher, brigando por sua posse. Uma das mulheres tinha a aparência de uma estrangeira, e a outra — a Ásia — parecia uma conterrânea sua. Esta, amparava-a delicadamente, dizendo ter sido ela quem dera à luz e amamentara aquela filha. Mas a estrangeira abraçou-a, como se a estivesse raptando, com um gesto violento e levou-a embora, sem que Europa pudesse defender-se.

— Venha comigo, minha querida — disse a estrangeira —, vou levá-la para junto de Zeus! Isso está determinado em seu destino.

Com o coração palpitante, Europa despertou e levantou-se, pois o sonho noturno fora claro como uma imagem diurna. Por muito tempo ficou sentada na cama, imóvel, perguntando-se:

— Qual dos deuses celestes me enviou aquelas imagens? Quem era aquela estranha que vi em sonho? Que miraculosa saudade é esta que despertou em meu coração? E com quanto carinho ela se aproximou de mim, como eram cheios de amor os seus sorrisos, mesmo quando me raptou com violência! Possam os deuses fazer com que este sonho me seja favorável!

Amanhecia, e a clara luz do dia apagou na memória da virgem aquele sonho. Logo suas companheiras de folguedo se reuniram à sua volta. Eram filhas das melhores famílias, e vinham convidá-la para um passeio pelas ravinas à beira-mar, um dos pontos de encontro preferidos pelas moças daquela região. Ali elas se alegravam com o colorido das flores e com o murmúrio inebriante do mar. As meninas trajavam belos vestidos enfeitados com flores. Europa usava um vestido esplêndido, de cauda, cujo tecido era bordado com fios de ouro, retratando cenas das histórias dos deuses. Aquele traje precioso, feito por Hefesto, era um presente antiquíssimo que Posídon, o Treme-terra, certa vez dera de presente a Líbia, quando a estava cortejando. De Líbia, o vestido chegara como herança à casa de Agenor. Trajando esse ornamento nupcial, a bela Europa corria, à frente de suas companheiras, em direção às ravinas floridas à beira-mar. Rindo, as donzelas se espalharam, cada qual em busca de suas flores prediletas. Uma colhia narcisos, outra jacintos, uma terceira procurava violetas, outras preferiam as perfumadas flores do açafrão. Mas Europa logo encontrou o lugar que procurava. Como a deusa do amor em meio às graças, segurava nas mãos erguidas um buquê de rosas.

Depois de terem colhido bastantes flores, as meninas sentaram-se na grama e começaram a fazer buquês para oferecer às ninfas do lugar, como agradecimento, pendurando-os nas verdes árvores.

Zeus estava profundamente tocado pela beleza da jovem Europa. Mas, como temia o ódio da ciumenta Hera, e não tinha nenhuma esperança de poder enganar aquela inocente donzela, o astuto deus imaginou um novo artifício, transformando-se em touro. Mas que touro! Não um daqueles que, sob o jugo, puxam carros carregados com cargas pesadas, e sim um touro soberbo, de forma esplêndida, com músculos intumescidos no pescoço e uma papada imponente. Os chifres eram elegantes e pequenos, como se tivessem sido feitos pela mão de um artista, e mais transparentes do que diamantes. O pelo tinha uma tonalidade dourada, só na testa reluzia uma marca em forma de meia-lua prateada. Os olhos azuis inalavam, prenhes de desejo e paixão.

Antes de se transformar dessa maneira, Zeus chamou Hermes para junto de si, sem lhe revelar nada de suas intenções:

— Apresse-se, querido filho, fiel cumpridor de minhas ordens! Vê lá em baixo a Fenícia? Dirija-se para lá e conduza o rebanho do rei Agenor, que está pastando nas montanhas, até a beira do mar.

Poucos instantes depois, o deus alado chegou às pastagens sidônias e conduziu o rebanho do rei, em meio ao qual, sem que Hermes suspeitasse, também estava Zeus, transformado em touro, até as ravinas onde a filha de Agenor brincava despreocupadamente com as flores.

O rebanho espalhou-se pelos campos. Só o belo touro, dentro do qual o deus estava oculto, aproximou-se do gramado onde Europa brincava com suas amigas. Soberbo, ele andava pela grama esplêndida, sem parecer ameaçador ou assustador. Seu aspecto era delicado. Europa e suas companheiras admiravam as formas nobres do animal e sua atitude pacífica, e ficaram com vontade de vê-lo mais de perto e de acariciar-lhe as costas reluzentes. O touro parecia perceber aquilo, pois se aproximava cada vez mais delas, por fim, colocou-se junto a Europa. Esta deu um salto e recuou alguns passos, mas, como o animal, manso, continuasse imóvel, encheu-se de coragem e acercou-se dele. Aproximou o buquê de rosas do focinho do animal e este lambeu, afetuosamente, as flores e a delicada mão da donzela, que limpou a sua baba e começou a acariciá-lo com muita ternura. A donzela gostava cada vez mais do esplêndido animal, e por fim ousou beijar-lhe a testa luzidia. O animal mugiu de prazer, mas o seu mugido não era como o dos outros touros, soava como uma flauta da Lídia ecoando por um vale entre montanhas. Então deitou-se aos pés da bela princesa, olhando-a cheio de desejo e oferecendo-lhe o largo dorso. Europa disse então às suas amigas:

— Aproximem-se, vamos nos sentar nas costas deste belo touro e nos divertir! Acho que há lugar para nós todas. Ele parece amigável e delicado, é diferente dos outros touros. Acho que ele tem inteligência, como um ser humano; só lhe falta a capacidade de falar!

Depois dessas palavras, tirou das mãos de suas companheiras as coroas de flores, enfeitou com elas os chifres do touro e montou-o, corajosa, enquanto suas amigas observavam, indecisas.

O touro então levantou-se e pôs-se a trotar vagarosamente, de maneira que as companheiras de Europa não eram capazes de manter o mesmo passo. Mas quando já se aproximava da beira do mar ele redobrou de velocidade, parecendo um cavalo voador. E antes mesmo que Europa pudesse perceber o que estava acontecendo, ele mergulhou no mar e lá se foi nadando com sua presa. Com a mão direita a donzela agarrava-se a um dos chifres, com a esquerda apoiava-se às costas do animal. O vento soprava em seu vestido, como se fosse a vela de um barco, e, temerosa, ela olhava para a terra que se afastava, chamando em vão por suas amigas. A água rodeava o touro por todos os lados, e, para não se molhar, a donzela ergueu os pés, temerosa. Mas o touro seguia tranquilamente, como um barco. Logo a margem desapareceu, o Sol se pôs, e na penumbra a assustada Europa só enxergava as ondas e as estrelas.

E assim foi, mesmo depois de a aurora aparecer. O dia inteiro eles singraram as águas infinitas, mas o touro atravessava as ondas com tanta habilidade que nem uma gota molhava sua querida presa. Ao anoitecer, chegaram a uma praia distante. O touro subiu para terra firme e, sob uma árvore, deixou que a donzela deslizasse suavemente de suas costas e desapareceu. Em seu lugar surgiu um homem esplêndido, semelhante aos deuses, que lhe declarou ser o senhor da ilha de Creta e que a protegeria se ela concordasse em casar-se com ele. Europa, em seu abandono inconsolável, deu-lhe a mão, em sinal de sua concordância, e assim Zeus conseguiu satisfazer o seu desejo. Depois desapareceu, da mesma maneira como surgira.

Europa despertou de um sono profundo quando a alvorada já surgia no céu. Perturbada, olhou à sua volta e chamou por seu pai. Mas então se lembrou do que acontecera e lamentou-se:

— Eu, filha infiel, como ouso pronunciar o nome de meu pai? Que loucura fez com que me esquecesse de tudo? Mas será que estou mesmo acordada, será que tenho culpa e devo me envergonhar do que aconteceu? Não, certamente não tenho culpa alguma, e é só uma imagem de sonho que me perturba o espírito.

Passou as mãos pelos olhos, como se quisesse apagar o terrível sonho. Mas os objetos distantes permaneciam ali, árvores e rochedos desconhecidos a cercavam e um mar assustador rugia, borrifando os arrecifes.

— Ah! Se ao menos o maldito touro voltasse! — exclamou, desesperada. — Eu quebraria os chifres daquele monstro! Mas isto é só um desejo, meu lar está longe, só me resta morrer. Mandem, ó deuses celestes, um leão ou um tigre para me devorar!

Mas não apareceu nenhum animal selvagem. Aquela região desconhecida estendia-se, pacífica, à sua frente, e no céu sereno, eternamente azul, brilhava o sol.

Como que tocada pelas fúrias, Europa ergue-se de salto.

— Criatura miserável — exclamou —, não está ouvindo a voz de seu pai, que a amaldiçoará se não puser um fim à sua vida desonrada? Ou será que prefere servir como esposa e escrava a um príncipe bárbaro, você, a filha de um nobre rei?

A infeliz e abandonada moça só pensava em morrer, mas não conseguia encontrar coragem para se matar. Subitamente, ouviu um sussurro baixo e irônico atrás de si e voltou-se, assustada. Irradiando um brilho sobrenatural, a deusa Afrodite estava atrás dela, junto seu filhinho, o deus do amor, que baixara o arco. Um sorriso pairou nos lábios da deusa antes que ela começasse a falar:

— Esqueça o seu ódio, não se zangue, linda moça! O touro odiado voltará, e oferecerá os seus chifres para que você os arrebente. Sou eu quem enviou aquele sonho a você. Console-se, Europa! Foi Zeus quem a raptou, você agora é a deusa terrestre do deus invencível! Seu nome será imortal, pois doravante a terra longínqua que a acolheu será chamada Europa!

Os filhos de Zeus e Europa foram os sábios e poderosos reis Minos e Radamante, que depois de sua morte foram nomeados juízes dos mortos nos

Ínferos. Seu terceiro filho foi o herói Sarpédon, que morreu muito velho como rei da Lícia, na Ásia Menor.

Cadmo

Cadmo era filho do rei fenício Agenor e, assim, irmão de Europa. Quando Zeus a raptou, Agenor enviou Cadmo e seus irmãos[9] para que a procurassem. Disse-lhes que não voltassem antes de encontrar sua irmã. Por muito tempo, Cadmo vagou em vão. Quando já tinha perdido todas as esperanças de reencontrar a irmã, voltou-se para o oráculo de Febo Apolo e perguntou-lhe onde haveria de se estabelecer, pois temia voltar para a casa paterna. Apolo aconselhou-lhe:

— Você encontrará uma vaca num pasto descampado, que jamais foi colocada sob o jugo. Deixe que ela o conduza, e no lugar onde ela se deitar sobre a relva você construirá uma cidade e a chamará Tebas.

Cadmo mal deixara as colinas da Castália, onde fica o oráculo de Apolo, quando deparou com uma vaca que pastava de maneira suspeita. Fez uma prece de agradecimento a Febo e com passos vagarosos seguiu os rastros do animal. O animal já atravessara o rio Cefiso, num lugar raso, e ele seguira atrás. A vaca então parou. Ergueu a cabeça e soltou um mugido alto. Então procurou os homens que a seguiam e, satisfeita, deitou-se na grama alta.

Agradecido, Cadmo deitou-se sobre a terra desconhecida e a beijou. Em seguida quis fazer uma oferenda a Zeus e mandou que seus serviçais trouxessem água de uma fonte para fazer a libação. Perto dali havia um bosque antigo, cujas árvores nunca tinham sido cortadas; no meio desse bosque brotava uma fonte de um rochedo, recoberta de arbustos e ramos.

---

9. Chamavam-se Fênix, Cílix e Fineu. Sobre este último, compare com o mito dos argonautas. Fênix deu origem ao nome do povo fenício e Cílix ao nome do país Silícia (Ásia Menor).

Porém ali, naquela caverna, também estava escondido um dragão. Sua crista vermelha reluzia ao longe, de seus olhos saía fogo, seu corpo estava inflamado e suas três línguas sibilavam. Suas mandíbulas tinham três fileiras de dentes. Quando os fenícios entraram no bosque, e mergulharam seu barril na água, ergueu-se o dragão azul, no fundo de sua caverna, estendeu subitamente a cabeça e fez um barulho assustador.

Os barris caíram das mãos dos servos. O susto fez com que o sangue parasse em seus corpos. O dragão eriçou as escamas preparando-se para o bote. Erguendo-se, olhou para a floresta abaixo e por fim investiu contra os fenícios, matando alguns a mordidas e esmagando outros com seus abraços. Outros morreram sufocados por seu hálito maligno e os demais foram mortos por sua baba venenosa.

Cadmo não imaginava por que os seus servos demoravam tanto a voltar. Por fim, levantou-se e decidiu partir em busca deles. Cobriu-se com a pele que tirara de um leão, apanhou a lança e a espada e, enchendo-se de coragem, que é melhor do que todas as armas, pôs-se a caminho. Já na entrada do bosque, deu com os corpos mortos de seus servos, e sobre eles viu o inimigo triunfante, lambendo os cadáveres com sua língua ensanguentada.

— Pobres camaradas! — exclamou Cadmo, cheio de tristeza —, vingarei vocês todos, ou os acompanharei na morte!

Dizendo essas palavras, apanhou uma pedra e atirou-a contra o dragão. A pedra teria sido capaz de fazer estremecer muralhas e torres, de tão grande que era. Mas o dragão permaneceu ileso. A couraça negra e a pele coberta de escamas o protegeram como uma armadura de ferro. Então o herói tentou atacá-lo com a lança. A ponta de aço penetrou profundamente nas entranhas do monstro. Enfurecido de dor, o dragão voltou a cabeça em direção às costas e destroçou a vara da lança. Mas a ponta de ferro ficou cravada em seu corpo. Uma estocada do destemido Cadmo fez com que a fúria do dragão aumentasse ainda mais; sua garganta inflamou-se e uma espuma venenosa brotou-lhe da goela. Quando o dragão saiu da caverna, em disparada, Cadmo

44 | GUSTAV SCHWAB

escapou de seu ataque. Cobriu-se com a pele do leão e deixou que os dentes do dragão se cansassem, mordendo a sua lança. Por fim, o sangue do monstro começou a sair por sua garganta, mas a ferida não era profunda o suficiente, e o dragão escapava de todos os golpes do herói, que não conseguia mais atingi-lo. Por fim Cadmo enfiou a lança tão profundamente em sua garganta que ela a atravessou, atingindo um carvalho atrás dele. O inimigo fora vencido.

Por muito tempo Cadmo ficou observando o animal abatido. Quando, por fim, afastou-se dele, Palas Atena postou-se ao seu lado e ordenou-lhe que plantasse os dentes do dragão numa terra especialmente preparada. Dela, seu povo haveria de crescer. Ele obedeceu à deusa, abriu um largo sulco na terra e começou a espalhar nele os dentes do dragão. Subitamente a terra começou a mexer e Cadmo viu primeiro apenas a ponta de uma lança, depois um capacete sobre o qual oscilava uma crina multicolorida e, por fim, viu-se diante de um guerreiro perfeitamente armado. Mas não era o único. Toda uma plantação de homens armados brotara da terra.

Cadmo assustou-se e já se preparava para enfrentar os novos inimigos. Mas um dos homens exclamou:

— Não pegue em armas, não se meta em lutas internas!

Imediatamente esse guerreiro atacou um dos que saíram da terra com uma estocada, e ao mesmo tempo ele caiu, sob um golpe de lança. Logo uma luta brutal começou entre os homens. A mãe terra sorveu o sangue de seus filhos recém-nascidos. Só sobraram cinco. Um deles — que mais tarde foi chamado Equíon — pousou suas armas no chão, obedecendo às ordens de Atena, e propôs que se fizesse a paz. Os demais o seguiram.

Com a ajuda dos cinco guerreiros, o filho do rei fenício construiu a cidade que, cumprindo as ordens do oráculo de Febo, foi denominada Tebas.

Os deuses deram a Cadmo como esposa a bela Harmonia, e todos vieram à festa de casamento. Cada qual trouxe um presente. Afrodite, mãe de Harmonia, trouxe uma corrente preciosa e um véu com bordados artísticos.

Mas nesses dois presentes residia a ruína que perseguiria a casa de Cadmo como uma maldição. (Compare as histórias de Penteu, Actéon, Édipo, os Sete contra Tebas, os epígonos, Alcméon.) Uma das filhas de Cadmo era Sêmele, que foi amada por Zeus. Enlouquecida por Hera, exigiu, primeiro, que o deus lhe aparecesse em sua forma verdadeira, divina. Zeus, obrigado por seu juramento, surgiu em meio a raios e trovões. Sêmele não pode suportar aquela visão e, moribunda, deu à luz uma criança, Dioniso ou Baco. Zeus colocou a criança sob os cuidados de Ino, uma das irmãs de Sêmele, para que a criasse. Quando ela, fugindo de seu marido Átamas, enlouquecido (veja a história dos argonautas), se atirou no mar com seu filho Melicertes, ambos foram transformados por Posídon em benéficas divindades marinhas. Ino passou a chamar-se Leucoteia, e seu filho, Palêmon. Cheios de tristeza por causa da desgraça de seus filhos, Cadmo e Harmonia emigraram, já na velhice, para a Ilíria. Por fim foram transformados em serpentes e, depois de sua morte, recebidos nos Campos Elíseos.

Penteu

Baco, que também era chamado Dioniso, nasceu em Tebas, filho de Zeus e Sêmele. Assim, era neto de Cadmo e tornou-se deus da fertilidade e criador do vinho. Cresceu na Índia, mas logo deixou as ninfas que o criaram e viajou por todas as terras para ensinar aos homens o plantio da vinha, exigindo ao mesmo tempo ser honrado como um deus. Era bondoso para com seus amigos, mas punia severamente os descrentes. Logo sua fama chegou às cidades da Grécia e também à cidade de seu nascimento, Tebas. Mas lá reinava, naquele tempo, Penteu, a quem Cadmo transmitira o reinado. Penteu era filho de Equíon, nascido da terra, e de Agave, uma irmã da mãe de Baco. Desprezava os deuses e tinha uma aversão especial por seu parente Dioniso.

Quando o deus se aproximou, com seu alegre séquito de bacantes, para revelar-se como divindade ao rei de Tebas, este não deu ouvidos às advertências do velho e cego vidente Tirésias. Informado de que homens, mulheres e crianças de Tebas também participavam do séquito do novo deus, pôs-se a esbravejar, enfurecido:

— Que loucura tomou conta de vocês, levando-os a participar de um cortejo de moleirões e de mulheres embriagadas? Será que esqueceram completamente de que família de heróis vocês descendem? Vocês querem permitir que um rapaz efeminado conquiste Tebas, um fracote vaidoso com uma coroa de videira sobre sua longa cabeleira cacheada, que se veste com púrpura e ouro em vez de aço, incapaz de dominar um cavalo e que se acovarda diante de qualquer combate? Se vocês voltarem à razão, verão que ele é um mortal assim como eu, que sou seu primo. Zeus não é seu pai, e todas essas honrarias dignas de um deus que ele recebe são falsas!

Voltou-se então para seus servos, mandou-os apanhar o líder daquele novo movimento, e que lho trouxessem acorrentado.

Os amigos e parentes do rei assustaram-se diante dessa ordem pecaminosa. Seu avô Cadmo, já muito velho, balançou a cabeça, reprovando o gesto do neto. Mas isso incitou ainda mais o ódio de Penteu.

Enquanto isso, os servos voltavam com as cabeças ensanguentadas.

— Onde está Baco? — perguntou-lhes Penteu, furioso.

— Não vimos Baco em lugar nenhum — responderam eles. — Mas estamos trazendo um homem de seu séquito. Parece que só há pouco tempo está com ele.

Penteu fitou o prisioneiro com olhos cheios de ódio e então gritou:

— Você está condenado à morte! Sabe quem são seus pais? De onde você vem? E por que segue esses novos costumes?

Livre e sem medo, o homem respondeu:

— Meu nome é Acates, minha terra é a Meônia. Meus pais são gente do povo, e de meu pai não herdei terras nem gado. Ele só me ensinou a pescar, pois era dessa atividade que provinha toda a sua riqueza. Logo também aprendi a comandar um navio, a observar as estrelas, os ventos e os portos, e também comecei a navegar. Uma vez, navegando em direção a Delos, cheguei a uma praia desconhecida. Saltei para a areia úmida e dormi sozinho à beira-mar. No dia seguinte, levantei-me logo ao amanhecer e subi uma montanha para observar os ventos. Enquanto isso, meus companheiros também tinham desembarcado e, no caminho de volta para o navio, encontrei-os. Estavam justamente levando um jovem que tinham raptado na praia deserta. O rapaz era de uma beleza sobre-humana. Parecia embriagado pelo vinho, cambaleava de sono e tinha dificuldade em acompanhá-los. "Que deus será este que se oculta neste jovem, eu não sei", disse eu aos tripulantes, "mas não há dúvidas de que é um deus. Seja quem for", continuei, "seja-nos propício e peça pelo nosso trabalho. Perdoe a esses homens que quiseram raptá-lo!". "Que ideia é essa!", exclamou um dos marujos. "Pare com essas preces!" Os demais também se riram de mim. E foi em vão que me opus a eles. O mais jovem e forte dos tripulantes, um assassino foragido, agarrou-me pela goela e atirou-me na água. Ter-me-ia afogado no mar se não tivesse conseguido me segurar nas cordas do navio. Enquanto isso, eles colocaram o jovem a bordo e ele ali ficou, sonolento. Por fim, em meio à gritaria, ele acordou e foi perguntar aos marujos: "Por que vocês fazem tanto barulho? Como cheguei aqui? Para onde pretendem me levar?" "Não tenha medo", disse um dos traiçoeiros marujos. "Diga a que porto você quer ser levado, e nós o deixaremos lá." "Muito bem", disse o jovem, "então vamos para a ilha de Naxos, lá é o meu lar". Os mentirosos prometeram-lhe, por todos os deuses, que o fariam e mandaram içar as velas. Naxos encontrava-se à nossa direita, e enquanto eu içava as velas para que nos dirigíssemos para lá, eles acenaram e murmuraram: "Seu tolo, que é que você está fazendo? Você ficou louco? Vá para a esquerda!" Não entendi nada. "Então, que outro assuma o comando do navio!", disse eu, afastando-me. "Como se isto dependesse de você!", gritou um dos meus rudes companheiros, içando as velas em meu lugar. E assim eles deixaram Naxos à direita e navegaram na direção oposta. Como se só tivesse percebido o engano naquela hora, o jovem, ocultando um sorriso irônico, olhou do convés para o mar, fingindo estar desesperado, e suplicou: "Marujos! Vocês prometeram que me levariam a Naxos, mas esta não é a direção correta! Não está certo que vocês, homens, enganem uma criança." Mas

48 | GUSTAV SCHWAB

o bando só o ridicularizou, e a mim também, e afastou-se apressadamente. Subitamente, porém, a embarcação parou no meio do mar, como se estivesse em terra seca. Em vão os homens remavam. De repente, videiras se emaranharam nos remos e, subindo pelos mastros, já se enrolavam nas velas. O próprio Baco (pois era ele o jovem) ergueu-se, esplêndido, a cabeça coroada por uvas suculentas, brandindo seu tirso recoberto de vides. Tigres, linces e panteras surgiram, deitados à sua volta, e um fluxo perfumado de vinho começou a jorrar pelo navio. Os homens saltaram, amedrontados. O primeiro que quis gritar teve a boca e o nariz subitamente transformados em boca de peixe, e antes que os outros tivessem tempo de assustar-se com o que acontecera, o mesmo lhes aconteceu. Seus corpos cobriram-se de escamas azuladas, suas espinhas dorsais encurvaram-se, seus braços se transformaram em nadadeiras, seus pés transformaram-se em cauda; todos viraram peixes, pularam na água e puseram-se a nadar. Dos vinte homens, só eu sobrei, mas tremia e esperava, a qualquer instante, que a mesma transformação, fosse acontecer. Mas Baco falou comigo num tom amigável, pois eu lhe dera mostras de bondade. "Nada tema", disse ele, "leve-me para Naxos". Quando ali chegamos, ele me consagrou, em seu altar, ao serviço solene de sua divindade.

— Já estamos ouvindo essa conversa mole há muito tempo — gritou Penteu. — Vamos, agarrem-no, servos, torturem-no com mil sofrimentos e o despachem para os Ínferos!

Os soldados obedeceram e atiraram o marujo acorrentado numa prisão escura. Mas uma mão invisível o libertou.

Foi então que realmente teve início a perseguição dos seguidores de Baco. A própria mãe de Penteu, Agave, e suas irmãs participavam do inebriante ritual em honra ao deus. O rei mandou buscá-las e aprisionou todas as bacantes na masmorra da cidade. Mas, sem a interferência de nenhum mortal, suas correntes se desfizeram, as portas do presídio se abriram e no delírio báquico elas correram de volta para a floresta. O soldado encarregado de aprisionar o próprio deus pela força das armas voltou consternado, pois Baco, sorrindo, deixara-se acorrentar de boa vontade. E assim ele estava agora diante do rei, que, muito a contragosto, ficou impressionado com a beleza juvenil e divina de Baco. Mas ainda assim persistia em sua cegueira, tratando-o como um caluniador que ostentava falsamente o nome de Baco. Mandou que o deus aprisionado fosse trancafiado na parte mais segura do palácio, junto aos estábulos, num buraco escuro, e preso por pesadas correntes. Mas, sob as ordens do deus, um terremoto fez com que as paredes se abrissem e as correntes desapareceram. Ileso e mais esplêndido do que nunca, ele voltou para o meio de seus adoradores.

Um mensageiro após outro vinha informar o rei Penteu dos feitos milagrosos das mulheres tomadas pelo poder do deus, conduzidas por sua mãe e as irmãs dela. Quando seu bastão atingia um rochedo, fazia brotar água ou vinho espumante; os córregos fluíam cheios de leite, em vez de água; das árvores escorria mel.

— Sim — acrescentou um dos mensageiros —, se você estivesse lá e visse o deus com seus próprios olhos, ter-se-ia ajoelhado diante dele!

Mas aquilo só enfureceu Penteu ainda mais. Enviou então todos os seus guerreiros fortemente armados, todos os seus cavaleiros e todos os seus soldados. Baco, então, apareceu diante do rei. Prometeu-lhe que lhe apresentaria as bacantes, sob a condição de que o rei se vestisse como mulher para que — por ser homem e não iniciado — não fosse despedaçado por elas. De má vontade e cheio de desconfiança, Penteu aceitou a sugestão e por fim seguiu o deus. Mas ao sair do palácio para atravessar a cidade, foi tomado de loucura. Parecia-lhe que enxergava dois sóis, duas cidades de Tebas e cada um de seus portões duplicados. O próprio Baco parecia-lhe um touro que marchava à sua frente com dois grandes chifres na testa. Involuntariamente foi tomado de entusiasmo báquico, pediu e recebeu um tirso e avançou. Chegaram a um vale profundo, sombreado por pinheiros, onde as sacerdotisas de Baco entoavam hinos em honra ao seu deus, coroando tirsos com louros frescos. Mas os olhos de Penteu foram tomados de cegueira, ou seu condutor Baco soube conduzi-lo de maneira que ele não visse as mulheres tomadas pelo entusiasmo divino. Com sua mão, que milagrosamente alcançava uma grande altura, o deus agarrou o topo de um pinheiro e puxou para baixo, como se estivesse dobrando um ramo de capim; colocou Penteu ali e deixou-o voltar à sua posição original. Como por milagre, o rei permaneceu firmemente sentado, no topo do pinheiro, e apareceu subitamente diante das bacantes no vale, sem que as visse. Com voz alta, então, Dioniso gritou através do vale:

— Mulheres, aqui está aquele que ridicularizou as nossas festas sagradas. Vamos puni-lo!

Nenhuma folha na floresta se moveu, nenhum ruído de animais selvagens se fez ouvir. As bacantes ergueram-se ao ouvir a sua voz. Quando reconheceram o seu senhor, puseram-se a correr. Uma loucura selvagem, enviada pelo deus, tomou conta das mulheres, que atravessaram a floresta em meio aos regatos. Por fim chegaram bastante perto de seu inimigo para vê-lo sentado no topo do pinheiro. Começaram a atirar pedras, galhos de pinheiro arrancados e tirsos contra o infeliz, mas sem conseguir atingir o cume da árvore, onde ele permanecia sentado, trêmulo. Por fim, com galhos de carvalho, escavaram a terra em torno do pinheiro até que suas raízes ficassem nuas, e a árvore, com Penteu, caísse. Sua mãe Agave, cegada pelo deus para que não reconhecesse o filho, deu o primeiro sinal. O medo fez com que o rei voltasse a si.

— Mãe! — gritou, tentando abraçá-la —, você não reconhece mais o seu filho, o seu filho Penteu, que lhe nasceu na casa de Equíon? Tenha piedade de mim, não puna o seu próprio filho!

Porém a sacerdotisa de Baco, enlouquecida, com os olhos arregalados e a boca espumando, não via em Penteu o seu filho. Parecia-lhe estar diante de um leão da montanha. Agarrou-o pelo ombro e lhe arrancou o braço direito, enquanto suas irmãs arrancavam o esquerdo. Todo o bando selvagem o atacou, cada uma agarrava um dos membros, despedaçando-o. A própria Agave agarrou a cabeça com seus dedos ensanguentados e ostentou-a, como se fosse a cabeça de um leão, espetada num tirso, através das florestas de Citéron.

Perseu

Perseu, filho de Zeus, foi preso numa caixa com sua mãe, Dânae, por seu avô Acrísio. A caixa foi atirada ao mar. Isso porque um oráculo anunciara a Acrísio que seu neto estava destinado a o destronar e matar. Zeus protegeu a mãe e o filho das tempestades e ondas do mar, e eles aportaram na ilha de Serifo. Ali reinavam dois irmãos, Díctis e Polidectes. Díctis estava justamente pescando quando a caixa chegou e içou-a para terra firme. Os dois irmãos apiedaram-se dos abandonados. Polidectes casou-se com a mãe, e Perseu foi educado cuidadosamente por ele.

Quando cresceu, Perseu convenceu seu padrasto a permitir que ele partisse em busca de aventuras e realizasse algum feito glorioso. O corajoso jovem estava disposto a arrancar de Medusa sua terrível cabeça e trazê-la para o rei em Serifo. Perseu pôs-se a caminho, e os deuses o conduziram a uma região distante, onde vivia Fórcis, pai de vários monstros. Primeiro ele encontrou três de suas filhas, as greias, ou grisalhas. Elas já tinham nascido com cabelos grisalhos e tinham um só olho e um só dente, usando-os alternadamente. Perseu furtou-lhes ambos e, quando lhe suplicaram para que lhes devolvesse aquelas coisas indispensáveis, disse que só o faria se elas lhe mostrassem o caminho que levava às ninfas. Estas eram criaturas fantásticas, que possuíam sapatos alados, uma bolsa e um capacete de pele de cão. Quem os usasse poderia voar para onde quisesse e ver sem ser visto. As filhas de Fórcis mostraram a Perseu o caminho para as ninfas e receberam dele seu olho e seu dente de volta. Das ninfas ele recebeu o que queria, colocou o alforje nas costas, calçou os sapatos alados e colocou o capacete na cabeça. De Hermes recebeu uma foice de bronze e, assim armado, voou para o Oceano, onde viviam as três outras filhas de Fórcis, as górgonas. Destas só a terceira, chamada Medusa, era imortal, e por isso Perseu fora enviado para degolá-la.

Encontrou-as dormindo. Suas cabeças eram cobertas por escamas de dragão, em vez de cabelos, e nelas cresciam serpentes. Tinham presas enormes, iguais às de um javali, mãos de bronze e asas de ouro. Quem as olhasse nos olhos era imediatamente transformado em pedra. Perseu sabia disso. Por isso baixou o rosto diante das três, usando seu escudo reluzente como espelho. E assim ele descobriu qual das três górgonas era Medusa. Atena conduziu a sua mão e ele degolou o monstro adormecido. Mal acabara de fazê-lo quando do corpo dela saltou um cavalo alado, Pégaso, seguido por um gigante, Crisaor. Ambos eram filhos de Posídon. Perseu enfiou cuidadosamente a cabeça da Medusa em seu alforje e afastou-se.

Enquanto isso, as irmãs de Medusa despertaram, viram o corpo da irmã morta e alçaram voo para perseguir o assassino. Mas, graças ao capacete das ninfas, ele se tornara invisível para elas. Entretanto, Perseu foi atingido por um vendaval no ar, sendo de um lado para o outro. Quando pairava sobre os desertos arenosos da Líbia, gotas de sangue da cabeça de Medusa pingaram na terra. Delas nasceram serpentes multicoloridas e, desde então, essa região é infestada por víboras venenosas.

Então Perseu continuou em direção ao ocidente e parou no reino do rei Atlas para descansar um pouco. Ali um dragão gigantesco guardava uma caverna repleta de frutos dourados. Em vão Perseu pediu-lhe abrigo. Temendo por suas ricas posses, Atlas o expulsou brutalmente de seu palácio. Enfurecido, Perseu tirou a cabeça de Medusa de seu alforje e, olhando para o outro lado, estendeu-a diante do rei Atlas. O rei, gigantesco, ficou imediatamente petrificado e transformou-se numa montanha. Sua barba e sua cabeleira transformaram-se em florestas, seus ombros, mãos e ossos converteram-se em penhascos e sua cabeça tornou-se um pico em meio às nuvens.[10]

---

10. Segundo um mito mais antigo, Atlas era um dos titãs, irmão de Prometeu, e como castigo por sua participação na luta contra os deuses foi condenado a suportar nos ombros e no pescoço a abóbada celeste. Só mais tarde é que foi associado à cadeia de montanhas Atlas, no norte da África, conforme a narrativa acima.

Perseu voltou a colocar as asas e o capacete e lançou-se pelos ares. Em seu voo chegou à costa da Etiópia, onde reinava o rei Cefeu.[11] Encontrou ali uma virgem amarrada a um alto penhasco à beira-mar. O vento fazia seus cabelos balançar, e de seus olhos jorravam lágrimas. Encantado com a sua beleza, Perseu dirigiu-se a ela:

— Por que está presa aqui? Como você se chama? De onde vem?

Envergonhada, a donzela aprisionada permaneceu calada. Gostaria de poder cobrir o rosto com as mãos, mas era incapaz de se mexer. Seus olhos voltaram a encher-se de lágrimas. Por fim ela respondeu, para que o estrangeiro não imaginasse que estivesse querendo esconder dele alguma culpa:

— Sou Andrômeda, filha de Cefeu, o rei dos etíopes. Uma vez minha mãe gabou-se de ser mais bela do que as filhas de Nereu, as ninfas do mar. Ouvindo isso, as nereidas e seu amigo, o deus dos mares, fizeram com que uma inundação invadisse a terra e enviaram um tubarão que tudo engoliu. Um oráculo anunciou nossa libertação, desde que eu, a filha do rei, fosse atirada ao peixe para ser devorada. O povo exortou meu pai a recorrer a essa salvação, e seu desespero fez com que eu fosse aprisionada neste rochedo.

Mal acabara de pronunciar essas últimas palavras quando as ondas do mar começaram a rugir e das profundezas emergiu um monstro cujo peito largo ocupava toda a superfície da água. A donzela gritou alto, enquanto seu pai e sua mãe aproximaram-se correndo, ambos desesperados. A expressão do rosto da mãe denunciava que ela tinha consciência de sua culpa. Eles abraçaram a filha acorrentada, mas não puderam ajudá-la.

O estrangeiro então lhes disse:

— Mais tarde terão tempo de lamentar-se; as possibilidades que temos de salvá-la são poucas. Sou Perseu, filho de Zeus e de Dânae. Derrotei a Medusa, e asas milagrosas me transportam pelos céus. Mesmo que a donzela pudesse escolher livremente, valeria a pena refletir no

---

11. Um dos irmãos de Dânao e Egito, da família de Io.

pedido que vou fazer. Peço-a em casamento, e me disponho a salvá-la. Vocês aceitam as minhas exigências?

Os pais prometeram-lhe não só a donzela mas também o seu reino como dote.

Enquanto isso, o monstro se aproximara e já estava a pouca distância do rochedo. O jovem, então, levantou-se da terra e voou em direção às nuvens. O animal olhou para a sombra do homem no mar. Enquanto tentava atacar Perseu, avançando furiosamente sobre o inimigo que lhe queria arrancar a presa, Perseu desceu dos céus como uma águia e cravou no corpo do tubarão a espada com a qual matara Medusa. Mal a arrancara quando o peixe se lançou pelos ares e voltou a mergulhar. Debatia-se como um louco, e Perseu foi-lhe causando mais e mais ferimentos, até que uma corrente escura de sangue começou a brotar de sua goela. Mas as asas do semideus tinham-se molhado, e Perseu já não conseguia permanecer no ar. Felizmente avistou um rochedo cuja ponta superior erguia-se sobre a superfície do mar. Com a mão esquerda, apoiou-se no rochedo e cravou o ferro três ou quatro vezes, perfurando os intestinos do monstro. O mar arrastou consigo o gigantesco cadáver, que logo desapareceu no meio das ondas. Perseu lançou-se à terra, agarrou-se ao penhasco e libertou a donzela de suas correntes. Levou-a aos seus pais e foi recebido alegremente como noivo.

Durante o banquete nupcial, os pátios do palácio real ecoaram com um rugido abafado. Fineu, irmão do rei Cefeu, que antes cortejara Andrômeda mas a abandonara em seu perigo, aproximava-se com um exército de guerreiros, renovando as suas exigências. Com a lança em punho, entrou na sala onde se celebrava a festa e gritou para o atônito Perseu:

— Aqui estou eu. Exijo vingança por ter sido privado de minha esposa por você. Nem as suas asas nem o seu pai Zeus serão capazes de protegê-lo de mim!

E ameaçou golpeá-lo com a lança. Cefeu então levantou-se da mesa.

— Pare! — disse. — Não foi Perseu quem privou você de sua amada. Ela lhe foi tirada quando a deixamos à mercê da morte, enquanto você a observava ser amarrada. Por que não foi salvá-la do penhasco ao qual estava acorrentada?

Fineu não lhe deu resposta. Apenas observava, alternadamente, seu irmão e seu rival, como se pensasse qual dos dois deveria atacar primeiro. Por fim arremessou sua lança contra Perseu com toda a força, mas errou o alvo e a arma ficou presa numa almofada. Perseu ergueu-se, atirou sua lança em direção à porta por onde Fineu entrara e a arma teria perfurado o peito de seu inimigo se este não se tivesse abrigado, com um salto, atrás do altar da casa. A lança fendeu em duas partes o crânio de um de seus acompanhantes. Aquilo foi o sinal de uma luta selvagem entre os homens do intruso e os convidados do casamento. Os intrusos estavam em maioria. Por fim Perseu, ao lado de quem o rei, a rainha e a noiva se tinham abrigado, estava cercado por Fineu e seus homens. De todos os lados as flechas voavam em direção a eles. Perseu encostara-se numa coluna, e assim suas costas estavam protegidas. Enfrentou o ataque dos inimigos, matando um depois do outro.

Só quando viu que seria derrotado apesar de toda a sua coragem, já que os inimigos estavam em maior número, é que ele decidiu fazer uso de uma última arma, infalível.

— Já que me obrigam a isso — disse —, vou usar da ajuda de meu antigo inimigo. Quem ainda for meu amigo olhe para outro lado!

E, dizendo essas palavras, agarrou a cabeça de Medusa, tirando-a do alforje, e mostrou-a a um inimigo que se aproximava.

— Vá assustar outro com esses milagres! — gritou ele, com desprezo.

Mas quando a sua mão estava prestes a atirar a lança, ficou petrificado em meio ao seu gesto. E o mesmo foi acontecendo com um após outro. Por fim, Perseu ergueu a cabeça da górgona tão alto que ela pôde olhar para todos. E assim, de uma só vez, ele transformou em pedra os últimos duzentos inimigos.

Só então é que Fineu se arrependeu da luta injusta por ele iniciada. À sua direita e à sua esquerda, tudo o que se via eram esculturas de pedra nas mais diferentes posições. Ele chamou seus amigos pelos nomes, tocou-lhes, incrédulo, os corpos: tudo era mármore. Tomado de terror, sua arrogância transformou-se em súplica desesperada.

— Poupe minha vida, que o reino e a noiva sejam seus! — exclamou, recuando.

Mas Perseu estava amargurado com o assassínio de seus novos amigos e não teve misericórdia.

— Traidor! — gritou, enfurecido. — Você será para sempre um monumento na casa de meu sogro!

E, embora Fineu forcejasse por escapar daquele olhar, a terrível imagem atingiu-lhe o rosto e ele foi petrificado, com um rosto aterrorizado e as mãos abaixadas, numa postura submissa.

Perseu podia então levar sua amada Andrômeda consigo, para o seu lar. Tinha pela frente muitos dias felizes, e reencontrou também sua mãe Dânae. Mas ainda assim haveria de cumprir o que o oráculo predissera acerca de seu avô.

Temendo o que lhe fora augurado, ele fugira para as terras de um rei estrangeiro, no reino dos pelasgos. Ali se realizava uma competição esportiva justamente quando Perseu chegou, a caminho de Argos, onde pretendia reencontrar-se com seu avô. Participando da competição e lançando o disco de maneira desastrada, atingiu o seu avô sem querer e sem saber que ele estava ali. Logo descobriu o que fizera. Profundamente consternado, enterrou Acrísio fora da cidade e trocou o reino que herdara com a morte do seu avô. A partir de então, a inveja do destino deixou de persegui-lo. Andrômeda deu-lhe filhos, e por meio deles sua fama continuou viva.

Íon

O rei Erecteu,[12] de Atenas, alegrava-se muito com sua bela filha, chamada Creusa. Sem que Erecteu o soubesse, Apolo unira-se a Creusa e ela dera à luz um filho. Temendo o ódio de seu pai, ela o fechou numa

---

12. Erecteu, assim como Procne e Filomela, era filho do rei Pandíon, o Velho, e da náiade Zeuxipa. Entre as filhas de Erecteu estão também, além de Creusa, Prócris e Oritia. Veja seção sobre Fineu e harpias no mito dos argonautas.

cesta e abandonou-o na mesma caverna onde se encontrara com o deus. Esperava que o deus se apiedasse da criança abandonada. Mas, para que a criança não ficasse irreconhecível, enfeitou-a com as joias que usava quando menina.

Apolo, que não ignorava o nascimento de seu filho e não queria trair sua amada nem deixar a criança desamparada, pediu a ajuda de seu irmão Hermes, o mensageiro dos deuses, que trafegava invisível entre o céu e a terra.

— Querido irmão — disse ele —, uma mortal me deu um filho. É a filha do rei Erecteu, de Atenas. Por medo de seu pai, ela o escondeu numa caverna, dentro de um rochedo. Ajude-me a salvá-lo. Traga-o, dentro da cesta onde ele está e com as fraldas que o vestem, para o meu oráculo em Delfos, e deixe-o na entrada do templo. Cuidarei do resto, pois ele é meu filho.

Hermes, o deus alado, apressou-se para chegar a Atenas; encontrou o menino no lugar designado, levou-o para Delfos na cestinha de vime e deixou-o à porta do templo, abrindo a tampa do cesto para que a criança fosse vista. Isso aconteceu no meio da noite.

Na manhã seguinte, quando o sol raiava, a sacerdotisa de Delfos aproximou-se do templo e, quando estava prestes a entrar, chamou-lhe a atenção a criança, que dormia na cestinha. Achou que se tratava de um crime e já estava pronta para afastar a criança da porta sagrada quando a piedade assenhoreou-se dela, pois o deus lhe tocara o coração. A profetisa então tirou a criança da cesta e a criou, sem lhe conhecer nem o pai nem a mãe. O menino cresceu brincando no altar de seu pai, sem saber de quem era filho. Tornou-se um jovem esplêndido. Os moradores de Delfos, que já o conheciam como pequeno guardião do templo, fizeram dele o tesoureiro, encarregado de zelar por toda as oferendas que o deus recebesse. E assim ia ele passando a vida no templo paterno.

Creusa não tivera mais notícia do deus e achava que ele os tivesse esquecido, a ela e ao seu filho.

Nessa época os atenienses entraram em guerra com os habitantes de Eubeia, uma ilha vizinha, luta essa que terminou por destruir a ilha. Durante a batalha, um estrangeiro da Aqueia ajudara os atenienses com extraordinária coragem. Era Xuto, filho de Hélen, um dos filhos de Deucalião. Como recompensa por sua ajuda, ele pediu — e recebeu — a mão da filha do rei, Creusa, a quem cobiçava. Mas parece que o deus que se unira a Creusa em segredo a odiava por ela ter-se casado com outro, pois seu casamento não foi abençoado com filhos.

Depois de muito tempo, Creusa teve a ideia de dirigir-se ao oráculo de Delfos a fim de lhe pedir a bênção de ter filhos. Isso vinha ao encontro dos desejos de Apolo, que não se esquecera de seu filho. E assim a princesa, com seu marido e um pequeno séquito, partiu em peregrinação ao templo de Delfos. Quando chegaram diante da casa do deus, o jovem filho de Apolo apareceu no limiar da porta para enfeitar as colunas com ramos de loureiro. Avistou então a nobre mulher, que ao ver o templo começou a chorar. O jovem perguntou delicadamente qual era o motivo de sua tristeza.

— Não quero me intrometer — disse ele —, mas diga-me quem você é e de onde vem.

— Sou Creusa — respondeu a princesa. — Meu pai chama-se Erecteu, minha pátria é Atenas.

Com inocente alegria, o jovem exclamou:

— De que terra famosa você vem, de que família nobre você descende! Mas diga-me uma coisa: é verdade o que vemos retratado nos relevos aqui, que o avô de seu pai, Erictônio, brotou da terra como uma planta? E que a deusa Atena prendeu a criança que nasceu da terra numa caixa, colocou-a junto a dois dragões e entregou-a aos cuidados das filhas de Cécrope? E que elas então, por curiosidade, abriram a caixa e enlouqueceram ao avistar o menino, atirando-se do penhasco diante da fortaleza de Cécrope?[13]

---

13. Cécrope, que brotou da terra assim como Erictônio, fundou Atenas, com a fortaleza na Acrópole, que foi chamada Cecrópia. Suas filhas eram Aglaura, Herse e Pândroso. Só a última resistiu à curiosidade, escapando do destino de suas irmãs. Herse era a mãe de Céfalo.

Creusa meneou a cabeça em silêncio, pois o destino de seu antepassado lembrou-lhe a história de seu filho perdido. Mas ele continuou diante dela e fez outras perguntas.

— E também é verdade que seu pai Erecteu foi engolido por uma fenda na terra, que o tridente de Posídon o destruiu e que perto de seu túmulo existe uma gruta que meu senhor, Apolo, ama muito?

— Não me fale dessa gruta, ó estrangeiro — interrompeu-o Creusa.

— Nela foi cometida uma infidelidade e um grande pecado.

A princesa calou-se por alguns instantes, recompôs-se e contou ao jovem guardião do templo que ela era a esposa do príncipe Xuto e que viera em peregrinação a Delfos com ele para suplicar que o deus abençoasse o seu casamento sem filhos.

— Febo Apolo — disse ela — sabe por que não tenho filhos. Só ele pode ajudar-me.

— Você não tem filhos, pobre infeliz? — perguntou o jovem, agora perturbado.

— Há tempo — respondeu Creusa —, e invejo a sua mãe, que pôde ter um filho tão bonito.

— Nada sei de minha mãe nem de meu pai — respondeu, entristecido, o jovem. — Também não sei como cheguei aqui. Só sei que minha madrasta, a sacerdotisa deste templo, se apiedou de mim e me criou. A casa do deus, desde então, é minha morada e sou o seu servidor.

Ouvindo estas palavras, a princesa ficou muito intrigada, mas calou seus pensamentos e disse, tristonha:

— Conheço uma mulher a quem aconteceu o mesmo que à sua mãe, e é em nome dela que vim até aqui. Vou-lhe confiar o segredo dela antes que o seu marido, que também veio nesta peregrinação, mas se desviou no caminho para consultar o oráculo de Trofônio,[14] entre no templo. Essa mulher afirma que antes de seu matrimônio atual foi casada com o grande deus Apolo e que deu à luz um filho, sem que

---

14. Trofônio, arquiteto mítico, construiu um famoso templo em Lebedia (hoje Livádia), na Beócia.

o pai dela soubesse de nada. Ela o abandonou e desde então não teve mais notícias dele. Para saber se a criança está viva ou morta é que vim interrogar o deus, em nome dessa mulher.

— Há quanto tempo o menino morreu? — perguntou o jovem.

— Se ele ainda vivesse, teria a sua idade — respondeu Creusa.

— Como se assemelham o destino de sua amiga e o meu! — exclamou o jovem. — Ela está à procura de seu filho, e eu à procura de minha mãe. Mas tudo isso aconteceu longe daqui, e infelizmente não nos conhecemos um ao outro. Não espere que o deus lhe dê a resposta que você quer. Você veio para queixar-se de uma traição em nome de sua amiga, e ele decerto não vai querer ser juiz de si mesmo!

— Silêncio! — interrompeu-o Creusa. — Aí vem o marido dela. Não deixe que ele perceba nada do que confiei a você!

Xuto vinha chegando alegremente ao templo e aproximou-se de sua mulher.

— Trofônio pronunciou um oráculo favorável — disse. — Não sairei daqui sem filhos! Mas diga-me, quem é este jovem profeta do deus?

O jovem aproximou-se do príncipe com humildade e disse-lhe que era apenas um servidor do templo de Apolo e que no santuário interior os mais nobres dentre os habitantes de Delfos, escolhidos por sorteio, rodeavam a trípode de onde a sacerdotisa pronunciava os seus oráculos. Ouvindo essas palavras, o príncipe disse a Creusa para enfeitar-se com ramos, como o fazem os consulentes, e para orar a Apolo no altar do deus, que ficava ao ar livre, rodeado de loureiros, a fim de que ele lhe enviasse um oráculo favorável. E correu para o santuário do templo, enquanto o jovem tesoureiro do deus continuava sua vigília na entrada.

Pouco tempo depois, o jovem ouviu as portas do recinto sagrado abrirem-se e fecharem-se novamente, com um estrondo. E então viu Xuto sair a toda pressa e alegremente surpreso. Com ímpeto ele abraçou o jovem, chamando-o repetidamente de filho e insistindo em que o beijasse. Mas o jovem, que nada estava entendendo, achou que o velho estava louco e afastou-o com indiferença. Xuto porém não se deixou afastar.

— O próprio deus me revelou — disse ele. — Seu oráculo afirmou: "A primeira pessoa que encontrar fora do templo é seu filho e constitui um presente dos deuses". Na verdade, eu não sabia como isto seria possível, pois antes minha esposa nunca teve filhos. Mas confiei no deus; talvez ele me tivesse revelado o seu segredo.

Então o jovem também foi acometido de alegria, mas só metade da alegria de Xuto. E, em meio aos beijos e abraços de seu pai, suspirou:

— Querida mãe, onde você está? Quem é você? Quando poderei olhar os seus olhos?

E encheu-se de dúvidas, perguntando-se se a mulher de Xuto, que não tinha filhos e a quem não conhecia, haveria de recebê-lo como filho inesperado e como herdeiro, pois não o era segundo as leis, e imaginando como seria recebido em Atenas. Seu pai, a fim de tranquilizá-lo, prometeu apresentá-lo aos atenienses e à sua esposa como um estrangeiro, e não como seu filho, e deu-lhe o nome de Íon, que significa "migrante".

Enquanto isso, Creusa continuava diante do altar de Apolo. Suas preces íntimas foram interrompidas por suas criadas, que se aproximaram lamentando-se.

— Infeliz senhora — disseram elas —, seu marido teve uma grande alegria, mas você jamais poderá abrigar no peito seu próprio filho. Apolo lhe deu um filho, um filho já crescido, que lhe nasceu há tempos de alguma mulher. Quando ele saiu do templo, encontrou-se com esse filho e agora se rejubila por tê-lo achado.

A pobre princesa, cujo espírito fora cegado pelo deus, de maneira que um mistério que lhe era próximo não se revelou, continuou a lamentar o seu destino. Por fim, perguntou qual era o nome do filho adotivo que ela recebera de maneira tão inesperada.

— É o jovem guardião do templo, que você já conhece — responderam as criadas. — Seu pai deu-lhe o nome de Íon. Não sabemos quem é sua mãe. Seu marido dirigiu-se ao altar de Baco para levar-lhe uma oferenda secreta, em sinal de agradecimento pelo filho, e depois celebrar com ele o banquete de reconhecimento. Ele nos proibiu terminantemente, senhora, de informá-la a esse respeito, mas nós a amamos e por isso não obedecemos à proibição. A senhora não nos há de trair!

Chegou então um velho criado, fiel à família dos erectíadas, que muito amava a sua senhora. Censurou Xuto, dizendo que ele era um traidor infiel ao seu casamento. E em seu zelo encarregou-se de eliminar o bastardo, que queria apossar-se da herança dos erectíadas. Creusa, imaginando-se abandonada pelo marido e também por seu antigo amante, o deus Apolo, e dominada pela tristeza, deu ouvidos aos planos assassinos do velho e confiou-lhe o segredo de sua antiga relação com o deus.

Xuto, saindo do templo do deus com Íon, dirigiu-se com ele ao pico do monte Parnaso, onde o deus Baco era reverenciado. Depois de fazer uma libação ao ar livre, Íon, com a ajuda dos criados, ergueu uma tenda espaçosa e enfeitou-a com o belíssimo tapete bordado do templo de Apolo. Na tenda foram colocadas mesas longas, travessas de prata repletas de iguarias e cálices de ouro cheios de excelente vinho. O ateniense Xuto então enviou seu mensageiro a Delfos e convidou todos os moradores a participarem da festa. Logo a tenda encheu-se de comensais coroados. Na hora da sobremesa, um velho, cujos gestos engraçados divertiam os convivas, dirigiu-se ao meio da tenda e pôs-se a servir o vinho. Xuto reconheceu nele o velho criado de sua esposa Creusa, elogiou-lhe a fidelidade e a dedicação diante dos convivas e deixou-o agir livremente. O velho postou-se diante da mesa e começou a servir os convidados. Quando as flautas soaram, ao final do banquete, mandou que os criados retirassem da mesa os cálices pequenos e colocassem diante dos convivas grandes copas de ouro e de prata. Ele mesmo apanhou a mais esplêndida das copas e, como se quisesse honrar seu novo e jovem senhor, aproximou-se de onde este se encontrava e encheu-a com vinho até a borda. Ao mesmo tempo, sem que ninguém percebesse, acrescentou ao vinho um veneno mortal. Quando ele se aproximou de Íon com a copa, derramando no chão algumas gotas de vinho como oferenda, um dos criados, que por acaso ali estava, pronunciou uma maldição.

Íon, que passara toda a sua vida em meio aos costumes sagrados do templo, reconheceu naquilo um mau agouro. Despejou no chão o conteúdo da copa, pediu outra e fez a oferenda do vinho, sendo seguido pelos demais convivas.

Nesse instante um bando de pombas sagradas, que eram alimentadas no templo de Apolo, entrou na tenda. Quando viram o vinho, que todos derramavam no chão, pousaram ao lado das poças e puseram-se a bebericar. Nenhuma delas foi prejudicada, a não ser a que se colocara no lugar onde Íon derramara a primeira copa. Balançou as asas, deu gritos de dor e morreu entre convulsões.

Íon, então, levantou-se de seu assento e, cerrando o punho, gritou:

— Onde está o homem que queria me matar? Fale, velho! Foi você quem preparou a bebida para mim!

E, dizendo isso, agarrou o velho pelos ombros. Surpreso e assustado, o velho confessou o seu crime e disse ter sido Creusa a mandante. Íon, então, deixou a tenda, e os convivas o seguiram alvoroçados. Uma vez lá fora, ergueu os braços, rodeado pelos nobres habitantes de Delfos, e exclamou:

— Terra sagrada, você será testemunha de que essa mulher quis me envenenar!

— Vamos apedrejá-la! Vamos apedrejá-la! — gritaram todos à sua volta, em uníssono. E junto com Íon partiram em busca da criminosa. Xuto foi arrastado pela multidão, sem saber o que estava acontecendo.

Creusa, junto ao altar de Apolo, aguardava o resultado de seu gesto desesperado.

Mas tudo acontecera de maneira diferente da esperada. Um alarido distante despertou-a de seu torpor. Antes que se aproximasse, um cavaleiro de seu marido que lhe era o mais fiel de todos, adiantara-se da multidão para lhe revelar a descoberta do crime e anunciar-lhe a decisão do povo de Delfos. Suas criadas a rodearam.

— Permaneça dentro do altar, senhora — disseram elas —, pois se o recinto sagrado não a proteger de seus assassinos, sobre eles recairá uma culpa de sangue inexpiável!

Enquanto isso a multidão enfurecida, liderada por Íon, aproximava-se cada vez mais. E as palavras dele, levadas pelo vento, eram facilmente compreensíveis:

— Os deuses me quererão bem — gritava ele —, se assim eu me libertar de uma madrasta que me odeia. Onde está ela? Atirem a assassina do mais alto dos penhascos!

Tinham chegado ao altar. Íon agarrou a mulher, sua própria mãe e a quem ele considerava como sua inimiga mortal, a fim de arrastá-la para fora dali, pois a santidade do altar oferecia-lhe um refugio inviolável. Mas Apolo não queria que seu filho fosse o assassino de sua mãe. Iluminou a sacerdotisa que pronunciara a profecia, de maneira que ela compreendeu toda a situação e ficou sabendo que Íon não era filho de Xuto, e sim de Apolo e Creusa. Deixou a trípode, apanhou a cesta na qual o recém-nascido fora abandonado diante do templo e correu com ela para o altar, onde Creusa lutava com Íon por sua vida.

Vendo que a sacerdotisa se aproximava, Íon correu em sua direção e exclamou:

— Bem vinda, querida mãe, pois é assim que eu a chamo, embora não tenha sido você quem me deu à luz. Soube de que cilada escapei? Mal encontrei meu pai, e já a sua mulher está tramando a minha morte!

Advertindo-o, a sacerdotisa disse:

— Íon, vá para Atenas sem manchar sua mão!

Íon refletiu um momento antes de responder.

— Mas isso não é justo — disse então —, matar os nossos inimigos?

— Não faça nada antes de me ouvir — redarguiu a honrada mulher.
— Está vendo esta velha cestinha? Foi aqui que você foi abandonado.

— E de que me adianta essa cesta? — perguntou Íon.

— Ela contém as fraldas com as quais você foi abandonado — respondeu a sacerdotisa.

— Minhas fraldas? — exclamou Íon, surpreso. — Mas isso é uma pista que me pode levar a encontrar minha mãe!

A sacerdotisa entregou-lhe a cestinha aberta e Íon, ansioso, enfiou a mão dentro dela e puxou os panos cuidadosamente dobrados. Enquanto ele observava aquelas provas com os olhos rasos de lágrimas, Creusa acalmou-se. Um olhar sobre a cestinha revelou-lhe toda a verdade. De um salto ela deixou o altar e, com um grito de alegria, exclamou:

— Meu filho!

E abraçou o atônito Íon. Mas ele olhou para ela desconfiado e tentou desvencilhar-se. Creusa recuou e disse:

— Essas fraldas são a prova, filho! Desdobre-as e verá o sinal que eu vou lhe descrever. No meio do pano está desenhada a cabeça da górgona, cercada de serpentes, como na égide.

Incrédulo, Íon desdobrou as fraldas. Mas então, enchendo-se de alegria, gritou:

— Grande Zeus! Aqui está a górgona, e aqui estão as serpentes!

— Na cesta deve haver também pequenos dragões de ouro — continuou Creusa — para lembrar os dragões da caixa de Erictônio, e um colarzinho para o recém-nascido.

Íon continuou a revolver a cesta e, com um sorriso de contentamento, logo tirou dali as imagens dos dragões.

— E o último sinal — regozijou-se Creusa — há de ser um ramo de uma oliveira que jamais murcha, colhido da oliveira de Atena.[15] Foi com essa coroa que coroei a cabeça de meu filho recém-nascido.

Íon revolveu o fundo da caixa e tirou de lá um belo ramo de oliveira.

— Mãe, mãe! — exclamou, soluçando. E, abraçando Creusa, cobriu-lhe o rosto de beijos. Por fim soltou-a: queria ir para junto de seu pai, Xuto. Creusa então revelou o segredo de seu nascimento e disse-lhe que ele era filho do deus em cujo templo servira por tantos anos.

Xuto aceitou Íon como preciosa dádiva divina e os três voltaram ao templo para agradecer ao deus. Do alto de sua trípode, a sacerdotisa augurou que Íon seria o fundador de uma grande dinastia, a dos jônios.

---

15. Uma vez, quando Atena e Posídon, que estavam disputando a terra da Ática, tentavam superar um ao outro com dádivas valiosas, Posídon golpeou com seu tridente o rochedo do castelo de Atenas (Acrópole), fazendo brotar dele água do mar. Mas na mesma montanha, Atena plantou a primeira oliveira, e essa dádiva foi a mais valiosa, motivo pelo qual a terra, daquele dia em diante, ficou consagrada à inteligente e guerreira deusa.

Regozijando por tudo ter terminado tão bem, e cheios de esperança no futuro, o régio casal ateniense partiu de volta para seu lar com o filho reencontrado e todos os moradores de Delfos os acompanharam.

Dédalo e Ícaro

Dédalo de Atenas era também um erectíada, filho de Metíon e bisneto de Erecteu. Homem habilidoso, era um construtor e escultor que trabalhava com pedras. No mundo inteiro suas obras eram admiradas, e de suas estátuas se dizia que eram como criaturas dotadas de alma. Nas obras dos mestres mais antigos, os olhos eram sempre fechados e as mãos, junto à parte lateral do corpo, pendiam sem vida. Ele foi o primeiro a conferir olhos abertos às suas esculturas e a fazer com que estendessem as mãos e parecessem estar caminhando. Mas Dédalo era vaidoso e ciumento, e essa fraqueza levou-o ao crime e à miséria. Tinha ele um sobrinho, chamado Talo,[16] a quem ensinou sua arte e que prometia tornar-se um artista maior ainda do que seu tio e mestre. Já em sua juventude, Talo descobriu o torno para cerâmica. Usando a mandíbula de uma serpente como serra, cortou com ela uma tábua fina. Depois reproduziu em ferro a mesma ferramenta e assim inventou a serra. Foi também ele quem descobriu o torno de ferro, ligando entre si duas hastes, uma das quais ficava parada enquanto a outra se movia. Inventou outras ferramentas mais, tudo sem a ajuda de seu mestre, e assim logo conquistou fama. Dédalo temia que o nome do aluno logo superasse o do mestre. A inveja dominou-o e ele matou o jovem traiçoeiramente, jogando-o do alto da cidadela de Atenas. Surpreendido no momento em que enterrava o jovem, alegou que estava enterrando uma serpente, mas ainda assim foi acusado de assassinato pelos juízes do Areópago e declarado culpado.

---

16. Outras versões o chamam de Pêrdix.

Dédalo fugiu e vagou pela Ática até chegar à ilha de Creta. Ali, foi acolhido pelo rei Minos, de quem se tornou amigo, sendo por ele muito considerado graças à sua condição de artista famoso. O rei encarregou-o de construir uma morada para o Minotauro, onde o monstro ficasse afastado da vista dos seres humanos. O Minotauro era um monstro terrível, uma criatura híbrida: da cabeça até os ombros tinha a forma de touro, enquanto o resto do corpo apresentava a forma humana. O criativo Dédalo concebeu o labirinto, uma construção cheia de curvas irregulares que desorientavam os olhos e os pés de quem nela penetrasse. Os incontáveis corredores multiplicavam-se uns dentro dos outros como o caminho tortuoso do rio Meandro, na Frígia, que ora flui numa direção, ora noutra, encontrando-se amiúde com suas próprias ondas. Quando a construção ficou pronta e Dédalo a testou, seu criador só conseguiu encontrar a saída à custa de muito esforço. O Minotauro foi escondido no interior do labirinto e como alimento recebia sete rapazes e sete moças que, de nove em nove anos, em virtude de um antigo compromisso, a cidade de Atenas era obrigada a enviar ao rei de Creta.

Entretanto, Dédalo sofria, banido que fora de sua querida terra, a tortura de ser obrigado a passar a vida inteira junto a um rei tirânico,[17] numa ilha cercada de mar por todos os lados. Seu espírito criativo imaginava um meio de salvar-se. "Ainda que Minos me feche as portas da terra e da água, o ar permanece livre," pensou. Começou, pois, a colecionar penas de pássaros de diversos tamanhos. Principiando pelas menores, sempre adicionava uma um pouco maior, de forma que parecia que elas tinham crescido assim. Prendeu as penas pelo meio com fios, fixou-as por baixo com cera e encurvou delicadamente aquela estrutura que se assemelhava inteiramente a uma asa. Dédalo tinha um filho chamado Ícaro. Este gostava de ficar com o pai, ajudando-o em seu trabalho com suas mãos infantis. O pai não se incomodava com isso e sorria diante dos esforços inábeis do filho.

---

17. Em outros mitos, Minos aparece como um soberano sábio, justo e piedoso.

Depois de ter dado a última demão em sua obra, Dédalo prendeu as asas em seu corpo e ergueu-se no ar, leve como um pássaro. Voltou então à terra e mostrou a seu filho, para quem preparara um par de asas menor, como ele teria de fazer.

— Voe sempre a meia altura — disse-lhe. — Se você voar muito baixo, as asas podem se molhar na água do mar, ficando muito pesadas e fazendo você despencar. Mas, se voar alto demais, suas penas poderão aproximar-se demais dos raios do sol e incendiar-se de repente.

Depois dessas palavras, Dédalo prendeu as asas nos ombros do filho, mas suas mãos tremiam enquanto o fazia. Então abraçou e beijou o menino.

Em seguida ambos alçaram voo com suas asas. O pai voava na frente. Estava preocupado como um pássaro cujos filhotes deixam o ninho pela primeira vez. De tempos em tempos olhava para trás, a ver como estava seu filho. No início tudo correu bem. Logo tinham à esquerda a ilha de Samos, e depois passaram sobre Delos e Paros.

Mas, como tudo estivesse indo tão bem até então, o jovem Ícaro exaltou-se. Ousado, voou mais alto e não deixou de ser punido por isso, pois os raios quentes do sol fizeram com que a cera amolecesse e, antes que Ícaro pudesse se dar conta do que estava acontecendo, as asas dissolveram-se e lhe caíram de ambos os lados dos ombros. O menino, desesperado, agitava os braços desnudos, mas não conseguia sustentar-se no ar, e assim caiu no mar, afogando-se em suas ondas. Tudo aconteceu tão depressa que Dédalo nem sequer se deu conta da tragédia. Quando se voltou mais uma vez para olhar o filho, este já não estava lá.

— Ícaro, Ícaro! — exclamou, tomado de medo —, onde você está, onde devo procurá-lo?

Por fim, cheio de temor, olhou para a água, onde viu as penas flutuando. Então baixou o voo e aterrissou numa ilha, onde tirou as asas. Logo as ondas do mar trouxeram o corpo de seu filho até a praia. Com isso Talo, o jovem assassinado, estava vingado. Desesperado, o pai enterrou seu filho. Em sua memória, a ilha a cujas praias chegara o cadáver foi chamada Icária.[18]

Depois que enterrou o filho, Dédalo prosseguiu em direção à grande ilha da Sicília, onde reinava o rei Cócalo. Como sucedera com Minos em Creta, também ali ele foi bem recebido, e sua arte deixou os habitantes muito admirados. Por muito tempo continuou a existir um lago artificial escavado por ele e do qual saía um rio largo que desembocava no mar. Sobre o mais íngreme dos rochedos, onde mal havia espaço para duas árvores, erigiu uma cidade fortificada, e o caminho que conduzia até ali, por ele construído, era tão íngreme que bastavam três ou quatro homens para defendê-la. Essa fortaleza inatingível foi escolhida por Cócalo para guardar os seus tesouros. A terceira obra de Dédalo na ilha da Sicília foi uma caverna profunda. Ali se armazenava o vapor do fogo subterrâneo, de maneira que a permanência na caverna úmida era tão agradável quanto numa sala moderadamente aquecida: o corpo começava a transpirar sem ser incomodado pelo calor. Também o templo de Afrodite nas colinas de Érix foi ampliado por ele, que dedicou à deusa um favo de mel feito de ouro, elaborado com grande arte e muito semelhante a um verdadeiro favo de mel.

Entretanto, o rei Minos descobriu que Dédalo fugira para a Sicília e, para trazê-lo de volta à força, lançou uma expedição guerreira contra a ilha. Preparou uma grande esquadra e partiu de Creta em direção a Agrigento. Ali chegando, desembarcou as suas tropas e enviou mensageiros ao rei Cócalo, pedindo-lhe que entregasse o fugitivo. Mas Cócalo, irritado com a invasão do tirano estrangeiro, imaginou uma maneira de destruí-lo. Fingindo que obedecia aos pedidos do cretense, convidou-o para um encontro. Minos compareceu e foi recebido por Cócalo com grande hospitalidade. Foi-lhe oferecido um banho quente para que descansasse da penosa viagem. Mas, quando ele estava sentado na banheira, Cócalo mandou aquecê-la por tanto tempo que Minos morreu sufocado na água fervente. O rei da Sicília entregou o cadáver aos cretenses, afirmando que o rei tinha escorregado no banho e caí-

---

18. Segundo uma outra tradição, o cadáver foi encontrado e enterrado por Héracles.

do na água fervente. Com grande esplendor Minos foi enterrado em Agrigento por seus compatriotas e sobre o seu túmulo se construiu um templo em honra a Afrodite.

Dédalo permaneceu como protegido do rei Cócalo, formou muitos artistas famosos e foi o fundador da cultura da Sicília. Mas, depois da morte de seu filho Ícaro, ele não pôde mais ser feliz, e, se por um lado, graças ao seu talento, criava a beleza na terra que o acolhera, sua velhice foi triste e cheia de sofrimentos. Dédalo morreu na ilha da Sicília, onde foi enterrado.

Tântalo

Tântalo, filho de Zeus, reinava em Sípilo, na Lídia, e era extraordinariamente rico e famoso. Por causa de sua origem nobre, os deuses fizeram dele seu amigo íntimo, e por fim foi-lhe concedido o privilégio de comer à mesa de Zeus e de ouvir tudo o que os deuses planejavam entre si. Mas seu espírito vaidoso não se mostrou digno dessa confiança, e ele começou a cometer crimes contra os deuses. Revelou aos mortais os segredos deles, roubou de suas mesas o néctar e a ambrosia, distribuindo-os entre os seus companheiros na terra, ocultou o precioso cão de ouro furtado do templo de Zeus em Creta, e quando este o pediu de volta, jurou nunca tê-lo visto. Por fim, teve a ousadia de convidar os deuses para um banquete, com o fito de pôr à prova sua onisciência. Mandou matar seu próprio filho Pélope e serviu sua carne na refeição. Só Deméter, mergulhada em preocupações por causa do rapto de sua filha Perséfone, provou daquele prato abominável. Os demais deuses perceberam o crime, atiraram os pedaços do menino num caldeirão e Cloto, uma das parcas, fez com que ele ressuscitasse. O ombro do qual Deméter comera um pedaço foi substituído por marfim.

Com isso Tântalo esgotou a medida de seus crimes. Os deuses o precipitaram nos Ínferos, onde padeceria terríveis torturas. Preso no meio de um lago, as ondas lambiam-lhe o queixo; mas ele sofria de uma sede insuportável e nunca podia alcançar a bebida que lhe estava tão próxima. Quando ele se curvava para levar a boca ávida até a água, o lago baixava e ele se via em terra seca. Ao mesmo tempo, era atormentado por uma fome terrível. Atrás dele, às margens do lago, cresciam esplêndidas árvores frutíferas cujos galhos, carregados de frutas, pendiam sobre a sua cabeça. Quando ele erguia os olhos, avistava peras suculentas, maçãs rosadas, romãs reluzentes, figos perfumados e olivas verdejantes. Mas, tão logo tentava alcançá-las, um vento forte afastava os galhos. A esses sofrimentos infernais juntava-se o constante temor da morte, pois um gigantesco rochedo pendia no ar sobre a sua cabeça, ameaçando cair em cima dele a qualquer instante.

E assim Tântalo pagou pelo seu desrespeito aos deuses, padecendo nos Ínferos uma tortura tríplice e sem fim.

Pélops

Ao contrário de seu pai, Pélops, o filho de Tântalo, honrava os deuses piedosamente. Depois que seu pai foi banido para os Ínferos, ele foi expulso do reino paterno pelo rei troiano Ilo e emigrou para a Grécia. Ainda era um jovem, em cujas faces a barba começava a aparecer, quando escolheu para si uma mulher, Hipodâmia, a mais bela das filhas do rei Enômao de Elice. Era uma moça difícil de se conquistar, pois um oráculo anunciara ao rei que ele morreria se sua filha arranjasse um marido. Por isso o rei, temeroso, fez tudo o que podia para manter longe dela qualquer pretendente. Mandou anunciar em todos os reinos que aquele que quisesse casar-se com sua filha teria de vencê-lo numa corrida de carruagem. Mas, se o rei vencesse, o pretendente seria morto.

A corrida começaria em Pisa[19] e prosseguiria em direção ao altar de Posídon, no estreito de Corinto. O próprio rei determinaria a se-

---

19. Pisa, a antiga cidade real da Élida, desapareceu totalmente depois de ser destruída pelos espartanos em 455 a.C.

quência da partida das carruagens. Ele mesmo ofereceria um carneiro a Zeus, enquanto o pretendente partiria na frente, numa carruagem com quatro cavalos. Ele só começaria a correr depois de ter oferecido o seu sacrifício, perseguindo o pretendente com uma lança na mão, em sua carruagem conduzida por Mírtilo. Se conseguisse alcançar a carruagem que partira antes, perfuraria o peito do pretendente com a sua lança. Quando os muitos pretendentes que desejavam conquistar a bela Hipodâmia souberam dessas condições, não se deixaram intimidar. Achando que o rei Enômao fosse um velho fraco que, sabendo não ser mais capaz de competir com os jovens, lhes concedia tal vantagem, de maneira a poder justificar a sua derrota com tamanha generosidade, muitos vinham à Élida cortejar a donzela. O rei sempre os recebia amistosamente, cedia-lhes duas parelhas de cavalos e a carruagem. E, sem pressa, ia oferecer o seu sacrifico a Zeus. Só então subia para uma carruagem leve, diante da qual estavam atrelados os seus dois cavalos, Fila e Harpina, que corriam mais depressa do que o Vento Norte. Nessa carruagem, seu condutor sempre alcançava os pretendentes antes que chegassem ao fim da corrida, e inesperadamente eles eram perfurados por trás pela lança do rei. Dessa maneira ele já tinha liquidado doze pretendentes.

Foi então que, em busca de sua noiva, Pélops chegou à península que mais tarde levaria o seu nome: o Peloponeso. Logo ficou sabendo do que acontecera aos pretendentes anteriores. À noite, dirigiu-se à praia e invocou o seu protetor, o poderoso Posídon, que emergiu das ondas aos seus pés.

— Poderoso deus — suplicou Pélops —, se até mesmo a vós são agradáveis os dons da deusa do amor, permiti então que eu seja poupado da lança de Enômao. Levai-me pelo caminho mais rápido à Élida e conduzi-me à vitória.

A súplica de Pélops não foi em vão. Uma reluzente carruagem de ouro, com quatro cavalos alados, rápidos como flechas, ergueu-se do mar. Pélops lançou-se sobre ela, voando com o vento para participar da competição na Élida. Quando o viu chegando, Enômao assustou-se, pois reconheceu imediatamente as parelhas de cavalos do deus dos mares. Mas nem assim quis negar ao estrangeiro o direito de participar da competição, impondo-lhe as condições de sempre. Confiava na força miraculosa de seus próprios cavalos. Depois que seus cavalos descansaram da viagem através da península, Pélops começou com eles o percurso determinado. Já estava bem perto do final quando o rei, que, como de costume, fizera a Zeus a oferenda de um carneiro, o alcançou com seus cavalos rápidos como flechas, pronto para desferir no ousado pretendente o golpe mortal. Mas Posídon, que protegia Pélops, fez com que no meio da corrida as rodas da carruagem do rei se soltassem, arrebentando-a. Enômao caiu no chão de maneira tão desastrada que morreu. No mesmo instante, Pélops chegava ao final da corrida. Quando ele se voltou, viu que o palácio real estava em chamas. Um raio o incendiara e o destruíra inteiramente, deixando apenas uma coluna em pé. Pélops correu com sua carruagem alada para o palácio em chamas e salvou sua noiva.

Mais tarde Pélops expandiu os seus domínios sobre toda a terra da Élida. Dentre outros lugares, conquistou Olímpia, onde estabeleceu os famosos jogos olímpicos. Os filhos dele e de Hipodâmia, dentre os quais os principais foram Atreu, Tiestes e Piteu, dispersaram-se por todo o Peloponeso, fundando reinos próprios (cf. também "Os últimos tantálidas", As mais belas histórias da Antiguidade Clássica, vol II – Os mitos de Troia).

Níobe

Níobe, a rainha de Tebas, era uma mulher orgulhosa. Anfíon, seu marido, recebera das musas uma lira esplêndida, e foi ao som dessa lira que as pedras que constituem as muralhas de Tebas se juntaram por si sós. Seu pai era Tântalo, o hóspede dos deuses — antes de sua queda nos Ínferos. Ela reinava sobre um país poderoso e era cheia de nobreza espiritual e de uma beleza majestosa. Porém o que mais a alegrava eram seus sete filhos e sete filhas.[20] Níobe era considerada a mais feliz de todas as mães, e também ela estava convencida disso.

Certa vez a vidente Manto, filha do profeta Tirésias, tomada pelo espírito divino, clamou nas ruas de Tebas para que as mulheres honrassem a Leto e seus filhos gêmeos, Apolo e Ártemis. Dizia a todas que coroassem seus cabelos com folhas de louro e trouxessem oferendas de incenso. Quando as tebanas se juntaram, Níobe apareceu em meio à multidão de seu séquito real. Ostentava um vestido bordado a ouro e reluzia de beleza. E assim estava ela em meio às mulheres que ofereciam sacrifício a céu aberto. Voltando os olhos orgulhosos para a multidão, exclamou:

— Por que precisam honrar a esses deuses, sobre os quais todos contam histórias, se há entre vocês criaturas que foram mais abençoadas pelos céus? Se vocês constroem altares para Leto, por que não oferecem incenso a mim? Afinal, Tântalo é meu pai, o único mortal a partilhar da mesa dos imortais, e minha mãe é Dione, irmã das plêiades, que luzem nos céus como uma constelação. Um de meus antepassados é Atlas, o Poderoso, que sustenta nos ombros a abóbada celeste; meu avô é Zeus, o pai dos deuses; até mesmo os povos da Frígia me obedecem; a cidade de Cadmo, e até suas muralhas, que se construíram pelo som da lira, obedecem a mim e ao meu marido. Cada parte de meu palácio ostenta tesouros inestimáveis, minha aparência é digna de uma deusa e tenho filhos como nenhuma outra mãe os teve: sete filhas esplêndidas e sete filhos fortes; e logo terei o mesmo número de genros e noras. Perguntem, então, se não tenho motivos suficientes para me orgulhar. Vocês ainda ousam colocar Leto acima de mim, a filha dos Titãs, a quem primeiro a vasta terra não quis acolher para que desse à luz, até que a ilha flutuante de Delos se apiedasse da grávida errante? Foi lá que ela deu à luz dois filhos, coitada. Esta é a sétima parte de minha alegria materna! Quem nega que sou mais feliz, quem duvida que continuarei sendo mais feliz do que

---

20. Esse número varia de acordo com várias versões do mito.

ela? A deusa do destino teria muito trabalho para destruir as minhas riquezas! Parem, pois, com essas oferendas! Voltem para as suas casas e não tornem a encontrar-se para fazer tamanha tolice!

Assustadas, as mulheres tiraram as coroas da cabeça, deixaram inacabados os sacrifícios e voltaram em silêncio para casa. Enquanto isso, tentavam aplacar a deusa ofendida com orações silenciosas.

No cume de monte Cinto, em Delos, Leto estava com os seus gêmeos e observava com seus olhos de deusa o que acontecia na distante Tebas.

— Vejam, crianças: eu, sua mãe, que estou tão orgulhosa por seu nascimento, que não temo nenhuma deusa, exceto Hera, estou sendo ofendida por uma mortal desavergonhada. Vou ser afastada dos velhos e sagrados altares se não me ampararem, meus filhos! Vocês também estão sendo insultados por Níobe!

Febo[21] interrompeu sua mãe.

— Pare de se lamentar, pois com isso só conseguirá retardar sua punição!

Sua irmã concordou, ambos esconderam-se no meio de uma camada de nuvens e logo chegaram à cidade e ao palácio de Cadmo. Diante das muralhas estendia-se um campo vasto, destinado a competições e treinos equestres. E ali os sete filhos de Níobe estavam se divertindo. Uns cavalgavam cavalos selvagens, outros brincavam num carrossel. O mais velho, Ismeno, fazia seu cavalo trotar em círculos quando, de repente, deixou as rédeas escorregarem de suas mãos adormecidas e caiu lentamente, atingido por uma flecha no meio do coração. Seu irmão Sípilo, que estava perto, ouviu o zumbido da flecha atravessando o ar e fugiu a rédeas soltas. Ainda assim foi apanhado por uma lança e, saltando por cima da crina do cavalo, caiu no chão, mortalmente ferido. Dois outros — um chamava-se Tântalo, como seu avô, o outro Fédimo — estavam no chão lutando. O arco disparou novamente e ambos foram perfurados por uma flecha. O quinto filho, Alfenor, viu-os morrendo. Horrorizado, correu para junto deles e com seus abraços tentou

---

21. Febo, "o Brilhante", é um epíteto latino de Apolo.

reavivar os corpos inertes e frios dos irmãos, mas também ele caiu sem vida, pois Febo Apolo lançou o ferro mortal ao fundo de seu coração. Damasícton, o sexto, um jovem delicado de longos cabelos cacheados, foi atingido por uma flecha no calcanhar, e, quando se inclinava para trás a fim de tirar a seta com as mãos, uma outra penetrou profundamente sua boca aberta. O último e mais jovem dos filhos, o menino Ilíoneu, que vira tudo aquilo, ajoelhou-se, abriu os braços e suplicou:

— Deuses, tenham piedade de mim!

Até mesmo o terrível atirador ficou comovido, mas já não era possível trazer de volta a flecha que lançara. O menino caiu morto, mas foi o que morreu com a ferida mais leve.

A notícia dessa desgraça espalhou-se rapidamente por toda a cidade. Anfíon, o pai, ao ouvir o relato assustador, atirou-se sobre a própria espada. Os lamentos dos criados e de todo o povo logo chegaram aos quartos das mulheres. Níobe não conseguia entender a terrível situação. Simplesmente não podia acreditar que os deuses fossem tão poderosos. Mas logo não restavam mais dúvidas. Quão pouco se parecia ela agora com a Níobe que pouco antes afastara o povo dos altares da poderosa deusa, caminhando pela cidade com a cabeça erguida, orgulhosa! Ela correu para o campo e abraçou seus filhos. Ergueu então os braços para o céu e gritou:

— Alegre-se agora com a minha desgraça, sacie o seu coração, cruel Leto! A morte desces sete filhos me lança ao túmulo!

Suas sete filhas, já trajadas de luto, também se haviam aproximado, gemendo e arrancando os cabelos. Ao vê-las, um raio de alegria e vingança iluminou o rosto pálido de Níobe. Esqueceu-se de tudo, olhou irônica para o céu e disse:

— Não, mesmo na minha infelicidade, resta-me mais do que a você na sua felicidade! Mesmo depois de tantos sofrimentos, ainda sou a mais rica!

Mal acabara de pronunciar essas palavras, quando se ouviu o ruído da corda de um arco sendo puxada com toda a força. Todos se assustaram, exceto Níobe. A infelicidade tornara-a corajosa. Subitamente, uma das irmãs levou a mão ao coração. Arrancou uma flecha e caiu, inconsciente, sobre seu irmão morto. Outra irmã correu para junto da infeliz mãe para consolá-la mas, atingida pela morte, calou-se instantaneamente. A terceira caiu no chão quando fugia. As demais caíram em cima das irmãs moribundas. Só ficou a última, que se refugiara no colo da mãe, escondendo-se nas dobras de seu vestido.

— Deixe-me pelo menos uma — suplicou Níobe aos céus, cheia de dor —, a mais jovem delas!

Mas nem acabara de falar e já a criança lhe caía do colo. Só restou Níobe, sentada no meio dos corpos de seu marido, dos filhos e das filhas. Tamanha dor deixou-a ali paralisada. Nem a brisa fazia seus cabelos oscilarem. O sangue lhe desaparecera do rosto, seus olhos permaneciam imóveis, em seu corpo já não havia vida e o sangue lhe parou nas veias. Tornara-se uma rocha fria. Só continuavam a viver nela as lágrimas, que lhe corriam sem parar dos olhos petrificados. Então uma forte ventania ergueu a pedra e levou-a, pelos ares e pelo mar, até a antiga terra de Níobe, na Lídia, numa montanha deserta, sob os penhascos de Sípilo. E até hoje Níobe permanece no cume da montanha, sob a forma de um rochedo de mármore que ainda verte lágrimas.

Actéon

Actéon era filho do deus Aristeu, que tinha paixão pela caça, e de Autônoe, uma das filhas de Cadmo. Na juventude ele aprendeu os segredos da caça com o centauro Quíron. Uma vez ele caçava alegremente com seus companheiros, nas florestas do monte Citéron, quando o causticante sol do meio-dia os levou a desejar a fresca sombra das árvores. O jovem reuniu seus companheiros e disse:

— Por hoje já caçamos o suficiente. Vamos dar a caçada por encerrada! Amanhã continuaremos.

Dispensou, pois, seus companheiros de caça e, seguido de seus cães, penetrou na floresta em busca de um lugar sombreado para cochilar durante a hora mais quente do dia.

Ali perto havia um vale cheio de pinheiros e de altos ciprestes. Chamava-se Gargáfie e era consagrado a Ártemis. Num dos lados do vale escondia-se uma gruta recoberta de árvores, e junto dela brotava uma fonte murmurante cuja água cristalina formava um pequeno lago. Ali a virginal deusa costumava banhar-se quando estava cansada de suas caçadas. Naquele momento, acompanhada das ninfas que a serviam, ela adentrou na gruta. Entregou à sua portadora de armas a lança de caça, o arco e as flechas. Uma outra ninfa despiu a deusa, enquanto duas lhe tiraram as sandálias e a bela Crócale, a mais habilidosa de todas, juntou num coque seus cabelos ondulados. As ninfas então apanharam água e a derramaram sobre o seu corpo.

Enquanto a deusa se alegrava com o banho refrescante, o neto de Cadmo aproximou-se pela floresta. Sem saber o que fazia, penetrou no bosque sagrado de Ártemis. Estava contente por ter encontrado um lugar onde pudesse descansar. Quando as ninfas o avistaram, gritaram e colocaram-se em volta de sua senhora para ocultá-la dos olhos do estranho. Mas a deusa era mais alta do que todas elas. Seu rosto corou de ódio e de vergonha, e seus olhos fixaram-se no intruso. Ele continuava imóvel, surpreso e ofuscado por aquela imagem maravilhosa. Infeliz! Se tivesse fugido o mais rápido possível! A deusa inclinou-se subitamente para o lado, apanhou com a mão um pouco da água da fonte, espirrou-a no rosto e nos cabelos do jovem e exclamou com voz ameaçadora:

— Agora conte aos mortais o que você viu, se for capaz!

Mal acabara de pronunciar essas palavras e ele se viu tomado de indescritível terror. Saiu correndo dali e, enquanto corria, admirou-se de sua própria velocidade. O infeliz não percebeu que uma galhada lhe brotara da testa, que seu pescoço se encompridara, suas orelhas tornaram-se pontiagudas, seus braços transformaram-se em patas e suas mãos em cascos. Seus membros logo se cobriram de um pelo malhado e ele já não era um ser humano. A deusa, enfurecida, transformara-o em veado. Enquanto fugia, ele observou o seu reflexo na água.

— Ai de mim! — tentou exclamar, mas sua boca permanecia muda. Lágrimas lhe rolavam pelas faces. Só lhe restavam o coração e a inteligência.

Que fazer? Voltar para o palácio de seu avô? Esconder-se nas profundezas da floresta? Enquanto o temor e a vergonha confrontavam-se em seu íntimo, ele foi avistado pelos seus cães. E então toda a matilha atirou-se sobre o que lhes parecia ser um veado. Sedentos de caça, perseguiram-no pelas montanhas e vales, por rochedos íngremes e precipícios ameaçadores. Apavorado, ele voava por aquelas regiões que conhecia bem, onde tantas vezes perseguira a caça. E agora era ele o perseguido. Finalmente o chefe da matilha o alcançou, latindo furiosamente. Agarrou-o pelas costas e todos os outros cães atiraram-se sobre ele, ferindo-o com os dentes afiados. Nesse instante, atraídos pelos latidos dos cachorros, chegaram os seus companheiros. Com os gritos de sempre, incitaram os cães a atacar e chamaram o seu senhor:

— Actéon — ecoaram suas vozes pela floresta —, onde está você? Veja que animal esplêndido!

Entrementes o infeliz morria, atingido pelas lanças de seus amigos.

Procne e Filomela

Reinava outrora em Atenas o rei Pandíon, filho de Erictônio, que nascera da Terra, e da ninfa Pasítea. Pandíon casou-se com uma bela náiade, chamada Zeuxipa, que lhe deu dois filhos gêmeos, Erecteu e Butes, assim como duas filhas, Procne e Filomela. Sucedeu então que o rei de Tebas, Lábdaco, brigou com Pandíon e invadiu a Ática. Apesar de corajosa resistência, os atenienses tiveram que recuar para o interior de sua cidade, e, nessa situação de emergência, Pandíon recorreu à ajuda do agressivo príncipe trácio Tereu, filho do deus da guerra, Ares. Esse atravessou o mar rapidamente e com seus violentos guerreiros logo expulsou os tebanos da Ática. Como agradecimento ao famoso libertador, Pandíon deu-lhe como esposa sua filha Procne.

Mas quem rondou o cortejo nupcial não foi Himeneu, o deus das noivas, nem Hera, a deusa que protege o casamento, nem as belíssimas graças. As terríveis erínias agitavam lúgubres tochas que tinham sido roubadas de um funeral, e o bufo, ave de mau agouro, sentou-se no telhado da casa onde Tereu se casava com Procne. Sem desconfiar de nada, o jovem casal atravessou o mar alegremente. Agradeceram aos deuses e foram recebidos com júbilo pelos trácios. E quando Procne deu à luz um filho, Ítis, houve festas em toda a Trácia.

Cinco anos tinham-se passado, quando Procne, que frequentemente se sentia só longe de sua terra amada, foi tomada de saudades de sua única irmã, Filomela. Aproximou-se então de seu marido e disse:

— Se você ainda me ama um pouco, deixe-me viajar para Atenas a fim de buscar minha irmã, ou vá buscá-la você mesmo e traga-a até aqui. Prometa a meu pai que logo a levará de volta, pois ele a ama muito e não vai querer ficar muito tempo longe dela.

Tereu deixou-se convencer facilmente e viajou de navio para Atenas. Logo chegou ao porto de Pireu, onde seu sogro lhe deu as boas-vindas. Quando chegaram à cidade, Tereu comunicou ao rei o pedido de sua mulher e garantiu ao rei que zelaria pela rápida volta de Filomela. Ela então se apresentou, esplêndida, para cumprimentar seu cunhado e fazer mil perguntas sobre a irmã distante. Mas, quando Tereu avistou a linda donzela, seu coração se viu acometido de uma paixão intempestiva e ele decidiu raptá-la a qualquer preço.

Enquanto essa paixão ilimitada se agitava em seu peito, ele falava dos desejos de sua mulher, que estava morrendo de saudades da irmã. Embora tramasse planos indignos, agia como se fosse um marido carinhoso, e Pandíon o elogiou por isso. Filomela também deixou-se embair e abraçou seu pai, suplicando-lhe que lhe desse o consentimento para fazer a viagem. Com o coração pesaroso, ele consentiu. Filomela agradeceu-lhe e os três entraram no palácio do rei para se refrescar com um vinho generoso e excelentes iguarias. Depois que o sol se pôs no horizonte, os três se separaram para descansar.

A manhã raiava. Ao despedir-se, o velho Pandíon apertou a mão do genro e, enquanto as lágrimas se derramavam sobre o seu rosto, disse:

— Meu caro filho, só porque todos vocês o desejam é que lhes confio minha querida filha. Suplico-lhe, em nome de seu casamento e de nosso parentesco, em nome dos deuses imortais, que a proteja como um pai amoroso e a mande logo de volta!

Assim disse ele, beijando a filha querida. Em seguida lhes deu a mão, mandando as mais cordiais lembranças à outra filha e ao neto. As ondas murmuravam sob os remos, e com as velas infladas o navio zarpou para o mar aberto.

Logo apareceram as cidades da Trácia. Os barqueiros levaram a nau a um porto seguro e desceram para terra. Fatigados da viagem, cada qual correu para a sua casa. Mas Tereu levou Filomela a uma choupana solitária, nas profundezas da floresta, onde trancou a assustada donzela; e quando ela, chorosa, perguntou por sua irmã, o traidor, ostentando falsa tristeza, contou-lhe que Procne morrera e que ele inventara a história do convite para poupar tristeza o velho Pandíon de semelhante dor. Disse que na verdade a trouxera para fazer dela sua esposa.

Não adiantou ela chorar nem gemer. E assim, com lágrimas amargas ela se sujeitou a Tereu, tornando-se sua esposa. Mas não demorou muito para que voltasse à razão, e logo despertaram nela terríveis intuições e dúvidas assustadoras. Por que, perguntava-se ela, Tereu me mantém aqui, longe de seu palácio, como uma prisioneira? Por que não me leva ao seu palácio para ser sua rainha?

Uma vez, quando ela ouvia a conversa de seus criados sem que eles os percebessem, descobriu que Procne estava viva! Seu casamento com Tereu era um crime e ela se tornara a rival de sua própria irmã, a quem imaginava morta. Então foi tomada de uma tristeza indescritível e de ódio mortal pelo traidor. Correu ao seu aposento, gritou-lhe na cara que descobrira toda a verdade e, amaldiçoando-o, jurou divulgar a todo mundo o terrível segredo, sua culpa e sua vergonha. Com isso ela despertou o ódio e ao mesmo tempo o temor de Tereu.

Este, então, tomou uma decisão demoníaca. Queria estar certo de que ninguém descobriria o seu crime, mas não ousava assassinar aquela criatura indefesa. Então, depois de amarrar os braços da infeliz às costas, sacou da espada e ergueu a lâmina como se fosse matá-la. Ela esperava alegremente pelo golpe que daria fim àquela vida desgraçada, mas, no momento em que exclamava dolorosamente o nome de seu pai, ele lhe cortou a língua. Agora não precisava mais temer ser denunciado. Indiferente, como se nada tivesse acontecido, abandonou a infeliz aos seus criados, ordenando que a vigiassem rigorosamente. E, por sua vez, regressou ao palácio, para junto de Procne. Quando ela perguntou onde estava sua irmã, ele suspirou e em meio às lágrimas contou que Filomela estava morta e enterrada. Procne, cheia de dor, rasgou seu vestido bordado a ouro, vestiu-se de luto, construiu um túmulo vazio e fez oferendas à alma da irmã morta.

Assim se passou um ano. Filomela, cruelmente emudecida, ainda vivia. Vigias e muralhas a impediam de sair ao ar livre, sua boca estava muda, incapaz de denunciar o ato vergonhoso de que fora vítima. Mas a desgraça aguça a inteligência. No tear, ela tecia com sinais de cor púrpura um tecido branco retratando o terrível acontecimento. E quando terminou o seu trabalho ela deu o tecido a um criado, suplicando-lhe, através de gestos, que o entregasse à rainha Procne. Sem saber o que estava fazendo, o criado obedeceu. Procne desembrulhou o tecido e leu nele o terrível segredo. Mas de sua boca não saiu sequer um suspiro e ela não derramou uma só lágrima — sua dor era grande demais. Só lhe restava um pensamento: vingança, vingança terrível contra o criminoso!

Aproximava-se a noite na qual as mulheres da Trácia, tomadas de um entusiasmo selvagem, celebravam as festas de Baco. A rainha também correu para a floresta, com o tirso na mão, coroada de videiras, junto com a multidão de mulheres. Com uma dor furiosa em seu íntimo, fingiu estar tomada pelo delírio báquico. E assim chegou à choupana solitária onde Filomela estava presa. Com um grito de alegria, entrou correndo, levou a irmã ao palácio do rei Tereu e escondeu-a num aposento afastado.

— Lágrimas não serão capazes de nos ajudar — exclamou Procne. — Estou pronta para fazer qualquer coisa a fim de vingar esse crime hediondo.

Nisso o pequeno Ítis, que queria cumprimentar sua mãe, entrou. Procne fixou-o com o olhar e murmurou:

— Ele é igual ao pai!

O pequeno então subiu ao seu colo, abraçou-a e lhe cobriu o rosto de beijos. Mas só por um momento o coração dela se deixou enternecer. Então, ela o arrastou consigo. Numa sede louca de vingança, pegou uma faca e enfiou-a no peito do próprio filho.

O rei Tereu estava sentado no trono de seus antepassados e saboreava uma refeição que lhe fora servida por sua própria mulher.

— Onde está o meu Ítis? — perguntou ele, depois de saciar a fome.

— Está aqui — respondeu ela com uma risada de desprezo. — Não poderia estar mais perto de você.

Quando Tereu se voltou, Filomela entrou e atirou a cabeça ensanguentada da criança aos pés do rei. Ele então entendeu tudo. Derrubou a mesa com a medonha refeição, desembainhou a espada e saiu em disparada atrás das duas irmãs em fuga. Elas pareciam estar sendo levadas por asas, e efetivamente estavam. Uma voou para a floresta, a outra enfiou-se embaixo do teto. Procne transformou-se em andorinha, Filomela em rouxinol. Ainda hoje ela ostenta no peito as manchas sangrentas, sinal do assassinato. Mas o perverso Tereu também foi transformado, tornando-se uma poupa. Com sua crista empinada e seu bico longo e pontiagudo, ele está sempre perseguindo a andorinha e o rouxinol.

Uma lenda parecida, menos cruel, diz que Aédon, esposa do rei tebano Zeto, tinha inveja da felicidade maternal de sua cunhada Níobe, pois esta tinha seis filhos e seis filhas, e ela apenas um, Ítis. Movida por terríveis ciúmes ela penetrou, na calada da noite, num quarto onde um filho de Níobe dormia com seu filho Ítis e, em vez de assassinar o filho de Níobe, assassinou o seu próprio. Quando, na manhã seguinte, descobriu o que fizera, foi tomada de um desespero indescritível. Mas os deuses se apiedaram da infeliz mãe e transformaram-na num rouxinol. Quando chega a primavera, ela se senta no meio da mata espessa e lamenta com sua voz melodiosa o filho querido, que ela mesma matou.

— Ítis! Ítis! — exclama sem parar.

Zeto e Anfíon

Quando Polidoro, rei de Tebas e um dos filhos de Cadmo, estava em seu leito de morte, confiou seu jovem filho Lábdaco aos cuidados de seu sogro, Nicteu. Este governou como regente por muitos anos, até Lábdaco atingir a maioridade. Mas, depois de reinar por apenas um ano, Lábdaco morreu e Nicteu tornou a governar, agora em nome de Laio, o filho menor de Lábdaco.

Nicteu tinha uma bela filha, chamada Antíope, que era amada pelo pai dos deuses, Zeus. Mas Epopeu, que também ouvira falar de sua beleza, veio secretamente a Tebas, raptou-a e desposou-a em Sícion. Seu pai, enfurecido, invadiu com um exército as terras de Epopeu. Houve um combate sangrento, e tanto Nicteu como o raptor foram feridos. Mas a vitória ficou com Epopeu e os tebanos foram obrigados a voltar para sua cidade com o rei moribundo. Antes de sua morte, Nicteu determinou que seu irmão Lico deveria ser o seu sucessor no trono até o pequeno Laio atingir a maioridade. Exortou-o também a vingar-se de Epopeu e levar Antíope de volta a Tebas.

Lico prometeu ao irmão moribundo cumprir o que este lhe pedira e armou-se para a guerra contra Epopeu. Mas, entrementes, este também morreu, vítima de seus ferimentos, e seu herdeiro no trono, Laomedonte, entregou Antíope voluntariamente. Quando voltava com Lico, a meio caminho, ela deu à luz dois filhos. Estes foram abandonados nas montanhas, mas um pastor de bom coração os encontrou e criou. Ninguém imaginava que Anfíon e Zeto fossem filhos do rei dos deuses. Embora gostassem muito um do outro, tinham naturezas muito distintas. Zeto desenvolveu-se, tornando-se um pastor forte e corajoso. Anfíon, por sua vez, gostava de canto e música, pois recebera de Hermes uma lira de presente. E em sua arte atingiu tamanha maestria que até Apolo gostava de ouvi-lo.

Enquanto os irmãos cresciam, desconhecidos e solitários, sua mãe Antíope era obrigada a suportar uma dor enorme. O rei Lico era um homem gentil e bondoso, mas tinha uma mulher malévola, chamada Dirce. Ela era ciumenta e acreditava que o marido amasse a filha de seu irmão. Frequentemente deixava sua ira cega recair sobre a infeliz. Assim, uma vez ela lhe arrancou os cabelos com um ferro em brasa, outra vez desferiu-lhe um soco no rosto, e a torturava da maneira mais cruel. A pobre Antíope era obrigada a fiar e a trabalhar como uma escrava, e muitas vezes mal recebia água ou pão para se alimentar. Por vários dias ficava encarcerada num porão escuro, com fome e com sede, e era obrigada a dormir sobre a pedra nua. Mas por fim a medida de seus sofrimentos esgotou-se. Uma noite Zeus tirou-lhe as correntes das mãos e arrebentou a porta da masmorra. A infeliz fugiu para o pico do Citéron. Estava sozinha, não conhecia o caminho e a noite estava escura e tempestuosa. Por fim, chegou a uma choupana de pastor, no meio da floresta, e pediu abrigo. Dois jovens a atenderam. Anfíon logo se mostrou disposto a acolher a pobre mulher, pois seu coração sentimental sentia-se inconscientemente atraído por ela. Zeto, indiferente, primeiro quis expulsá-la, mas por fim seu coração também o venceu e eles deram guarida à suplicante.

Mas Dirce percebera a fuga da prisioneira e lhe seguiu os passos. Convenceu os dois jovens de que Antíope era uma terrível criminosa. Ante os pedidos e ameaças da rainha, os dois irmãos ficaram amedrontados. Trouxeram um touro selvagem, no qual queriam amarrar sua própria mãe, para que ela fosse arrastada por ele até a morte. Mas no último instante o velho pastor, que uma vez salvara da morte os dois gêmeos, passou por ali e exclamou:

— Antíope é a mãe de Zeto e Anfíon!

Então o ódio dos irmãos voltou-se merecidamente contra Dirce. Amarram-na ao touro, no lugar de Antíope, e ele a arrastou pelas montanhas até ela morrer, depois dos mais terríveis sofrimentos. Mas seu cadáver foi transformado pelo deus Dioniso na fonte nas cercanias de Tebas, que por muitos séculos levou o nome da rainha Dirce.

E então Anfíon e Zeto foram para Tebas, com a sua mãe reencontrada, e lá expulsaram o fraco Lico e tomaram o poder. Construíram fortificações em torno da cidade. Zeto trouxe gigantescos blocos de pedras das montanhas, para que fossem usados na construção. E Anfíon, tocando a sua lira, fez com que as pedras se movessem por si mesmas, constituindo as famosas muralhas tebanas. E, como Anfíon inventou a lira de sete cordas, em sua honra foram construídas sete portas na cidade.

Prócris e Céfalo

Prócris, a mais bela das filhas de Erecteu, amava a Céfalo, filho de Hermes e de Herse, que por sua vez era filha de Cécrope. No dia de seu casamento, todos os atenienses elogiaram Céfalo, declarando-o o mais feliz dos esposos. Mas esta felicidade não haveria de durar. Quando, certa manhã, Céfalo corria pelas florestas para caçar um veado, Éos (a Aurora) avistou o belo jovem e, tomada de doce paixão, raptou-o e levou-o pelos ares até o seu esplêndido palácio. Ainda que ela fosse belíssima, não foi capaz de conquistar o coração de Céfalo, que só pensava na esposa amada e suplicava à deusa para lhe devolver sua Prócris. Triste, porém comovida, Éos disse:

— Pois bem, você terá de volta a sua Prócris. Mas dia virá em que você desejará nunca tê-la visto.

Enquanto corria de volta para casa, Céfalo não parava de pensar nas palavras da deusa, e finalmente o temor e a suspeita despertaram nele, ainda que Prócris lhe tivesse permanecido fiel. Por fim, decidiu metamorfosear-se e pôr sua esposa à prova. A própria Éos transformou os traços de seu rosto, e assim ele foi para Atenas. Entrou em sua casa, e lá todos lhe descreveram a conduta correta de Prócris e sua preocupação com o marido desaparecido. Usando de astúcia, Céfalo conseguiu entrar nos aposentos da esposa, mas todas as suas tentativas de seduzi-la foram vãs. Então ele achou difícil continuar representando. Queria abraçá-la e cobri-la de beijos e lágrimas. Mas infelizmente aquela prova por que ela passara não era suficiente, e enquanto ele lhe trazia presentes cada vez mais generosos, jurando-lhe que Céfalo não estava mais vivo, Prócris começou a vacilar. Então, com um ódio injusto, ele gritou:

— Infiel! Consegui desmascará-la! Saiba que sou o seu marido, e você queria me trair!

Prócris nada lhe respondeu. Irritada e cheia de vergonha e de tristeza, fugiu da casa do marido.

Na distante ilha de Creta ela juntou-se ao séquito de Ártemis, a deusa virginal, amante da caça, para quem todos os homens eram odiosos. Mas Céfalo, invadido por amargo arrependimento, ansiando ardentemente por sua amada, dizia a si mesmo que agira de maneira vergonhosa e indigna. Quando Ártemis presenteou sua companheira com uma lança infalível e o famoso cão Lelape, rápido como o vento, Prócris voltou para Atenas, com seus presentes milagrosos. Perdoou ao marido arrependido e com ele passou anos felizes, repletos de amor e harmonia. Como não precisasse mais do cão nem da lança, deu-os de presente ao marido, como oferenda por seu segundo casamento.[22] Céfalo gostava de sair logo ao amanhecer para caçar nas montanhas, sem criados, sem cavalo e sem cães. Depois de abater a caça, procurava uma sombra e, cansado e acalorado, chamava a brisa matinal para que viesse refrescar seu sono.

---

22. Naquela época, os tebanos eram assolados pelo lobo de Teumeso, um animal maligno, incitado por Baco. Todos os meses, era-lhe dado um jovem como alimento. O rei de Tebas, Creonte, e Anfitrião, que imigrara de Argos, recorreram a Céfalo para que os ajudasse a caçar o lobo, que era tão ágil que ninguém conseguia alcançá-lo. E assim o cão Lelape, rápido como o vento, pôs-se a perseguir o lobo de Teumeso, numa caçada interminável à qual Zeus pôs fim, transformando em pedra ambos os animais.

— Venha, Aura adorável, venha, amiga, refresque-me e fortaleça-me!

Certo dia um passante ouviu essas palavras e pensou que Céfalo estivesse chamando uma ninfa do lugar, com quem devia estar acostumado a encontrar-se secretamente na floresta. Correu então até Prócris e lhe contou tudo. Prócris, vendo-se enganada, chorou amargamente. Então sua rival chamava-se Aura! Mas não iria amaldiçoar levianamente o seu amado. Cheia de dúvidas, dores e esperanças, ela decidiu ouvir o marido.

Na manhã seguinte, Céfalo, como sempre, foi para as montanhas, deitou-se sobre a relva depois de terminar a caçada e chamou:

— Venha, Aura querida, venha refrescar o fatigado!

Mas parou subitamente, tendo ouvido um ruído num arbusto próximo. Achou que fosse um veado, que passava por entre as plantas. Rápido, agarrou sua lança, que nunca errava o alvo, e atingiu sua esposa.

— Ai de mim! — gemeu ela, apertando a mão contra o peito.

Mal reconheceu a voz amada, Céfalo correu para o lugar onde sua esposa agonizava em meio a uma poça de sangue. Rasgou sua roupa em tiras e fez um curativo sobre a terrível ferida. Mas as forças da mulher mortalmente ferida se esvaíam com rapidez, e só com sacrifício ela conseguia sussurrar:

— Pelos deuses imortais, pelos laços sagrados que você rompeu, infiel, suplico-lhe: depois de minha morte, não permita que Aura compartilhe o nosso quarto.

Só então Céfalo compreendeu o malfadado engano. Soluçando, explicou-lhe tudo e jurou, em meio às lágrimas, sua fidelidade e inocência. Mas era tarde demais! Enquanto ela olhava para ele mais uma vez com toda a ternura, um sorriso cheio de dor se abriu em seus lábios lívidos. Seu rosto agonizante parecia-lhe sereno, quase feliz — e assim ela expirou nos braços do marido.

Éaco

O deus-rio Asopo tinha vinte filhas adoráveis, das quais a mais bela se chamava Egina. Certa vez Zeus avistou a ninfa e foi tomado de intenso amor por ela. Então, transformando-se em águia, precipitou-se sobre a terra e raptou-a, levando-a pelos ares a uma ilha chamada Enone, mas que, desde então, passou a ser chamada Egina. Asopo pôs-se a procurar sua filha por toda a parte e finalmente chegou a Corinto, onde o astuto Sísifo lhe revelou que fora Zeus quem a raptara. Mas Zeus lançou um raio contra o perseguidor e assim o conduziu de volta ao seu leito.

O filho de Zeus e Egina era Éaco, amado pelos deuses, pois nunca existiu homem mais virtuoso, sábio e justo. Éaco reinava sobre a ilha como um soberano dedicado e bondoso, sendo por todos honrado e amado.

Certa vez a Grécia foi atingida por uma grande seca. A terra estava sedenta de chuva, mas o céu permanecia sem nuvens. As plantações secavam, os rios e lagos desapareciam, homens e animais morriam. Os gregos então acorreram ao oráculo em Delfos e a sacerdotisa anunciou que a seca terminaria se Éaco, o melhor dentre os mortais, fizesse uma súplica a Zeus. E assim todos os Estados gregos enviaram emissários ao rei de Egina para pedir a sua súplica. Éaco galgou o Panelênio, o mais alto monte da ilha, ergueu as mãos e suplicou misericórdia ao seu divino pai. Mal terminara a sua prece e já uma grossa camada de nuvens escuras cobria a terra. E uma chuva grossa desabou.

Assim, o filho de Zeus vivia como sacerdote e rei poderoso, honrado pelos homens e amado pelos deuses. Casou-se com Endeis, que lhe deu dois filhos valorosos, Peleu e Télamon. Um terceiro filho, da nereida Psâmate, chamava-se Foco. Todo o mundo via em Éaco não só o melhor como o mais bem-aventurado dos mortais.

Mas Hera, a rigorosa deusa, odiava a terra que levava o nome de sua rival e fez com que uma terrível epidemia se abatesse sobre a ilha. Um ar abafado e sufocante pairava sobre os campos, uma neblina assustadora toldava o sol, e ainda assim não caía nenhuma chuva refrescante. Desse modo se passaram quatro meses, o vento quente do sul não parava de soprar seu bafo letal. A água das fontes e lagos apodrecia, serpentes rastejavam pelos campos assolados, empestando com seu veneno as fontes e os rios. A princípio a força da epidemia abateu-se sobre os cães, vacas e cabras, aves e animais selvagens, mas logo a peste atingiu também os seres humanos. Em toda parte jaziam cadáveres, que apodreciam sem receber sepultura.

O nobre rei, que fora poupado assim como seus filhos, via com o coração sangrando seu povo ser levado por uma morte terrível. Éaco, então, suplicou:

— Zeus, ilustre pai, se realmente eu for vosso filho, e se não vos envergonhardes de mim, devolvei-me os meus súditos, ou fazei com que eu morra também.

Um raio então caiu e o ar abafado retumbou com os trovões. Satisfeito, Éaco viu o sinal propício e agradeceu ao pai divino por ter atendido à sua prece.

Havia ao seu lado um grande carvalho, dedicado a Zeus, do qual tinham sido colhidas as sementes do carvalho sagrado de Dodona. O olhar do rei caiu subitamente sobre um galho dessa árvore e ele então viu uma grande quantidade de formigas que rastejavam pela casca enrugada da árvore e pelas suas raízes, carregando grãos de cereais.

— Dai-me tantos súditos — disse Éaco — para povoar minha cidade quantas formigas vejo aqui!

Então a copa da árvore oscilou e as folhas ressoaram. O rei escutou, atento. Depois abaixou-se, beijou o chão e o tronco sagrado e prometeu generosas oferendas de gratidão ao seu salvador. Quando chegou a noite, ele deitou-se para descansar, cheio de esperança.

Nessa noite ele teve um sonho estranho. O carvalho estava novamente diante de seus olhos e ininterruptamente as formigas carregavam os grãos de um lado para o outro. De súbito, os minúsculos animais começaram a crescer, tornando-se cada vez maiores, ergueram-se, o número de seus pés reduziu-se e por fim seus corpos assumiram a forma humana. O rei então despertou e reconheceu que fora enganado por um sonho. Mas o que era aquilo? Um murmúrio distante, como se fossem vozes humanas! A porta de seu quarto abriu-se impetuosamente e seu filho Télamon entrou correndo, exclamando:

— Pai, venha ver que coisa admirável! Algo incrível aconteceu! Zeus lhe concedeu mais do que o senhor esperava.

Éaco saiu precipitadamente e, chorando, presenciou o milagre: exatamente conforme ele vira em seu sonho, uma multidão se achava à sua frente. Todos se aproximaram e o cumprimentaram como seu rei. Jubiloso, ele exclamou:

— Vocês eram *mírmex*, formigas, e por isso doravante serão chamados mirmídones.

E foi assim que surgiram os corajosos mirmídones, que não negam a sua origem, pois são um povo dedicado e laborioso como seus antepassados, resistentes no trabalho, econômicos e que se contentam com pouco. Éaco, porém, dividiu as propriedades que tinham ficado sem dono e as terras abandonadas entre os novos habitantes de sua ilha.

Quando o piedoso rei faleceu, já bem velho, os deuses fizeram dele o juiz dos mortos, juntamente com Minos e Radamante. Seus filhos e netos estão entre os maiores heróis que jamais viveram sobre a terra: Télamon foi o pai do poderoso Ajax; e Peleu, de Aquiles, semelhante aos deuses.

Filêmon e Báucis

Numa montanha da terra da Frígia há um carvalho milenar e, perto dele, uma tília igualmente antiga; ambas as árvores são cercadas por uma mureta baixa. Não longe dali fica um lago raso e pantanoso. Onde antes havia terra habitada, agora esvoaçam garças e emas. Uma vez, o pai Zeus e seu filho Hermes, este sem as sandálias aladas, levando apenas o seu bastão, vieram a essa região. Tomando a forma humana, queriam pôr à prova a hospitalidade dos seres humanos. Bateram, pois, em milhares de portas, pedindo abrigo por aquela noite. Mas a gente do lugar era dura e egoísta, e assim os deuses não foram recebidos em lugar algum.

Então chegaram a uma pequena choupana no final da aldeia, baixa e pobre, coberta de palha e de juncos. Mas naquela casinha humilde morava um casal feliz, o honrado Filêmon e sua mulher Báucis. Ali tinham passado juntos uma juventude alegre, ali tinham envelhecido juntos. Não tentavam ocultar a pobreza, mas suportavam pacientemente o seu destino e viviam serenamente, unidos pelo amor, na casinha onde moravam sós, pois não tinham filhos.

Quando, encurvados, os dois deuses entraram pela porta baixa, o amigável casal cumprimentou-os com grande cordialidade. O velho preparou as cadeiras e pediu aos hóspedes que se sentassem para descansar. A velha mulher correu, diligente, para o fogão, revolveu as cinzas mornas, colocou sobre elas lenha e galhos secos e assoprou o fogo com seu fôlego fraco. Depois apanhou madeira cortada e colocou-a sob a panelinha que pendia sobre o fogo. Enquanto isso, Filêmon colheu repolho na horta, que sua mulher preparou com diligência. Em seguida ele então pegou um pedaço de carne defumada, que pendia do telhado da cozinha (havia tempo que o guardavam para uma ocasião festiva), cortou um pedaço e jogou-o na água fervente. Para abreviar a espera, distraíram os hóspedes com uma conversa amigável. Além disso, encheram de água tinas de madeira, para que seus hóspedes pudessem refrescar-se.

Sorrindo alegremente, os deuses aceitaram o que lhes era oferecido, e enquanto se deleitavam com os pés na água, os anfitriões lhes preparavam as camas. Estas ficavam no meio da sala. Os travesseiros eram de palha, os pés e a armação, de vime — porém Filêmon trouxe tapetes, que só eram usados em dias festivos, embora fossem também velhos e gastos. Mas ainda assim foi com prazer que os hóspedes divinos se deitaram sobre eles para saborear sua refeição. Foram-lhes servidos azeitonas, cerejas em conserva, rabanetes, endívias e um queijo delicioso, além de ovos assados na brasa. Báucis serviu tudo isso em pratos de cerâmica, trazendo também um jarro de vinho. Vieram depois os pratos quentes do fogão, e em seguida as taças de vinho foram retiradas para dar lugar à sobremesa. Nozes, figos e tâmaras enrugadas foram servidas, e também duas cestinhas com ameixas e maçãs aromáticas. Havia também uvas, e no meio da mesa reluzia um favo de mel. E a refeição tornava-se ainda mais saborosa para os deuses quando eles viam o rosto amável e bondoso de seus anfitriões, que expressavam generosidade e fidelidade.

Enquanto todos se serviam da comida e da bebida, Filêmon percebeu que o jarro de vinho não se esvaziava. Foi então, com admiração e temor, que ele percebeu quem eram aqueles hóspedes. Temeroso, pediu aos deuses que tivessem misericórdia deles por aquela refeição tão simples e não se enfurecessem por causa da medíocre hospitalidade oferecida. Mas que tinham eles para oferecer aos hóspedes divinos? Ocorreu-lhes então que lá fora, no galpão, ainda havia um ganso, e preparam-se para sacrificá-lo. Os dois se apressaram em sair, mas o ganso era mais rápido do que eles. Grasnando e batendo as asas, escapou dos velhos ofegantes, fazendo com que corressem ora para um lado, ora para outro. Por fim, o ganso entrou na casa e se escondeu atrás dos hóspedes, como que implorando a proteção dos imortais. E a proteção lhe foi dada: com um sorriso nos lábios, os hóspedes disseram:

— Estávamos querendo saber algo sobre a hospitalidade dos seres humanos, e por isso descemos à terra. Descobrimos que os seus vizinhos são avarentos, e eles não escaparão da punição. Mas quanto a vocês, deixem esta casa e sigam-nos até o alto da montanha a fim de que, inocentes que são, não sofram junto com os culpados.

Os dois obedeceram. Apoiados em suas bengalas, galgaram com esforço a montanha íngreme. Pouco antes de chegar ao pico, voltaram-se, temerosos, e viram que a planície fora transformada em um lago. De todas as construções, só restava a sua choupana. Enquanto ainda olhavam, admirados, lamentando o destino dos outros, a pequena e humil-

94 | GUSTAV SCHWAB

de choupana foi transformada num templo. Sustentado por colunas, seu teto dourado reluzia e o piso era coberto de mármore.

Zeus, então, voltou-se para os velhos trêmulos e falou:

— Digam-me o que desejam.

Filêmon, depois de trocar algumas palavras com sua mulher, respondeu:

— Queremos ser vossos sacerdotes! Concedei-nos a guarda daquele templo! E como vivemos juntos há tanto tempo, concedam-nos também morrer na mesma hora.

Seu desejo foi realizado. Ambos zelaram pelo templo enquanto viveram. E uma vez, quando já estavam consumidos pelo tempo e pelos anos e se encontravam juntos diante dos degraus sagrados, Báucis viu Filêmon e Filêmon viu Báucis desaparecendo na relva verde. Tal foi o fim do honrado casal. Ele tornou-se o carvalho, ela a tília, e mesmo na morte continuam fielmente um ao lado do outro, tal como em vida.

Aracne

Em Hipepos, pequena cidade da Lídia, morava uma donzela de origem humilde, chamada Aracne. Seu pai, Ídmon, fazia púrpura em Cólofon, e sua mãe, que morrera precocemente, também era de família pobre. Ainda assim seu nome era famoso nas cidades da Lídia, pois ela superava, como tecelã, a todas as outras mulheres. Até mesmo as ninfas do monte Tmolo e do rio Pactolo vinham à humilde choupana da donzela para lhe admirar o trabalho. Quando Aracne fiava a lã grossa, fazendo fios cada vez mais finos, manobrando o fuso com seu polegar ágil, ou quando bordava com a agulha, era como se a própria Palas Atena tivesse sido sua mestra. Mas Aracne não queria nem ouvir falar nisso e protestava amiúde, ofendida:

— Não foi da deusa que aprendi a minha arte! Ela que venha competir comigo. Se ela for vitoriosa, estou disposta a suportar qualquer punição.

Atena não gostou de ouvir tais bravatas. Tomou, pois, a forma de uma velha, entrou na choupana de Aracne e começou:

— A velhice também tem seu lado bom. Com os anos, a experiência amadurece. Por isso, não despreze os meus conselhos! Dê-se por satisfeita com a sua fama de ser a mais habilidosa dentre as mortais na arte de tecer a lã, mas seja humilde diante da deusa. Peça-lhe perdão por suas palavras excessivamente ousadas e ela lhe perdoará de boa vontade!

Com olhar ameaçador, Aracne continuou fiando e replicou, cheia de ódio:

— Você é louca, velha! O peso dos anos fez a sua inteligência enfraquecer. Vá fazer sermões à sua própria filha, eu não preciso dos seus conselhos! Por que Palas não vem aqui em pessoa? Por que evita o confronto comigo?

Então a paciência da deusa se esgotou.

— Ela já está aqui! — exclamou, aparecendo subitamente em sua forma divina e verdadeira.

As ninfas e as mulheres lídias que ali se achavam presentes caíram aos pés da deusa e a reverenciaram. Só Aracne permaneceu imóvel, e um rubor passageiro tingiu-lhe o rosto arrogante. A filha de Zeus deu início à competição.

As duas armaram os teares em lugares determinados e começaram com os trabalhos. Teceram artisticamente a púrpura e milhares de outras cores, incluindo também os fios dourados, e assim logo surgiram as mais belas imagens diante dos olhos admirados dos espectadores.

Em seu tecido, Atena criou uma imagem do penhasco da acrópole de Atenas e sua famosa disputa com o deus do mar pela posse daquelas terras. Doze deuses, entre eles Zeus, estavam sentados ali. Ali estava Posídon, golpeando a rocha com seu gigantesco tridente, fazendo brotar do penhasco uma torrente salgada da água marinha; ali estava a artista divina, armada com o escudo e a lança, com o capacete na cabeça, ostentando no peito a terrível égide, tocando a terra com a ponta da lança e fazendo brotar do solo infértil uma oliveira. Assim

Atena teceu um retrato de sua própria vitória. Mas nos quatro ângulos ela teceu quatro exemplos de arrogância humana que tinham tido um resultado trágico em consequência da vingança dos deuses. Num deles via-se o rei trácio Hemo com sua mulher Ródope, que em sua ousadia chamavam a si mesmos Zeus e Hera e por isso foram transformados em montanhas; noutro canto via-se a infeliz mãe dos pigmeus, que, vencida por Hera e tendo sido transformada numa garça, foi obrigada a lutar contra os próprios filhos; no terceiro canto estava Antígona, a linda filha de Laomedonte. Ela se orgulhava tanto de sua beleza e de seus esplêndidos cabelos cacheados que se comparou a Hera. Mas a rainha dos deuses transformou-lhe os cabelos em serpentes que a mordiam e a torturavam, até que Zeus, apiedado, a transformou em cegonha. E ainda hoje ela se gaba de sua beleza. Por fim, Palas retratou Cíniras lamentando o destino de suas filhas. Com o seu orgulho, elas excitaram o ódio de Hera, que as transformou em degraus de pedra na entrada de seu próprio templo. O pai atirou-se sobre elas em pranto e cobriu o mármore frio com suas lágrimas quentes. Todos esses retratos foram rodeados, pelas mãos hábeis de Atena, com uma coroa de folhas de oliveira.

Aracne, por sua vez, teceu vários desenhos nos quais pretendia desonrar os deuses, especialmente Zeus, que ora se transformava em touro, ora em águia, ora em cisne, ora em sátiro, em fogo ou em chuva de ouro para enganar as filhas dos homens. Tudo isso era rodeado por uma coroa de louros entretecida com flores. E depois que ela terminou o seu trabalho, a própria Palas Atena não foi capaz de criticar a arte da donzela, mas com indignação percebeu naquelas imagens o espírito ímpio de quem as fizera. Por isso, tomada de ódio, rasgou os retratos que continham tantas transgressões e por três vezes golpeou a testa da donzela com sua agulha de tecer. Acometida de loucura, a infeliz colocou uma corda em volta do pescoço e já pendia no ar, balançando, quando a deusa a levantou e lhe disse:

— Você há de continuar viva, e assim todos os seus descendentes, até os seus netos, serão punidos!

E, dizendo essas palavras, borrifou o rosto de Aracne com algumas gotas de um líquido mágico e foi-se embora. O nariz, os ouvidos e os cabelos da donzela desapareceram e ela encolheu, transformando-se num animal mirrado e feio. E até hoje, em forma de aranha, ela continua a praticar sua antiga arte, tecendo fio após fio.

Midas

Certa vez o poderoso deus do vinho Dioniso passeava com suas bacantes pela Ásia Menor. Ali, acompanhado de seu séquito, ele celebrava suas festas sobre as colinas coroadas de videiras do Tmolo. Só davam pela falta do velho Sileno. O velho fora encontrado cochilando por camponeses frígios. Cingiram-no com coroas de flores e o levaram ao seu rei, Midas. Respeitosamente o rei cumprimentou o amigo do deus, recebeu-o bem e hospedou-o, com alegres banquetes, por dez dias e dez noites. Mas no décimo primeiro dia o rei levou o seu hóspede às planícies da Lídia, onde o entregou a Baco.

Satisfeito, o deus exortou o rei a pedir-lhe um presente. Ao que Midas respondeu:

— Já que posso escolher, Baco, então faça com que tudo o que seja tocado por meu corpo se transforme em ouro reluzente.

O deus lamentou que ele não tivesse feito uma escolha melhor, mas teve que atender ao pedido formulado. Midas afastou-se alegremente e fez uma experiência. E vejam: um ramo que ele arrancou de um carvalho transformou-se em ouro! Logo depois apanhou uma pedra do chão e imediatamente tinha nas mãos uma pepita de ouro cintilante. Colheu os grãos maduros dos cereais, e viu-se com as mãos cheias de ouro. As frutas que ele colhia das árvores luziam como as maçãs das hespérides.

Encantado, Midas correu para o seu palácio. Mal os seus dedos tocaram as maçanetas do portão e elas entraram a resplandecer como o fogo. A própria água, na qual ele mergulhou suas mãos, tornou-se ouro. Fora de si de alegria, ele mandou que seus empregados lhe preparassem uma apetitosa refeição. Dali a pouco a mesa estava posta, cheia de saborosas carnes e pão branco. Mal ele pegou o pão, este tornou-se em metal duro como pedra. Enfiou a carne na boca e um ouro reluzente lhe rangeu entre os dentes. Apanhou a taça com o vinho aromático e um ouro líquido desceu por sua garganta.

Então ficou-lhe claro que terrível graça ele pedira ao deus: tornara-se tão rico e ao mesmo tempo tão pobre. Amaldiçoou sua própria estupidez, pois já que não era capaz sequer de satisfazer à própria fome e sede, estava diante de uma morte terrível e certa. Desesperado, bateu com o punho na testa — que susto!, agora seu rosto também reluzia como ouro. Aterrorizado, ergueu as mãos ao céu e suplicou:

— Misericórdia, misericórdia, pai Dioniso! Perdoe a minha estupidez e livre-me deste mal terrível!

Baco, o deus amigável, ouviu as súplicas do tolo arrependido, desfez o encanto e disse:

— Vá ao rio Pactolo e siga-o até encontrar a sua fonte. No sítio onde a água espumante brota do rochedo, mergulhe a cabeça na corrente fria. E assim, juntamente com o ouro, você estará lavando a sua culpa.

Midas obedeceu às ordens divinas e o encanto se desfez imediatamente. Mas a força criadora de ouro foi transmitida ao rio, que desde então transporta consigo grande quantidade do precioso metal.

Desde esta época, Midas passou a odiar toda riqueza. Abandonando seu esplêndido palácio, passeava com frequência pelos campos e florestas, onde honrava o deus campestre Pã, cujo lugar predileto são as grutas umbrosas. Mas seu coração permanecia tolo como antes.

Nas montanhas do Tmolo, Pã, o deus com cascos de bode, costumava tocar sua flauta para as ninfas. Uma vez ele ousou disputar com Apolo. O velho deus da montanha Tmolo, que tinha a cabeleira azulada e as têmporas coroadas com folhas de carvalho, sentou-se sobre um rochedo para arbitrar a disputa. À sua volta, para ouvi-lo, sentaram-se ninfas e homens e mulheres mortais, e entre eles estava também o rei Midas. Pã começou a tocar sua flauta, a siringe, e tirou do instrumento melodias leves e bem-humoradas. Midas escutou-o deliciado. Quando a canção de Pã terminou, Apolo avançou segurando na mão esquerda a sua lira de marfim. Tangeu as cordas, que soaram com tons divinos, enchendo todos os ouvintes de temor e admiração. Tmolo atribuiu-lhe o prêmio.

Então, enquanto todos os demais concordavam com a sua decisão, Midas não conseguiu manter-se calado e criticou, em voz alta, a decisão. Apolo então aproximou-se invisível do estúpido rei, apanhando-o pelas duas orelhas. Com um puxão leve, ele as levantou e elas se tornaram pontiagudas, enchendo-se de pelos cinzentos, pois o deus não suportava que orelhas tão estúpidas ainda permanecessem em forma humana. Duas longas orelhas de burro agora enfeitavam a cabeça do pobre rei, que por isto envergonhava-se amargamente. Usando um enorme turbante, ele tentava esconder esta sua vergonha de todo o mundo. Mas de seu criado, que costumava cortar seus cabelos, ele não foi capaz de escondê-las. Mal ele viu o novo ornamento de seu senhor, e já queimou de ânsia por revelar o seu segredo. Mas ele não ousava trair aquele segredo para um ser humano. Porém, para aliviar o seu coração, ele aproximou-se da margem de um rio, cavou um buraco na terra e sussurrou, ali, o seu segredo. Em seguida, tampou o buraco cuidadosamente, e partiu, aliviado. Mas não demorou muito para que brotasse, ali, uma densa floresta de juncos, e quando alguma leve brisa passasse por ali, eles sussurravam, baixinho, porém ainda de maneira audível: "O rei Midas tem orelhas de burro!" E assim o seu segredo acabou sendo revelado.

Jacinto

Jacinto era o mais jovem dos filhos do rei lacônio Amiclas. Febo Apolo viu o belo jovem e apaixonou-se por ele. Queria levá-lo consigo para o Olimpo, para tê-lo sempre perto de si.

Apolo deixava frequentemente a sagrada Delfos para estar junto de seu amado na cidade de Eurotas, perto de Esparta. Esquecia-se do arco e da lira para brincar com Jacinto, galgando as colinas do Taígeto. Uma vez, enquanto o sol do meio dia lançava os seus raios verticais sobre a terra, os dois se despiram, massagearam os corpos com óleo e começaram a praticar lançamento de disco. Apolo foi quem primeiro tomou nas mãos o pesado disco: balançou-o poderosamente no braço e lançou-o com tanta força para o alto que o disco rompeu uma nuvem no céu. Demorou muito para que voltasse a cair sobre a terra. Ansiosamente, o garoto quis imitar seu mestre e correu em direção ao disco, querendo agarrá-lo. Mas o disco ricocheteou no chão duro e atingiu o rosto do rapaz com toda a força. Pálido, Apolo aproximou-se dele e agarrou-o nos braços. Queria reanimar os membros mortos; limpou o sangue da terrível ferida e cobriu-a com ervas medicinais. Mas tudo em vão. A cabeça do pobre rapaz caiu, pálida, sobre o peito do deus. Ele o chamou com as palavras mais doces, cobrindo-lhe as faces com lágrimas amargas. Ah! Por que era ele um deus, não podendo morrer por ele, ou então com ele? Por fim, exclamou:

— Não, não, você não morrerá totalmente! Minhas canções falarão de você, e em forma de flor você anunciará a minha dor!

Então, do sangue que escorria, tingindo de vermelho a relva, brotou uma flor com um brilho triste como a púrpura de Tiro; como os lírios, brotam várias flores de cada ramo e cada uma mostra em suas pétalas o lamento do deus através das letras AI AI. E na Lacônia todos os anos, à chegada do verão, era celebrada em honra a Jacinto e ao seu deus uma grande festa na qual se rememorava com tristeza o amado do deus, tão precocemente falecido.

Meleagro e a caça ao javali

Eneu, rei de Cálidon, ofereceu os primeiros frutos da colheita de um ano abençoado aos deuses. A Deméter ofereceu os cereais, a Baco, o vinho, a Atena, o azeite e a cada deusa, a fruta que lhe cabia. Só se esqueceu de Ártemis, cujo altar permaneceu sem incenso. Isso enfureceu a deusa, que decidiu vingar-se dele. Um gigantesco javali foi enviado por ela aos campos do rei. Seus olhos vermelhos reluziam, seu pescoço era rijo e suas presas eram tão grandes quanto as de um elefante. E assim ele pisoteava as sementes e as plantações de trigo e devorava as uvas juntamente com as videiras, as olivas junto com os ramos de oliveira. Os pastores e seus cães eram incapazes de proteger seus rebanhos contra aquele monstro.

Finalmente Meleagro, o filho do rei, tomou a iniciativa de liquidar o terrível javali. Para isso, reuniu caçadores e cães de caça. Os mais corajosos de toda a Grécia foram convidados a participar da caçada. Entre eles estava também a heroica donzela Atalanta, da Arcádia, filha de Iásio. Ao nascer, ela fora abandonada na floresta, amamentada por uma ursa, encontrada por caçadores e criada por eles. E assim a jovem e bela inimiga dos homens passava a vida na floresta e vivia da caça. Afugentava todos os varões e já liquidara com suas setas dois centauros que a perseguiam em sua solidão. Mas seu amor pela caça superava a sua misantropia. Ela veio, com os cabelos presos, trazendo aos ombros uma aljava de marfim. Na mão esquerda empunhava o arco, e seu rosto assemelhava-se ao de um belo rapaz. Quando Meleagro a viu em toda a sua beleza, disse para si mesmo:

— Feliz do homem que essa donzela escolher para marido!

Mas não teve tempo de pensar mais nisso, pois a perigosa caçada já não poderia ser adiada.

Os caçadores primeiro dirigiram-se a uma floresta de árvores antiquíssimas, que se erguiam a partir da planície e galgavam a encosta de um morro. Ali chegando, alguns dos homens prepararam uma rede, outros soltaram os seus cães, outros ainda puseram-se a seguir os rastros do animal. Logo chegaram a um vale estreito. Juncos, bambus, relva e plantas de pântano cresciam lá embaixo, no fundo de um abismo. Ali o javali se escondia. Encontrado pelos cães, arrebentou as plantas e atirou-se furiosamente sobre os seus inimigos. Os jovens deram grandes gritos, dirigiram contra ele as pontas de suas lanças de ferro, mas o javali escapou. Uma depois da outra, as lanças eram atiradas contra ele, mas só conseguiam arranhá-lo, deixando-o ainda mais furioso. Com os olhos faiscantes, a fera fez meia-volta e investiu contra os caçadores. Três deles foram mortalmente feridos e jaziam no chão.

Então Atalanta colocou uma seta em seu arco e lançou-a contra o animal. A flecha atingiu-o abaixo da orelha, e pela primeira vez o sangue tingiu seus pelos de vermelho. Meleagro viu a ferida e mostrou-a, jubiloso, aos seus companheiros. Os homens então envergonharam-se pelo fato de uma mulher disputar com eles a vitória, e todos atiraram ao mesmo tempo as suas lanças. Mas foi justamente esse grande número de lanças que impediu que o animal fosse atingido. Enfurecido, Anceu, o arcádico, ergueu seu machado de dois gumes com ambas as mãos. Mas o javali enfiou-lhe as duas presas nas entranhas antes que ele conseguisse desferir o golpe, e Anceu caiu morto. Então Jasão[23] atirou sua lança, mas esta atingiu uma cadela. Meleagro atirou duas lanças, uma depois da outra. A primeira foi para o chão, a segunda acertou o javali no meio das costas. O animal começou a correr furiosamente, girando em círculos. Sangue e espuma brotavam-lhe da boca. Meleagro infligiu-lhe, com a espada de caça, mais um ferimento na garganta. Então as setas voaram de todos os lados, cravando-se no corpo do javali que, moribundo, retorcia-se sobre o próprio sangue. Meleagro colocou o pé sobre a cabeça do animal morto e, com a ajuda de sua espada, arrancou-lhe o couro peludo. Juntamente com a cabeça, entregou-o a Atalanta.

— Leve a caça — disse ele — que por direito seria minha. Mas uma boa parte da fama cabe também a você.

Foi de má vontade que os caçadores concederam tal honra à donzela, e em volta do animal o bando de caçadores murmurava, descontente. Com os punhos cerrados, os filhos de Téstio postaram-se diante de Atalanta.

— Deixe o prêmio aqui! — gritaram. — Não furte o que nos pertence!

---

23. O líder da expedição dos argonautas.

E, com essas palavras, eles tomaram o seu presente. Para Meleagro, aquilo era demais.

— Ladrões! — exclamou, golpeando com o aço o peito de um e, antes que ele pudesse pensar, também de seu outro tio.

Alteia, mãe de Meleagro, estava a caminho do templo dos deuses para fazer uma oferenda pela vitória de seu filho quando viu que os corpos de ambos os seus irmãos estavam sendo trazidos. Lamentando-se, correu de volta ao seu palácio e vestiu-se de negro. Quando descobriu que o assassino era o seu próprio filho Meleagro, foi acometida pelas lágrimas. Sua tristeza transformou-se em desejo de vingança. Lembrou-se de que, poucas horas depois do nascimento de Meleagro, as parcas vieram a seu leito materno.

— Seu filho há de tornar-se um grande herói — dissera a primeira.

— Seu filho será um homem corajoso — dissera a segunda.

— Seu filho viverá enquanto aquele pedaço de lenha que está em brasa no fogão não for totalmente consumido pelas chamas — concluíra a terceira.

Mal as parcas se afastaram, a mãe apanhara do fogão o pedaço de madeira em brasa, apagando-o com água e escondendo-o em seus aposentos. Agora, fora de si de tanta dor, ela lembrou-se do pedaço de madeira e correu ao seu quarto. Deu ordens para que se colocasse a lenha sobre gravetos e acendeu uma fogueira flamejante. Em seu coração, lutavam os amores de mãe e de irmã, e por quatro vezes esteve a ponto de lançar o pedaço de madeira nas chamas, mas quatro vezes puxou sua mão de volta. Por fim, o amor fraternal sobrepujou o sentimento maternal.

— Olhem aqui, deusas vingadoras, vejam este fogo sacrificial! — disse — e vocês, almas de meus irmãos, vejam o que eu faço por vocês! Meu coração, cheio de amor maternal, está partido e logo eu os seguirei!

E, com o olhar perdido e a mão trêmula, colocou a madeira no meio das chamas.

Entrementes, Meleagro a essa altura já havia regressado para a cidade. Subitamente, sentiu suas entranhas sendo queimadas por um ardor febril, e dores lancinantes o lançaram por terra. Ele as conteve com todas as suas forças e invejou os companheiros que tinham morrido sob as investidas do javali. Chamou seu irmão, suas irmãs, seu velho pai e também sua mãe, que ainda estava diante do fogo, fitando as chamas com o olhar paralisado. A dor de seu filho aumentava juntamente com o fogo, e quando a madeira se desfez em pálidas cinzas, seu sofrimento também acabou. Pai, irmãs e toda a Cálidon lamentaram a sua morte; só a mãe ficou longe. Seu corpo foi encontrado diante do fogão.

Uma versão mais antiga e mais simples do mito de Meleagro, que difere totalmente do relato acima e não se refere a Atalanta, diz que, depois que Meleagro abateu o javali, Ártemis fez com que uma briga acirrada surgisse entre Meleagro e os etólios e os curetes, um clã que vivia na cidade vizinha de Plêuron e que também tinha participado da caçada. Enquanto o poderoso Meleagro avançava na caça, os curetes eram sempre vitimados pelo mal e se viam obrigados a buscar refugio atrás das muralhas de sua cidade. Mas aconteceu então que Meleagro matou, na luta, o irmão de sua mãe, um dos curetes. Quando Alteia soube disso, movida por um impulso, ela amaldiçoou seu filho, e a Erínia, a cruel deusa noturna da vingança, ouviu a sua maldição. Mas Meleagro, gemendo, afastou-se da luta, e logo depois os inimigos vitoriosos saltaram diante dos portões de Cálidon. Suplicantes, os velhos e sacerdotes aproximaram-se do herói enfurecido, seu velho pai Eneu ajoelhou-se à sua frente, as irmãs, os mais caros amigos, até mesmo a mãe arrependida vieram ao seu quarto implorando ajuda. Mas não conseguiram demovê-lo de sua decisão. Por fim, quando os tiros inimigos já atingiam a casa e a cidade estava rodeada de chamas, sua esposa, a fiel Cleópatra, aproximou-se dele, e ele não foi capaz de ignorar suas súplicas. Com novas armas, voltou à batalha e afastou os curetes. Mas não regressou. A Erínia realizou a maldição de sua mãe, e o herói morreu na flor da idade, segundo se acreditava, vitimado pelas setas de Apolo.

Atalanta

Logo depois de seu nascimento, Atalanta, a heroica donzela que tanta fama conquistaria na caça ao javali de Cálidon, foi abandonada numa floresta por seu pai, que desejava descendentes masculinos. Nas montanhas, uma ursa, cuja cria fora morta, encontrou o bebê chorando e levou-o à sua caverna, onde o alimentou com o próprio leite. Certa vez, quando uns caçadores passavam por aquela região, encontraram a criança, levaram-na consigo e a criaram. Atalanta cresceu nas frescas montanhas recobertas de florestas da Arcádia. Era forte e ágil como uma gazela. O ar fresco e o sol haviam-lhe bronzeado o rosto e o corpo, mas a sua beleza era igual à de uma ninfa da floresta ou à da virginal deusa Ártemis. Assim ela vivia pura e orgulhosa na solidão das montanhas, desprezando a mão de um marido. Seu maior prazer era caçar, a pé e armada com a lança.

Certa vez dois centauros, Reco e Hileu, viram a bela caçadora e decidiram raptá-la. Mas, quando se aproximaram de Atalanta, ela os abateu com suas setas. Em vários e ousados feitos heroicos, ela envergonhou os homens por sua coragem. Assim, também resolveu participar dos famosos jogos fúnebres que o filho de Pélias promoveu, em honra de seu falecido pai, em Iolco. Lutou com o poderoso Peleu, o filho de Éaco, e venceu-o.

Quando, mais tarde, reencontrou seus pais, Iásio, seu pai — outros o chamavam de Íaso — pediu-lhe que se casasse com um homem honrado. Porém Atalanta não queria saber de casamento, já que uma sombria profecia a tinha advertido:

— Mesmo que fuja de um esposo, Atalanta, nem assim você escapará dele!

Para intimidar os intrusos e irritantes pretendentes, ela fincou à beira de uma ravina uma estaca de três braças de comprimento que deveria servir como ponto de partida para uma corrida. Só aceitaria como marido aquele que fosse capaz de vencê-la; quem fosse derrotado teria de morrer. Apesar dessa condição, ela era tão formosa que muitos pretendentes se apresentaram.

Certa vez, entre os espectadores do bizarro espetáculo estava um jovem chamado Hipômenes,[24] que se ria da estupidez dos pretendentes. Mas quando viu Atalanta, que, radiosa de coragem, chegou à pista, ele emudeceu subitamente.

Começou, então, a corrida. A corajosa Atalanta concedia aos pretendentes uma vantagem, pois estava certa de sua vitória. E então ela voava como uma flecha. Seus movimentos aumentavam ainda mais a sedução de sua beleza, e quando ela chegava ao final, seus adversários ainda estavam longe.

Hipômenes, então, aproximou-se da estaca e disse:

— Por que você compete com fracotes? Venha, ouse correr comigo! E, se o destino me conceder a vitória, você não estará dando sua mão a um homem medíocre. Eu sou Hipômenes, filho de Megareu, um neto do príncipe dos mares, Posídon! Mas, se eu for derrotado, sua fama será ainda maior, uma vez que terá vencido a Hipômenes!

Atalanta olhou delicadamente para seu belo rosto.

— Não faça isso — disse ela. — Você ainda é tão jovem! Você me parece nobre e de espírito elevado, e qualquer donzela se considerará feliz em poder chamá-lo de seu marido! Eu não poderei poupá-lo, se ousar correr comigo!

Ela olhou para o esplêndido jovem e não percebeu que o amor se assenhoreara de seu coração. Hipômenes, entretanto, orou secretamente à deusa do amor.

— Afrodite, seja misericordiosa para comigo!

E a deusa atendeu à sua súplica. Desceu à ilha de Chipre e apanhou três maçãs de ouro de uma árvore miraculosa. Em seguida, invisível, aproximou-se de Hipômenes e deu-lhe as preciosas frutas.

A segunda corrida começou. As trombetas soaram e Hipômenes saiu na frente. Estimulado pela multidão, juntou todas as suas forças,

---

24. Também chamado Melânion.

mas a reta final ainda estava longe e Atalanta já o alcançava. Então ele deixou cair uma das maçãs de ouro de Afrodite. A donzela parou, abaixou-se, e apanhou a maçã. Enquanto isso, o jovem conseguiu outra vez uma vantagem considerável, e quando Atalanta o alcançou novamente ele jogou a segunda maçã na pista. E outra vez ela foi incapaz de resistir à tentação.

— Agora ampare-me, ó deusa! — suplicou Hipômenes em voz alta, e deixou cair a última maçã.

A donzela parou pela terceira vez, e enquanto ela apanhava a fruta dourada, Hipômenes chegou ao fim da pista e foi aclamado vencedor pela multidão jubilosa.

Dizem que a vencida gostou de tornar-se esposa do belo jovem, e não havia casal mais amoroso do que Hipômenes e Atalanta. Ela deu à luz um filho tão bonito e corajoso quanto os seus pais. Ele se chamou Partenopeu e mais tarde morreu de forma gloriosa em Tebas.

Sísifo e Belerofonte

Sísifo, o filho de Éolo,[25] era considerado o mais astuto de todos os mortais. Construiu e governou a cidade de Corinto, no estreito entre duas terras. Por sua traição a Zeus, foi punido nos Ínferos e condenado a empurrar uma pesada rocha de mármore de uma planície montanha acima. Mas, quando achava que já tinha chegado ao alto, a carga voltava-se para trás e a persistente rocha rolava outra vez para baixo. E assim o torturado criminoso estava condenado a sempre empurrar a rocha outra vez para cima.

Seu neto era Belerofonte, filho do rei coríntio Glauco. Por causa de um assassinato cometido involuntariamente, foi obrigado a fugir e

---

25. Éolo era o filho de Hélen, neto de Deucalião. Seus filhos eram — além de Sísifo — Salmoneu, Creteu, Átamas, Dêion, Magnes e Perieres.

dirigiu-se a Tirinto, onde governava o rei Preto. Foi bem acolhido por ele e absolvido de sua culpa. Belerofonte era belo e viril, e a esposa do rei Preto, Anteia, apaixonou-se por ele e quis seduzi-lo. Mas o nobre Belerofonte não lhe deu ouvidos. O amor de Anteia, então, transformou-se em ódio. Ela apresentou-se diante de seu marido e disse-lhe:

— Meu esposo, mate Belerofonte se não quiser morrer em desgraça, pois esse infiel tentou seduzir-me!

Essa queixa deixou o rei cego de ciúmes. No entanto, como ele gostava do jovem, não quis assassiná-lo. Ainda assim tramava a sua ruína. Por isso, mandou Belerofonte para as terras de seu sogro Ióbates, o rei da Lícia, entregando-lhe uma cartinha dobrada que deveria servir como carta de apresentação ao rei. Mas na verdade o que estava escrito ali era que o portador deveria ser morto. Sem a menor suspeita, Belerofonte tomou seu caminho, mas os deuses o protegeram. Quando, depois de atravessar o mar, ele chegou ao belo rio Xanto, tendo alcançado a Lícia, ele se apresentou ao rei Ióbates. Este era um monarca bondoso e hospitaleiro e recebeu o estrangeiro de acordo com os antigos costumes, sem lhe perguntar quem era nem de onde vinha. Sua nobre figura e seu comportamento principesco mostravam-lhe que não estava acolhendo um hóspede qualquer. Mandou que todas as homenagens fossem prestadas ao jovem, ofereceu festas em sua honra todos os dias e sacrificava diariamente um touro aos deuses. Só no décimo dia ele perguntou ao hóspede qual era a sua origem e quais as suas intenções. Belerofonte então lhe disse que fora enviado ali por seu genro Preto; e, como prova do que dizia, apresentou-lhe a carta. Quando o rei Ióbates leu o seu conteúdo, assustou-se, pois afeiçoara-se muito ao jovem. Ainda assim, supôs que seu genro não haveria de condenar o infeliz à morte sem que tivesse um bom motivo para tal. Mas também não conseguiu decidir-se a assassinar simplesmente um homem que fora seu hóspede por tanto tempo e que lograra conquistar sua estima mercê de seu comportamento. Decidiu, então, exortá-lo a participar de lutas nas quais necessariamente morreria.

Primeiro ordenou-lhe que matasse um monstro, a Quimera, que estava destruindo a Lícia. A Quimera era filha do terrível Tifeu com a gigantesca serpente Equidna. Na frente era um leão, atrás um dragão e no meio uma cabra. De sua goela saíam fogo e um terrível hálito incandescente. Mas os deuses se compadeceram do jovem quando viram a que perigo ele estava exposto. Quando ele estava indo ao encontro do monstro, eles lhe enviaram o cavalo alado Pégaso, filho de Posídon com a Medusa. Mas como é que este haveria de ajudá-lo? O cavalo divino jamais conduzira um cavaleiro mortal, não se deixava agarrar nem domar. Cansado de seus esforços, o jovem adormeceu na fonte de Pirene. Ali, num sonho, apareceu-lhe sua protetora, Atena, segurando nas mãos magníficas rédeas de ouro; e disse-lhe:

— Por que está dormindo? Pegue estes instrumentos, ofereça um touro a Posídon e use as rédeas.

O herói despertou de seu sono, levantou-se e apanhou as rédeas.

Belerofonte então foi procurar o vidente Pólides e contou-lhe o seu sonho. O vidente recomendou-lhe que obedecesse à deusa, sacrificasse o touro a Posídon e construísse um templo em honra a Atena. Depois disso, Belerofonte capturou e dominou Pégaso, o cavalo alado, sem nenhuma dificuldade, colocou-lhe as rédeas e os arreios de ouro e montou, devidamente armado. E assim, elevando-se bem alto, de lá se abateu sobre a Quimera e a matou com suas setas.

Em seguida, Ióbates mandou-o enfrentar o povo dos solímios, um povo guerreiro que vivia nas fronteiras da Lícia. Ao contrário do que ele esperava, Belerofonte venceu a mais árdua luta e em seguida foi enviado pelo rei para enfrentar as amazonas, semelhantes aos homens. Também dessa batalha voltou vitorioso e ileso. Então, para atender enfim ao pedido de seu genro, o rei lhe preparou uma armadilha quando ele voltava dessa última luta. Os homens mais corajosos do reino da Lícia foram incumbidos de matá-lo. Mas nenhum dentre eles voltou, pois Belerofonte matou a quantos o tinham atacado. O rei então reconheceu que seu hóspede era protegido pelos deuses. Em vez de continuar perseguindo-o, manteve-o em seu reino, dividindo com ele o trono e dando-lhe em casamento sua filha Filônoe. Os lícios entregaram-lhe as mais belas searas e os mais magníficos campos. Sua esposa deu-lhe dois filhos e uma filha.

Mas a boa sorte de Belerofonte finalmente terminou. Seu filho mais velho, Isandro, morreu numa batalha contra os solímios. Sua filha Laodâmia, depois de dar à luz o herói Sarpédon, foi morta por uma seta de Ártemis. Só o seu filho caçula, Hipéloco, conseguiu chegar à velhice, tendo enviado, na guerra dos troianos contra os gregos, seu corajoso filho Glauco, que também acompanhava seu primo Sarpédon para ajudar os troianos com um glorioso exército de lícios.

O próprio Belerofonte, tornando-se excessivamente ousado por possuir o imortal e alado cavalo Pégaso, quis subir ao Olimpo e invadir as assembleias dos imortais. Mas o cavalo divino opôs-se ao perigoso empreendimento, ergueu-se nos ares e lançou por terra o cavaleiro. Belerofonte conseguiu recuperar-se da queda, mas desde então ficou vagando solitário. Odiado pelos imortais, cheio de vergonha diante dos homens, ele escondeu-se.

Salmoneu

Salmoneu, irmão de Sísifo, reinava em Élis. Era um príncipe rico, injusto e arrogante em seu coração. Fundara uma cidade esplêndida, Salmone, e em seu exagero chegou a exigir de seus súditos honras e sacrifícios divinos, querendo ser considerado como Zeus. Mandou fazer para si uma carruagem idêntica à do lançador de raios, e assim, disfarçado de Zeus, vagava por suas terras. Imitava os raios do pai dos deuses por meio de tochas erguidas, seus trovões por meio do ruído dos cascos de cavalos selvagens, que ele fazia atravessar pontes de ferro. Mandava matar seres humanos e afirmava que tinham sido mortos pelos seus raios. Do alto do Olimpo, Zeus observava esse louco. Então, das nuvens espessas ele lançou um raio verdadeiro sobre Salmoneu. O raio despedaçou o rei e destruiu a cidade que ele construíra, juntamente com todos os seus habitantes.

A filha de Salmoneu, Tiro, foi mãe de famosos heróis. De Posídon ela gerou Pélias (veja o mito dos argonautas) e Neleu; de seu marido mortal, Creteu, (filho de Éolo, irmão de Salmoneu) nasceram os filhos Éson (pai de Jasão), Feres e Amitáon (pai de Melampo).

Os dióscoros

Leda, a mãe da bela Helena, tinha dois filhos: Castor e Pólux. Castor era filho de rei Tíndaro de Esparta, Zeus era considerado o pai de Pólux, e por isso Pólux era imortal. Castor, por sua vez, era mortal. Mas como esses irmãos gêmeos eram inseparáveis e idênticos um ao outro, também eram chamados de tindáridas — por causa do pai de Castor — ou dióscoros, isto é, filhos de Zeus. Por toda a sua vida e até à morte eles viveram juntos, sempre juntos realizando seus ousados feitos heroicos. Tornaram-se belos jovens, cheios de alegria e felicidade. Castor fez-se famoso como condutor de cavalos difíceis de domar, Pólux tornou-se o mais célebre pugilista de seu tempo. Já na juventude os dois tiveram a oportunidade de provar sua coragem heroica, quando Teseu raptou sua amada irmã Helena. Em seus cavalos rápidos como o vento, que lhes tinham sido presenteados pelos deuses, eles perseguiram o ousado bandido e libertaram sua irmã da fortaleza de Efidna, onde ela fora aprisionada. Mais tarde os gêmeos participaram da caçada ao javali de Cálidon e também da expedição dos argonautas, na qual Pólux venceu a famosa luta com o gigantesco Âmico, rei dos bébrices. Graças a este e a muitos outros feitos heroicos, os dióscoros conquistaram renome imortal, e por isso o grande Héracles fez deles os líderes dos Jogos Olímpicos.

Nessa época, reinava na Messênia o rei Afareu — cunhado de Tíndaro —, que também tinha dois filhos heróis, Linceu e Idas. Linceu, que significa olho de lince, merecia tal nome, pois seus olhos eram capazes de enxergar através de um tronco de árvore e até mesmo do solo. Seu irmão Idas tinha uma força física gigantesca e era tão destemido que certa vez ousou competir com o próprio Apolo. Apolo amava a filha do deus-rio Eveno, a bela Marpessa, e a mantinha trancada em seu templo. Mas Idas, que também fora tomado de um grande amor pela donzela, penetrou em seu santuário e raptou sua amada. Quando o deus, enfurecido, estava prestes a enfrentá-lo, Idas preparou o arco para atirar uma flecha contra Apolo, e teriam chegado a uma luta se o próprio Zeus não tivesse posto um fim à contenda, deixando que Marpessa escolhesse livremente entre os dois pretendentes. Marpessa então decidiu-se por Idas, que a levou alegremente para casa, porém ela não haveria de viver por muito tempo.

No início, os dióscoros eram amigos dos dois afáridas, Linceu e Idas, mas, por fim, os amigos se tornaram inimigos de morte em razão do seguinte fato: uma vez os dois pares de irmãos saíram para uma caçada; na Arcádia, capturaram um esplêndido rebanho e decidiram dividi-lo entre si.

Idas ficou encarregado de fazer a divisão. Esquartejou um dos touros capturados e prometeu a metade do butim àquele que fosse capaz de engolir mais depressa a sua parte, e ao segundo o restante. Começou, então, a estranha disputa. Mal eles começaram a comer, Idas terminou a sua parte e ainda ajudou seu irmão a comer a parte dele. Assim os afáridas ludibriaram os dióscoros. Enfurecidos, estes invadiram a Messênia, raptaram as belas filhas de Leucipo — Febe e Hílara, as noivas dos afáridas — e casaram-se com elas. Depois colocaram as duas donzelas num lugar seguro e esconderam-se no tronco de um carvalho oco, de onde espreitavam a chegada dos perseguidores.

Mas Linceu subiu o Taígeto, galgou o seu pico mais alto, de onde podia avistar toda a ilha de Pélope até as costas do mar azul, e logo divisou, com seus olhos aguçados, Castor e Pólux em seu esconderijo. Os afáridas aproximaram-se rapidamente do local e, antes que os dióscoros os percebessem, Idas atirou sua pesada lança e perfurou o peito de Castor, lançando-o por terra. Pólux, vendo ao seu lado o irmão ensanguentado, saltou, furioso, para lutar contra ambos os inimigos ao mesmo tempo. Estes, obrigados a recuar, fugiram para o túmulo de seu pai Afareu. Ali, o fortíssimo Idas ergueu a pedra do túmulo e atirou-a contra seu perseguidor. Mas o ímpeto do mármore nada pôde fazer contra Pólux, que se atirou sobre Linceu e arremessou sua lança contra seu flanco, fazendo com que ele caísse morto. Iniciou-se então uma luta terrível entre Pólux e Idas. Ambos ardiam de desejo de vingar seus irmãos mortos. Foi então que Zeus olhou para baixo e tomou o partido de seu filho. Idas estava prestes a atirar um rochedo gigantesco contra a cabeça de Pólux quando Zeus lançou um raio incandescente sobre ele — e tal foi o fim do último afárida.

Pólux olhou agradecido para o seu pai e depois correu para junto de seu irmão. Este ainda não estava morto, mas agonizava, lutando contra a morte. Pólux então suplicou:

— Ó Zeus pai, faça com que eu morra com ele!

O rei dos deuses, olhando para baixo, respondeu:

— Você é imortal, pois é meu filho, e seu irmão tem um pai mortal. Mas você pode escolher livremente. Quer viver no Olimpo por toda a eternidade com os deuses bem-aventurados, como um deus, ou prefere dividir tudo com o seu irmão? Se assim for, você precisará passar com ele metade do tempo nos tenebrosos Ínferos e a outra metade no céu brilhante.

Contente, e sem hesitar, Pólux escolheu compartilhar o destino de seu irmão. Zeus então fechou a língua e os olhos de Castor. E assim, tão inseparáveis como durante a sua vida na terra, os gêmeos passam um dia entre Zeus e os demais deuses e o outro nas trevas do Hades. Mas os seres humanos lhes dirigem orações em todas as ocasiões da vida, pois eles se mostram ajudantes misericordiosos em situações de perigo. No ardor da batalha, os dois irmãos surgem como estrelas reluzentes aos heróis em perigo, conduzindo-os à vitória. No mar em fúria e nas tempestades, voando com suas asas de ouro, eles vêm amparar os náufragos desesperados.

Melampo

Amitáon, um dos filhos de Creteu, vivia na Messênia, na cidade de Pilos, que fora fundada por ele. Sua mulher Idômene deu-lhe dois filhos, Bias e Melampo, ou seja, o Homem dos Pés Escuros. Isso porque uma vez, quando ainda era criança, ele adormeceu ao sol, que lhe queimou as solas dos pés e as tornou totalmente negras. Os dois irmãos gostavam muito um do outro, e ainda eram crianças quando seu pai os mandou para o campo, onde cresceram juntos e em paz.

Diante da casa onde moravam alteava-se um carvalho alto, e num de seus galhos havia um ninho de cobras. Melampo brincava frequentemente com aqueles espertos animais, e quando alguns criados mataram as serpentes mais velhas, ficou com pena dos filhotes abandonados. Então ele empilhou lenha, acendeu-a e queimou os corpos das serpentes mortas, mas apanhou os filhotes e os criou. Certa vez — quando os filhotes já tinham crescido —, enquanto Melampo dormia, eles se aproximaram e lhe lamberam as orelhas. Ao acordar, assustado, Melampo começou a compreender de repente tudo o que os pássaros, que voavam acima dele, cantavam. Desde então tornou-se um profeta famoso, pois os pássaros eram capazes de anunciar o futuro. Mais tarde aprendeu também a arte de interpretar as entranhas dos animais e tornou-se protegido de Apolo, o deus dos profetas, que gostava de conversar com ele.

Além de Amitáon, Neleu também exercia grande influência em Pilos. Tinha ele uma filha, chamada Pero, uma jovem tão deslumbrante que o mundo inteiro a cortejava. Mas Neleu não queria entregá-la a ninguém. Também Bias, o irmão de Melampo, viu a bela Pero e foi tomado de terno amor por ela. Bias então dirigiu-se a Neleu e pediu a mão de sua filha. Mas Neleu disse que só a daria àquele que lhe trouxesse o gado de Íflico, que eram parte da herança de sua mãe. O gado encontrava-se na Filácia, na Tessália, onde era tão bem vigiado por um cão que nenhum ser humano ou animal ousava aproximar-se dele. Bias também tentou roubar o gado, mas em vão, e por isso pediu a ajuda do irmão. Melampo, que gostava muito de Bias, disse que estava disposto, embora previsse que iria ser apanhado naquele ousado empreendimento e preso como ladrão. Mas também sabia que, apesar disso, passado um ano, conseguiria apoderar-se do gado. Assim, conforme o prometido, viajou para a Filácia, onde foi apanhado quando tentava roubar o gado. Acorrentado, foi posto no cárcere.

Um dia, decorrido quase um ano, Melampo estava sentado, na prisão, preocupado, quando percebeu que, nos caibros sob o telhado, uns vermes da madeira estavam trabalhando e conversando uns com os outros. Perguntou-lhes até que ponto tinham chegado em seu trabalho de destruição.

— Só falta um pedacinho — responderam os vermes. — Daqui a uma hora o trabalho estará encerrado.

Tendo ouvido essas palavras, Melampo chamou o carcereiro e pediu para ser levado imediatamente para outro prédio, pois aquele ainda haveria de desabar naquele mesmo dia. Mal a sua solicitação foi atendida, a casa abandonada desmoronou.

Não demorou muito para que a fama de vidente do prisioneiro chegasse ao rei Fílaco, pai de Íficlo. Mandou que o libertassem e o levassem à sua presença. Depois, chamou-o e prometeu que lhe entregaria o gado se, em troca, ele fosse capaz de curar seu filho, Íficlo. Em sua infância, Íflico era forte e saudável, mas por causa de um estranho acidente ele adoecera subitamente e desde então tornara-se frágil e enfermiço. Melampo prometeu ao rei que tentaria, e Fílaco repetiu a promessa de que lhe entregaria o rebanho. Em seguida, Melampo sacrificou dois touros a Zeus, cortou-os em pedaços e chamou os pássaros para a refeição. Quando eles se aproximaram, vindos de todos os lados, o vidente lhes perguntou se lhe poderiam informar qual era a causa da doença de Íflico. Mas os pássaros de nada sabiam. Um jovem abutre, contudo, disse que seu pai permanecera no ninho, mas talvez soubesse alguma coisa sobre aquele mistério. Imediatamente Melampo mandou alguns emissários falarem com o velho abutre, que também logo apareceu e contou ao vidente a história que se segue.

Uma vez Fílaco estava derrubando árvores na floresta. Seu filho brincava perto dele e, para assustá-lo, Fílaco lançou o machado contra uma árvore, rente a ele. O machado ficou preso à árvore, ali permanecendo até hoje. O susto afetou os membros de Íflico, e tal era o motivo de sua doença.

— Se você encontrar aquele machado — disse o abutre a Melampo — raspe a sua ferrugem, dissolva-a em vinho e faça com que Íflico tome essa bebida durante dez dias. Com isso ele recuperará a saúde.

Melampo fez o que lhe foi recomendado, procurou e encontrou o machado, raspou-lhe a ferrugem e durante dez dias deu a Íflico o vinho com a ferrugem dissolvida. Íflico não demorou a ficar forte e saudável. Satisfeito, o rei deu a Melampo o gado, que ele conduziu a Pilos, entregando-o a Neleu. Como recompensa obteve a bela Pero e deu-a como esposa ao seu irmão. E assim eles viveram juntos por alguns anos na Messênia. Entretanto Íflico tornou-se um herói de renome, invencível nas competições. Era tão extraordinariamente veloz que conseguia atravessar uma plantação de cereais sem esbarrar nas espigas e de correr sobre as ondas do mar sem molhar os tornozelos.

Na terra da Argólida, reinavam certa vez os gêmeos Acrísio e Preto, netos na danaide Hipermnestra e do egipcíada Linceu. Desde a infância que os dois não se entendiam bem e, quando chegaram à idade adulta, disputaram o poder. Finalmente Acrísio venceu e expulsou Preto do país. Mas Preto fugiu para a Lícia, onde foi acolhido pelo rei Ióbates, que lhe deu como esposa sua filha e o acompanhou de volta à Argólida com um exército. Lá ele conquistou a cidade de Tirinte, e os ciclopes construíram para ele uma fortaleza inexpugnável, cercada por gigantesca muralha. Acrísio, então, teve que dividir as terras com seu irmão. Tornou-se rei em Argos, enquanto Preto permaneceu como rei em Tirinte.

Preto tinha três filhas. Estas eram tão bonitas que muitos helenos as cobiçavam. Porém elas eram orgulhosas e arrogantes, e uma vez, quando chegaram ao antigo templo da rainha dos deuses, gabaram-se de que a casa de seu pai era muito mais luxuosa. A deusa, que não tolerava que o seu santuário fosse desprezado, fez com que as infiéis donzelas enlouquecessem. Elas passaram a pensar que eram vacas e puseram-se a vagar pela terra, mugindo. E assim vagavam pela Argólida, pela Arcádia e por todo o Peloponeso. Preto ficou muito abatido e, tendo ouvido falar da fama de Melampo, mandou chamá-lo e pediu-lhe que curasse suas infelizes filhas. Melampo respondeu-lhe:

— Satisfarei ao seu desejo desde que me entregue um terço de seu reino.

Mas o rei, que era excessivamente mesquinho, não quis concordar, e as donzelas enlouqueceram ainda mais. Sua loucura chegava ao ponto de contagiar outras mulheres. Elas deixavam suas moradias, matavam seus próprios filhos e, como as três irmãs, vagavam pelos campos, mugindo. Aterrorizado, Preto, mandou chamar Melampo novamente e pediu-lhe que o ajudasse, prometendo-lhe um terço de seu reino. Mas o vidente recusou-se a ajudá-lo a menos que Preto lhe garantisse mais um terço, para seu irmão. Embora de má vontade, o rei acabou por concordar, pois temia que, se hesitasse de novo, Melampo acabaria por exigir-lhe o reino inteiro. Melampo, então, reuniu os mais fortes dentre os jovens à sua volta e conduziu-os às montanhas, de onde eles perseguiram o bando de mulheres enlouquecidas, que deliravam em seus cânticos e danças rituais, até perto de Sícion. Durante a perseguição, a mais velha das filhas de Preto morreu, mas as outras duas ficaram curadas de sua loucura enquanto Melampo apaziguava a enfurecida Hera com preces e oferendas. Desse modo elas recuperaram a razão, e junto com as terras prometidas seu pai deu uma como esposa a Melampo e a outra a Bias. E assim os dois irmãos tornaram-se reis poderosos. É deles que descende uma grande e gloriosa linhagem, os melampotíadas, que herdaram o dom da vidência de seu antepassado.

Orfeu e Eurídice

O incomparável cantor Orfeu era filho do rei e deus-rio trácio Eagro e da musa Calíope. Apolo deu-lhe de presente uma lira, e quando Orfeu a tocava, acompanhando o som com sua maravilhosa voz, os pássaros do ar, os peixes da água, os animais da floresta e até as árvores e as pedras se aproximavam para ouvir aquela música maravilhosa. Orfeu era casado com a adorável náiade Eurídice, e os dois se amavam profundamente. Mas sua felicidade durou pouco porque, mal terminaram os cânticos do casamento, a jovem esposa foi levada por uma morte prematura. Eurídice passeava pelos campos com suas companheiras de brincadeiras, as ninfas, quando foi mordida no calcanhar por uma serpente venenosa, que estava escondida em meio à relva, e caiu morta.

As montanhas e os vales ecoaram com os lamentos das ninfas, e Orfeu lamentava com elas, colocando em suas músicas toda a sua dor. Mas suas súplicas e seu choro não lograram trazer de volta sua amada perdida. Ele então tomou uma decisão inaudita. Resolveu descer ao horrível reino das sombras, para convencer os habitantes dos Ínferos a lhe devolver sua Eurídice. Em Tenaro ele atravessou os portões dos Ínferos, e os fantasmas dos mortos o rodearam, assustadores. Mas ele caminhou em meio aos horrores do Orco até alcançar o trono do pálido Hades e de sua severa esposa. Empunhou então sua lira e pôs-se a cantar, acompanhando com a voz o som mavioso das cordas.

— Senhores do reino subterrâneo, ouçam misericordiosos as minhas súplicas! Não foi movido pela curiosidade que vim até aqui, mas por causa de minha esposa. Ela morreu na flor da juventude em consequência da picada de uma serpente cruel, e só por poucos dias alegrou minha vida. Bem que tentei suportar essa dor monstruosa, e para isso lutei por muito tempo. Mas o amor está partindo o meu coração, e não consigo ficar sem Eurídice. Por isso suplico-lhes, terríveis e sagrados deuses da morte, neste lugar terrível, na silenciosa solidão destes campos: devolvam minha amada esposa, devolvam-lhe a vida! Mas, se não puder ser assim, então aceitem-me também entre os mortos, pois jamais voltarei sem ela.

Assim cantava ele, tangendo as cordas com os dedos. Até as sombras exangues o escutavam, e choravam. O infeliz Tântalo parou de procurar a água que lhe fugia, a roda de Axíon se deteve, as filhas de Dânao interromperam seus vãos esforços, encostando-se atentamente na urna, e até Sísifo se esqueceu de suas torturas e sentou-se sobre a terrível rocha para ouvir aquela música inefável. Diz-se que até mesmo as terríveis eumênides ficaram com as faces banhadas de lágrimas — e pela primeira vez o tristonho casal foi tocado de compaixão. Perséfone chamou a sombra de Eurídice, que se aproximou com passos hesitantes.

— Leve-a daqui — disse a deusa dos mortos —, mas saiba que ela só lhe pertencerá novamente se você não olhar para trás antes que tenham atravessado os portões dos Ínferos. Se você olhar para trás antes da hora, ela estará perdida para sempre!

Então os dois começaram a subir, em silêncio, por aquele caminho escuro, rodeados pelos terrores da noite. Orfeu, então, foi tomado de uma saudade insuportável e pôs-se a ouvir atentamente, para ver se conseguia distinguir a respiração de sua amada ou o ruído suave de seu vestido — mas à sua volta tudo era silêncio. Dominado pelo medo e pelo amor, ousou olhar rapidamente para trás. Que desgraça! Eurídice, com os olhos tristes e cheios de amor fitos nele, recaiu nas agras profundezas. Desesperado, Orfeu estendeu os braços para ela, mas em vão. E Eurídice morreu pela segunda vez.

Paralisado de tristeza e de terror, Orfeu ficou imóvel por algum tempo e tornou a descer às tenebrosas profundezas. Mas dessa vez Caronte recusou-se a atravessá-lo sobre as negras águas do Estige. Sete dias e sete noites ficou Orfeu sentado às margens do rio, sem comer nem beber. Verteu lágrimas amargas e suplicou a misericórdia dos deuses subterrâneos, mas eles permaneceram inflexíveis, não permitindo que ela voltasse a sair. E assim, alquebrado, ele voltou para o mundo e durante três anos escondeu-se nas montanhas solitárias e cobertas de florestas da Trácia.

Certa vez o divino cantor, sentado, como de costume, no alto de uma montanha verde e ensolarada, começou a cantar. A floresta moveu-se, as árvores gigantescas curvaram-se mais e mais até o cobrirem com suas sombras. Os animais da floresta, assim como os alegres pássaros, também se aproximaram para ouvir aqueles sons maravilhosos. Mas nesse momento as mulheres da Trácia, que estavam celebrando o festival de Dioniso, vagavam pelas florestas. Elas odiavam aquele cantor, que desprezava todas as mulheres desde a morte de sua esposa. Então, olhando para ele, uma das mênades delirantes bradou:

— Ali está ele. Vejam como nos despreza!

E no mesmo instante todas se atiraram furiosamente sobre Orfeu, atirando-lhe pedras e tirsos. Por algum tempo os fiéis animais protegeram seu amado cantor, mas, quando o som de suas notas se extinguiu em meio aos gritos de ódio das mulheres enlouquecidas, eles fugiram assustados para as profundezas da floresta. Uma pedra, então, atingiu Orfeu na têmpora e ele caiu, moribundo, sobre a relva.

Mal o bando assassino se afastou, os pássaros se aproximaram, esvoaçando, enquanto as rochas e todos animais lamentavam tristemente. Também as ninfas das fontes e das árvores acorreram, vestidas com trajes negros. Todas lastimavam a morte de Orfeu e enterraram seu corpo profanado. Mas sua cabeça e sua lira foram carregadas pela corrente do rio Hebro, que as levou para ondas do mar. Depois de flutuar até a ilha de Lesbos, foram retiradas da água pelos fiéis habitantes do lugar, que então enterraram a cabeça e penduraram a lira num templo. É por esse motivo que aquela ilha deu origem a músicos e poetas tão extraordinários. Até mesmo os rouxinóis tinham ali um canto mais doce do que em outros lugares, para honrar o túmulo do divino Orfeu. Mas sua alma precipitou-se no mundo das sombras, onde ele reencontrou sua amada. E agora os dois vivem nos Campos Elíseos, unidos para sempre em seu amor.

Ceíce e Alcíone

Ceíce, filho do astro Vésper e da ninfa Filônis, amedrontado por oráculos nefastos, decidiu viajar para Claro, na Ásia Menor, onde existia um famoso oráculo de Apolo. Sua esposa Alcíone, filha do deus dos ventos Éolo, que o amava ternamente, tentou fazer com que ele desistisse da ideia ou ao menos a levasse consigo na perigosa travessia pelo mar.

— Sei que a separação é difícil para nós — respondeu ele, tentando consolá-la —, mas juro-lhe pelo meu reluzente pai que voltarei antes da segunda lua nova.

E, dizendo isso, mandou preparar tudo para a viagem. Na hora da despedida, Alcíone não conseguiu ocultar sua dor indizível.

— Adeus! — sussurrou ela na praia, e caiu desfalecida.

Ceíce quis correr para ela, mas os marujos remavam com tanta força que a água do mar espumava. E ele não pôde mais esperar. Quando Alcíone ergueu os olhos rasos de lágrimas, viu seu amado no convés do navio acenando-lhe com a mão. Ela retribuiu-lhe o aceno e seguiu o navio com o olhar até que as velas alvas desaparecessem de vista. Depois, voltou para casa e atirou-se sobre a cama, chorando, inquieta com o destino do marido distante.

O navio afastava-se cada vez mais no alto mar. Um vento suave começou a soprar e os remos foram postos de lado, pois as velas se enfunavam. Já haviam completado metade da viagem quando, uma noite, o terrível Euro soprou do sul e coroou as ondas com uma espuma branca. Uma tempestade terrível se desencadeava.

— Depressa, baixem as velas — gritou o capitão — e amarrem-nas com força ao mastro.

Mas suas palavras ecoaram em meio ao estrondo da tempestade e das velas. Cada qual fazia o que lhe parecia melhor. Uns puxavam os remos para dentro, outros tapavam os buracos dos remos no convés; aqui as velas eram arrancadas, ali a água que já entrara no navio era escoada. Em meio à confusão, aumentava a fúria dos ventos, que revolviam o mar até as suas profundezas. Atônito, o timoneiro estava paralisado em seu posto, sem saber o que fazer.

Nuvens negras cobriram o céu, e uma noite profunda estendeu-se sobre a terra, iluminada por raios momentâneos. Os trovões ribombavam, as ondas tornavam-se cada vez mais elevadas, inundando o navio com água salgada. Os marujos gritavam alto, e o navio já começava a vacilar quando uma onda gigantesca derramou-se dentro dele. A maior parte dos viajantes foi acometida de desespero. Ceíce só pensava em Alcíone, cujo nome aflorava-lhe incessantemente aos lábios. Embora seu coração sentisse muito a falta dela, Ceíce estava contente por ela não estar exposta àquele perigo.

Então o mastro do navio despencou, despedaçando o timão, e uma onda gigantesca submergiu o navio no fundo do mar. A maior parte da tripulação foi arrastada. Ceíce conseguiu agarrar-se a uma tábua.

— Alcíone! — gritou ele, com os braços já exaustos. — Alcíone! — suspirou, enquanto as ondas lhe fustigavam a cabeça. — Alcíone! — gritou, pela última vez, a boca do náufrago que se afogava.

Seu pai divino, que não podia afastar-se do firmamento, cobriu o rosto com nuvens negras para não ver a morte do filho amado.

Enquanto isso, Alcíone contava os dias e as noites que ainda faltavam para o regresso do marido. Já lhe preparava os trajes para a recepção festiva, e também não se esqueceu de fazer oferendas aos deuses, especialmente a Hera, para que lhe trouxesse o marido de volta, são e salvo. Hera fitou-a preocupada e disse a Íris, mensageira dos deuses:

— Corra ao palácio do deus do sono e peça-lhe para enviar a Alcíone um sonho que lhe revele o verdadeiro destino de seu marido.

Íris vestiu suas roupas de mil cores e correu, através do resplandecente arco-íris, até a morada do deus, no alto de um penhasco. Longe, no extremo ocidental da terra, existe uma montanha com uma enorme gruta, onde reina o deus do sono. Os raios de Hélio jamais chegam até lá, pois uma neblina escura ergue-se do chão e envolve tudo em penumbra. Nenhum ruído perturba o silêncio eterno daquelas paragens, e apenas um córrego suave flui, com um murmúrio que induz ao sono, junto à entrada da gruta. Em suas margens brotam incontáveis ervas aromáticas, cujas seivas entorpecentes são recolhidas pela noite. A entrada é aberta. No fundo do último aposento há uma cama de ébano coberta com travesseiros macios sobre a qual o deus descansa com os membros relaxados, enquanto à sua volta, revestindo milhares de formas, ficam os sonhos, filhos do deus.

Quando Íris entrou na gruta, o brilho de seus trajes iluminou o interior do aposento. O deus do sono ergueu os olhos opacos, deixou a cabeça cair para trás várias vezes, balançou-a, cumprimentou Íris como um bêbado e por fim levantou-se:

— Que mensagem me traz? — perguntou.

A mensageira dos deuses deu rapidamente o seu recado e apressou-se em voltar para o Olimpo, pois já não conseguia suportar o aroma inebriante que pairava na caverna. Mas, dentre a multidão de seus filhos, o sono escolheu Morfeu para que cumprisse a ordem divina. Morfeu saiu voando com suas silenciosas asas, atravessou a noite e reclinou-se sobre o leito de Alcíone, que dormia. Tomou a forma de um afogado: estava branco, nu, com a barba e os cabelos pingando, e lágrimas lhe corriam pelas bochechas. E então ele disse:

— Ainda conhece o seu Ceíce, pobre Alcíone, ou será que a morte transformou o meu rosto? Ainda me conhece! Mas eu não sou Ceíce, sou apenas o seu fantasma. Estou morto, amada. Meu cadáver está flutuando no mar Egeu, onde a tempestade afundou nosso navio. Por isso vista-se de luto e deixe que suas lágrimas corram para que eu não precise ficar errando nos Ínferos sem alguém que chore por mim!

Tremendo, Alcíone estendeu-lhe os braços e acordou com o ruído de seus próprios soluços.

— Não! Fique! Para onde você vai? — gritou ela para a imagem que desaparecia. — Deixe-me ir com você!

Quando ela se deu conta de tudo, bateu na cabeça com as mãos, revirou os cabelos, rasgou suas roupas e chorou, tomada por uma tristeza infinita.

E assim chegou a manhã. Alcíone dirigiu-se à praia e caminhou até o lugar onde avistara seu amado pela última vez. Quando olhou ao longe, com os olhos cobertos de lágrimas, viu surgir em meio às ondas, distante da praia, algo que parecia um corpo humano. Depois as ondas o trouxeram para a praia.

— É ele! — exclamou a infeliz, estendendo os braços em direção ao corpo de seu querido esposo. — Então é assim que volta para mim! Pois irei encontrar-me com você!

Quis atirar-se na água, mas subitamente se viu alçada por asas no ar e, gemendo de dor, esvoaçou sobre as águas de um lado para o outro, como um pássaro, e atirou-se sobre o peito do marido morto. E era como se ele sentisse a proximidade da esposa amada. Os deuses, apiedados, transformaram-no e lhe deram uma nova vida. Como alciões, eles ainda conservam o antigo e terno amor e continuam a viver em perene casamento. No inverno há sempre sete dias tranquilos, sem vento, e então Alcíone senta-se em seu ninho flutuante na superfície serena do mar, pois nesses dias seu pai, Éolo, mantém os ventos em casa e dá tranquilidade aos seus netos.

OS ARGONAUTAS

Jasão e Pélias

Jasão era filho de Éson, filho de Creteu. Numa baía na Tessália, seu avô fundara a cidade e reino de Iolco, deixando-a como herança a seu filho Éson. Mas o irmão mais jovem de Éson, Pélias, assenhoreou-se do trono. Éson morreu e Jasão foi confiado a Quíron, o centauro, com quem passou a infância. Com idade avançada, Pélias ficou apreensivo ao ouvir um oráculo obscuro que o mandava proteger-se de uma criatura com um pé descalço. Em vão Pélias quebrou a cabeça, tentando decifrar essas palavras.

Quando Jasão tinha vinte anos de idade, preparou-se, em segredo, para exigir de Pélias as terras e o trono que eram seus de direito. Armou-se de duas lanças, uma para atirar, outra para golpear de perto. Sobre os seus trajes de viagem, vestiu a pele de uma pantera, que fora morta por ele. Seus longos cabelos lhe caíam dos ombros. A caminho de Iolco, chegou a um rio largo, em cuja margem viu uma velha mulher, que suplicou sua ajuda para atravessá-lo. Era a mãe dos deuses, Hera, a inimiga de Pélias. Jasão não a reconheceu naquela forma e, pronto para ajudar, colocou-a sobre os ombros e cruzou o rio. Foi assim que uma de suas sandálias ficou atolada no lodo. Apesar disso, ele seguiu viagem e chegou a Iolco justamente quando seu tio Pélias, no meio de seu povo, oferecia ao deus do mar Posídon um sacrifício solene.

Todos admiraram a beleza do jovem e seu porte majestoso. Acharam que Apolo ou Ares tivesse vindo subitamente para junto deles. Então os olhos do rei, que oferecia o sacrifício, voltaram-se também para Jasão; aterrorizado, ele percebeu que Jasão usava apenas uma sandália.

Terminada a oferenda sagrada, Pélias aproximou-se do estrangeiro e perguntou-lhe, mal disfarçando o seu temor, quem era ele e qual o seu lugar de origem. Jasão respondeu que era filho de Éson e que fora criado na caverna de Quíron. Disse que viera para ver a casa de seu pai. O astuto Pélias recebeu-o amigavelmente, não deixando que ele percebesse o seu medo. Mostrou a Jasão todo o palácio, que muito lhe agradou. Por cinco dias o reencontro com os tios e parentes foi comemorado com alegres festas. No sexto dia, eles deixaram as tendas que tinham sido montadas para os hóspedes e juntos apresentaram-se ao rei Pélias.

Com modéstia, Jasão disse a seu tio:

— Sabeis, meu rei, que sou o filho daquele que por direito é o soberano daqui, e que tudo o que possuis me pertence. Ainda assim, deixar-vos-ei os rebanhos de cabras e vacas e todos os campos que tirastes de meus pais e nada pedirei de volta, a não ser o cetro real e o trono sobre o qual meu pai se sentava.

Pélias controlou-se e respondeu amistosamente:

— Satisfarei às tuas exigências, mas em troca quero que realizes para mim algo que, em minha idade avançada, já não sou capaz de fazer. Há tempos que, em meus sonhos noturnos, aparece a sombra de Frixo, pedindo-me que eu conceda paz à sua alma. Ele pede que eu vá à corte do rei Eetes, na Cólquida, e traga de volta os seus ossos e o Velocino de Ouro. Nessa empresa poderás conquistar a fama. Se conseguires voltar com esses preciosos objetos, terás nas mãos o cetro e o reino.

O início da expedição dos argonautas

A história do Velocino de Ouro era a seguinte: Frixo, filho do rei beócio Atamante, era obrigado a suportar muitos sofrimentos por causa de sua madrasta Ino, a segunda esposa de seu pai. Para protegê-lo dessa perseguição, sua mãe, Néfele,[1] raptou-o com a ajuda de sua irmã Hele.

---

1. Atamante era também um dos filhos de Éolo. Ino era uma das filhas de Cadmo, e Néfele, a mãe de Frixo e Hele, uma deusa-nuvem.

Colocou as crianças sobre um carneiro alado, cujo velocino era de ouro e que uma vez lhe fora dado de presente pelo deus Hermes. Sobre esse animal miraculoso, o irmão e a irmã foram levados pelos ares. No trajeto, a menina foi tomada de vertigem, caiu nas profundezas e afogou-se no mar, que por isso passou a chamar-se Helesponto, ou mar de Hele. Frixo conseguiu chegar ileso à Cólquida, na costa do Mar Negro, onde foi recebido com toda a hospitalidade pelo rei Eetes, que lhe deu em casamento uma de suas filhas, Calcíope. Frixo sacrificou o carneiro a Zeus, como preito de gratidão por sua fuga bem-sucedida, e deu sua pele, o Velocino de Ouro, de presente ao rei Eetes. Este pendurou-o numa faia, num bosque sagrado, e consagrou-o a Ares. Para vigiar o Velocino de Ouro, Eetes encontrou um dragão cuja vida, por um decreto do destino, dependia da posse desse pelo de carneiro. No mundo inteiro, o Velocino de Ouro era considerado um bem precioso, e por muito tempo se falou dele na Grécia. Muitos príncipes e heróis gostariam de possuí-lo, e assim Pélias supôs, com razão, que Jasão também se excitaria com a perspectiva de possuir tal preciosidade. Jasão não percebeu a intenção de seu tio, que julgava que ele não conseguiria sobreviver à aventura.

Os mais famosos heróis da Grécia foram chamados para participar da ousada empresa. Ao pé do monte Pélion, sob a orientação da deusa Atena, Argos, filho de Arestor e o mais habilidoso de todos os armadores da Grécia, construiu um navio esplêndido, com cinquenta remos, feito de um tipo de madeira que não apodrece na água. O navio foi chamado pelo nome de seu construtor, Argo.[2] Foi o primeiro navio de grande porte a bordo do qual os gregos ousaram navegar em mar aberto. A deusa Atena fornecera um pedaço de madeira falante, retirado de um carvalho do oráculo em Dodona e colocado junto ao mastro do navio. A esplêndida embarcação, toda ornamentada com entalhes do lado de fora, era tão leve que os heróis podiam transportá-la sobre os ombros.

---

2. Argo significa "navio veloz".

Quando ficou pronta, os lugares dos navegantes do Argo (os argonautas) foram sorteados. Jasão ficou como comandante de toda a expedição, Tífis como timoneiro e Linceu, o de olhos aguçados, como piloto. Na parte anterior do navio tomou lugar o famoso Héracles; na parte posterior, Peleu, o pai de Aquiles; e Télamon, pai de Ajax. A bordo do navio estavam, entre outros, os filhos de Zeus, Castor e Pólux; Neleu, pai de Nestor; Admeto, marido da virtuosa Alceste; Meleagro, que vencera o javali de Cálidon; Orfeu, o cantor abençoado; Menécio, o pai de Pátroclo; Teseu, mais tarde rei de Atenas, e seu amigo Pirítoo; Hilas, o jovem companheiro de Héracles; o filho de Posídon, Eufemo; e Oileu, pai do Ájax menor. Jasão dedicara seu navio a Posídon, e antes da partida foi realizado um sacrifício solene, com preces a ele e a todos os deuses do mar.

Depois que todos ocuparam os seus lugares no navio, as âncoras foram levantadas. Os cinquenta remos se movimentavam no mesmo ritmo, um vento propício enfunou as velas, e logo em seguida o navio deixava atrás de si o porto de Iolco. Com o melhor dos ânimos eles costearam ilhas e montanhas. Só no segundo dia é que se ergueu uma tempestade, que os levou ao porto da ilha de Lemnos.

Os argonautas em Lemnos

Nessa ilha, um ano antes, as mulheres tinham assassinado todos os homens, perseguidas pelo ódio e pelos ciúmes de Afrodite, porque seus maridos tinham ido buscar outras esposas na Trácia. Só Hipsípile conseguira salvar seu pai, o rei Toas, escondendo-o numa caixa e lançando-o às ondas para que fosse salvo.[3] Desde então elas temiam um ataque por parte dos trácios e, temerosas, olhavam frequentemen-

---

3. Mais tarde Hipsípile pagaria caro por essa ternura infantil. Quando os seus súditos souberam disso, a infeliz rainha foi vendida a piratas, que a revenderam ao rei Licurgo, de Nemeia. Sobre o seu destino, cf. a expedição dos Sete contra Tebas.

As mais belas histórias da antiguidade clássica vol i | 129

te para o mar. Por isso, quando viram o navio Argo se aproximando, saíram assustadas pelas portas da cidade e dirigiram-se para a praia armadas como as amazonas. Os heróis ficaram muito admirados ao verem o porto inteiro ocupado apenas por mulheres armadas, sem nenhum homem. Num batel, enviaram um mensageiro com o bastão da paz para aquela estranha congregação. O mensageiro foi levado pelas mulheres perante sua rainha solteira, Hipsípile. Com palavras modestas, comunicou o pedido dos navegantes do Argo, que desejavam descansar na praia. A rainha reuniu suas súditas na praça do mercado, no meio da cidade, e sentou-se no trono de pedras de seu pai. Depois de comunicar à assembleia o pedido pacífico dos argonautas, disse:

— Caras irmãs, cometemos um grande crime e em nossa loucura nos privamos de todos os nossos homens. Quando bons amigos se aproximam de nós, não devemos rejeitá-los. Mas precisamos cuidar para que não descubram nada do que fizemos. Sugiro, pois, que levemos alimentos, vinho e outros víveres aos estrangeiros em seus navios. Com esse gesto amigável, os manteremos longe de nossas muralhas.

A rainha tornou a sentar-se e sua velha ama se levantou. Custava-lhe muito esforço falar.

— Mandem presentes aos estrangeiros, pois isso é certo. Mas pensem também no que terão que enfrentar quando os trácios vierem. E se um deus misericordioso evitar isso, acaso vocês estarão protegidas de todos os perigos? As mulheres velhas, como eu, nada precisam temer, pois morreremos antes que a carestia se torne insuportável e todos os nossos recursos se acabem. Mas vocês, as mais jovens, do que é que vão viver? Por acaso os bois vão se colocar por vontade própria sob o arado e lavrar os campos? Ou colher os grãos para vocês quando chegar a época? Pois não terão como fazer sozinhas esses trabalhos pesados. Por isso, aconselho, e não desprezem as minhas palavras: entreguem todos os seus bens a esses nobres estrangeiros e deixem que eles administrem a sua cidade!

O conselho foi bem aceito por todas. A rainha enviou uma virgem com o mensageiro ao navio para informar os Argonautas da decisão da assembleia. Os heróis alegraram-se com a notícia. Pensavam que Hipsípile tinha sucedido a seu pai pacificamente, depois de sua morte. Jasão vestiu-se com um manto de púrpura que lhe fora dado pela deusa Atena e dirigiu-se à cidade. Quando atravessou os portões, as mulheres se aproximaram dele e o cumprimentaram amigavelmente, felizes por recebê-lo como hóspede. Mas de olhos baixos, como manda o costume, ele se dirigiu ao palácio da rainha. Serviçais abriram-lhe os altos portões e a donzela o conduziu aos aposentos da rainha. Jasão sentou-se à frente dela, numa cadeira esplêndida.

Hipsípile baixou os olhos e suas bochechas coraram. Com voz suave, ela dirigiu-lhe a palavra:

— Estrangeiro, por que vocês permanecem tão timidamente fora de nossa cidade? Lemnos não é habitada por homens. Portanto, nada têm a temer. Nossos maridos infiéis nos abandonaram, e com as mulheres dos trácios, que conquistaram na guerra, mudaram-se daqui. Levaram consigo os escravos e todos os seus filhos homens, enquanto nós, desamparadas, ficamos para trás. Venham, pois, para junto de nós e, se assim o desejar, você poderá reinar sobre nós no lugar de meu pai Toas. Vocês não terão motivos para se queixar da terra, pois esta é a ilha mais fértil de todo o mar. Vá e transmita nossa proposta aos seus companheiros. E não se demorem mais fora de nossa cidade.

Jasão respondeu:

— Rainha, é com o coração agradecido que recebemos a ajuda que nos oferece. Depois de transmitir sua mensagem aos meus companheiros, voltarei à sua cidade, mas fique com o seu cetro e com sua ilha! Não a desprezo, mas aguardam-me difíceis empresas em terras distantes.

Jasão estendeu a mão à rainha virgem para despedir-se e correu de volta à praia. Logo chegaram também as mulheres, em velozes carruagens, trazendo presentes. Não lhes foi difícil convencer os heróis, já informados por Jasão, a entrar na cidade e hospedar-se em suas casas. Jasão abrigou-se no palácio real, os demais em outras residências. Só Héracles, que desprezava as mulheres, permaneceu no navio com alguns companheiros. Logo depois, uma festa, com refeições opulentas e danças animadas, tomou conta de toda a cidade. O aroma das oferendas elevou-se aos céus; anfitriãs e hóspedes honraram o deus protetor da ilha, Hefesto, e sua esposa, Afrodite. A partida era sempre adiada, e os heróis teriam se demorado muito mais junto a suas amigáveis anfitriãs se Héracles, por fim, não tivesse ralhado com eles:

— Insensatos! Acaso não têm, em suas terras, mulheres em número suficiente? Vieram até aqui para celebrar suas bodas? Querem ficar vivendo em Lemnos como camponeses, arando a terra? Imaginam que algum deus irá buscar o Velocino para nós e depositá-lo aos nossos pés? É melhor voltarmos para casa. Por mim, Jasão pode casar-se com Hipsípile, povoar Lemnos com os seus filhos e deixar que lhe contem os feitos heroicos de outra gente!

Ninguém ousou opor-se às palavras do herói, e todos se prepararam para a viagem. Todavia, adivinhando-lhes a intenção, as mulheres os cercaram, como abelhas em volta de flores, com lamentos e súplicas. Mas, por fim, tiveram de dar-se por vencidas. Hipsípile acercou-se de Jasão com os olhos rasos de lágrimas, tomou-lhe a mão e disse:

— Vá! Possam os deuses amparar você e seus companheiros na conquista do Velocino de Ouro! Se um dia quiser voltar para nós, esta ilha e o cetro de meu pai o aguardam. Bem sei, porém, que não é esse o seu intento. Mas pelo menos pense em mim quando estiver longe!

Jasão foi o primeiro a embarcar, e os demais o seguiram. Soltaram a âncora, colocaram os remos em movimento e logo após deixavam o Helesponto para trás.

Os argonautas no país dos dolíones

Ventos trácios levaram o navio para perto da costa da Frígia, onde, na ilha de Cízico, viviam em estado selvagem e indomável os gigantes que nasceram da terra. Os gigantes tinham seis braços, dois em seus ombros colossais e quatro nos flancos. Os dolíones descendiam do deus do mar, que também os protegia contra os gigantes. Seu rei era o piedoso Cízico.

Ele e todo o seu povo foram receber os argonautas, quando souberam da chegada do navio. Acolheram-nos amigavelmente e os convenceram a ancorar seu navio no porto da cidade. Isso porque o rei recebera um oráculo que dizia: "quando chegar o nobre exército de heróis, receba-os amigavelmente e não com guerra". Por isso, ele lhes ofereceu generosamente vinho e carnes. Cízico era ainda um jovem quase imberbe. Sua mulher estava acamada no palácio, acometida de grave doença, mas mesmo assim ele a deixou para, seguindo as ordens do oráculo, tomar a sua refeição com os estrangeiros. Estes lhe contaram do objetivo de sua expedição e ele lhes indicou o caminho que deveriam tomar. Na manhã seguinte, galgaram uma montanha elevada para ter uma visão panorâmica da situação da ilha no mar.

Enquanto isso, vindos do outro lado da ilha, os gigantes tinham-se aproximado dali e bloqueado o porto com rochas. O navio Argo era vigiado por Héracles, que também dessa vez não desembarcara. Quando percebeu os monstros, abateu muitos deles com suas setas. E os outros heróis, vendo o que acontecia, aproximaram-se também e, com setas e lanças, causaram a morte de numerosos gigantes. Por fim eles jaziam mortos na baía estreita como troncos de árvores derrubadas. Depois dessa grande vitória, os heróis levantaram âncora, aproveitando o vento propício, e navegaram para o mar aberto. Mas no meio da noite, começou a soprar um forte vento contrário, e sem que o percebessem eles foram levados de volta à costa da ilha dos dolíones. Imaginavam que tivessem chegado à costa da Frígia. E os dolíones, que acordaram sobressaltados, não reconheceram os amigos com os quais tinham participado de um alegre banquete ainda na véspera. Apanharam suas armas, e uma violenta batalha teve início. O próprio Jasão matou o bondoso rei Cízico, cravando-lhe a lança no meio do peito. Finalmente os dolíones foram derrotados e fugiram, refugiando-se no interior das muralhas da cidade. Quando o sol nascente tingiu o céu de vermelho, ambos os lados reconheceram o terrível engano.

Jasão e seus heróis foram tomados de uma dor amarga quando viram o rei dos dolíones morto, no meio de uma poça de sangue. Por três dias os heróis e os dolíones lamentaram o infausto acontecimento. Em seguida os argonautas seguiram viagem. Clítia, a esposa do rei morto, morreu de tristeza.

Héracles é deixado para trás

Depois de difícil viagem, em meio a tempestades, os heróis desembarcaram na baía de Bitínia, na cidade de Quios. Os mísios, que ali viviam, os receberam cordialmente, prepararam madeira seca para uma fogueira, fizeram camas de relva verde para os recém-chegados e serviram-lhes vinho e iguarias para o jantar. Héracles, que desprezava todos os confortos nessa viagem, abandonou seus companheiros e penetrou na floresta em busca de madeira para fazer para si um remo melhor e logo encontrou um pinheiro que lhe parecia adequado. Pousou arco e aljava no chão, tirou a pele de leão com a qual se cobria e com ambas as mãos arrancou o tronco juntamente com as raízes e a terra à sua volta, de maneira que o pinheiro ficou ali caído como se tivesse sido derrubado por uma tempestade.

Enquanto isso, seu jovem companheiro Hilas também deixara a mesa dos seus camaradas. Em sua expedição contra os dríopes, Héracles, numa discussão, lhe matara o pai, mas levara o menino consigo e o educara para ser seu servo e amigo. Hilas estava justamente apanhando água num jarro de metal para o seu senhor e amigo. Enquanto o belo jovem tirava água da fonte, a lua cheia brilhava no céu. Quando se inclinou sobre o espelho de água, foi visto pela ninfa da fonte. Enlouquecida por sua beleza, ela passou-lhe o braço esquerdo pelo pescoço e com a direita agarrou-o pelo cotovelo e puxou-o para dentro da água. Um dos heróis, Polifemo, que esperava por Héracles perto daquela fonte, ouviu o grito de socorro do menino, mas não o encontrou mais. Nesse momento Héracles voltava da floresta.

— Tenho que lhe dar uma triste notícia — exclamou ele. — Hilas não voltou da fonte. Ou foi raptado por bandidos ou despedaçado por animais selvagens. Ouvi seus gritos de terror.

Furioso, Héracles atirou seu pinheiro ao chão e correu em direção à fonte.

A estrela da manhã já aparecia no alto das montanhas, e um vento propício começou a soprar. O timoneiro chamou os marujos para embarcarem. Já tinham navegado um pouco sob a luz da manhã quando perceberam que dois de seus companheiros, Héracles e Polifemo, tinham ficado para trás. Teve início uma disputa acalorada. Deveriam continuar a navegar sem os seus mais corajosos companheiros? Jasão não disse uma só palavra. Ficou sentado, triste. Mas Télamon enfureceu-se.

— Como pode continuar aí sentado tão tranquilamente? — perguntou ele ao comandante. — Você decerto teme que Héracles seja capaz de superar a sua fama. Mas para que tantas palavras? Se todos lhe derem razão, voltarei sozinho para junto do herói abandonado.

Agarrou então o timoneiro Tífis; seus olhos reluziam como chamas, e ele teria obrigado os navegantes a voltar se os dois filhos de Bóreas, Cálais e Zetes, não o tivessem contido.

Nesse instante Glauco, o deus marinho, ergueu-se da água espumante. Com sua mão forte segurou a ponta do navio e exclamou:

— Por que estão brigando, heróis? Por que querem levar, contra a vontade de Zeus, o corajoso Héracles para a terra de Eetes? O destino reservou-lhe feitos de outra natureza. Hilas foi raptado por uma ninfa, e é por isso que Héracles ficou para trás.

Depois de dizer essas palavras, voltou a submergir e a água escura ficou espumando à sua volta. Télamon, envergonhado, dirigiu-se a Jasão e estendeu-lhe a mão em sinal de reconciliação.

— Não se enfureça comigo, Jasão. A dor apoderou-se de mim. Esqueça o meu descontrole e voltemos a ser amigos como antes!

Jasão apertou-lhe a mão, e assim seguiram viagem em paz. Polifemo, que ficou entre os mísios, construiu-lhes uma cidade. Héracles, porém, seguiu avante, conforme fora determinado por Zeus.

As mais belas histórias da antiguidade clássica vol i | 135

Pólux e o rei dos bébrices

Na manhã seguinte, ao raiar do sol, ancoraram numa península. Ali se encontravam os estábulos e a morada campestre de Âmico, o selvagem rei dos bébrices. Âmico recebia todos os estrangeiros, avisando-lhes que nenhum deles teria permissão para deixar as suas terras sem antes enfrentá-lo numa luta. Dessa maneira, já matara muitos de seus vizinhos. E assim, quando os argonautas aportaram, aproximou-se de seu navio e gritou:

— Ouçam, seus vagabundos: nenhum estrangeiro tem o direito de deixar as minhas terras sem antes lutar comigo. Escolham o melhor de seus heróis e deixem-me enfrentá-lo, do contrário as coisas acabarão mal para vocês!

Entre os navegantes do Argo estava Pólux, filho de Leda, o melhor lutador da Grécia. O desafio o excitou e ele gritou, para o rei:

— Não nos ameace! Você encontrou a pessoa que vai derrotá-lo!

O rei dos bébrices olhou para o herói, revirando os olhos, mas Pólux sorriu, tranquilo. Com as mãos, deu alguns golpes no ar para ver se não tinham ficado enrijecidas depois de tanto remar. Depois que os heróis desceram do navio, os dois lutadores postaram-se um na frente à do outro. Um escravo do rei jogou no meio deles dois pares de luvas.

— Escolha o par que quiser — disse Âmico. — Não o deixarei escolher por muito tempo! Logo você perceberá quem sou eu!

Pólux sorriu e, calado, apanhou as luvas que estavam mais perto dele, pedindo a seus companheiros que as atassem em seus punhos. O rei dos bébrices fez o mesmo, e a luta começou. O lutador estrangeiro atacava o grego furiosamente, mas este sempre se desviava de seus golpes. Pólux não tardou a descobrir a fraqueza de seu adversário e aplicou-lhe alguns golpes. Mas o rei também se deu conta de suas vantagens. Então, as bochechas estalavam, os dentes rangiam e eles só pararam quando ficaram ambos sem fôlego. Os dois colocaram-se lado a lado para retomar o fôlego e enxugar o suor.

136 | Gustav Schwab

Quando recomeçaram a lutar, Âmico tentou desferir um golpe na cabeça de seu adversário, mas só conseguiu atingi-lo no ombro. Pólux atingiu-o acima da orelha, de maneira que ele caiu, dobrando os joelhos de dor.

Os argonautas gritavam jubilosos, mas os bébrices vieram em ajuda do rei e atacaram Pólux com clavas e lanças. Os companheiros de Pólux desembainharam as espadas e postaram-se à sua frente, protegendo-o. Teve início uma luta sangrenta. Derrotados, os bébrices fugiram para o interior de suas terras. Os heróis reuniram seus rebanhos e fizeram um esplêndido butim. Passaram a noite em terra, fazendo curativos em suas feridas, oferecendo sacrifícios aos deuses e alegrando se com vinho. Coroaram suas cabeças com louros e entoaram alegres melodias, acompanhados pela lira de Orfeu. A praia deserta parecia ouvi-los com prazer, e em sua canção eles louvaram Pólux, o vitorioso filho de Zeus.

Fineu e as harpias

O amanhecer pôs fim ao banquete, e os argonautas seguiram viagem. Depois de algumas aventuras, ancoraram defronte das terras da Bitínia, numa praia onde morava o rei Fineu, filho do herói Agenor.[4] Por ter usado de maneira indevida o dom da profecia, que lhe tinha sido dado por Apolo, Fineu fora acometido de cegueira na velhice e as harpias, terríveis pássaros sobrenaturais, não permitiam que ele tomasse uma só refeição em paz. Roubavam dele tudo o que podiam e infestavam o que não conseguiam levar, de maneira que não pudesse ser comido. Mas o oráculo de Zeus dera um consolo a Fineu: quando os filhos de Bóreas chegassem com os navegantes gregos, ele poderia comer em paz. Assim, logo que recebeu a notícia da chegada dos navegantes, o velho deixou os seus aposentos. Escanifrado, só pele e osso, mais pa-

---

4. Veja nota p. 43.

recia um fantasma. Os membros de seu corpo tremiam de fraqueza e, quando chegou diante dos argonautas, ele caiu por terra, exausto. Os heróis cercaram o infeliz, impressionados com o seu aspecto.

Quando voltou a si, o rei suplicou:

— Heróis, se forem realmente os salvadores a que o oráculo se referiu, ajudem-me, pois fui privado não só da luz de meus olhos, mas também de comer. Todas as minhas refeições são arruinadas pelas aves terríveis, enviadas pelas deusas da vingança. Não estarão ajudando a um estranho, pois sou Fineu, filho de Agenor, e um grego como vocês. Os filhos de Bóreas, que me haverão de salvar, são os jovens irmãos de Cleópatra, que foi minha esposa na Trácia.[5]

Então Zetes, filho de Bóreas, abraçou-o e prometeu-lhe livrá-lo das harpias com a ajuda de seu irmão. Com uma refeição, atraíram as terríveis aves. Qual súbita tempestade, elas se lançaram das nuvens, ruflando as asas, e atacaram vorazmente as comidas. Os heróis gritaram alto, mas as harpias permaneciam impassíveis e ali ficaram até devorar tudo. Em seguida, tornaram a alçar voo, deixando atrás de si um mau cheiro insuportável. Porém Zetes e Cálais as perseguiram de espada em punho. Zeus concedeu-lhes asas e uma força inesgotável. E assim eles corriam atrás delas. Já achavam que tinham dominado os monstros, e preparavam-se para matá-los, quando subitamente Íris, mensageira de Zeus, desceu do éter e gritou:

— Não é permitido, ó filhos de Bóreas, matar com a espada os cães de caça do grande Zeus, as harpias. Mas juro-lhes em nome dos deuses, diante das águas do Estige, que essas aves de rapina não mais torturarão o filho de Agenor.

Ouvindo esse juramento, os filhos de Bóreas regressaram ao navio. Enquanto isso, os heróis gregos cuidavam do velho Fineu. Prepararam uma refeição com a carne de suas oferendas e convidaram o rei famin-

---

5. Bóreas, o Vento Norte, certa vez quis casar-se com Oritia, a bela filha do rei ateniense Erecteu. Raptou sua amada e voou com ela para as distantes costas da Trácia, onde, como sua legítima esposa, ela lhe deu dois filhos, Zetes e Cálais, e duas filhas, Cleópatra e Quíone.

to a participar dela. Ávido, ele engoliu a comida limpa sentindo-se como num sonho. Enquanto eles passavam a noite em claro, à espera da volta dos filhos de Bóreas, o velho rei Fineu, em sinal de gratidão, permitiu-lhes ver o futuro que os aguardava:

— Num estreito do mar terão que enfrentar as Simplégades, dois rochedos íngremes que flutuam na água, em vez de estar apoiados o fundo do mar. Muitas vezes eles colidem, revolvendo a água com uma fúria terrível. Se não quiserem ser esmagados, terão que atravessar o espaço entre essas rochas com a velocidade de uma pomba. Depois alcançarão a cidade dos mariandinos, onde se encontra a entrada dos Ínferos. Vocês ainda passarão por muitas montanhas, rios e costas; pela cidade das amazonas; pela terra dos cálibos, que retiram o ferro das entranhas da terra com o suor de seu rosto. E por fim chegarão à costa da Cólquida, onde o rio Fásis despeja no mar sua vasta correnteza. Lá avistarão o esplêndido palácio do rei Eetes, onde o dragão que nunca dorme vigia permanentemente o Velocino de Ouro, estendido sobre a copa de um carvalho.

Os heróis ouviam aterrorizados e queriam continuar a perguntar, mas então os filhos de Bóreas chegaram pelo ar e comunicaram ao rei a mensagem consoladora de Íris.

As Simplégades

Agradecido e comovido, Fineu despediu-se de seus salvadores, que iam em busca de novas aventuras. Primeiro, eles foram retidos por ventos do Nordeste por quarenta dias, até que preces e oferendas aos doze deuses permitiram-lhes seguir viagem. Ouviram então, ao longe, um ruído estrondoso. Era o clangor das Simplégades, os rochedos que se chocavam e voltavam a separar-se em meio ao rugido das águas. Tífis, o timoneiro, dirigiu-se ao seu posto. Eufemo levantou-se no navio, segurando nas mãos uma pomba. Fineu lhes profetizara que, se a pomba conseguisse voar por entre os rochedos e escapar ilesa, eles também poderiam ousar fazer a travessia. Os rochedos estavam se separando. Eufemo soltou a pomba e todos a seguiram com o olhar, esperançosos. A ave voou por entre os rochedos, que já voltavam a aproximar-se um do outro. O mar escumoso encapelava-se, um rugido enchia as águas e o ar, os rochedos voltaram a chocar-se, arrancando as últimas penas da cauda da pomba, porém ela conseguiu escapar. Aos brados, Tífis incentivava os remadores. Os rochedos voltaram a separar-se e a correnteza arrastou consigo o navio. Uma vaga, alta como uma torre, erguia-se diante deles, e sua vista fez com que todos se encolhessem de medo. Mas Tífis ordenou que continuassem a remar, e a onda espumante revolveu-se sob o casco da embarcação, erguendo-a acima dos rochedos que se aproximavam. Os homens faziam tanta força que os remos se curvavam, e a correnteza voltou a precipitar o navio no meio dos rochedos. As rochas já esbarravam no casco do navio quando a deusa protetora, Atena, invisível, o empurrou, fazendo com que atravessasse os rochedos que, ao se chocarem, esmagaram apenas as tábuas externas da popa. Quando voltaram a ver o céu e o mar aberto à sua frente, os homens respiraram aliviados, sentindo-se como se tivessem voltado dos Ínferos.

— Isso não aconteceu por causa de nossa força — exclamou Tífis.

— Atena nos protegeu, agora não temos mais nada a temer. Segundo a profecia de Fineu, tudo mais será fácil.

Mas Jasão balançou a cabeça, entristecido.

— Meu bom Tífis, desafiei os deuses quando permiti que Pélias me convencesse a participar desta empresa. Melhor teria sido permitir que ele me esquartejasse. Agora passo dia e noite preocupado com suas vidas. Conseguirei levá-los sãos e salvos de volta aos seus lares depois de todos esses perigos?

Assim falava o herói, para pôr à prova seus companheiros. Mas eles o exortaram a prosseguir a expedição.

Seguiram, pois, avante e enfim chegaram à foz do rio Termodonte. Este era diferente de todos os outros rios da terra. Brotando de uma só fonte, nas profundezas das montanhas, logo se dividia em vários ribeiros e corria para o mar por noventa e seis caminhos diferentes. Na foz mais larga viviam as amazonas, um povo constituído apenas de mulheres, que descendiam do deus Ares e amavam a guerra. Se os argonautas tivessem que desembarcar ali, certamente travariam uma batalha sangrenta com aquelas mulheres, capazes de enfrentar os mais corajosos guerreiros. Elas não viviam numa cidade, mas espalhadas pelos campos, separadas em clãs. Um vento propício, do Oeste, manteve os argonautas afastados daquele povo de mulheres guerreiras. Depois de viajar por um dia e uma noite, chegaram, conforme Fineu lhes profetizara, à terra dos cálibos. Estes não plantavam nem criavam rebanhos; apenas escavavam o ferro do chão áspero e o trocavam por alimentos. Na escuridão, em meio a uma fumaça espessa, passavam seus dias executando trabalhos pesados.

Quando os argonautas estavam defronte da ilha Aretia, ou ilha de Ares, um habitante da ilha, um pássaro, voou em direção a eles, batendo as asas vigorosamente. Pairando sobre o navio, agitou as asas e uma pena pontiaguda foi espetar-se no ombro do herói Oileu. Ferido, ele deixou cair seu remo. Seus companheiros assustaram-se ao ver aquela seta emplumada. Seu vizinho arrancou a pena e fez um curativo na ferida. Logo apareceu outro pássaro, que foi abatido, ainda voando, por Clítio, que já tinha o arco retesado. Caiu morto no meio do navio.

— A ilha já está próxima — disse Anfidamante, viajor experiente — mas não confiem nesses pássaros. Há tantos deles que certamente não teríamos setas suficientes para abatê-los, se quiséssemos desembarcar. Pensemos no modo como afastaremos esses animais agressivos. Coloquem seus capacetes com penachos, enfeitem o navio com lanças e escudos reluzentes e ergam todos um clamor assustador. Quando os pássaros ouvirem isso, avistando ao mesmo tempo os penachos oscilantes dos capacetes, as lanças e os escudos cintilantes, vão assustar-se e voar em fuga.

A sugestão agradou aos heróis, e tudo aconteceu conforme ele previra. Não avistaram nenhuma outra ave enquanto remavam em direção à ilha, até que bateram em seus escudos, já próximos dali, inúmeros pássaros, assustados, que ergueram-se da praia e fugiram por cima do navio. Mas os heróis tinham-se abrigado sob os seus escudos e as penas pontiagudas caíram sem causar-lhes mal algum. Os pássaros, as terríveis estinfálidas,[6] sobrevoaram o mar em direção à costa e os argonautas desembarcaram na ilha.

Ali encontraram amigos e companheiros inesperados. Mal tinham dado os primeiros passos na praia, quatro jovens maltrapilhos aproximaram-se deles. Um dos jovens correu em direção a eles, dizendo:

— Sejam vocês quem forem, meus bons homens, ajudem-nos! Somos náufragos! Deem-nos roupas para cobrirmos nossos corpos e comida para saciarmos nossa fome.

Jasão, amigável, prometeu-lhes toda a ajuda e perguntou seu nome e sua origem.

— Vocês decerto já ouviram falar de Frixo, filho de Atamante — disse o jovem —, que trouxe o Velocino de Ouro para a Cólquida? O rei Eetes deu-lhe sua filha mais velha em casamento. Somos os filhos deles. Eu me chamo Argos. Nosso pai Frixo morreu há pouco e, de acordo com seu último desejo, embarcamos num navio em pós dos tesouros que ele deixou na cidade de Orcômeno.

Os heróis ficaram muito contentes e Jasão cumprimentou-os como primos, pois seus avós, Atamante e Creteu, eram irmãos. Os jovens contaram como seu navio fora despedaçado por uma tempestade e como, agarrados a uma tábua, tinham sido arrastados pela correnteza até aquela ilha inóspita.

Quando os heróis comunicaram-lhes seus planos, convidando-os a participar da aventura, os náufragos arregalaram os olhos, aterrorizados.

— Nosso avô Eetes é um homem cruel. Dizem que é filho do deus-sol e que tem uma força sobre-humana. Ele reina sobre incontáveis clãs de cólquidos, e o Velocino é guardado por um dragão horrível.

---

6. Cf. o mito de Héracles, p. 195.

142 | GUSTAV SCHWAB

A essas palavras, alguns dos heróis empalideceram. Mas Peleu[7] levantou-se e disse:

— Não acredite que precisamos submeter-nos ao rei da Cólquida. Nós também somos filhos de deuses! Se ele não nos der o Velocino por bem, nós lho arrancaremos!

Assim eles se encorajavam mutuamente, enquanto tomavam uma copiosa refeição.

Na manhã seguinte, os filhos de Frixo, vestidos e fortalecidos, embarcaram com os heróis e a expedição prosseguiu. Depois de um dia e uma noite, avistaram os cumes das montanhas do Cáucaso erguendo-se sobre a superfície do mar. Já anoitecia quando ouviram um ruído sobre suas cabeças: era a águia de Prometeu, que esvoaçava acima do navio; o ruflar de suas asas era tão forte que todas as velas balouçavam, como sob a ação do vento. Era uma ave gigantesca cujas asas, batendo ao vento, eram como grandes velas de navio. Logo ouviram, ao longe, o gemido profundo de Prometeu, cujo fígado já estava sendo devorado pela ave. Passado algum tempo, suspiros ecoaram e eles viram a águia voando outra vez pelos ares.

Nessa mesma noite chegaram ao seu objetivo, na foz do rio Fásis. Alegres, subiram aos mastros do navio, baixaram as velas e remaram em direção ao largo rio, cujas ondas pareciam recuar diante da imponente nau. À esquerda deles estava o Cáucaso e Citera, a capital da Cólquida; à direita estendiam-se os campos, com a gruta sagrada de Ares, onde o dragão vigiava com olhos atentos o Velocino de Ouro, que pendia da copa de um grande carvalho. Jasão levantou-se e ergueu um cálice de ouro, cheio de vinho, fazendo uma libação ao rio, à mãe terra, aos deuses do lugar e aos heróis que tinham morrido durante a viagem. Pediu a todos que o ajudassem e guardassem seu navio.

— Assim chegamos sãos e salvos à terra da Cólquida — disse o timoneiro Anceu. — Chegou a hora de pensar se tentaremos convencer

---

7. Filho de Éaco, irmão de Télamon, rei da Tessália. Mais tarde, se casou com a náiade Tétis, que lhe deu Aquiles. Télamon, o pai do grande Ájax, reinava em Salamina.

o rei Eetes pacificamente ou se tentaremos realizar o que pretendemos de outra maneira.

— Amanhã! — exclamaram, cansados, os heróis.

E assim Jasão deu ordens para ancorar o navio numa umbrosa baía. Todos se deitaram. Foi apenas um breve descanso, pois logo foram acordados pela luz da manhã.

Jasão no palácio de Eetes

Logo ao amanhecer, os heróis se prepararam. Jasão levantou-se e disse:

— Minha sugestão é esta: fiquem todos tranquilamente no navio, mas com as armas de prontidão. Com os filhos de Frixo e dois de vocês, irei ao palácio de Eetes. Primeiro lhe perguntarei se ele nos concederá o Velocino de Ouro por bem e sem luta. Não há dúvida de que ele se negará a atender ao nosso pedido. Mas então terá que assumir a responsabilidade por tudo o que lhe acontecer. E quem sabe se as nossas palavras não lograrão convencê-lo? Pois outrora ele se deixou convencer e recebeu o inocente Frixo, que fugia de sua madrasta.

Os jovens heróis louvaram as intenções de Jasão, que, apanhando o bastão da paz de Hermes e acompanhado pelos filhos de Frixo e seus camaradas Télamon e Augias,[8] deixou o navio. Chegando a um campo coberto de relva, viram, horrorizados, uma grande quantidade de cadáveres pendurados em correntes. Mas não se tratava de criminosos, nem de estrangeiros assassinados. Na Cólquida, era considerado pecado cremar ou enterrar os cadáveres. Era costume pendurá-los, envoltos em peles de animais, nas árvores fora da cidade, deixando-os secar ao vento. Só as mulheres eram sepultadas.

Os cólquidos eram um povo numeroso. Para que nada acontecesse a Jasão e seus companheiros no caminho, Hera, a protetora dos argonautas, espalhou uma grossa camada de neblina pela cidade, e só tornou a

---

8. O rei de Élis, conhecido do mito de Héracles.

dissipá-la depois que eles haviam chegado ao palácio do rei. Estavam num pátio diante do edifício e admiravam as grossas muralhas, os enormes portões, as imponentes colunas. Um frontão de pedra rodeava toda a construção. Em silêncio, atravessaram o pórtico daquele pátio. Enormes videiras erguiam-se ali, sob as quais quatro fontes jorravam ininterruptamente. De uma manava leite, da outra, vinho, da terceira, um óleo perfumado e da quarta, uma água que era quente no inverno e gelada no verão. Essas obras únicas tinham sido criadas pelo habilidoso Hefesto, que forjara também, com o mais puro ferro, imagens de touro de ferro cuja boca expelia um terrível fogo e ainda um arado, tudo em sinal de gratidão ao pai de Eetes, o deus-sol, que durante a batalha contra os gigantes conduzira Hefesto em sua carruagem e o salvara. Dessa entrada se passava a uma colunata, no pátio intermediário, que se estendia à direita e à esquerda e atrás da qual se viam as portas de vários aposentos. Os palácios principais ficavam um em frente ao outro. Num deles residia o próprio rei Eetes, no outro, seu filho Absirto. Os demais aposentos eram ocupados por criados e pelas filhas do rei, Calcíope e Medeia. Medeia, a filha mais jovem, raramente era vista. Passava a maior parte do dia no templo de Hécate, de quem era sacerdotisa.

Porém Hera, a protetora dos argonautas, fez com que ela decidisse permanecer no palácio. Acabava de deixar os seus aposentos e dirigia-se ao quarto de sua irmã quando se defrontou com os heróis. Ao vê-los, deu um grito; e, ouvindo-a, Calcíope e suas criadas saíram de seus aposentos. Calcíope deu um grito de júbilo, pois reconheceu os quatro filhos que tivera com Frixo. Esses correram a abraçar a mãe.

Medeia e Eetes

Por fim, apareceram também Eetes e sua esposa Idia. O pátio não demorou a se encher de gente. Escravos abatiam um belo boi para os hóspedes, outros cortavam madeira seca para preparar uma fogueira, outros ainda esquentavam água num grande caldeirão. Invisível a todos, o deus do amor, Eros, que por ali esvoaçava, pelo ar, tirou uma seta da aljava, agachou-se e, por trás de Jasão, mirou a filha do rei, Medeia. Logo a seta lhe ardia no peito, e ela suspirou. De tempos em tempos, olhava secretamente para Jasão e não conseguia enxergar nada além dele.

Em meio a todo aquele movimento, ninguém percebeu a transformação que se operara em Medeia. Os criados trouxeram as iguarias, e os argonautas, que se haviam restaurado com um banho quente, saborearam a refeição que lhes era servida. Entrementes, os netos de Eetes contavam a seu avô o que lhes acontecera durante a viagem; ele então lhes perguntou, em voz baixa, quem eram aqueles estrangeiros.

— Não lhe esconderei a verdade, meu avô — sussurrou Argos. — Estes homens vieram pedir-lhe o Velocino de Ouro. Um rei, que deseja expulsá-los de seu país, deu-lhes essa difícil incumbência. Espera que sejam derrotados pelo ódio de Zeus e pela vingança de Frixo. Palas Atena ajudou-os na construção de seu navio, tão firme que é capaz de enfrentar todas as tempestades. Os mais corajosos heróis da Grécia reuniram-se nesse navio.

E mencionou os nomes dos mais nobres dentre eles, inclusive Jasão.

Ouvindo essas palavras, o rei assustou-se e enfureceu-se com seus netos. Imaginou que tinham convencido os heróis estrangeiros a irem ao seu palácio. Seus olhos arderam sob as volumosas sobrancelhas e ele bradou:

— Sumam de minha vista, traidores! Vocês não vieram aqui em busca do Velocino de Ouro, e sim para roubarem meu cetro e minha coroa. Se não estivessem à minha mesa como hóspedes, eu não me controlaria!

Ouvindo tais palavras, Télamon, que estava sentado perto dele, enfureceu-se. Quis levantar-se e responder ao rei, mas Jasão o conteve e tomou ele próprio a palavra.

— Acalme-se, Eetes. Não viemos à sua cidade e ao seu palácio para roubá-lo. Quem conceberia uma viagem marítima tão longa e tão perigosa apenas para enriquecer-se às custas da riqueza alheia? Só o destino de minha família e os desígnios de um rei cruel fizeram com que eu tomasse essa decisão. Dê-nos o Velocino de Ouro, e a Grécia inteira o glorificará por isso. Nós também estamos dispostos a agradecer-lhe com façanhas. Se você entrar em guerra com alguém, seremos seus aliados!

Assim falou Jasão, no intuito de acalmar o rei. Mas este pensava se deveria mandar matar Jasão imediatamente ou se antes deveria pôr à prova a força daqueles estrangeiros. Respondeu, pois, mais tranquilo:

— Por que estão tão temerosos? Se forem realmente filhos de um deus, poderão levar o Velocino de Ouro. Eu concedo tudo a homens corajosos. Mas antes terão que passar por uma prova. Nos campos de Ares pastam dois touros com cascos de ferro. Costumo arar os campos com eles, e depois de preparar a terra não semeio grãos, mas os terríveis dentes de um dragão. Destes nascem homens, que me cercam por todos os lados e que eu preciso matar com a minha lança. De manhã cedo, coloco os touros sob o jugo e no final da tarde descanso da minha colheita. Se você, estrangeiro, for capaz de fazer a mesma coisa que eu, no mesmo dia poderá levar consigo o Velocino, mas não antes, pois não é certo um homem corajoso recuar diante de um homem mais fraco.

Mudo e indeciso, Jasão fitou-o. Não tinha coragem de meter-se, sem mais nem menos, numa aventura como aquela. Mas por fim tomou uma decisão e respondeu:

— Embora seja esta uma enorme tarefa, hei de cumpri-la, mesmo que ao preço de minha vida. Nada pior do que a morte pode acontecer a um mortal. Obedeço ao destino que me trouxe até aqui.

— Muito bem — tornou o rei. — Reúna-se então aos seus soldados, mas pense bem. Se não se sente capaz de realizar tudo, é melhor deixar o serviço por minha conta e sumir daqui!

O conselho de Argos

— Jasão e seus dois companheiros levantaram-se de seus assentos. Dentre os filhos de Frixo, só Argos os seguiu. Deixaram, pois, o palácio. Medeia observava Jasão através de seu véu, e seus pensamentos o seguiam. Quando ficou de novo a sós em seus aposentos, pôs-se a chorar. E depois disse a si mesma:

— Por que estou tão triste? Que me interessa esse herói? Se ele é o mais esplêndido de todos os semideuses, ou se está destinado a morrer, isso é problema dele! Mas, ainda assim, tomara que ele escape da destruição! Permiti, honrada deusa Hécate, que ele volte para casa! Mas, se ele for derrotado pelos touros, quero ao menos que saiba que me entristeço com seu destino!

Enquanto isso, os heróis se encaminhavam para o navio. Argos disse a Jasão:

— Você talvez não ouça meu conselho, mas ainda assim quero dá-lo. Conheço uma donzela que aprendeu de Hécate, a deusa dos Ínferos, a preparar poções mágicas. Se conseguirmos trazê-la para o nosso lado, você vencerá todas as batalhas. Se quiser, posso conquistá-la para a nossa causa.

— Se quiser fazer isso, meu caro — respondeu-lhe Jasão —, não recusarei. Mas estamos numa péssima situação se a nossa volta ao lar depende dos favores de uma mulher!

Voltaram ao navio e juntaram-se aos companheiros. Jasão relatou o que prometera ao rei. Durante algum tempo seus amigos o olharam emudecidos; por fim, Peleu ergueu-se e disse:

— Jasão, se quiser cumprir sua promessa, prepare-se. Mas, se não tem total confiança, deixe isso de lado. Nesse caso, porém, pode ter certeza de que a morte espera todos os seus homens.

Télamon e quatro outros homens levantaram-se, ansiosos pela batalha. Mas Argos os acalmou, dizendo:

— Conheço uma donzela que sabe preparar poções mágicas. Ela é a irmã de nossa mãe. Deixem-me falar com minha mãe e convencê-la a conquistar essa donzela para a nossa causa. Só então voltaremos a falar da tarefa a que Jasão se propôs.

Mal terminara de pronunciar essas palavras, e um sinal apareceu. Uma pomba, perseguida por uma águia, buscou refúgio no colo de Jasão, enquanto a ave de rapina que a perseguia caiu como uma pedra sobre o convés do navio. Um dos homens lembrou-se então de que o velho Fineu lhes profetizara que Afrodite os ajudaria a voltar para a terra natal. Assim, todos os homens concordaram com o plano de Argos. Só Idas, o filho de Afareu, ergueu-se mal-humorado e disse:

— Em nome dos deuses, acaso viemos aqui para cuidar de mulheres? Por que invocamos Afrodite ao invés de nos dirigirmos a Ares? Uma pomba conseguirá livrar-nos da guerra?

E muitos dos heróis resmungaram. Mas Jasão decidiu ouvir os conselhos de Argos. O navio ficou amarrado à costa, enquanto os homens esperavam pela volta de seu mensageiro. Argos foi ter com sua mãe e pediu-lhe para convencer sua irmã, Medeia, a apoiar os heróis. Calcíope também tinha dó dos estrangeiros, porém não ousava enfrentar o terrível ódio de seu pai. Assim, o pedido de seu filho veio de encontro aos seus desejos e ela lhe prometeu a sua ajuda.

Enquanto isso, Medeia cochilava inquieta em seu leito, e sonhava. Seu sonho a atemorizava. Via Jasão lutando contra os touros, mas ele não se metera naquela luta por causa do Velocino de Ouro, e sim porque queria levá-la para casa como esposa. Em seu sonho, era ela quem vencia a luta contra os touros, mas seus pais não queriam dar a Jasão o prêmio prometido. Por isso surgira uma contenda terrível entre seu pai e o estrangeiro, e os dois partidos fizeram dela a juíza. Em seu sonho, ela dava razão ao estrangeiro. Seus pais choravam. De repente eles gritaram — e com esse grito Medeia despertou.

Depois desse sonho, Medeia quis correr para o quarto de sua irmã, mas, por muito tempo, ficou no pátio, indecisa. Quatro vezes deixou seus aposentos, quatro vezes voltou atrás; por fim, em prantos, atirou-se sobre a cama. Foi assim que uma de suas criadas de confiança a encontrou. Sentindo pena de sua senhora, foi avisar a irmã de Medeia. Calcíope acorreu e encontrou-a com as faces rubras e os olhos afogados em lágrimas.

— Que aconteceu? Você está doente? — perguntou ela compassivamente.

Medeia promete ajudar os argonautas

Medeia corou, e a vergonha cerrou-lhe a boca. Por fim, o amor emprestou-lhe ousadia e ela falou, astuciosa:

— Calcíope, estou preocupada com seus filhos. Temo que nosso pai pretenda matá-los juntamente com os estrangeiros. Um sonho terrível anunciou-me isso. Possa algum deus impedir que esse prenúncio se realize!

Calcíope ficou amedrontada.

— Foi justamente por isto que vim vê-la — disse ela. — Suplico-lhe que fique do meu lado contra o nosso pai!

E agarrou os joelhos de Medeia com ambas as mãos e apoiou a cabeça ao seu colo. As duas irmãs choravam amargamente. Medeia, então, disse:

— Pelos céus e pela terra, juro-lhe que farei de bom grado tudo o que estiver a meu alcance para salvar os seus filhos.

— Então, em nome de meus filhos — prosseguiu Calcíope —, dê ao estrangeiro alguma poção mágica para que possam vencer a terrível batalha. Meu filho suplica-me que lhe peça seu apoio a Jasão.

O coração de Medeia palpitou de felicidade quando ela ouviu isso. Suas belas faces tingiram-se de rubro e as palavras se precipitaram de sua boca:

— Calcíope, que a aurora deixe de brilhar para mim se sua vida e a de seus filhos não se tornarem a minha maior preocupação. Amanhã cedo irei ao templo de Hécate, onde apanharei para o estrangeiro as poções mágicas que acalmarão os touros.

Calcíope deixou os aposentos da irmã e levou a Argos a notícia tranquilizadora.

A noite inteira Medeia esteve em conflito consigo mesma. "Não terei prometido demais?", perguntava-se ela. "Será que posso fazer tanto por um estrangeiro? Sim, eu quero salvá-lo, quero que ele parta daqui livre, livre para ir aonde quiser. E depois que tudo terminar bem, quero morrer. Mas será que não dirão de mim que desonrei minha própria casa, uma vez que morri de amor por um estrangeiro?" Apanhou então uma caixinha onde guardava poções nocivas e benéficas. Colocou-a no colo, e já a abrira para provar os venenos mortais, quando se lembrou de todas as alegrias da vida. O sol pareceu-lhe mais belo do que antes. Um medo invencível da morte apoderou-se de Medeia e ela pôs a caixinha no chão. Hera, a protetora de Jasão, tocara-lhe o coração. Medeia mal podia esperar pelo raiar do dia para apanhar as poções mágicas prometidas e apresentar-se com elas ao herói amado.

Jasão e Medeia

Mal a aurora raiou no céu, a donzela ergueu-se de sua cama. Prendeu os cabelos, que até então pendiam em tranças como as de uma enlutada, enxugou as últimas lágrimas das faces e untou o corpo com o precioso óleo de néctar. Vestiu um belo traje e cobriu a cabeça com um véu branco. Todas as dores da noite estavam esquecidas. Com os pés ligeiros, ela correu pela casa, mandando suas doze criadas atrelarem rapidamente os cavalos à carruagem que a levaria ao templo de Hécate. Enquanto isso, Medeia tirou de sua caixinha um unguento chamado óleo de Prometeu. Quem dirigisse uma súplica à deusa dos Ínferos e depois passasse aquela pomada no corpo ficaria, durante esse dia, invulnerável aos golpes de qualquer espada e também ao fogo. E, nesse mesmo dia, quem usasse o unguento seria mais forte do que os seus inimigos. A pomada era extraída do caldo negro de uma raiz que germinava a partir do sangue que pingava sobre a terra, do fígado dilacerado do filho dos Titãs. A própria Medeia colhera o precioso caldo dessa planta numa concha.

A carruagem estava pronta. Duas criadas subiram junto com sua senhora, ela mesma empunhou as rédeas e o chicote e, seguida pelas outras criadas, que iam a pé, atravessou a cidade. Em toda parte, o povo recuava respeitosamente ante a filha do rei com seu séquito. Quando chegou ao templo, ela desceu da carruagem e disse astutamente às suas criadas:

— Amigas, cometi um pecado grave ao aproximar-me do estrangeiro. Agora minha irmã e seu filho Argos, que quer dominar os touros, pedem-me para tornar invulnerável esse estrangeiro através de poções mágicas. Fingi concordar e chamei-o aqui ao templo, onde falarei a sós com ele. Aceitarei seus presentes e depois os dividiremos entre nós. Mas vou dar-lhe um veneno para que ele tenha morte certa! Enquanto isso, vocês devem afastar-se, para não levantar suspeitas!

As criadas concordaram com o ardiloso plano. Entrementes, Argos e seu amigo Jasão, acompanhados do adivinho Mopso, puseram-se a caminho. Nesse dia, Hera conferira ao seu protegido uma beleza divina. Enquanto isso, Medeia olhava para a rua, de tempos em tempos, através do portal do templo. A cada passo ou a cada movimento do ar, erguia a cabeça e punha-se a escutar atentamente. Por fim Jasão entrou no templo com os seu séquito, belo e orgulhoso, como Sírius[9] emergindo do mar. Ao vê-lo, a donzela perdeu a respiração. Seus olhos cobriram-se de trevas e suas bochechas ficaram vermelhas e quentes.

Por muito tempo, Jasão e Medeia ficaram em silêncio um diante do outro.

— Por que tem medo de mim? — disse Jasão primeiro, rompendo o silêncio. — Vim até você como um suplicante. Dê-me as poções que prometeu à sua irmã. Preciso de sua ajuda, mas não se esqueça de que estamos num lugar sagrado. Aqui, qualquer tipo de logro é um crime. Com sua ajuda, você poderá dar fim às terríveis preocupações das mães e mulheres de nossos heróis, que talvez já estejam chorando por eles, e conquistará a imortalidade em toda a Grécia.

---

9. A maior dentre as estrelas fixas e a maior na constelação de Cão Maior.

Medeia deixou que ele terminasse de falar. Sorrindo, olhou para o chão, feliz com as promessas de Jasão. As palavras formigavam em seus lábios, e ela gostaria de contar-lhe tudo. Mas permaneceu calada e tirou a fita perfumada da caixinha, que Jasão apanhou. Estava pronta a arrancar seu coração de dentro do próprio peito e a dá-lo de presente a Jasão, se ele o pedisse. Envergonhados, ambos olharam para o chão. Então, cheios de desejo, seus olhares se encontraram.

Medeia tinha dificuldade em falar.

— Ouça o que pretendo fazer para ajudá-lo: quando meu pai lhe tiver entregado os dentes de dragão para que você os semeie, vá tomar um banho em algum lugar solitário do rio. Depois vista-se com roupas negras e cave um buraco de forma circular. Ali, prepare uma fogueira, sacrifique uma ovelha e queime-a totalmente. Em seguida, leve a Hécate uma oferenda de mel doce e volte a afastar-se da fogueira. Mesmo que ouça passos ou latidos de cães atrás de você, não se volte, do contrário a oferenda se perderá. Na manhã seguinte, passe em seu corpo a pomada mágica que lhe estou entregando aqui. Nela há forças incomensuráveis. Você se sentirá capaz de enfrentar não só os homens mortais mas até os próprios deuses imortais. Também deverá passar a pomada na sua espada e no seu escudo — assim nenhuma chama e nenhum ferro conseguirão causar-lhe mal. Mas você só terá esta força por um dia, e ainda assim deve preparar-se para lutar. Vou dar-lhe ainda mais uma indicação: depois de ter colocado os touros sob o jugo, e de ter arado o campo, quando já estiver nascendo a colheita de dragões, jogue no meio deles uma pedra grande. Os companheiros, enlouquecidos, lutarão por essa pedra como por um pedaço de pão, e enquanto isso você poderá atacá-los e liquidá-los. Então, poderá levar consigo o Velocino de Ouro da Cólquida: depois, poderá ir embora! Sim, poderá ir aonde quiser!

Seus olhos encheram-se de lágrimas, pois pensou que ele iria partir para longe dali, atravessando os mares. Segurou-o tristemente com a mão direita, pois a dor invadiu-lhe todo o ser.

— Quando chegar à sua casa, não se esqueça de Medeia; eu também me lembrarei de você. Diga-me onde fica a pátria à qual você regressará em seu belo navio.

Jasão, que também sentia uma atração irresistível por Medeia, exclamou:

— Creia em mim, nobre princesa: se eu escapar da morte, pensarei em você dia e noite. Minha pátria é em Iolco, na Hemônia,[10] onde Deucalião, o filho de Prometeu, fundou muitas cidades e construiu numerosos templos. Lá, ninguém sequer ouviu falar de sua terra.

— Quer dizer que você vive na Grécia? — perguntou ela, onde as pessoas são hospitaleiras? Não conte que tipo de recepção você recebeu aqui; apenas pense em mim, em silêncio, e eu pensarei em você mesmo depois que todos o tenham esquecido. Mas, se você me esquecer, gostaria que o vento trouxesse para cá um pássaro de Iolco, com o qual eu pudesse fazer você lembrar-se de que foi só graças à minha ajuda que escapou daqui. Oh, como eu gostaria, então, de estar em sua casa e poder relembrar-lhe isso tudo!

Assim falava ela, em meio às lágrimas.

— Que está dizendo? — perguntou Jasão. — Deixe que os ventos soprem e levem os pássaros com eles. Se você fosse comigo para a Grécia, para o meu lar, os homens e as mulheres a honrariam e a tratariam como uma deusa, pois, graças a seus conselhos, os filhos, os irmãos e os maridos dessas mulheres escaparam da morte. Então você me pertenceria inteiramente, e nada, a não ser a morte, poderia separar-nos!

Medeia ficou feliz ao ouvir essas palavras. Mas, ao mesmo tempo, pensou em como seria terrível para ela separar-se de sua pátria. Ainda assim a Grécia a atraía muito, pois Hera despertara esse desejo em seu coração. A deusa queria que Medeia abandonasse a sua Cólquida e fosse para Iolco, causando a destruição de Pélias.

---

10. Antigo nome da Tessália.

Enquanto isso, as criadas esperavam, preocupadas, pois já se passara muito tempo desde a hora em que a princesa deveria ter voltado para casa. Ela mesma te-se-ia esquecido totalmente de voltar se Jasão não a tivesse advertido cautelosamente:

— É hora de ir embora, para que os outros não fiquem sabendo de nada. Voltaremos a nos encontrar neste mesmo lugar.

Jasão realiza a tarefa de Eetes

Jasão voltou alegremente para junto de seus companheiros, enquanto Medeia foi ter com suas criadas. Estas correram em sua direção, mas ela não as percebeu: seus pensamentos estavam muito longe dali. Com passos leves, subiu para a carruagem e tocou os animais, que correram sozinhos para casa. No palácio, Calcíope, preocupada com seus filhos, esperava por ela. Estava sentada num banquinho, com a cabeça baixa, apoiada à mão esquerda.

Enquanto isso, Jasão contava a seus companheiros como Medeia lhe dera a poção mágica. Todos se rejubilaram. Só Idas rangeu os dentes, cheio de ódio. Na manhã seguinte, dois homens foram enviados para receber de Eetes as sementes de dragão. Ele lhes deu dentes do dragão que Cadmo matara em Tebas. Fez isso com muita confiança, pois não achava possível que Jasão fosse ser capaz sequer de semear os dentes. Nessa noite, Jasão banhou-se e levou uma oferenda a Hécate, exatamente da maneira recomendada por Medeia. A deusa ouviu-lhe as preces e emergiu de suas cavernas rodeada de feios dragões, que tinham nas goelas galhos de carvalho em chamas. Os cães dos Ínferos corriam, latindo, à sua volta. Jasão foi tomado de horror, mas, obedecendo às ordens de sua amada, não olhou para trás antes de voltar para junto de seus companheiros. Logo a aurora reluzia sobre as montanhas nevadas do Cáucaso.

Eetes vestiu a pesada armadura que usara na luta contra os gigantes. Colocou na cabeça o capacete dourado com quatro penachos e empunhou o escudo de quatro camadas, que ninguém, exceto Héracles, seria capaz de sustentar. Seu filho segurava para ele os velozes cavalos. Eetes subiu para a carruagem e deixou a cidade em grande velocidade. Muita gente o seguia. O rei queria apreciar o espetáculo e estava armado como se ele mesmo tivesse que travar uma luta. Mas Jasão, seguindo as instruções de Medeia, untara sua lança, sua espada e seu escudo com o óleo mágico. À sua volta, seus companheiros atacavam a lança dele com suas armas, mas ela resistia e ninguém era capaz sequer de vergá-la um pouco. Em sua mão, tornara-se como pedra. Isso irritou Idas sobremaneira e, com sua espada, ele golpeou a lança perto da ponta, mas o aço recuou e os heróis se regozijaram.

Jasão untou também o próprio corpo e com isso sentiu uma força extraordinária em todos os membros. Em seguida, os heróis remaram com o seu condutor até o campo de Ares, onde o rei Eetes e a multidão o aguardavam. Logo que o navio aportou, Jasão saltou para terra armado com a lança e o escudo, recebeu um capacete eriçado de pontiagudos dentes de dragão e pendurou ao ombro o escudo, preso por uma correia.

Avistou no chão os pesados jugos dos touros e junto deles os arados de ferro. Parafusou a ponta de ferro na forte haste de sua lança e tirou o capacete. Então, protegido por seu escudo, avançou, procurando avistar os animais. Mas estes, inesperadamente, surgiram de uma gruta subterrânea, do outro lado, onde ficava o seu curral. Deitavam fogo pelas ventas e estavam rodeados por espessa fumaça. Os amigos de Jasão se assustaram quando viram aqueles monstros, mas, com as pernas afastadas, ele continuava segurando firmemente o seu escudo, esperando pelo ataque. Os touros avançaram em direção ao herói com os chifres baixos, mas o choque violento não o conseguiu abalar. Mugindo e exalando fogo, repetiram seus golpes, mas Jasão foi protegido pela magia da donzela. Logo que teve uma oportunidade, apanhou um dos touros pelos chifres e, puxando-o com toda a força, arrastou-o ao lugar onde estava o jugo. Ali, deu-lhe um pontapé e derrubou-o por terra. Da mesma maneira, dominou também o segundo touro. Então, atirou longe seu largo escudo e, cercado pelas chamas, segurou os animais no chão com ambas as mãos. Muito a contragosto, Eetes foi obrigado a admirar a força extraordinária daquele homem. Enquanto isso, conforme fora combinado, Castor e Pólux lhe alcançaram os jugos, que estavam no chão, e ele os atou ao pescoço dos animais.

Jasão voltou a apanhar seu escudo e prendeu-o ao ombro pela correia. Apanhou então o capacete com os dentes do dragão, pegou sua lança e, espetando os touros furiosos e flamejantes, obrigou-os a puxar o arado. Com sua força, abria-se na terra um sulco profundo e os gigantescos blocos de terra rangiam. Jasão seguia os animais com passos firmes e semeava os dentes no solo arado. Enquanto isso, olhava para trás, cuidadosamente, de tempos em tempos, para ver se os gigantes que brotavam da terra já não estavam se erguendo contra ele. Com seus cascos de metal, os animais seguiam em frente. No começo da tarde todo o campo estava arado pelos animais infatigáveis, e os touros foram soltos. O herói os assustou com as suas armas, de maneira que eles correram para o campo aberto à sua frente e ele voltou para o navio, pois os sulcos ainda estavam vazios. Jubilosos, seus companheiros o rodearam, mas ele não disse palavra. Encheu seu capacete com água do rio e matou sua sede ardente. Relaxou então suas juntas e um novo desejo de lutar despertou nele. Os gigantes já tinham brotado da terra. Todo o campo de Ares reluzia de escudos e lanças pontiagudas. Jasão então lembrou-se do conselho da astuta Medeia. Apanhou uma pedra grande, redonda, e atirou-a com ímpeto no meio dos guerreiros, abrigando-se atrás de seu escudo.

Os cólquidos fizeram um grande alarido. Eetes, admirado, fitava aquela pedra tão grande que, em circunstâncias normais, quatro homens só a custo conseguiriam erguê-la. Os seres nascidos da terra começaram a saltar à sua volta. Como cães, atacaram-se uns aos outros e começaram a provocar entre si ferimentos mortais. Estavam em plena luta quando Jasão se lançou no meio deles. Desembainhou a espada e distribuiu golpes por todos os lados.

O rei enfureceu-se e, sem dizer uma única palavra, voltou para a sua cidade. Estava obcecado por um só pensamento: como capturar Jasão.

Medeia rouba o Velocino de Ouro

A noite inteira, o rei Eetes esteve reunido com os nobres da Cólquida para debater a maneira de sobrepujar a astúcia dos argonautas, pois descobrira que tudo o que acontecera durante aquele dia se devia à ajuda de sua filha. Hera, vendo o perigo em que Jasão se encontrava, fez com que o coração de Medeia se enchesse de temor. Ela pressentiu que seu pai sabia da ajuda que prestara. Temia também que suas criadas soubessem de tudo e por isso decidiu fugir. "Adeus, mãe", disse ela consigo, chorando, "adeus, minha irmã Calcíope, adeus, casa paterna! Estrangeiro! Gostaria que o mar o tivesse devorado antes que você chegasse à Cólquida!"

E assim deixou o seu lar como uma presidiária que foge do cárcere. Abriu os portões do palácio com a ajuda de fórmulas mágicas e, cobrindo as faces com o seu véu, correu com os pés descalços através de estreitos caminhos laterais. Com a mão direita ergueu a camisola para poder correr mais depressa. Não foi reconhecida pelos vigias, e assim logo estava fora da cidade. Tomou o caminho do templo. Por fim, avistou o brilho do fogo festivo que os heróis, jubilosos com a vitória de Jasão, fizeram arder a noite inteira.

Quando se encontrava na altura do navio, chamou em alta voz por seu sobrinho Frôntis, que só lhe reconheceu a voz quando ela o chamou pela terceira vez. A princípio os heróis ficaram admirados, depois remaram em direção a ela. Antes mesmo que o navio estivesse atracado ao cais, Jasão desembarcou, seguido de Frôntis e Argos.

— Salvem-me! — exclamou a donzela. — Fui traída e não há mais salvação. Vamos fugir de navio antes que meu pai monte em seus rápidos cavalos. Vou conseguir para vocês o Velocino de Ouro, adormecendo o dragão. Mas você, estrangeiro, jure, em nome dos deuses e diante de seus companheiros, que protegerá minha honra nas terras distantes!

O coração de Jasão estava cheio de alegria. E levantou-a delicadamente do chão, abraçou-a e disse:

— Amada, Zeus e Hera, a protetora do casamento, sejam minhas testemunhas de que a levarei para a minha casa como legítima esposa!

E, fazendo esse juramento, colocou suas mãos nas dela.

Nessa mesma noite, Medeia fez com que o navio se dirigisse até o bosque para ali roubarem o Velocino de Ouro. Jasão e Medeia atravessaram um caminho através dos campos em direção ao bosque. Ali chegando, procuraram o alto carvalho do qual pendia o Velocino. Mas, diante dele, o dragão que não dormia esticava o comprido pescoço para os que se aproximavam. Chiava tão terrivelmente que as margens do rio e o bosque inteiro ecoavam. Medeia aproximou-se sem temor e com voz suplicante invocou o Sono, o mais poderoso dos deuses, para que adormecesse o monstro, e implorou uma bênção à poderosa rainha dos Ínferos. Temeroso, Jasão a seguiu. Mas, já adormecido pelos encantamentos de Medeia, o dragão abaixou-se e seu corpo anelado se estendeu no chão. Apenas sua terrível cabeça permanecia erguida, e ele ameaçava devorar a ambos com sua boca aberta. Medeia então borrifou uma poção mágica em seus olhos com uma varinha e o aroma o entorpeceu. Ele fechou a boca e, adormecido, pousou o corpo gigantesco sobre a floresta. Jasão então puxou da árvore o Velocino de Ouro, enquanto Medeia ungia a cabeça do monstro com um óleo mágico. Em seguida os dois deixaram apressadamente o bosque sagrado de Ares. Jasão levava sobre o ombro esquerdo a grande pele de carneiro que lhe pendia do pescoço até os pés, iluminando o caminho na noite. Depois ele o enrolou, receoso de que algum mortal ou deus lhe quisesse roubar aquela preciosidade.

Ao amanhecer, voltaram a embarcar. Os companheiros cercaram seu chefe e admiraram o Velocino. Todos queriam tocá-lo com as mãos, mas Jasão não permitiu e cobriu-o com uma capa. Para Medeia, ele preparou um leito confortável no convés da popa do navio e então disse a seus amigos:

— Agora, meus caros, voltemos depressa para o nosso lar! Graças aos conselhos desta mulher conseguimos realizar a nossa tarefa, e como recompensa eu a levo para casa como minha legítima esposa. Mas vocês precisam me ajudar a protegê-la, pois estou certo de que logo Eetes estará atrás de nós, querendo impedir, com o seu povo, a nossa saída. Por isso, quero que metade de vocês reme e a outra metade proteja a popa do navio com o escudo.

E, proferidas essas palavras, soltou as amarras do navio. Vestiu sua armadura completa e postou-se ao lado de Medeia e do timoneiro Anceu. E assim navegaram rapidamente em direção à foz do rio.

Os argonautas fogem com Medeia

Entrementes, Eetes e todos os cólquidos descobriram o amor que Medeia sentia por Jasão, seus feitos e sua fuga. Reuniram-se, de armas em punho, na praça central e correram para o rio. Eetes ia numa carruagem resistente com os cavalos que lhe tinham sido emprestados pelo deus Sol. Na mão esquerda, levava um escudo circular, na direita, um longo archote, e ao seu lado repousava uma enorme lança. Seu filho Absirto segurava as rédeas do cavalo. Quando chegaram à foz do rio, o navio já estava em alto-mar. O rei baixou o escudo e o archote, levantou as mãos para o céu invocando Zeus e o deus-sol como testemunhas daquele crime e furiosamente declarou a seus súditos que, se não conseguissem capturar a sua filha em terra ou no mar, pagariam por isso com suas cabeças. Assustados, os cólquidos lançaram seus navios na água, içaram as velas e zarparam. Sua frota era comandada por Absirto.

160 | GUSTAV SCHWAB

Um vento propício enfunava as velas dos argonautas. Ao amanhecer do terceiro dia, ancoraram junto ao rio Hális, nas praias da Paflagônia. Ali, seguindo as recomendações de Medeia, fizeram uma oferenda à deusa Hécate, que os salvara. Lembraram-se então de que o velho profeta Fineu lhes recomendara um caminho de volta diferente, mas que ninguém conhecia. Então Argos, o filho de Frixo, que conhecia o caminho através de textos sagrados, instruiu-os, dizendo-lhes para se dirigirem ao rio Istro, cuja fonte localizava-se longe, nas montanhas. Metade de suas águas corriam para o mar Jônico, a outra metade, para o mar da Sicília.

Surgiu então um vasto arco-íris que lhes indicou a direção a seguir, o vento propício continuou a soprar e o sinal no céu não parou de brilhar enquanto eles não chegaram à foz do rio Istro, na Jônia.

Entretanto, os cólquidos não interromperam a sua perseguição, e com seus barcos leves chegaram à foz do Istro antes mesmo dos heróis. Ali, puseram-se de tocaia nas baías e ilhas e aguardaram a chegada dos inimigos. Os argonautas, que temiam a superioridade numérica dos cólquidos, desembarcaram e esconderam-se numa ilha do rio. Os cólquidos os seguiram, e o confronto tornou-se inevitável. Mas o gregos estavam prontos a negociar, e ficou acertado que eles poderiam levar o Velocino de Ouro, que fora prometido ao herói Jasão pelo rei em troca de seu trabalho. Mas teriam que abandonar Medeia, a filha do rei, num templo de Ártemis, numa outra ilha, até que um rei vizinho decidisse, na qualidade de juiz, se ela deveria voltar para seu pai ou seguir os heróis até a Grécia.

Cada vez mais temerosa, Medeia aproximou-se de seu amado e, entre lágrimas, disse:

— Jasão, que é que você tinha combinado comigo? Esqueceu-se do que me prometeu com um juramento sagrado na hora da aflição? Foi confiando em suas palavras que eu deixei, sem pensar, a pátria e a casa paterna. Minha ousadia lhe valeu o Velocino de Ouro, por você lancei a desonra sobre o meu nome e vou para a Grécia como sua esposa. Por isso proteja-me, não me abandone à minha própria sorte! Se aquele juiz decidir que eu devo voltar para junto de meu pai, estarei perdida. Se um dia você me deixar sofrendo, haverá de lembrar-se de mim! Como num sonho, o Velocino de Ouro desaparecerá no Hades e meus espíritos vingadores expulsarão você de sua pátria, tal como fui expulsa da minha!

Assim falava ela, com uma paixão selvagem. Jasão ponderou consigo e disse, conciliador:

— Acalme-se, querida, não levarei esse acordo a sério. Só estamos tentando adiar a luta por você, pois estamos cercados por um exército de inimigos. Se dermos início à luta agora, todos morreremos miseravelmente. E então sua situação será ainda mais desesperadora. Na realidade, esse acordo é apenas uma cilada para destruir Absirto.

Medeia então lhe deu um conselho horrendo:

— Já pequei uma vez, e pratiquei o mal — disse. — Voltar atrás não posso mais, portanto, preciso continuar pecando. Rechace os cólquidos. Enquanto isso, vou enganar meu irmão e colocá-lo em suas mãos. Receba-o com um banquete opulento, depois tentarei convencer os mensageiros a deixá-lo a sós com você: então poderá matá-lo.

Assim, Absirto foi atraído para uma cilada. Enviaram-lhe presentes de hospitalidade, entre os quais um esplêndido traje de púrpura que fora tecido para Jasão pela rainha de Lemnos. Aos mensageiros, a astuta donzela disse que Absirto deveria dirigir-se ao templo de Ártemis na calada da noite. Ali ela imaginaria um ardil para que ele pudesse recuperar o Velocino de Ouro e levá-lo de volta a seu pai, pois ela mesma, mentiu Medeia, tinha sido entregue com violência aos estrangeiros pelo filho de Frixo. Aconteceu exatamente o que ela desejava. Absirto, ludibriado por suas falsas promessas, dirigiu-se, na escuridão da noite, para a ilha sagrada. Ali chegando, tentou forçar sua irmã a lhe dizer se realmente ela sabia como enganar os estrangeiros. Jasão então saltou de seu esconderijo com a espada desembainhada. Mas Medeia afastou-se e cobriu o rosto com um véu para não ser obrigada a ver seu irmão morrendo. Como um animal sacrificado, o filho do rei sucumbiu aos golpes de Jasão. Mas, de seu esconderijo, a deusa da vingança, que tudo vê, presenciou aquele crime hediondo.

Depois que Jasão se limpou do sangue e o cadáver foi enterrado, Medeia, com uma tocha, deu aos argonautas o sinal combinado. Eles desembarcaram na ilha de Ártemis e atacaram o séquito de Absirto. Nenhum deles escapou da morte.[11]

Viagem de regresso dos argonautas

Seguindo os conselhos de Peleu, os heróis partiram dali às pressas, antes que os cólquidos, que haviam ficado para trás, se dessem conta do que acontecera. Quando o descobriram, quiseram perseguir os inimigos, mas Hera os espantou com raios assustadores. E, como temessem a ira de seu rei caso aparecessem diante dele sem seu filho e sem sua filha, detiveram-se na ilha de Ártemis, na foz do rio Istro, onde se estabeleceram.

Os argonautas passaram por muitas cidades e ilhas, e também pela ilha onde vivia a rainha Calipso, filha de Atlas. Já lhes parecia que surgiam no horizonte os picos mais elevados do continente onde habitavam, quando Hera, que temia as intenções de Zeus enfurecido, lançou uma tempestade que levou o navio às praias da inóspita ilha das electrides. Então a madeira profética, que Atena colocara na popa do navio, começou também a falar:

— Vocês não escaparão da cólera de Zeus, e vagarão pelo mar até que a deusa-maga Circe os purifique do terrível assassínio de Absirto — disse a madeira oca. — Castor e Pólux devem orar aos deuses para

---

11. Segundo uma outra versão do mito, Medeia matou seu irmão Absirto ainda pequeno. Tendo-o levado consigo em sua fuga, despedaçou-o e atirou os seus membros ao mar para que Eetes, que os perseguia, tivesse que parar para recolhê-los. Ele reuniu os restos de seu filhinho e, desistindo da perseguição, regressou à Cólquida desolado.

que lhes abram os caminhos do mar e para que vocês encontrem a filha do deus-sol e de Perses.

Os heróis ficaram aterrados ao ouvir o estranho profeta anunciar coisas tão terríveis. Porém os gêmeos Castor e Pólux ergueram-se e oraram corajosamente aos deuses imortais, pedindo-lhes ajuda. O navio seguiu até a mais profunda baía de Erídano, onde uma vez Faetonte, queimado, despencara do carro do Sol sobre as águas. Ali, ainda hoje emergem das profundezas o vapor e as brasas. Ao redor, na praia, as irmãs de Faetonte, as helíades, suspiram transformadas em choupos, e suas transparentes lágrimas de âmbar caem no chão, são secas pelo sol e arrastadas pela correnteza até o Eridano. O forte navio dos argonautas ajudou-os naquele perigo, mas eles tinham perdido todo o ânimo, pois durante o dia torturava-os o mau cheiro insuportável, que se erguia de dentro do Erídano,[12] do corpo queimado de Faetonte; à noite os lamentos das helíades, que lhes cortavam o coração, e eles viam suas lágrimas de âmbar escorrendo mar adentro como gotas de óleo. Chegaram então à foz do Ródano e subiram por esse rio, de onde não sairiam com vida se Hera não surgisse subitamente e os advertisse com sua terrível voz de deusa. Envolveu o navio numa neblina negra e espessa, e assim eles viajaram por muitos dias e muitas noites entre inúmeros povos celtas, até que avistaram o litoral do mar Urreno e chegaram ao porto da ilha de Circe.

Ali encontraram a deusa da magia, que banhava a cabeça nas ondas do mar. Ela sonhara que seu quarto e sua casa inteira estavam cheios de sangue e que o fogo devorava todas as substâncias mágicas com que ela enfeitiçava os estrangeiros que ali aportavam. Mas, com a mão em concha, ela apanhava o sangue e com ele apagava o fogo. Esse sonho terrível a despertara e a impelira até à beira do mar, onde lavou suas vestes e seus cabelos como se estivessem manchados de sangue. Bestas horrendas a seguiam em rebanho, como animais que seguem seus pastores.

---

12. Cf. um mito semelhante, p. 38 (trecho em itálico).

Os heróis ficaram horrorizados, pois bastava olhar para o rosto de Circe para ter a certeza de que ela era irmã do cruel Eetes. Quando se livrou dos sustos noturnos, a deusa chamou seus animais e acariciou-os, como se acariciam cachorros.

Jasão ordenou aos marujos que permanecessem no navio, ele e Medeia desembarcaram e foram para o palácio de Circe. Ela não sabia o que desejavam aqueles estrangeiros e mandou-os entrar. Medeia apoiou a cabeça na mão e Jasão cravou no chão a espada com que matara Absirto, empunhou-lhe o cabo e apoiou o queixo sobre ela, sem abrir os olhos. Circe então percebeu que eles tinham vindo em busca de ajuda e logo entendeu que se tratava da purificação de um assassínio. Temendo Zeus, o protetor dos suplicantes, ela fez o sacrifício necessário e matou uma cadela que recentemente dera cria. Suas criadas, as náiades, levaram todas as oferendas para o mar. Ela mesma colocou-se diante do fogão e, entre preces solenes, queimou bolos sagrados para aplacar a ira das erínias e suplicar perdão para os culpados ao pai dos deuses. Só depois que tudo terminou ela se sentou diante deles. E então perguntou de onde vinham, por que tinham desembarcado ali e por que lhe queriam a proteção, pois voltou a lembrar-se de seu sonho sangrento. Quando Medeia a encarou, os olhos da donzela chamaram-lhe a atenção, pois assim como Circe ela era descendente do deus-sol, e todos os descendentes desse deus têm olhos cintilantes. Como ela quisesse ouvir a língua-mãe daqueles fugitivos, Medeia relatou, no dialeto da Cólquida, tudo o que acontecera a Eetes, aos heróis e a ela. Só omitiu o assassínio de seu irmão Absirto. Mas nada ficou oculto à deusa maga. Ainda assim ela sentiu pena de sua sobrinha e disse:

— Pobrezinha! Você não fugiu honradamente e cometeu um grande crime. Com certeza seu pai virá à Grécia para vingar a morte de seu filho. Mas de mim você não sofrerá nenhuma punição, porque se colocou sob minha proteção, e além disso é minha parente. Mas não me peça ajuda. Retire-se com o estrangeiro, seja ele quem for. Não posso elogiar nem os seus planos, nem a sua fuga!

Essas palavras causaram muita dor a Medeia, que, cobrindo a cabeça com o véu, chorou amargamente. Jasão tomou-a pela mão e levou-a para fora do palácio de Circe.

Mas Hera apiedou-se de seus protegidos. Pelo caminho colorido do arco-íris, enviou sua mensageira Íris à morada da deusa marinha Tétis, mandou chamá-la e instruiu-a a proteger o navio Argo. Quando Jasão e Medeia embarcaram, o brando Zéfiro começou a soprar. Animados, os heróis levantaram âncora e içaram as velas. O navio balouçava ao vento suave, e pouco depois eles avistaram uma bela ilha. Era a morada das enganadoras sereias, que seduziam com seus cantos todos os que passavam por ali e os destruíam. Metade pássaros, metade donzelas, estavam sempre à espreita, e ninguém que passasse por ali escapava de seu olhar. Também para os argonautas elas entoaram as mais maviosas músicas, e eles já estavam prontos a atracar o navio quando Orfeu, levantando-se de seu assento, começou a tocar sua lira divina com tanta força que logo suplantou a voz das sereias. Ao mesmo tempo, Zéfiro começou a soprar na popa do navio, de maneira que o canto das sereias ecoou pelos ares. Só um dos argonautas, Butes, filho de Teléon de Atenas, não conseguiu resistir à voz límpida daquelas criaturas. Do seu banco de remador ele saltou para o mar e foi nadando ao encontro da música irresistível. Estaria perdido se não tivesse sido avistado por Afrodite, a soberana do monte Éris, na Sicília. Ela o arrancou do meio das águas e o atirou numa das montanhas daquela ilha, onde ele passou a viver. Os argonautas o lamentaram como se tivesse morrido.

Novos perigos os ameaçaram quando se aproximavam do estreito onde, de um lado, o íngreme rochedo de Cila se erguia da água, ameaçando despedaçar o navio, e do outro o redemoinho de Caríbdis puxava as águas para as profundezas, como se fosse engolir o navio. Entre esses dois perigos, a correnteza da água arrastava rochas arrancadas do fundo do mar, onde fica a reluzente oficina de Hefesto, que nesse momento apenas soltava uma fumaça que escurecia o éter.

Estavam cercados de todos os lados pelas ninfas marinhas, as filhas de Nereu. Na popa da embarcação, a própria Tétis assumiu o controle do leme. Todas nadavam em torno do navio, e quando ele estava para aproximar-se de algum escolho flutuante, uma ninfa o atirava para a outra, qual se fosse um rochedo. Ora o navio se erguia com as ondas em direção ao céu, ora voltava a se precipitar nas profundezas. Sentado no alto de um recife, com o martelo apoiado ao ombro, Hefesto contemplava aquele espetáculo. Hera também, do céu estrelado, o contemplava. Num dado momento, ela agarrou a mão de Atena, pois aquela visão a deixava tonta. Por fim, os argonautas conseguiram escapar dos perigos e continuaram a viagem em direção ao mar aberto, até que chegaram a uma ilha onde residiam os bondosos feácios e seu virtuoso rei Alcínoo.

Perseguição pelos cólquidos

Foram recebidos com grande hospitalidade e iam repousar tranquilamente quando, de súbito, apareceu na costa uma frota de navios cólquidos, que ali chegaram por outro caminho. Exigiram a devolução de Medeia para levá-la de volta à casa paterna; do contrário, haveria um combate sangrento. O bom rei Alcínoo, entretanto, conteve os heróis, que já queriam começar a batalha, e Medeia abraçou os joelhos de sua esposa Arete.

— Senhora, suplico-lhe! — exclamou. — Não permita que eles me levem para meu pai. Não foi a leviandade, e sim um temor terrível que me impeliram a fugir com este homem. Ele me leva à sua casa como donzela. Por isso, tenha misericórdia de mim, e possam os deuses conceder-lhe uma vida longa, filhos e fama imortal para a sua cidade. Os heróis também se prosternaram, um a um, aos seus pés, suplicando. E ela acalmava cada um que lhe pedia ajuda, jurando protegê-los, caso Alcínoo quisesse entregá-los ao inimigo.

Durante a noite, o rei e sua esposa discutiram a respeito da donzela da Cólquida. Arete pediu que ele a amparasse e lhe disse que o grande herói Jasão pretendia desposá-la de acordo com as leis. Alcínoo era um homem bondoso e ficou comovido ao ouvir aquelas palavras.

— Gostaria de expulsar os cólquidos com minhas próprias mãos — disse —, mas temo transgredir as leis de hospitalidade de Zeus, e ademais não seria sensato irritar o poderoso rei Eetes, pois, embora ele viva longe daqui, seria capaz de surpreender a Grécia com uma guerra. Por isso, ouça a decisão que tomei: se a moça ainda for virgem, deverá ser devolvida ao seu pai; mas, se for a esposa do herói, não vou arrancá-la de seu marido, pois ele tem mais direitos sobre ela.

Arete assustou-se ao ouvir as palavras do rei. Nessa mesma noite, enviou um mensageiro a Jasão, que lhe explicou a situação, e o aconselhou a casar-se com Medeia antes do raiar do dia. Os heróis, a quem Jasão comunicou tudo, acharam que era uma boa sugestão e assim, numa gruta sagrada, Medeia foi solenemente desposada por Jasão.

Na manhã seguinte, quando despontavam os primeiros raios da aurora, todo o povo dos feácios já se encontrava nas ruas da cidade. Na outra extremidade da ilha estavam os cólquidos, fortemente armados. Alcínoo saiu de seu palácio, empunhando o cetro de ouro, para decidir sobre a moça. Atrás dele iam os mais nobres dentre seus súditos. As mulheres também se haviam reunido para ver os heróis gregos, e muita gente se encontrava no local, pois Hera fizera com que os rumores se espalhassem por todos os lados da cidade. E assim tudo estava pronto. A fumaça das oferendas elevava-se para o céu. Havia já algum tempo que os heróis esperavam pela decisão. Depois que o rei sentou-se em seu trono, Jasão avançou e declarou, mediante juramento, que Medeia, a filha do rei Eetes, era sua legítima esposa. Ouvindo isso, e diante das testemunhas do casamento, que se apresentaram, Alcínoo decidiu, com um juramento solene, que Medeia não deveria ser entregue aos cólquidos e jurou proteger os hóspedes. Em vão os cólquidos se opuseram a esta decisão. O rei declarou que eles deveriam ou permanecer em sua terra como hóspedes pacíficos ou afastar-se de seus portos com seus navios. Como temiam o ódio de seu soberano, caso regressassem sem a sua filha, aceitaram a primeira opção. No sétimo dia, os argonautas retomaram sua viagem. Foi com tristeza que Alcínoo despediu-se deles, depois de presenteá-los generosamente.

Últimas aventuras dos heróis

Mais uma vez tinham eles perlongado numerosas ilhas e praias, e já avistavam ao longe o litoral das terras de Pélope (Peloponeso), quando uma tempestade furiosa, vinda do norte, fustigou o navio, fazendo-o vagar nove dias e nove noites pelo mar da Líbia. Por fim, a correnteza os arrastou para as costas arenosas da África, para os golfos de Sirtes, e eles chegaram a uma baía cujas águas estavam cobertas de algas espessas e de espuma estagnada, que brotava como num pântano. À sua volta estendia-se um areal onde não se via nenhum animal, nem mesmo pássaros. O navio foi arrastado pela correnteza para aquela praia e ali encalhou, pois sua quilha afundou na areia. Temerosos, os heróis desembarcaram e olharam aterrados para a vasta e erma costa que se estendia até o infinito. Não se divisava nenhuma fonte, nenhum caminho, nenhuma tenda de pastores. Tudo estava imerso em silêncio mortal.

— Ai de nós, como se chama esta terra? Para onde a tempestade nos arrastou? — lamentavam os heróis. — Melhor fora colidir com os rochedos flutuantes, ou morrer na realização de algum feito grandioso!

— Sim! — disse o timoneiro Anceu — a tempestade nos fez encalhar, e não voltará a nos fustigar. Todas as esperanças de prosseguir viagem e voltar para os nossos lares estão perdidas!

Como os homens de uma cidade invadida pela peste, os heróis assistiam passivamente à aproximação da ruína. Quando chegou o entardecer, sem nenhum alimento, eles se deitaram na areia e, abrigados por seus casacos, aguardaram a chegada da morte. As donzelas feácias, que Medeia ganhara de presente do rei Alcínoo, juntaram-se temerosas em torno de sua senhora, e todas teriam morrido miseravelmente se as soberanas da Líbia, três semideusas, não se tivessem compadecido delas.

As três apareceram a Jasão perto do meio-dia, cobertas da cabeça aos pés por peles de cabra, e puxaram o manto com que ele cobrira a cabeça. Assustado, Jasão levantou-se e respeitosamente afastou o olhar das deusas.

— Infeliz! — exclamaram elas — sabemos de todas as dificuldades por que você passou, mas não lamente mais! Quando a deusa do mar tiver soltado os cavalos da carruagem de Posídon, agradeça então à sua mãe, que por muito tempo o levou no colo, e assim você poderá regressar para sempre à Grécia.

As deusas desapareceram e Jasão comunicou aos seus companheiros o oráculo consolador, porém enigmático. Enquanto todos ainda refletiam, surgiu um estranho sinal milagroso. Um gigantesco cavalo-marinho, com crinas de ouro que lhe oscilavam de ambos os lados do pescoço, saltou do mar para a terra, onde se sacudiu para livrar-se da espuma da água. Jubiloso, o herói Peleu exclamou:

— Metade do oráculo já está realizada: a deusa do mar soltou os cavalos da carruagem que era puxada por esse animal. Mas a mãe que por muito tempo nos levou no colo só pode ser o nosso navio Argo, e é a ele que agora devemos agradecer. Vamos erguê-lo nos ombros, conduzi-lo sobre a areia e seguir as pegadas do cavalo-marinho. Ele nos mostrará o caminho para algum porto.

Dito e feito. Os homens colocaram o navio sobre os ombros e caminharam com aquela carga por doze dias e doze noites, percorrendo sempre lugares desertos, secos, arenosos. Se algum deus não os tivesse fortalecido maravilhosamente, não teriam suportado sequer os primeiros dias de tão ingente esforço. Mas finalmente chegaram à baía de Tritão, deixaram a carga deslizar de seus ombros e, torturados pela sede, partiram em busca de uma fonte.

Durante o caminho, o cantor Orfeu encontrou as hespérides, as ninfas de doce canto, sentadas no campo sagrado onde o dragão Ládon guardava as maçãs de ouro. O cantor suplicou-lhes que mostrassem uma fonte aos sedentos heróis. As ninfas se compadeceram, e a mais nobre dentre elas, Egle, começou a contar:

— O ousado ladrão que apareceu aqui ontem, matou o dragão e furtou nossas maçãs de ouro ajudou a vocês. Era um homem selvagem. Seus olhos brilhavam sob a testa colérica, e uma pele de leão crua lhe pendia dos ombros. Levava nas mãos um ramo de oliveira e as setas com que liquidou o monstro. Ele também chegou aqui sedento, vindo do deserto arenoso, e como não encontrava água em lugar algum, golpeou um rochedo com o calcanhar. Como num passe de mágica, uma água fresca brotou do rochedo. O temível homem deitou-se no chão, juntou as mãos em cuia e bebeu do rochedo até satisfazer seu coração.

Egle indicou-lhes a fonte do rochedo e todos os heróis se aproximaram dela. A bebida refrescante restituiu-lhes a alegria.

— Realmente — disse um deles, depois de molhar mais uma vez os lábios ardentes — Héracles salvou os seus companheiros! Se ainda pudéssemos encontrá-lo...

Partiram, pois, em busca do herói. Ao regressarem, apenas Linceu, com seus olhos aguçados, achou que o tinha avistado, mas tão longe que ninguém foi capaz de alcançá-lo.

Por fim, depois de terem perdido dois companheiros em acidentes, e de terem lamentado essa perda, voltaram a embarcar. Por muito tempo eles tentaram, em vão, sair da baía de Tritão para o mar aberto. O vento soprava em sentido contrário e o navio cruzava o porto de um lado para o outro. Seguindo o conselho do cantor Orfeu, voltaram a desembarcar e ofereceram às divindades locais a maior trípode que tinham consigo. No caminho de volta, o deus marinho Tritão, assumindo a forma de um mancebo, encontrou-os. Apanhou um punhado de terra e, como sinal de hospitalidade, deu-o de presente ao herói Eufemo, que o guardou junto do peito. Disse então o deus marinho:

— Meu pai fez de mim o protetor desta região marítima. Veja, ali onde a água negra borbulha das profundezas fica o estreito atalho que leva da baía para o mar aberto. Remem para lá. Eu lhes enviarei um vento favorável. De lá vocês não estarão longe da ilha de Pélope.

Felizes, os heróis embarcaram. Tritão pôs a trípode nos ombros e com ela desapareceu sob as ondas.

Depois de alguns dias os heróis chegaram, sãos e salvos, à rochosa ilha de Cárpatos. Queriam atravessar de lá para Creta, mas o guardião da ilha era o temível gigante Talo, único sobrevivente da geração dos homens da era do ferro. Zeus o dera de presente a Europa para que fosse o guardião de suas portas. Três vezes por dia, com seus pés de ferro, ele dava a volta na ilha. Era todo de ferro e, portanto, invulnerável. Só num dos calcanhares tinha ele um tendão de carne e uma veia pela qual o sangue fluía. Quem conhecesse esse ponto e o golpeasse conseguiria matá-lo, pois Talo não era imortal. Enquanto os heróis remavam em direção à ilha, ele vigiava de um dos recifes mais afastados. Mal os percebeu, quebrou uns pedaços de rocha e começou a atirá-los contra o navio que se aproximava.

Assustados, os argonautas recuaram. Diante de tal perigo, embora a sede os atormentasse, queriam deixar de lado a terrível Creta. Medeia então ergueu-se e disse:

— Ouçam-me, homens! Sei como dominar esse monstro. Ancorem o navio fora do alcance dos rochedos que ele atira!

Arregaçou então as pregas do purpúreo vestido e, conduzida pela mão de Jasão, subiu para o convés. Com uma terrível fórmula mágica, chamou três vezes as parcas, os velozes cães dos Ínferos, que caçam os vivos por toda parte. Em seguida, fez com que os olhos de Talo adormecessem. Eles se fecharam, e imagens negras de sonhos surgiram diante de sua alma. Talo mergulhou num sono profundo e bateu com o seu calcanhar de carne num canto pontiagudo do rochedo, fazendo com que o sangue jorrasse de sua ferida. Acordado pela dor, tentou levantar-se mas, assim como qualquer vento é capaz de derrubar um carvalho já meio cortado, também ele despencou no mar, já privado de alma, com um estrondo assustador.

Os argonautas puderam então aportar sem qualquer perigo e descansaram na ilha até a manhã seguinte. Mal tinham deixado Creta para trás, nova aventura os esperava. Uma noite terrível abateu-se sobre a terra, sem luar e sem a luz de nenhuma estrela, como se toda a escuridão das profundezas tivesse se erguido, tão negro estava o céu. Eles não sabiam se navegavam sobre o mar ou sobre as águas do Tártaro. Com as mãos erguidas, Jasão orou a Febo Apolo para que os libertasse daquela terrível escuridão. O deus ouviu suas preces, desceu do Olimpo, saltou sobre um rochedo no mar e ergueu os braços, empunhando o seu arco de ouro. E enquanto isso atirava luminosas setas de prata sobre toda aquela região. No brilho da luz uma pequena ilha mostrou-se para os argonautas. Eles rumaram para lá, ancoraram e aguardaram o raiar do dia.

Quando de novo navegavam sob a clara luz do sol, em pleno alto-mar, o herói Eufemo contou-lhes seu sonho noturno. Parecera-lhe que o torrão de terra de Tritão, que ele levava junto ao peito, começava a viver, afastando-se dele. Transformou-se então numa donzela, que assim falou:

— Eu sou a filha de Tritão e de Líbia. Entregue-me às filhas de Nereu para que eu possa ir viver no mar junto a Anafe. Então voltarei à luz do sol e serei um porto para seus netos.

Jasão logo entendeu o significado do sonho. Sugeriu a seu amigo lançar ao mar o torrão de terra. E assim, diante dos olhos dos marujos, brotou das profundezas do mar uma ilha assustadora. Chamaram-lhe Caliste, que significa "a mais bela", e mais tarde Eufemo passou a habitar nela com os seus filhos.

Esta foi a última aventura por que passaram os heróis. Logo depois foram recebidos na ilha de Egina. De lá o navio Argo navegou sem maiores incidentes até o porto de Iolco. No estreito de Corinto, Jasão dedicou o navio a Posídon, e depois que se desfez em pó, a embarcação passou a brilhar como rútila estrela no firmamento do Sul.[13]

O fim de Jasão

Jasão não subiu ao trono de Iolco, que o levara a empreender aquela viagem tão perigosa e fizera Medeia assassinar vergonhosamente seu irmão Absirto. Foi obrigado a deixar o reinado para o filho de Pélias, Acasto, e a fugir para Corinto com sua jovem esposa. Ali viveram por dez anos e ela lhe deu três filhos. Os dois mais velhos eram gêmeos e se chamavam Téssalo e Alcmena; o terceiro, Tisandro, era bem mais jovem.[14] Durante todo esse tempo, Medeia foi honrada e amada por seu marido, não só por sua beleza mas também por seu caráter nobre e demais virtudes. Mas quando, com o passar dos anos, seus encantos foram desaparecendo, Jasão ficou totalmente enlouquecido pela beleza de uma donzela chamada Glauce, filha de Creonte, rei de Corinto. Sem que sua esposa o soubesse, pediu a donzela em casamento e só depois

---

13. Pélias, a quem Jasão entregou o Velocino de Ouro, não esperava jamais que o herói voltasse, e nesse meio tempo assassinara Éson. De tanta dor, sua esposa suicidou-se, e seu pequeno filho Prómaco também foi vítima do sanguinário Pélias. Por causa desses crimes Jasão vingou-se terrivelmente por meio de Medeia. Ela matou e despedaçou um carneiro velho, atirou-o na água fervente e o cozeu com todo tipo de ervas mágicas. Pouco depois um jovem carneirinho saltou de dentro do caldeirão. As filhas de Pélias, que testemunharam o milagre, pediram a Medeia para rejuvenescer também o pai delas. Medeia prometeu que o faria e, atendendo aos seus conselhos, elas assassinaram o pai e o jogaram no caldeirão. Mas Medeia só colocara ervas que não tinham efeito, e Pélias continuou morto. (Segundo uma outra versão do mito, Éson ainda estava vivo quando da chegada de Jasão e foi rejuvenescido por Medeia da mesma maneira que o carneiro. Foi isso que levou as filhas de Pélias a quererem também rejuvenescer o seu pai, e assim foram enganadas pela feiticeira.) Acasto, o filho de Pélias, mandou celebrar em honra de seu pai grandiosos jogos fúnebres, e para participar deles vieram os maiores heróis de toda a Grécia.
14. Normalmente, mencionam-se apenas dois filhos de Jasão e Medeia: Mermero e Feres.

que o pai dela deu o seu consentimento, e já marcado o dia do casamento, é que ele tentou persuadir sua esposa a abdicar voluntariamente da continuação do matrimônio. Disse desejar o novo casamento não por estar apaixonado pela donzela, mas simplesmente em nome da segurança de seus filhos, que passariam a ser parentes do rei. Medeia ficou indignada e, enfurecida, chamou os deuses como testemunhas daquela injúria. Jasão não lhe deu atenção e casou-se com a filha do rei.

Desesperada, Medeia vagava pelo palácio de seu marido.

— Ai de mim! — exclamava. — Por que continuar a viver? Que a morte se compadeça de mim! Ó pai, ó terra paterna, que abandonei vergonhosamente! Ó irmão que assassinei e cujo sangue agora se vinga de mim! Meu marido Jasão não tinha o direito de punir-me, pois foi só por ele que pequei! Deusa da justiça, destrua-o juntamente com sua jovem concubina!

Creonte, o novo sogro de Jasão, encontrou-a no palácio.

— Você odeia seu próprio marido — disse-lhe ele. — Pegue os seus filhos e deixe imediatamente o meu país. Não voltarei para minha casa antes de expulsá-la de minhas terras.

Medeia conteve a sua fúria e falou com voz contida:

— Por que teme o mal de mim, Creonte? Que mal você fez contra mim, que culpa tem você diante de mim? Você deu sua filha ao homem que lhe agradava. Que lhe importo eu? Só odeio meu próprio marido. Mas, já que aconteceu assim, que eles vivam como marido e mulher. Deixe-me viver nestas terras, pois, embora eu tenha sido profundamente ofendida, permanecerei em silêncio, submetendo-me aos mais poderosos.

Mas Creonte viu o ódio em seus olhos. Não confiava nela, ainda que ela abraçasse os seus joelhos, suplicando-lhe em nome de sua filha Glauce, a quem ela tanto odiava.

— Vá embora! — exclamou ele. — E livre-me destas preocupações!

Ela pediu-lhe para adiar sua expulsão por apenas um dia, para que tivesse tempo de escolher uma rota de fuga e um lugar onde seus filhos pudessem encontrar asilo.

— Não sou um tirano — tornou o rei. — Muitas vezes a minha flexibilidade mostrou-se errada, e agora também sinto que não estou agindo de maneira sábia. Mas, apesar de tudo, que seja assim!

Quando Medeia recebeu o prazo desejado, a loucura acometeu-a e ela decidiu fazer algo que até então só passava pelas profundezas de sua mente. Mesmo assim, porém, fez antes uma derradeira tentativa de convencer seu marido de que ele agia de maneira injusta. Postou-se à frente dele e disse:

— Você me traiu, contraiu um novo casamento enquanto ainda tem filhos. Se você não tivesse filhos eu lhe perdoaria. Mas assim não há desculpa possível. Acha que os deuses que reinavam então, na época em que você me jurou fidelidade, não existem mais? Ou acha que existem novas leis que permitem jurar em falso? Vou fazer-lhe uma pergunta, como se você fosse meu amigo. Para onde você sugere que eu vá? Vai me mandar de volta à casa de meu pai, a quem eu traí, cujo filho matei por amor a você? Ou será que conhece algum outro refúgio para mim? Certamente será uma grande honra para você se sua primeira esposa vagar pelo mundo com os seus filhos, pedindo esmolas!

Contudo, Jasão permaneceu inflexível. Prometeu enviá-la para junto de seus amigos, com várias cartas e dinheiro suficiente. Ela, porém, recusava tudo.

— Vá, case-se! — disse ela. — Celebrará um casamento que lhe há de causar muita dor!

Depois de despedir-se do marido, lamentou suas últimas palavras. Não porque tivesse qualquer outra intenção, mas porque temia levantar suspeitas. Pediu então uma nova audiência com ele. E disse-lhe com expressão alterada:

— Jasão, perdoe-me pelas minhas palavras. O ódio cegou-me. Vejo agora que tudo isso acontecerá para o nosso bem. Viemos para cá pobres e banidos, e com seu novo casamento você quer prover para si, para nossos filhos e também para mim. Mandará buscar seus filhos, vai criá-los juntamente com os irmãos que eles certamente hão de ter. Venham, filhos, abracem o seu pai, façam as pazes com ele, como eu mesma fiz.

Jasão acreditou nessa mudança e ficou muito contente. Jurou alcançar o melhor para ela e para os filhos, e Medeia começou a adulá-lo ainda mais. Pediu-lhe que ficasse com as crianças e a deixasse partir sozinha. Para que a nova esposa e seu pai tolerassem isso, mandou buscar em seu guarda-roupa preciosos trajes dourados e os deu a Jasão como presente para a filha do rei. Depois de pensar um pouco, ele se deixou convencer e um criado foi incumbido de entregar os presentes à noiva. Mas os preciosos vestidos estavam embebidos de um feitiço, e depois que Medeia se despediu, com falsidade, de seu marido, ficou esperando, hora após hora, a notícia do efeito dos seus presentes, que deveria ser trazida por um mensageiro de sua confiança. Este chegou, por fim, e gritou para ela:

— Corra para seu navio, Medeia, fuja! Sua inimiga e o pai dela estão mortos. Quando os seus filhos e Jasão entraram na casa deles, nós, criados, alegramo-nos ao ver que o conflito fora resolvido e que a reconciliação tinha sido feita. A jovem rainha recebeu seu marido com um olhar sereno mas, quando viu os filhos, cobriu os olhos, virou o rosto para o outro lado e não quis saber deles. Mas Jasão aplacou sua ira, falou bem de você e lhe apresentou os presentes. Quando viu os esplêndidos vestidos, o humor dela mudou. Prometeu ao seu noivo que concordaria com tudo. Quando seu marido a deixou, com os filhos, ela agarrou as joias, ávida, vestiu o manto de ouro, colocou a diadema de ouro sobre a cabeça e olhou-se ao espelho. Dançou pelos vários aposentos, alegrando-se como uma criança com todo o seu esplendor. Mas logo toda a cor desapareceu de suas faces e ela recuou, com todos os membros tremendo. Antes que conseguisse sentar-se, caiu por terra; seus olhos começaram a revirar, sua boca espumava, e ela gritava de dor. Alguns criados correram para seu pai, outros aproximaram-se de seu futuro marido. Enquanto isso o diadema incendiava-se; fogo e veneno a despedaçaram, e quando seu pai acorreu, gemendo, só encontrou o corpo inerte de sua filha. Atirou-se sobre ela, desesperado, e o veneno das vestes envenenadas também o matou. De Jasão, nada sei.

A descrição desse crime inflamou ainda mais o desejo de vingança de Medeia, ao invés de aplacá-lo. Transformada em fúria, ela apressou-se em desferir contra o seu marido e contra si mesma o golpe fatal. Correu ao quarto onde dormiam os seus filhos, pois nesse meio tempo caíra a noite.

— Prepare-se, meu coração — disse ela consigo mesma. — Por que hesita em realizar aquilo que é hediondo, porém necessário? Esqueça que são seus filhos, esqueça que nasceram de você, esqueça-o só por uma hora! Depois poderá chorar por eles até o fim de sua vida! Se você não os matar, eles morrerão sob uma mão inimiga!

Quando Jasão chegou correndo à sua casa para vingar a morte de sua jovem noiva, ouviu os gritos de horror de seus filhos que sangravam, esfaqueados. Entrou no quarto e viu-os degolados, como vítimas de um sacrifício. Quando deixava a casa, desesperado, ouviu um ruído nos ares. Olhou para o alto e viu a terrível assassina voando pelos ares levada por uma carruagem puxada por um dragão, que ela mesma invocara com suas feitiçarias.

Jasão perdeu as esperanças de vingar-se daqueles atos infames. Tomado pelo desespero, lembrou-se outra vez de sua culpa pelo assassínio de Absirto. Atirou-se sobre a própria espada e morreu às portas de sua casa.[15]

---

15. Outros afirmam que certa vez, cansado, Jasão deitara-se à sombra de sua nau Argo, no estreito de Corinto. O gigantesco navio podre desabou de repente e enterrou o infeliz sob os escombros. Sobre Medeia cf pp. 246-7, "Teseu em Atenas."

HÉRACLES[1]

Nascimento e juventude de Héracles

Héracles era filho de Zeus e Alcmena, a neta de Perseu. Seu padrasto chamava-se Anfitrião, e era também um dos netos de Perseu, e rei de Tirinte, mas abandonara esta cidade para viver em Tebas. Hera, a esposa de Zeus, odiava sua rival Alcmena e não via com bons olhos o filho dela, para quem Zeus previa um futuro grandioso. Assim, quando Alcmena deu à luz Héracles, achou que ele não estaria seguro no palácio de sua avó e o abandonou num lugar que mais tarde viria a chamar-se Campo de Héracles. A criança sem dúvida teria morrido, se o acaso não tivesse levado ali justamente sua inimiga Hera, acompanhada de Atena. Atena observou, admirada, as belas formas da criança. Sentiu pena e convenceu sua acompanhante a dar-lhe seu peito divino. Mas o menino sugou o seio com muito mais força do que se poderia esperar de um bebê da sua idade. Hera sentiu dor e, irritada, jogou-o ao chão. Atena levantou-o, condoída, levou-o à cidade e o entregou à rainha Alcmena, como se fosse uma pobre criança abandonada que ela deveria criar por misericórdia. A mãe verdadeira, por medo da madrasta, estivera disposta a abdicar do amor natural, deixando seu filho morrer, e a madrasta, cheia de ódio pela criança, conseguira, sem saber, salvar da morte seu inimigo. Além disso, embora Héracles tivesse tomado apenas alguns goles do leite de Hera, aquelas poucas gotas tinham sido suficientes para fazê-lo imortal.

---

1. Ou Hércules, nome latino do herói.

Alcmena reconheceu seu filho assim que o viu e, satisfeita, tornou a colocá-lo no berço. Porém a deusa logo descobriu quem lhe mamara no peito e que perdera a oportunidade de vingar-se. Enviou, pois, duas terríveis serpentes para matarem a criança. Antes que a aia, que dormia no quarto, ou a mãe dele percebessem, elas rastejaram pela casa adentro, subiram no berço e começaram a enrolar-se no pescoço do bebê. Ele despertou com um grito e ergueu a cabeça. Aquele estranho colar o incomodava. Deu então a primeira prova de sua força divina, agarrando cada uma das cobras com uma das mãos e sufocando a ambas. Alcmena despertou ao ouvir o grito de seu filho. Com os pés descalços, levantou-se da cama e lançou-se sobre as serpentes, mas estas já tinham sido liquidadas por seu filho. Em seguida, também os príncipes tebanos entraram no quarto de dormir, com as armas em punho. O rei Anfitrião, que via aquele filho de sua esposa como um presente de Zeus e que o amava muito, entrou correndo, assustado, de espada em punho. Quando viu e ouviu o que acontecera, foi tomado ao mesmo tempo de admiração e horror pela força inaudita do bebê. Considerou aquele feito como um sinal milagroso e chamou o profeta do grande Zeus, o adivinho Tirésias. Este profetizou a vida do jovem a todos os presentes, narrando como ele haveria de livrar a terra e os mares de muitos monstros, como haveria de vencer os próprios gigantes e como, ao final de sua vida terrestre, o esperava a vida eterna entre os deuses, como marido da divina Hebe, a deusa da eterna juventude.

A educação de Héracles

Quando Anfitrião ouviu do vidente o grande destino que aguardava Héracles, decidiu dar-lhe uma educação digna. Heróis de toda a região reuniram-se para adestrar o jovem em todas as habilidades. Seu próprio pai introduziu-o na arte de conduzir carruagens, Êurito ensinou-lhe a atirar com o arco e a flecha, Harpálico instruiu-o na arte dos lutadores e pugilistas, Comolco ensinou-lhe a cantar e tocar lira, Castor, um dos gêmeos filhos de Zeus, treinou-o a lutar armado no campo de batalha, e Lino, o velho filho de Apolo, ensinou-lhe a escrita. Héracles mostrou-se muito habilidoso, porém não tolerava punições. O velho Lino era um professor impaciente e certa vez castigou o jovem com golpes imerecidos. O menino apanhou sua citara e atirou-a na cabeça do professor, deitando-o por terra, morto. Héracles arrependeu-se amargamente, mas ainda assim foi levado a julgamento por causa desse assassínio. Mas o famoso e justo juiz Radamante absolveu-o, criando a lei segundo a qual se um golpe fatal fosse consequência de legítima defesa, não haveria pena. Porém Anfitrião temia que seu filho, excessivamente forte, voltasse a fazer alguma coisa semelhante, e por isso despachou-o para as terras onde ficavam os seus rebanhos. Ali ele cresceu, destacando-se por sua força e estatura. Tinha quatro braças de altura e seus olhos emitiam um brilho de fogo. Nunca errava o alvo ao atirar com a seta nem ao jogar sua lança. Quando atingiu a idade de dezoito anos, era o homem mais forte e mais belo da Grécia. Era chegado o momento em que teria de decidir se empregaria sua força para o bem ou para o mal.

Héracles entre dois caminhos

Héracles deixou pastores e rebanhos, mudou-se para uma região distante e pensava na carreira que seguiria. Subitamente deparou duas mulheres de grande estatura. Uma delas mostrava, em todo o seu ser, nobreza e dignidade. Seu corpo era adornado com a pureza, seu olhar expressava modéstia, sua postura era decente e seus trajes imaculadamente brancos. A outra era rechonchuda e opulenta, o rubro e o branco de sua pele eram ressaltados por maquilagem e sua postura fazia com que parecesse mais ereta do que o era naturalmente. Seus olhos eram arregalados e seus trajes deixavam transparecer as formas atraentes de seu corpo. Olhava a si mesma com prazer, e então fitava à sua volta para ver se também agradava aos outros. Para chegar antes da outra, correu em direção ao jovem, e assim lhe falou:

— Héracles, vejo que está indeciso sobre que caminho tomar na vida. Se me escolher como amiga, hei de conduzi-lo pela estrada mais aprazível e confortável. Nenhuma vontade sua deixará de ser satisfeita, e você será poupado de todos os desconfortos. Não precisa preocupar-se com guerras nem com negócios; as mais deliciosas iguarias e bebidas estarão à sua disposição, você sempre dormirá sobre uma cama macia, desfrutando de todos esses prazeres sem esforço nem trabalho. Não tenha receio de esforços físicos ou mentais, pois só desfrutará dos frutos do trabalho alheio e não precisará conquistar nada que lhe traga lucros, pois dou aos meus amigos o direito de tudo usar.

Ante essas promessas tentadoras, Héracles perguntou, admirado:

— Quem é você, bela estrangeira?

— Meu amigos me chamam de Bem-Aventurança, mas meus inimigos, depreciando-me, me chamam de Preguiça.

Enquanto isso a outra mulher também se aproximara.

— Também vim ter com você, querido Héracles — disse ela —, porque conheço os seus pais, sua disposição e sua educação. Isso tudo me dá esperança de que, se me seguir, você se tornará um mestre em tudo o que é bom e virtuoso. Mas não lhe quero apresentar deleites, desejo apenas mostrar as coisas tais como os deuses as quiseram. De tudo o que é bom e desejável, eles não concedem nada aos mortais sem trabalho ou esforço. Se quiser que os deuses lhe sejam bons, terá de honrá-los. Se quiser ser amado pelos seus amigos, terá de lhes fazer o bem; se quiser ser honrado pelo Estado, terá de prestar-lhe serviços; se quiser ser admirado por toda a Grécia por causa de suas virtudes, terá de tornar-se um benfeitor da Grécia; se quiser colher, terá de plantar; se quiser guerrear e vencer, terá de aprender as artes da guerra; se quiser ter domínio sobre o próprio corpo, terá de endurecê-lo por meio de árduo trabalho.

182 | GUSTAV SCHWAB

Nesse momento, ela foi interrompida pela Preguiça.

— Está vendo, caro Héracles — disse ela —, por que caminho longo e espinhoso essa mulher quer levá-lo à felicidade? Eu, porém, vou conduzi-lo à felicidade pelo caminho mais curto e mais cômodo.

— Mentirosa — retrucou a Virtude —, como é que você pode possuir algo de bom, e que prazer pode conhecer se satisfaz a todos os seus desejos antes mesmo que eles apareçam? Você come antes de ter fome e bebe antes de ter sede. Não há cama suficientemente macia para você, você faz com que os seus amigos passem a noite em claro e durmam a maior parte do dia, eles vagueiam sem direção e, na velhice, arrastam-se com esforço. E você mesma, embora seja imortal, é igualmente desprezada pelos deuses e pelas pessoas bondosas. Jamais recebeu elogios nem fez qualquer obra de valor. Eu, ao contrário, sou amiga dos deuses e de todas as pessoas de bem. Para os artistas sou uma ajudante bem-vinda, para os pais de família uma vigilante fiel, amparando também amorosamente os criados. Ajudo nos negócios da paz e sou confiável na guerra, sou a mais fiel de todas as amigas. Comida, sono e bebida têm para os meus amigos um gosto melhor do que para os preguiçosos. Os jovens alegram-se com o reconhecimento dos mais velhos, os mais velhos são honrados pelos jovens. Com prazer eles se lembram de seus feitos anteriores e sentem-se felizes com sua atividade atual. Graças a mim as pessoas são amadas pelos deuses e estimadas pelos amigos e pela pátria. E quando chega o fim, eles não são enterrados e esquecidos, mas relembrados pela posteridade. Se optar por esse tipo de vida, você será feliz.

Os primeiros feitos de Héracles

As duas mulheres desapareceram e Héracles viu-se outra vez só. Estava decidido a tomar o caminho da virtude, e logo teve uma oportunidade de fazer algo de bom. Nesse tempo a Grécia ainda era coberta de florestas e pântanos infestados de leões furiosos, javalis ferozes e outros monstros. O maior mérito dos antigos heróis foi ter libertado a terra dessas feras monstruosas. Héracles também foi incumbido de semelhante tarefa. Ao saber que no monte Citéron, a cujos pés pastavam os rebanhos do rei Anfitrião, vivia um leão assustador, o jovem herói logo tomou uma decisão. Armado, galgou a montanha recoberta de florestas, matou o leão, atirou sua pele sobre os ombros e usou sua cabeça como capacete.

Quando regressava dessa caçada, mensageiros de Ergino, rei dos mínios, o encontraram. Eles deveriam arrecadar dos tebanos um tributo injusto e vergonhoso. Héracles, que se sentia destinado pela virtude a ser um protetor de todos os oprimidos, logo dominou os mensageiros, que se permitiam todo tipo de abuso, e enviou-os, amarrados, de volta ao seu rei. Ergino solicitou a extradição do autor daquele feito, e Creonte, o rei dos tebanos, temeroso, estava disposto a atender ao seu pedido. Héracles então persuadiu um exército de jovens corajosos a enfrentar com ele o inimigo. Mas em nenhuma das casas da cidade havia armas, pois os mínios tinham desarmado a cidade inteira, a fim de que os tebanos não tivessem meios para rebelar-se. Atena então chamou Héracles ao seu templo e armou-o com as suas próprias armas, enquanto os jovens apanharam as armas que estavam penduradas no templo e que tinham sido tomadas aos inimigos pelos seus antepassados e dedicadas aos deuses. Assim armado, o herói, acompanhado de seu pequeno exército dirigiu-se ao estreito para enfrentar os mínios que se aproximavam. Ali, todo o poder de guerra do inimigo lhe era inútil. O próprio Ergino morreu no combate, e quase todo o seu exército foi dizimado. Mas, durante a luta, Anfitrião também tombou. Depois de terminada a batalha, Héracles correu até Orcômeno, a capital da Mínia, adentrou-lhe os portões, queimou a fortaleza real e destruiu a cidade.

A Grécia inteira admirou esse feito extraordinário, e para honrar os méritos do jovem, o rei dos tebanos, Creonte, ofereceu-lhe como esposa sua filha Mégara, que deu três filhos ao herói. Os deuses também presentearam o semideus vitorioso: Hermes deu-lhe uma espada; Apolo, flechas; Hefesto, uma aljava de ouro; Atena, uma esplêndida veste de guerra. Sua mãe, Alcmena, voltou a casar-se, desposando o juiz Radamante.

Héracles na luta contra os gigantes

Héracles logo encontrou uma oportunidade para mostrar sua gratidão aos deuses por essas grandes distinções. Os gigantes — monstros com rostos assustadores, cabelos e barbas compridas e caudas de dragão com escamas em vez de pés —, monstros que Geia (terra) dera a Urano (céu), foram incitados por sua mãe a lutar contra Zeus, o novo soberano do mundo, porque este atirara ao Tártaro os seus filhos mais velhos, os titãs. Nos vastos campos de Flegra, na Tessália, eles se ergueram do Érebo (o mundo inferior). Por temor deles, as estrelas empalideceram e Febo fez meia-volta com a carruagem do Sol.

— Vão lá e vinguem-me, assim como aos filhos dos velhos deuses — disse a mãe Terra. — A águia devora Prometeu, o abutre alimenta-se de Tício,[2] Atlas é obrigado a suportar os céus, enquanto os titãs estão presos. Vão, vinguem-nos, salvem-nos! Usem como degraus, como armas, os meus próprios membros, as montanhas! Galguem as fortalezas estreladas! Você, Alcioneu, arranque daquele que reina pela violência o cetro e o trovão! Encélado, apodere-se dos mares e espante Posídon! Reto há de arrancar as rédeas do deus-sol, Porfírion conquistará o oráculo de Delfos!

Diante dessas palavras, os gigantes jubilaram como se já tivessem conquistado a vitória. Correram para as montanhas da Tessália para atacar os céus a partir dali.

---

2. Filho de Geia, que ousou tocar Leto com malícia, quando foi atingido pelo raio de Zeus. No inferno, ele ficava estendido no chão enquanto dois abutres lhe devoravam o fígado, que sempre voltava a crescer.

Enquanto isso, Íris, a mensageira dos deuses, reuniu todos os seres celestes, todos os deuses que vivem nas águas e nos rios; até mesmo os manes[3] do inferno ela mandou subir. Perséfone deixou seu reino sombrio, e seu marido, o rei dos que se calaram, subiu para o Olimpo luminoso com os seus cavalos que temiam a luz. Como quando uma cidade é atacada por inimigos e todos os moradores dirigem-se à sua fortaleza para defendê-la, assim também os deuses de todas as formas reuniram-se no Olimpo.

— Deuses reunidos — disse Zeus, dirigindo-se a eles —, vocês estão vendo que a mãe Terra conspirou contra nós. À luta! E enviem para baixo tantos cadáveres quantos forem os filhos que ela mandar aqui para o alto!

Quando o pai dos deuses terminou, um trovão ecoou do céu e Geia, embaixo, respondeu com um terremoto retumbante. A natureza transtornou-se como no momento de sua criação, pois os gigantes arrancavam um morro depois do outro, arrastaram consigo o Ossa, o Pélion, o Eta e o Atos, romperam o Ródope com a metade da fonte do Hebro, e sobre essa escada de cadeias de montanhas chegaram à sede dos deuses e começaram a atacar o Olimpo, armados com troncos de carvalhos em chamas e com gigantescos pedaços de rocha.

Os deuses tinham recebido um oráculo segundo o qual os olímpicos não seriam capazes de destruir nenhum dos gigantes a menos que um mortal lutasse ao seu lado. Geia fora informada disso, e por esta razão buscava algum meio para tornar seus filhos invulneráveis também aos mortais. Efetivamente, existia uma erva que era capaz de fazer isso, mas Zeus antecipou-se a ela. Proibiu a Aurora, a Lua e o Sol de brilharem, e enquanto Geia procurava nas trevas, ele mesmo cortou as ervas mágicas e ordenou que, por meio de Atena, seu filho Héracles viesse participar da batalha.

No Olimpo, enquanto isso, a luta já começara. Ares conduzira o seu carro de guerra, com os cavalos relinchantes, em meio à multidão densa

---

3. As almas dos finados.

de inimigos que contra-atacavam. Seu escudo dourado reluzia mais do que o fogo, e o penacho no alto de seu capacete oscilava, brilhante. Em meio à confusão da batalha, ele perfurou o gigante Péloro, cujos pés eram duas serpentes vivas. Em seguida esmagou os membros do gigante caído com sua carruagem de guerra, mas só ao avistar o mortal Héracles, que acabara justamente de galgar os últimos degraus que levam ao Olimpo, é que o monstro expirou suas três almas. Héracles olhou à sua volta no campo de batalha, em busca de um alvo para as suas flechas. Seu tiro derrubou Alcioneu, que despencou nas profundezas; mas, tão logo tocou o solo de sua terra, ele reergueu-se com nova força de vida.

Seguindo o conselho de Atena, Héracles também desceu e o carregou para fora das fronteiras de sua terra de nascença. Mal se viu em terras estrangeiras, o gigante expirou.

Agora o gigante Porfírio dirigia-se ameaçadoramente para Héracles e Hera ao mesmo tempo, no intuito de lutar contra eles. Mas Zeus logo despertou nele um desejo de ver o rosto divino dos deuses e, no momento em que ele puxava o véu de Hera, Zeus o atingiu com um raio e Héracles o matou com suas flechas. Então, das fileiras dos gigantes correu Efialtes, com seus olhos gigantescos reluzindo.

— Eis aí uns alvos bem visíveis para as nossas flechas! — exclamou Héracles, rindo, para Febo Apolo, que lutava a seu lado; o deus atirou contra o seu olho esquerdo e o semideus contra o direito.

Reto foi derrubado por Dioniso com o seu tirso; uma saraivada de restos de ferro em brasas, lançados pela mão de Hefesto, derrubou Clítio; Palas Atena atirou a ilha da Sicília sobre Encélado, que fugia; o gigante Polibotes, perseguido por Posídon através dos mares, fugiu para Cós, mas o deus do mar arrancou um pedaço da ilha e com ele o cobriu. Hermes, com a cabeça coberta pelo capacete da invisibilidade de Plutão, liquidou Hipólito; dois outros foram atingidos pelas clavas de ferro das parcas. Os demais foram destruídos pelos raios de Zeus, enquanto Héracles os atingia com suas flechadas.

Em troca dessa ajuda, o semideus recebeu muitos favores dos deuses. Zeus chamou de olímpicos aqueles dentre os deuses que tinham ajudado na luta, destacando assim os corajosos. Conferiu a mesma honra a dois filhos que tinham nascido de mães mortais: Héracles e Dioniso.

Héracles e Euristeu

Antes do nascimento de Héracles, Zeus declarara ao conselho dos deuses que o primeiro bisneto nascido de Perseu estava destinado a dominar todos os demais descendentes desse herói. Mas a astúcia de Hera, que não queria conceder esta felicidade ao filho de uma rival sua, antecipou-a a ele. Ela fez com que Euristeu, que também era um dos bisnetos de Perseu, nascesse antes de Héracles. Dessa maneira Euristeu tornou-se rei em Micenas, a terra dos argivos, e Héracles, que nasceu depois, seu súdito. Euristeu via com preocupação a fama crescente de seu parente, e por isso chamou-o para que completasse uma série de trabalhos. Como Héracles não obedecesse, o próprio Zeus, não querendo voltar atrás em sua declaração, mandou seu filho colocar-se a serviço do rei dos argivos. Mas foi de má vontade que Héracles decidiu-se a servir a um mortal. Foi a Delfos consultar o oráculo a esse respeito e recebeu a seguinte resposta: "O poder usurpado por Euristeu será diminuído pelos deuses desde que Héracles realize os dez trabalhos que lhe serão impostos. Quando isso tiver acontecido, ele terá parte na imortalidade".

Héracles foi tomado de grande tristeza. Servir a uma pessoa menor do que ele ia contra os seus sentimentos e parecia-lhe abaixo de sua dignidade. Mas não ousou desobedecer a seu pai, Zeus. Hera, de cuja alma a ajuda de Héracles aos deuses não lograra apagar o ódio, aproveitou-se desse instante e transformou o seu profundo aborrecimento em loucura selvagem. Héracles ficou tão fora de si que quis assassinar seu sobrinho Iolau, de quem gostava muito; e, quando este lhe escapou, atingiu e matou com suas flechas os seus próprios filhos, que lhe tinham sido dados por Mégara, achando, em sua loucura, que atirava contra os gigantes. Demorou muito para que ele se libertasse outra vez dessa loucura. Quando viu o que fizera, caiu em profunda tristeza, trancou-se em casa e evitou todas as pessoas. Quando, por fim, o tempo curou a mais pungente das dores, Héracles decidiu-se a cumprir as ordens de Euristeu.

A luta contra o leão de Nemeia

O primeiro trabalho que lhe foi imposto pelo rei consistia em trazer-lhe a pele do leão de Nemeia. Esse monstro vivia no Peloponeso, nas florestas situadas entre Cleona e Nemeia, na Argólida. O leão era invulnerável às armas humanas. Alguns diziam que ele era filho do gigante Tifeu e da serpente Equidna; outros, que ele havia caído da lua. Héracles partiu para enfrentar o leão, e em sua viagem chegou a Cleona, onde foi recebido com hospitalidade por Molorco, um pobre trabalhador. Este queria justamente sacrificar um animal a Zeus.

— Meu bom homem — disse Héracles —, deixe o animal viver mais trinta dias. Se eu voltar de minha caçada com sucesso, você poderá sacrificá-lo a Zeus, o salvador. Mas, se eu morrer, traga-o como oferenda mortuária para mim, um herói que desapareceu para a imortalidade.

Héracles seguiu viagem, com a aljava às costas, o arco numa das mãos e na outra uma clava feita com o tronco de uma oliveira selvagem, que ele mesmo encontrara no Hélicon, e que arrancara juntamente com as raízes. Quando, passados alguns dias, ele chegou às florestas de Nemeia, procurou o animal selvagem para descobri-lo antes de ser por ele avistado. Mas em nenhum lugar conseguiu encontrar rastros do leão. Também não viu ninguém nos campos ou na floresta; todos ficavam confinados devido ao medo, em suas casas. Finalmente, ao entardecer, o leão apareceu, num caminho da floresta, de volta ao seu buraco na terra depois de um ataque. Ele estava satisfeito; de sua cabeça, mandíbula e peito pingavam gotas de sangue, e ele lambia os beiços. Quando o viu, de longe, o herói escondeu-se num arbusto espesso e esperou que o leão se aproximasse. Atirou então uma flecha contra o seu flanco. Mas, em vez de penetrar a carne do animal, a flecha ricocheteou como se tivesse atingido uma rocha e caiu no chão coberto de musgos. O animal ergueu a cabeça ensanguentada, revirou os olhos, olhando para todos os lados, e mostrou os dentes gigantescos. Assim fazendo, ofereceu o peito ao herói, que rapidamente despachou uma segunda flecha, tentando atingi-lo no meio do coração. Outra vez a flecha ricocheteou e caiu aos pés do monstro. Héracles estava apanhando a terceira flecha quando o leão o avistou. Puxou a cauda, para junto de si, e seu pescoço inflamou-se de ódio. Rosnando ameaçadoramente, abriu as mandíbulas e encurvou as costas.

Pronto para a luta, correu em direção a seu inimigo. Héracles deixou cair suas flechas, tirando das costas a sua própria pele de leão. Com a mão direita ergueu a clava sobre a cabeça do animal, e o golpeou na nuca, de maneira que, em meio a um salto, ele caiu por terra. Parou junto a seus pés trêmulos. Antes que pudesse recuperar-se, Héracles estava outra vez perto dele. Atirara no chão também seu arco e sua aljava, para poder estar totalmente livre. Atacou o monstro pelas costas, e agarrou-lhe o pescoço com os braços, enforcando-o. Por muito tempo ele tentou, em vão, arrancar a pele do animal, que era invulnerável ao ferro e às pedras. Por fim ocorreu-lhe cortá-la com as garras do próprio animal, o que ele logo conseguiu. Mais tarde, com essa esplêndida pele de leão, fez para si uma armadura e com a cabeça um novo capacete. Héracles então pegou outra vez sua roupa e suas armas e, levando nos braços a pele do leão de Nemeia, regressou a Tirinte.

Trinta dias se haviam passado quando ele voltou a encontrar-se com o hospitaleiro Molorco. Este estava ocupado com os preparativos para uma oferenda fúnebre a Héracles, quando o herói entrou em sua chácara. Então ambos fizeram uma oferenda a Zeus, o salvador, e Héracles despediu-se amigavelmente. Quando o rei Euristeu o viu chegando com a pele do terrível animal, foi tomado de tanto temor diante do poder divino do herói que se escondeu dentro de um barril de ferro. Daquele momento em diante não deixou mais Héracles aproximar-se dele, e suas ordens eram transmitidas através de Copreu, um filho de Pélope.

A Hidra

O segundo trabalho do herói foi matar a Hidra, que também era filha de Tifeu e Equidna. Crescera na Argólida, no pântano de Lerna, e de tempos em tempos subia para a terra. Ali destruía rebanhos inteiros e plantações. A gigantesca Hidra era uma serpente com nove cabeças, das quais oito eram mortais; mas a nona, que ficava no meio das demais, era imortal. Héracles também enfrentou corajosamente essa batalha. Subiu, pois, imediatamente para a sua carruagem. Seu querido sobrinho Iolau, filho de seu irmão Íficles, e que por muito tempo foi seu companheiro inseparável, dirigiu os cavalos, e assim os dois logo chegaram a Lerna. Por fim avisaram a Hidra sobre um morro, junto às fontes de Amimone, onde se encontrava a sua caverna. Ali, Iolau deteve os cavalos. Héracles saltou da carruagem e, lançando flechas chamejantes, obrigou a Hidra a deixar seu esconderijo. O monstro saiu da caverna sibilando e suas nove gargantas oscilavam, erguidas. Héracles aproximou-se dela sem medo, agarrou-a e segurou-a com força. Ela, porém, enrolou-se em um de seus pés, sem mais defesas. Ele então começou a esmagar as suas cabeças com a clava, mas aquilo não tinha fim. Cada vez que destruía uma cabeça, cresciam duas outras em seu lugar. Ao mesmo tempo, um caranguejo gigante veio ajudar a Hidra, mordendo o pé do herói. Mas ele o matou rapidamente com sua clava, e depois chamou Iolau para ajudá-lo. Este já preparara uma tocha, incendiando com ela um pedaço da floresta, e passava os galhos em chamas sobre os tocos do pescoço da serpente, impedindo assim que crescessem novas cabeças. Então o herói decepou também a cabeça imortal da Hidra, que enterrou no caminho, cobrindo-a com uma pedra enorme. Partiu em dois o corpo da fera, e mergulhou suas setas em seu sangue. Desde então os tiros de Héracles provocariam feridas incuráveis.

A corça de Cerineia

O terceiro trabalho determinado por Euristeu era trazer, viva, a corça de Cerineia. Este era um animal esplêndido, com chifres de ouro e cascos de ferro, que pastava nas montanhas da Arcádia. Era uma das cinco corças com as quais a deusa Ártemis dera as primeiras provas de sua arte de caçar. Das cinco, só esta voltara a ser solta nas florestas, pois o destino determinara que Héracles, um dia, haveria de cansar-se ao caçá-la. Por um ano inteiro ele a perseguiu, e nessa caçada chegou também à terra dos hiperbóreos[4] e às fontes do rio Istro. Por fim ele alcançou a corça no rio Ládon, perto da cidade de Enoe, na montanha de Ártemis, na Arcádia. Mas só conseguiu dominar o animal depois de feri-lo com uma flechada, levando-o então aos ombros. A deusa Ártemis, junto com Apolo, encontrou-o e censurou-o por ter tentado matar um animal que lhe era consagrado e queria confiscar-lhe a presa.

— Não foi por ousadia, ó grande deusa — disse Héracles, justificando-se —, foi por necessidade. Como, do contrário, poderia ser aprovado por Euristeu?

Essas palavras acalmaram a ira da deusa e ele levou o animal vivo a Micenas.

O javali de Erimanto

Logo depois Héracles empreendeu o quarto trabalho, que consistia em trazer vivo para Micenas o javali de Erimanto, que, igualmente consagrado a Ártemis, destruía a região em torno do monte do mesmo nome. Em seu caminho, Héracles passou pela morada de Folo, o filho de Sileno. Esse centauro, metade homem e metade cavalo, recebeu o seu

---

4. Povo mítico do extremo norte. Em suas terras, segundo conta a lenda, o Sol só se levantava e se punha uma vez por ano. As frutas amadureciam com uma rapidez milagrosa, nenhum vento rude soprava ali. Sem brigas e sem preocupações, os hiperbóreos viviam uma vida serena, de mil anos, sob a proteção de Apolo.

hóspede muito amigavelmente e ofereceu-lhe carne assada, enquanto ele mesmo comia a sua crua. Mas Héracles pediu uma bebida para acompanhar aquela deliciosa refeição.

— Caro hóspede, há efetivamente um barril de vinho em minha adega, mas ele pertence a todos os centauros, e eu receio abri-lo, por saber quão pouco hospitaleiros são os demais centauros.

— Abra-o — encorajou-o Héracles. — Prometo defender você contra eles! Estou com sede!

Mas Baco, o deus do vinho, dera essa bebida de presente a um dos centauros, com a recomendação de não abri-lo antes que, quatro gerações humanas mais tarde, Héracles passasse por aquela região. Assim, Folo desceu à adega. Mal abrira o barril, os demais centauros sentiram o forte aroma do vinho velho. Correram para lá, vindos de todos os lados, e cercaram a caverna de Folo armados de pedras e de galhos de pinheiros. Contra os primeiros, Héracles lançou tochas de fogo; os demais ele perseguiu até Maleia,[5] onde vivia o bom centauro Quíron, velho amigo de Héracles. Seus irmãos fugiram para junto dele. Desastradamente, uma das flechas lançadas por Héracles atravessou o braço de um dos centauros e ficou pendurada no joelho de Quíron. Só então Héracles reconheceu o seu amigo de outros tempos. Arrancou a flecha e passou na ferida um remédio, que o próprio Quíron, conhecedor da medicina, preparara. Mas o ferimento, atingido pelo sangue da Hidra, era incurável. O centauro mandou que o levassem para o interior de sua caverna, onde queria morrer nos braços do amigo. Era um desejo vão. Ele esquecera que era imortal. Em meio às lágrimas, Héracles despediu-se e prometeu que, custasse o que custasse, lhe enviaria a morte. Sabe-se que ele manteve a palavra.

Quando Héracles voltou à caverna de Folo, encontrou seu amigo morto. Este tirara do corpo de outro centauro a flecha fatal e, enquanto se admirava ao ver que uma coisa tão pequena era capaz de liquidar criaturas tão grandes, a flecha envenenada escorregou-lhe das mãos e

---

5. A extremidade sudeste do Peloponeso.

As mais belas histórias da antiguidade clássica vol i | 193

atingiu-o no pé, matando-o imediatamente. Héracles ficou muito triste. Enterrou-o sob um morro, que desde então passou a chamar-se Folo. Depois seguiu para caçar o javali. Com gritos, fez com que ele saísse das profundezas da floresta, perseguiu-o pelas planícies nevadas, apanhou o animal exausto com um laço e o trouxe, vivo, para Micenas, conforme lhe fora ordenado.

Os estábulos de Augias

Em seguida, Euristeu o despachou para o quinto trabalho: em um só dia, ele deveria remover todo o estrume dos estábulos de Augias. Augias era rei em Élis e tinha rebanhos muito grandes. À maneira dos antigos, mantinha os seus animais num grande cercado diante do palácio. Três mil reses tinham-se acumulado ali, e assim, com o passar de muitos anos, acumulara-se uma quantidade imensa de estrume, que agora Héracles deveria remover num só dia.

Quando o herói se apresentou ao rei Augias oferecendo-lhe os seus serviços, sem mencionar que fazia aquilo por ordens de Euristeu, Augias observou, de bom grado, as formas esplêndidas daquele homem trajado com uma pele de leão e mal conseguiu conter o seu riso ao imaginar que tal guerreiro estivesse disposto a fazer o trabalho sujo de um criado. Enquanto isso, pensava: "O interesse já fez com que vários homens corajosos fossem seduzidos. Talvez ele imagine que poderá enriquecer às minhas custas. Mas certamente vai ver que está enganado. Ainda assim, posso prometer-lhe uma grande recompensa, se efetivamente num só dia ele remover todo o estrume de meus estábulos, pois isto é impossível". Por isso, disse:

— Ouça, estrangeiro, se você realmente for capaz de fazer isso, e num só dia remover todo o estrume, vou-lhe dar como recompensa um décimo de todo o meu rebanho.

Héracles aceitou a proposta, e Augias imaginou que ele começaria imediatamente a trabalhar com a pá. Mas Héracles, antes, queria que

Fileu, filho de Augias, testemunhasse aquele contrato. Em seguida saiu e abriu uma fenda no solo do estábulo. Depois conduziu os dois rios que corriam ali perto, o Alfeu e o Peneu, por um canal e fez com que a água levasse embora todo o estrume. E assim desincumbiu-se de sua tarefa sem sujar as mãos. Quando Augias descobriu que Héracles realizara aquele trabalho para Euristeu, recusou-lhe seu pagamento e negou que lhe tivesse prometido alguma coisa. No entanto, declarou-se pronto a levar a disputa a julgamento. Quando os juízes se reuniram, Fileu testemunhou que seu pai tinha prometido uma recompensa a Héracles. Augias não esperou pelo pronunciamento da sentença. Enfurecido, ordenou a seu filho, assim como ao estrangeiro, que deixassem o seu reino imediatamente.

As estinfálidas

Depois de passar por novas aventuras, Héracles voltou ao palácio de Euristeu. Mas este também não queria reconhecer o trabalho, porque Héracles exigira por ele uma recompensa. Ainda assim, enviou-o para realizar um sexto trabalho, e encarregou-o de espantar as estinfálidas. Estas eram gigantescas aves de rapina com penas, asas e garras de ferro. Viviam em torno do lago Estínfalo, na Arcádia. Eram capazes de lançar suas penas como se fossem flechas e com seus bicos conseguiam perfurar até mesmo as armaduras de metal. Causavam grande destruição, entre rebanhos e homens. Depois de uma breve viagem por mar, Héracles chegou ao lago, que se encontrava à sombra de uma densa floresta. Um grande bando dessas aves refugiara-se naquela floresta, temendo serem atacadas pelos lobos. Héracles ficou sem saber o que fazer quando as viu. Não sabia como haveria de vencer inimigos tão numerosos. Subitamente, sentiu um leve toque no ombro. Atrás dele estava a deusa Atena, que lhe deu dois gigantescos tímpanos de ferro, forjados por Hefesto. Disse-lhe que deveria usá-los contra as estinfálidas, e tornou a desaparecer. Héracles então subiu numa elevação perto do lago, e espantou as aves fazendo soar os tímpanos. Os pássaros não conseguiram suportar o barulho estridente e saíram, assustados, do interior da floresta. Héracles apanhou seu arco e, lançando flecha após flecha, matou muitas das aves em pleno voo. As demais abandonaram a região e não mais voltaram.[6]

O touro de Creta

O rei Minos, de Creta, prometera a Posídon sacrificar-lhe a primeira criatura que surgisse do mar, pois Minos afirmara não possuir nenhum animal que fosse digno de uma oferenda a um deus tão elevado. Por isso Posídon fez com que um touro de beleza extraordinária emergisse do mar. Mas o rei caiu na tentação de ocultar o touro no meio de seus próprios rebanhos, sacrificando ao deus um outro animal. Como punição, Posídon fez com que o touro enlouquecesse, causando grande destruição na ilha de Creta. Como sétima tarefa, Héracles tinha que domar aquele touro, e levá-lo a Euristeu. Quando ele chegou a Creta e se apresentou a Minos, este alegrou-se com a perspectiva de livrar-se daquele animal devastador, e ajudou-o, pessoalmente, a capturar o animal furioso. Héracles, com sua força gigantesca, amarrou o touro enlouquecido com tanta força que foi possível transportá-lo por mar desde Creta até o Peloponeso, a bordo de um navio. Euristeu ficou satisfeito, mas soltou imediatamente o animal. Quando o touro não estava mais sob o poder de Héracles, sua antiga loucura voltou. Vagou por toda a Arcádia e Lacônia, atravessou o istmo em direção a Maratona, na Ática, e ali devastou a terra, como antes fizera em Creta. Só Teseu, mais tarde, foi capaz de dominá-lo.

---

6. Atravessaram o mar voando, para a ilha Aretia, onde mais tarde foram encontradas pelos argonautas (veja pp. 141-2).

As éguas de Diomedes

Como oitavo trabalho, o primo de Héracles encarregou-o de trazer a Micenas as éguas do trácio Diomedes. Diomedes era filho de Ares e rei dos bistônios, um povo guerreiro. Possuía éguas tão fortes e selvagens que precisavam ser amarradas com correntes de ferro a estábulos de ferro. Não se alimentavam de aveia como os cavalos normais, devorando, em vez disso, a carne dos estrangeiros que tinham a infelicidade de chegar àquela cidade e que lhes eram atirados. Quando Héracles chegou, seu primeiro ato foi atirar o desumano rei às suas próprias éguas, depois de ter dominado os vigias que estavam diante das cocheiras. Com essa comida os animais tornaram-se mansos e ele os conduziu para o mar. Mas os bistônios o seguiram, armados, de maneira que Héracles foi forçado a lutar contra eles, deixando os animais sob a guarda de seu acompanhante Abdero, filho de Hermes.

Quando Héracles partira, as éguas ficaram outra vez com vontade de comer carne humana, e quando ele voltou, tendo vencido os bistônios, encontrou apenas os restos de seu amigo, destroçado pelos animais. Lamentou a morte do querido companheiro, enterrou-o e fundou em sua honra a cidade de Abdera. Depois voltou a amarrar as éguas e levou-as a Euristeu.

Euristeu consagrou as éguas a Hera. Sua descendência reproduziu-se por muitas gerações; o rei Alexandre da Macedônia ainda cavalgou sobre um descendente desses cavalos. Concluído esse trabalho, Héracles embarcou para a Cólquida com Jasão e todo um exército em busca do Velocino de Ouro.

A expedição contra as amazonas

Depois de regressar e de vagar por muito tempo, Héracles empreendeu a expedição contra as amazonas, realizando assim seu nono trabalho. Sua tarefa era trazer para o rei Euristeu o cinturão de Hipólita, a rainha das amazonas, para que o desse à sua filha Admete. As amazonas viviam numa região em torno do rio Termodonte, no Ponto, e eram um grande povo de mulheres que só faziam trabalhos masculinos. De suas crianças, só deixavam crescer as meninas. Frequentemente partiam para guerras e Hipólita, sua rainha, usava como sinal de seu poder um cinturão, que ela mesma recebera como presente de Ares, o deus da guerra. Para participar de sua expedição, Héracles reuniu voluntários e, depois de alguns contratempos, zarpou em direção ao Mar Negro, atingindo finalmente a foz do rio Termodonte e o porto da cidade das amazonas, Temiscira, onde a rainha das amazonas veio encontrá-los. A aparência esplêndida do herói impôs-lhe respeito, e quando descobriu o motivo de sua vinda prometeu-lhe o cinturão. Mas Hera, a irreconciliável inimiga de Héracles, tomou a forma de uma amazona, misturou-se à multidão e espalhou o rumor de que o estrangeiro pretendia seduzir a sua rainha. Imediatamente todas as guerreiras montaram seus cavalos e foram atacar Héracles em seu acampamento diante da cidade. As amazonas comuns lutaram contra os guerreiros do herói, enquanto as mais nobres atacaram-no diretamente. A primeira que começou a lutar contra ele chamava-se, por causa de sua rapidez, Aelo, ou a noiva do vento, mas encontrou em Héracles um adversário ainda mais veloz. Teve que recuar e, na fuga, foi derrubada por ele. Uma segunda, Prótoe, caiu no primeiro ataque, e a terceira, que vencera sete duelos, morreu. Depois dela morreram outras oito, dentre as quais três companheiras de caça de Ártemis, que nas outras vezes sempre tinham acertado seus arremessos de lança, mas dessa vez erraram o alvo. Também Alcipe, que jurara permanecer solteira por toda a vida, caiu. Manteve o juramento, mas não permaneceu viva. Quando Melanipa, a corajosa chefe das amazonas, foi apanhada, todas as outras fugiram correndo e Hipólita, a rainha, entregou o cinturão, conforme prometera antes da batalha. Héracles o aceitou como resgate por Melanipa.

Ao regressar, o herói passou por uma nova aventura nas costas de Troia, onde Hesíone, filha de Laomedonte, tinha sido amarrada a um rochedo para ser devorada por um monstro. Posídon construíra a muralha de Troia para o seu pai, mas fora logrado na hora de receber sua recompensa. Como vingança, um monstro marinho começou a devastar Troia, e continuaria a fazê-lo até que o desesperado Laomedonte entregasse sua própria filha, expondo-a à mais terrível morte. Quando Héracles passou por ali, seu pai, gemendo, pediu-lhe ajuda e prometeu dar-lhe, em troca da salvação de sua filha, os esplêndidos cavalos que recebera de presente de Zeus. Héracles ficou de tocaia, esperando pela chegada do monstro. Quando este chegou e abriu a gigantesca boca para engolir a donzela, ele mesmo saltou para dentro da goela do animal, cortou-lhe as entranhas e saiu ileso de dentro do cadáver. Mas também dessa vez Laomedonte não cumpriu a palavra, e Héracles fugiu sob ameaças.

O gado do gigante Gérion

Depois que o herói depositou o cinturão da rainha Hipólita aos pés de Euristeu, este não lhe concedeu nenhum repouso, mas tornou a despachá-lo imediatamente, mandando-o trazer o gado do gigante Gérion. Este monstro possuía na ilha de Eriteia, na baía de Gadira (Cádiz), um rebanho de belas reses marrom-avermelhadas que eram guardadas por outro gigante e por um cão de duas cabeças. Gérion era enorme. Tinha três corpos, três cabeças, seis braços e seis pernas. Nenhum ser terrestre jamais ousara aproximar-se dele. Héracles reconheceu que essa difícil empresa exigia alguns preparativos. Todos sabiam que o pai de Gérion, Crisaor, que por causa de sua riqueza tinha o nome da espada de ouro, era rei de toda a Ibéria (Espanha). Além de Gérion, tinha mais três filhos corajosos e gigantescos, e cada um deles possuía, sob seu comando, um exército de homens combativos. Foi justamente por isso que Euristeu encarregou Héracles desse trabalho, imaginando que ele não voltaria vivo de uma expedição àquelas terras. Mas Héracles enfrentou esses perigos tão corajosamente quanto os anteriores. Reuniu seu exército na ilha de Creta e desembarcou primeiro na Líbia. Ali lutou contra o gigante Anteu, filho de Geia, que sempre recobrava as forças cada vez que tocava a terra, sua mãe. Héracles abraçou-o com seus braços poderosos e o enforcou. E também libertou a Líbia dos animais de rapina.

Depois de longa peregrinação por uma região desértica e sem água, alcançou finalmente uma região assustadora, atravessada por vários rios. Ali fundou uma cidade de dimensões gigantescas, chamando-a de Hecatômpilo (Cem Portas). Chegou enfim ao oceano Atlântico, onde erigiu as famosas colunas de Héracles. O sol ardia terrivelmente. Héracles já não conseguia suportá-lo, dirigiu os olhos para o céu e ameaçou derrubar o deus-sol com suas setas. Este admirou sua coragem e emprestou-lhe a carapaça de ouro sob a qual ele mesmo percorria seu trajeto noturno, do poente para o nascente. Abrigado por ela, Héracles viajou até a Ibéria. Sua frota navegava junto com ele. Ali, era esperado pelos filhos de Crisaor, com três grandes exércitos. Matou os comandantes, um depois do outro, duelando com eles, e conquistou a terra. Chegou então à ilha Eriteia, onde Gérion vivia com seus rebanhos. Quando o percebeu, o cão de duas cabeças atacou-o. Mas Héracles o recebeu de clava em punho, matou-o, assim como ao gigantesco pastor que viera para ajudar o cão. Afastou-se, então, às pressas com o gado. Gérion, entretanto, o alcançou e os dois lutaram terrivelmente. A própria Hera apareceu para amparar o gigante, mas Héracles desferiu-lhe uma flecha que a atingiu no peito, de maneira que a deusa foi obrigada a fugir, ferida. O corpo triplo do gigante, que se juntava na região do estômago, foi atingido nesse ponto pela seta mortal.

No caminho de volta, Héracles realizou novos feitos gloriosos, enquanto conduzia o gado por terra, através da Ibéria e da Itália.[7] Na re-

---

7. Quando chegou à região onde mais tarde Roma seria construída, tendo adormecido exausto às margens do Tibre, Cacos, um gigante terrível que deitava fogo pelas ventas, aproximou-se e roubou as duas mais belas reses do rebanho, puxando-as pelo rabo em direção à sua caverna, a fim de não ser traído pelas suas pegadas. Mas o mugido dos animais furtados revelou a Héracles, quando este despertou, o lugar onde se encontravam. Ele penetrou na caverna do gigante e o liquidou depois de uma luta ingente. Agradecidos, os moradores da região, entre os quais se encontrava o piedoso arcádio Evandro, erigiram um altar ao herói.

gião de Régio, na Itália inferior, um dos bois escapou-lhe e atravessou o estreito, chegando assim à Sicília. Héracles conduziu imediatamente os outros bois para a água, agarrou um deles pelos chifres e em seu lombo foi nadando, com os demais, em direção à ilha. Depois, atravessando a Itália, a Ilíria e a Trácia, voltou para a Grécia.

Assim Héracles concluiu seu décimo trabalho. Mas, como Euristeu não reconheceu dois deles, teve ainda que realizar mais dois.

As maçãs das hespérides

Quando, no casamento solene de Zeus e Hera, todos os deuses trouxeram presentes, Geia não quis ficar para trás. Na margem ocidental do grande mar do mundo fez com que nascesse uma árvore majestosa, coberta de maçãs douradas. Quatro virgens, filhas da Noite, chamadas hespérides, foram designadas vigias desse jardim sagrado, que também era guardado por um dragão de cem cabeças, Ládon, descendente de Fórcis, o famoso pai de tantos monstros, e de Ceto, que nascera da terra. Esse dragão jamais dormia, e um ruído ensurdecedor anunciava a sua proximidade, pois cada uma de suas cem goelas fazia um ruído diferente. Era desse monstro, segundo as ordens de Euristeu, que Héracles deveria furtar as maçãs de ouro das hespérides.

O semideus tomou o caminho longo e cheio de aventuras. Precisava confiar no cego acaso, pois não sabia onde viviam as hespérides.

Primeiro chegou à Tessália, onde vivia o gigante Têmero, que matava todos os viajantes que por ali passavam, golpeando-os com seu crânio duro. Mas a cabeça do gigante despedaçou-se no crânio de Héracles. No rio Equedoro, um outro monstro cruzou o caminho do herói: Cicno, filho de Ares e Pirene. Quando o semideus perguntou-lhe a direção do jardim das hespérides, ao invés de responder-lhe, Cicno o desafiou para um duelo. Foi liquidado por Héracles. Apareceu então o próprio deus Ares para vingar seu filho morto, e Héracles viu-se obrigado a lutar contra ele. Mas Zeus não queria derramamento de sangue, já que os dois eram seus filhos, e separou os lutadores com um raio.

Héracles seguiu viagem em direção à Ilíria, cruzou o rio Erídano e encontrou as ninfas, filhas de Zeus, que viviam às margens desse rio. O herói dirigiu-lhes a sua pergunta.

— Vá falar com o velho deus das águas, Nereu — foi a sua resposta.

— Ele é um adivinho e sabe de todas as coisas. Surpreenda-o no sono, amarre-o, e então ele terá que lhe dizer a verdade.

Héracles seguiu o conselho e dominou o deus-rio, embora, como era seu costume, este se metamorfoseasse de todas as maneiras. Não o soltou antes de saber em que parte da terra encontraria as maçãs de ouro das hespérides. Seguiu viagem através da Líbia e do Egito. Ali reinava Busíris, filho de Posídon e de Lisianassa. Um adivinho de Chipre, quando de uma seca que durou nove anos, anunciara-lhe um oráculo terrível: a seca terminaria se a cada ano fosse sacrificado a Zeus um estrangeiro.

Como sinal de gratidão, Busíris começou pelo próprio adivinho. Com o passar do tempo, aquela terrível crueldade começou a agradar ao bárbaro, e ele executava todos os estrangeiros que chegavam ao Egito. Assim também Héracles foi capturado e levado para o altar de Zeus. Mas arrebentou as cordas que o prendiam e matou Busíris juntamente com o seu filho e o mensageiro dos sacerdotes.

Depois de algumas aventuras,[8] o herói seguiu viagem, libertou o titã Prometeu, que estava preso ao Cáucaso, e por fim chegou à terra onde Atlas suportava o peso do céu. Lá as hespérides vigiavam a árvore com as maçãs de ouro. Prometeu aconselhara o semideus não a roubá-las, mas a fazer com que Atlas as roubasse para ele.[9] Enquanto

---

8. Que o levaram à ilha de Rodes, onde ele encontrou um camponês que colocara dois bois diante de seu arado. Como naquele momento estivesse com fome, o herói pediu um pouco de comida ao camponês. Mas este o rechaçou com rudeza e não lhe quis dar nada. Héracles então enfureceu-se e, sem se preocupar com as maldições do camponês, soltou um dos bois, matou-o, assou-o e comeu-o inteiro.

9. Segundo uma outra versão, Héracles foi ele mesmo ao jardim das hespérides, matou o dragão e colheu as maçãs.

isso, o próprio Héracles deveria ficar suportando nos ombros o céu. Atlas concordou, e Héracles colocou a abóbada celeste sobre seus ombros poderosos. Atlas ergueu-se, foi até o pomar, adormeceu o dragão e então enganou as vigias, voltando satisfeito para junto de Héracles com as três maçãs que colhera. Atlas disse:

— Agora meus ombros sentiram o que é não ter de suportar a pesada carga dos céus. Não quero voltar a ter que carregá-lo.

Jogou, pois, as maçãs na grama diante de Héracles e deixou-o ali parado, suportando aquela carga à qual não estava habituado.

Héracles teve que usar de astúcia para libertar-se. Voltou-se para Atlas e disse:

— Só quero colocar alguma coisa macia sobre a minha cabeça, para que este peso terrível não me estoure o cérebro.

Atlas foi compreensivo, e estava disposto a suportar novamente por alguns instantes a abóbada celeste em seus ombros. Mas teria de esperar muito para que Héracles viesse substituí-lo, pois este apanhou as maçãs de ouro do chão e desapareceu rapidamente.

Levou-as para Euristeu, que as devolveu como presente, pois sua vontade de livrar-se de Héracles frustrara-se. As maçãs de ouro não lhe interessavam. Héracles ofereceu-as no altar de Atena, que as levou de volta ao jardim das hespérides.

Cérbero, o cão dos Ínferos

Em vez de destruir seu odiado rival, até então Euristeu só conseguira fazer com que Héracles se revelasse um benfeitor da humanidade, libertando-a de muitos males. Mas sua última aventura haveria de ser numa região onde — assim esperava o cruel rei — sua força heroica não poderia acompanhá-lo. Héracles tinha diante de si uma luta contra as forças obscuras dos Ínferos: sua nova missão era trazer Cérbero, o cão do Hades, para a superfície da terra. Esse monstro tinha três cabeças de cão com bocas terríveis, das quais pingava constantemente uma baba venenosa; de seu corpo pendia uma cauda de dragão e sobre suas cabeças e costas retorciam-se serpentes. Com o fito de preparar-se para esta viagem, Héracles dirigiu-se à cidade de Elêusis, na Ática, onde sábios sacerdotes cultivavam, numa doutrina secreta, o conhecimento dos mundos superior e inferior. Ali ele se iniciou nos mistérios com o sacerdote Eumolpo, depois de ter-se purificado, no santuário, do assassinato dos centauros.

Estava, pois, armado com uma força secreta para enfrentar os horrores dos Ínferos. Viajou para o Peloponeso e para a cidade de Tênaro,[10] onde se encontrava a entrada dos Ínferos. Ali, conduzido por Hermes, o acompanhante das almas, desceu pelas profundezas de uma fenda na terra e chegou aos Ínferos, ao mundo inferior, a cidade do deus Hades. As sombras, que vagavam tristemente às portas da cidade de Hades — pois nos Ínferos não há alegria de viver, como à luz do sol —, fugiram ao avistar um homem vivo, de carne e sangue. Só a górgona Medusa e o espírito de Meleagro conseguiram suportar aquela visão. Quando Héracles quis desferir uma estocada na górgona, Hermes o agarrou pelo braço, e explicou-lhe que as almas dos finados são imagens de sombras, vazias e invulneráveis. Enquanto isso, Héracles conversou amigavelmente com a alma de Meleagro, recebendo dele saudações saudosas à sua irmã Dejanira, que estava no mundo superior.

Perto dos portões do Hades, avistou seus amigos Teseu e Pirítoo, que, em companhia daquele, dirigira-se aos Ínferos como pretendente de Perséfone. Por causa desse ousado e vergonhoso empreendimento, ambos foram presos por Plutão à pedra sobre a qual se tinham sentado, exaustos, para repousar. Quando avistaram seu amigo, o semideus, estenderam-lhe as mãos súplices. Espera-

---

10. Cidade mitológica na região montanhosa de Tênaro, na extremidade sul do Peloponeso.

vam poder retornar ao mundo superior graças à força de Héracles. Héracles efetivamente tomou Teseu pela mão e libertou-o de seu cativeiro, mas uma segunda tentativa, de libertar também Pirítoo, malogrou-se, pois o solo começou a tremer sob os seus pés. Héracles então reconheceu também Ascálafo, que uma vez revelara que Perséfone comera das romãs proibidas do Hades. Héracles empurrou a pedra que Deméter, desesperada com a perda de sua filha, empurrara sobre Ascálafo. Ali perto pastavam os rebanhos de Plutão, e Héracles matou um dos animais para dar o sangue de beber às almas. O pastor Menécio não quis permitir isso e desafiou o herói a lutar com ele. Mas Héracles o agarrou pelo meio do corpo, quebrou suas costelas e só tornou a libertá-lo diante das súplicas da princesa dos Ínferos, Perséfone.

Nos portões da cidade dos mortos estava Plutão, impedindo a entrada. Mas uma flecha atirada pelo herói perfurou o deus no ombro, de maneira que ele sentiu as dores de um mortal e concordou quando o semideus pediu-lhe, modestamente, a entrega do cão dos Ínferos. Mas o fez sob a condição de que Héracles não fizesse uso de suas armas para capturar o monstro. Assim o herói, protegido apenas por uma armadura que lhe cobria o peito e por sua pele de leão, pôs-se à caça do cão de três cabeças. Encontrou-o na foz do Aqueronte. Sem dar atenção aos latidos das três cabeças, que, reforçados pelo eco, soavam como um trovão abafado, agarrou-o entre as pernas, abraçou-lhe o pescoço com os braços e não o soltou mais, embora a cauda do animal, que era uma serpente viva, se voltasse para a frente, mordendo-o. Apertou o pescoço do animal até conseguir dominá-lo e o levou consigo, através de uma outra saída do Hades, emergindo no país dos argivos. Quando o cão dos Ínferos avistou o mundo superior, começou a vomitar uma baba que, caindo sobre o solo, fez brotarem plantas venenosas. Héracles levou o monstro amarrado para Tirinte e mostrou-o ao atônito Euristeu, que não conseguia acreditar nos próprios olhos. Agora o rei duvidava que seria capaz de livrar-se um dia do odiado filho de Zeus.

Resignou-se ao seu destino e liberou o herói, que levou o cão infernal de volta aos seus donos, no Hades.

Héracles e Êurito

Depois de todos esses sacrifícios, Héracles finalmente estava livre de servir a Euristeu e retornou a Tebas. Já não era capaz de viver com sua esposa, Mégara, cujos filhos matara, enlouquecido. Assim, deu o seu consentimento quando o seu amado sobrinho Iolau a desejou como esposa, e pensou num novo casamento. Desejava a bela Íole, filha do rei Êurito, da Ecália, na ilha de Eubeia, que na infância ensinara o herói a atirar flechas com o arco. Esse rei prometera sua filha àquele que fosse capaz de superar a ele e a seus filhos no tiro com arco. Héracles dirigiu-se apressadamente para Ecália e colocou-se entre os pretendentes. Nessa competição, provou ter sido um aluno digno do velho Êurito, pois derrotou a ele e a seus filhos. O rei recebeu seu hóspede com todas as honras, mas em seu íntimo estava muito preocupado, pois não conseguia deixar de pensar no destino de Mégara e temia que o mesmo pudesse acontecer à sua filha. Por isso declarou que ainda precisava pensar algum tempo a respeito do casamento. Entrementes, o filho mais velho de Êurito, Ífito, da mesma idade de Héracles e que admirava muito as extraordinária habilidades de seu hóspede, sem no entanto invejá-las, tornara-se seu amigo e tentava influenciar seu pai favoravelmente. Mas Êurito persistiu em sua recusa. Ofendido, Héracles deixou o palácio real e pôs-se a vagar pelos campos.

Enquanto isso, um mensageiro veio ter com o rei Êurito, anunciando-lhe que um ladrão, o astucioso Autólico,[11] cujos furtos eram

---

11. Mestre de Héracles na arte da luta livre, era filho de Hermes, com quem aprendera a roubar e a mentir. Vivia no monte Parnaso. Sua filha Anticleia tornou-se esposa de Laerte de ítaca, sendo, portanto, a mãe do famoso Odisseu, que herdou a esperteza de seu pai.

conhecidos em toda parte, atacara os seus rebanhos reais. Mas o rei, amargurado, disse:

— Isto foi feito por Héracles, que se vinga dessa maneira tão vergonhosa porque lhe recusei minha filha, a ele que assassinou seus próprios filhos!

Ífito defendeu seu amigo com palavras calorosas, e ofereceu-se para ir falar com Héracles e procurar, com ele, os animais roubados. O herói recebeu amigavelmente o filho do rei e se dispôs a ir com ele em busca das reses perdidas.

Entretanto, voltaram sem ter conseguido resolver o problema. Quando tinham subido nas muralhas de Tirinte, a ver se avistavam dali as reses roubadas, a trágica loucura apoderou-se outra vez do espírito do herói. Movido pelo ódio de Hera, Héracles imaginou que seu fiel amigo estava conspirando contra ele juntamente com seu pai e atirou-o das altas muralhas da cidade de Tirinte.

Héracles e Admeto

Na época em que o herói tinha deixado a casa do rei da Ecália, vagando loucamente, aconteceu o seguinte: em Fere, na Tessália, vivia o nobre rei Admeto com sua jovem e bela esposa Alceste,[12] que amava seu marido mais do que tudo na vida. Certa vez, Zeus tinha liquidado com um raio o milagroso médico Asclépio (Esculápio), filho de Apolo, temendo que, com sua arte, ele fosse capaz de imortalizar qualquer ser humano. Amargurado, Apolo matou os ciclopes, que tinham forjado para o rei dos deuses a cunha dos trovões. Quando ele teve que fugir do Olimpo, por causa da ira de Zeus, buscou refúgio entre os mortais. Naquela época, Admeto, filho de Feres,

---

12. Ela estava casada com Admeto por obra de seu pai, o rei Pélias de Iolco, e, portanto, não teve nenhuma participação no assassínio do rei, cometido por suas irmãs (cf. p. 174, nota de rodapé).

o recebeu amigavelmente. Em troca, Apolo guardou seu rebanho. Quando o deus foi novamente recebido com honras por Zeus, seu pai, o rei permaneceu sob sua efetiva proteção. Quando o tempo de vida de Admeto se esgotou, seu amigo Apolo convenceu as deusas do destino a salvá-lo do Hades se alguma outra pessoa estivesse disposta a morrer em seu lugar, descendo no lugar dele para o reino dos mortos. Apolo deixou o Olimpo, dirigiu-se a Fere e disse ao seu antigo anfitrião que sua morte estava decidida. Ao mesmo tempo, revelou-lhe os meios pelos quais ele poderia escapar de seu destino. Admeto era um homem honrado, mas amava a vida. Sua família e seus súditos assustaram-se ao ouvir essa mensagem. Por isso Admeto tentou encontrar algum amigo que se dispusesse a morrer em seu lugar, mas não encontrou ninguém que estivesse disposto a tanto, e embora tivessem lamentado muito a terrível perda que estavam ameaçados de sofrer, recusaram-se a atender ao pedido quando souberam qual era a condição para salvar a sua vida. Até mesmo o velho pai do rei, Feres, e sua mãe, igualmente velha e a quem a qualquer momento a morte levaria, não se mostraram dispostos a sacrificar por seu filho o pouco de vida que ainda lhes restava. Só Alceste, sua alegre esposa, a feliz mãe de seus filhos, que se encontrava na flor da idade, amava tanto o seu marido que se dispôs a morrer por ele. Mal ela revelou sua disposição, o negro sacerdote dos mortos, Tânato (a morte) aproximou-se das portas do palácio para conduzir sua vítima ao reino dos finados.

Quando viu a morte se aproximando, Apolo, que é o deus da vida, deixou rapidamente o palácio real para não ser profanado pela presença de Tânato. Mas a piedosa Alceste purificou-se, preparando-se para a morte. Lavou-se em água corrente, tirou suas joias e trajes festivos do armário e orou, diante do altar de sua casa, para a deusa dos Ínferos. Abraçou então seus filhos e seu marido e, ao lado do cônjuge e das crianças, entrou no quarto onde haveria de receber os mensageiros dos Ínferos.

— Quero falar-lhe abertamente — disse ela ao esposo —, porque a sua vida me é mais cara do que a minha própria, e é de boa vontade que morro em seu lugar. Prefiro morrer a ter que viver sem você. Seu pai e sua mãe o traíram, pois deveriam ter-lhe dado a vida, e assim você não ficaria sozinho aqui, tendo que criar os órfãos. Mas, como os deuses decidiram assim, só lhe peço que não se esqueça do meu sacrifício, e que não entregue os pequenos, a quem você ama tanto quanto eu mesma, a uma madrasta que possa maltratar as pobres crianças.

Em meio às lágrimas, seu marido jurou-lhe que também depois de sua morte só ela deveria permanecer como sua esposa, como o fora em vida. Então Alceste entregou-lhe as crianças chorosas e caiu inconsciente.

Durante os preparativos para o enterro, Héracles chegou a Fere. Estava diante dos portões do palácio do rei. Admeto conteve a tristeza e recebeu seu hóspede com grande cortesia. Quando Héracles, ao avistar suas roupas de luto, perguntou-lhe quem morrera, ele deu uma resposta evasiva para não entristecer seu hóspede, de maneira que Héracles chegou à conclusão que alguma parente distante de Admeto tinha falecido. Assim, continuou alegre e deixou que um escravo o conduzisse para o aposento dos hóspedes, onde lhe serviu vinho. A tristeza do escravo chamou sua atenção e ele o censurou:

— Por que me olha de maneira tão séria e solene? Um criado deve receber os hóspedes com alegria! Não é tão mau que uma estrangeira tenha morrido nesta casa: esse é o destino dos seres humanos. Para os tristonhos, a vida é uma tortura. Vamos lá, ponha, como eu, uma coroa de louros na cabeça e beba comigo! Um bom copo logo haverá de afastar as rugas de sua testa!

Mas o serviçal, tristonho, desviou o olhar.

— Um pesado golpe do destino abateu-se sobre nós — disse ele —, de maneira que não estamos com disposição para rir.

Héracles não o deixou em paz enquanto não descobriu toda a verdade.

— Será possível? — exclamou então. — Ele perdeu uma mulher tão maravilhosa e ainda assim recebeu um hóspede com tanta cortesia? E eu, numa casa enlutada, enfeitei a cabeça com louros, bebi e me alegrei! Mas diga-me, onde é que está enterrada a piedosa mulher?

— Se você seguir pelo caminho que leva a Larissa — respondeu o escravo — verá o túmulo que foi construído para ela.

E com essas palavras o serviçal banhado em prantos, o deixou.

Héracles tomou prontamente sua decisão. "Preciso salvar essa falecida", disse ele para si mesmo, "e trazê-la de volta à casa de seu marido, senão não estarei retribuindo de maneira digna a sua amizade. Irei até o túmulo dela, onde esperarei por Tânato, o soberano dos mortos. Quando ele vier beber o sangue sacrificial, saltarei de meu esconderijo, agarrá-lo-ei rapidamente, prendê-lo-ei com as mãos e nenhuma força da terra será capaz de deixá-lo escapar antes que me entregue a sua vítima." Com essa ideia em mente, deixou silenciosamente o palácio do rei.

Admeto voltara para casa e chorava, juntamente com seus filhos abandonados — e não havia jeito de consolá-lo. Héracles então entrou no recinto, trazendo pela mão uma mulher cuja cabeça estava coberta por um véu.

— Não foi certo ocultar-me a morte de sua esposa. Você me recebeu em sua casa como se só estivesse entristecido por causa de uma estrangeira, e por isso, sem saber, cometi uma grande injustiça, fazendo alegre libação numa casa enlutada. Mas não quero entristecê-lo ainda mais. Ouça por que voltei aqui. Conquistei esta donzela como prêmio numa competição de luta. Entrego-a a você como serviçal. Cuide dela até que eu volte!

Admeto assustou-se.

— Não foi por desprezar ou deixar de reconhecer meu amigo que ocultei a morte de minha esposa. Simplesmente não queria que se fosse embora para hospedar-se na casa de outro. Mas agora peço-lhe que procure outro morador de Fere, a quem possa confiar essa donzela.

Como poderia eu olhar para esta mulher em minha casa sem chorar? Iria eu desocupar os aposentos de minha falecida esposa? Além disso, temo pela má reputação que teria entre os moradores de minha cidade, assim como pela reprovação da falecida.

Mas uma saudade enorme fez com que os olhos de Admeto se voltassem para a mulher cujo rosto estava coberto por um grosso véu.

— Seja você quem for — disse ele, suspirando —, sua estatura é igual à de minha Alceste. Em nome dos deuses, Héracles, eu lhe imploro: afaste essa mulher de minha vista e pare de torturar-me.

Héracles afastou-se e respondeu, entristecido:

— Quisera que os deuses me concedessem o poder de trazer de volta do reino das sombras sua corajosa esposa!

— Bem sei que você o faria — respondeu Admeto —, mas quando se viu um morto voltar do reino das sombras?

— Bem — prosseguiu Héracles — uma vez que isso não é possível, permita que o tempo cure os seus sofrimentos, pois você não pode mais despertar a morta. Talvez, passado algum tempo, uma segunda esposa venha a alegrar a sua vida. Por mim, peço-lhe que receba essa nobre donzela em sua casa. Tente, ao menos. Se vir que sua companhia não lhe agrada, que ela volte a deixar seu lar!

Admeto não quis ofender o seu hóspede. Foi de má vontade que deu ordens para que a donzela fosse levada aos aposentos internos. Mas Héracles não o permitiu:

— Não confie esta minha joia a um mercador de escravos, príncipe! Conduza-a você mesmo até lá dentro!

— Não! — disse Admeto —, não vou tocá-la, pois se o fizer já estarei quebrando o juramento que fiz à minha falecida querida! Que ela vá, mas sem mim!

Mas Héracles não sossegou enquanto Admeto não tocou a mão da mulher de rosto velado.

— Agora — disse Héracles —, guarde-a com você. Observe-a cuidadosamente e veja se ela realmente é idêntica à sua mulher!

Dito isso, removeu o véu do rosto da mulher, e devolveu ao rei maravilhado sua esposa ressuscitada. Ela, entretanto, permaneceu muda, sem poder responder às ternas palavras do marido.

— Você só tornará a ouvir a voz de sua amada — explicou Héracles — quando, passados três dias, for tirada dela a consagração à morte. Mas console-se e leve-a para dentro de seu quarto. Ela é sua novamente, por você ter sido tão hospitaleiro.

Héracles a serviço de Ônfale

O assassínio de Ífito, cometido embora em estado de loucura, oprimiu Héracles ao extremo. Ele ia de um sacerdote a outro para purificar-se, mas todos recusavam-se a atender ao seu pedido. Por fim, Deífobo, rei de Amiclas, decidiu purificá-lo de sua culpa. Ainda assim, como castigo por sua transgressão, os deuses fizeram com que uma grave doença o atingisse. O herói, que sempre tivera muita força e uma saúde irradiante, não conseguiu suportar a súbita enfermidade. Dirigiu-se a Delfos, na esperança de poder encontrar a cura no oráculo da pitonisa. Mas a sacerdotisa recusou-se a falar-lhe, pois ele era um assassino. Então, enfurecido, ele roubou a trípode do templo, levou-o para o campo e fundou seu próprio oráculo. Enfurecido com essa ousadia, Apolo apareceu ao semideus e o desafiou para um duelo.

Mas também dessa vez Zeus não quis ver correr o sangue de seus filhos. Evitou a luta, atirando um raio entre os dois adversários. Por fim, Héracles recebeu um oráculo: poderia livrar-se de seu mal vendendo-se por três anos como criado e entregando o dinheiro que assim recebesse como indenização ao pai do jovem por ele assassinado. Héracles obedeceu a essas duras palavras. Com alguns de seus amigos, embarcou para a Ásia, onde foi vendido como escravo para Ônfale, filha de Iárdano e rainha da então chamada Meônia, que mais tarde passou a ser designada Lídia.

O dinheiro foi levado por um dos amigos de Êurito e, como este o recusasse, foi entregue aos filhos do falecido Ífito. Assim Héracles recuperou a saúde. Sentindo-se inteiramente refeito, no início de sua escravidão a Ônfale, continuou a portar-se como um herói, beneficiando a humanidade. Castigava a todos os ladrões que perturbavam os domínios de sua senhora. Também os cécropes, que viviam na região de Éfeso e causavam grandes prejuízos, pilhando os domínios da rainha, foram liquidados por Héracles. Os sobreviventes foram atados e entregues por ele a Ônfale.[13]

O rei Sileu, de Áulis, filho de Posídon, que capturava os viajantes, obrigando-os a trabalhar em suas vinhas, foi morto por ele a golpes de pá, e em seguida Héracles arrancou suas videiras com as raízes. Quanto aos ítones, que repetidas vezes invadiam as terras de Ônfale, ele destruiu a sua cidade e escravizou todos os seus moradores.

Naquela época, Litierses, filho de Midas, fazia das suas na Lídia. Era um homem rico, que convidava todos os estrangeiros que passavam por suas terras a hospedar-se em sua casa. Depois da refeição, obrigava-os a sair com ele e ao anoitecer degolava-os. Héracles matou também esse tirano, atirando-o no rio Meandro. Numa dessas expedições, chegou à ilha Dólique. Ali viu um cadáver, que fora trazido pelas ondas à praia. Era o corpo do infeliz Ícaro, que, levado por suas asas coladas com cera, aproximara-se excessivamente do Sol em sua fuga de Creta e caíra na água. Penalizado, Héracles o enterrou, e em sua honra chamou a ilha de Icária. Como sinal de gratidão por esse serviço, o pai de Ícaro, o habilidoso Dédalo, erigiu um monumento em memória de Héracles em Pisa, na Élida. Quando o herói certo dia ali chegou, imaginou, enganado pela noite, que aquela imagem fosse um ser vivo, tal a sua perfeição. Acreditou estar reconhecendo a postura ameaçadora

---

13. Segundo uma outra versão, os cécropes eram dois duendes anões e marotos que certa vez quiseram roubar as armas de Héracles enquanto este dormia. Mas o herói despertou a tempo de apanhar os espertos ladrões. Amarrou-os pelos pés e pelas mãos e colocou-os de cabeça para baixo numa vara, levando-os pendurados ao ombro. Assim carregou-os por um bom trecho. Mas os duendes logo começaram a fazer as mais engraçadas brincadeiras às suas costas, até que, bem-humorado, o herói os libertou.

de um inimigo. Apanhou uma pedra e com ela destruiu a estátua. Foi também na época de sua servidão a Ônfale que o herói participou da caçada ao javali de Cálidon.

Ônfale admirava a coragem de Héracles e percebeu que seu escravo decerto era um famoso herói. Quando descobriu que tinha a seu serviço Héracles, o grande filho de Zeus, libertou-o e casou-se com ele. Mas ali, em meio à opulência do Oriente, Héracles esqueceu-se dos ensinamentos que em sua juventude lhe haviam sido dados pela Virtude numa encruzilhada. Entregou-se totalmente aos prazeres e aos deleites. E assim sua própria esposa Ônfale passou a desprezá-lo. Vestiu-se com a pele de leão do marido e mandou-o vestir-se com roupas de mulher. Em seu amor cego, ele chegou a sentar-se aos pés dela para fiar lã. Seu pescoço, que outrora suportara o peso dos céus, era agora adornado por um delicado colar de ouro; seus poderosos braços eram enfeitados por pulseiras adornadas com pedras preciosas; seus cabelos ficavam cobertos por uma mitra, e um vestido longo de mulher lhe cobria o corpo poderoso. Assim ele permanecia sentado, com a roca à sua frente, entre donzelas, fiando com seus dedos ossudos e temendo a reprovação de sua senhora se não terminasse o trabalho do dia. Quando ela estava de bom humor, o homem vestido de mulher tinha que narrar a ela e a suas companheiras os feitos heroicos de sua juventude: como ele enforcara as serpentes com as próprias mãos; como liquidara o gigante Gérion; como arrancara a cabeça imortal da Hidra; como trouxera das gargantas do Hades o cão Cérbero. E ouvindo-o as mulheres divertiam-se, como quem ouve fábulas.

Por fim, quando seus anos de serviço a Ônfale chegaram ao fim, Héracles despertou de sua cegueira. Envergonhado, tirou as roupas de mulher e tornou-se novamente o poderoso filho de Zeus, cheio de heroísmo. Antes de mais nada, queria usar a liberdade recuperada para vingar-se de seus inimigos.

Os feitos heroicos tardios de Héracles

Primeiro ele partiu para dominar o violento e poderoso rei Laomedonte, soberano de Troia e construtor das muralhas da cidade, pois quando retornou da luta contra as amazonas, tendo libertado Hesíone, a filha desse príncipe, ameaçada por um dragão, ele lhe recusou a recompensa prometida, os velozes cavalos de Ares. Héracles levou consigo apenas seis navios e um pequeno exército de guerreiros. Mas entre eles estavam os mais famosos heróis da Grécia: Peleu, Oileu e Télamon. Héracles aproximou-se de Télamon vestido com sua pele de leão, e o encontrou tomando sua refeição. Télamon levantou-se da mesa, ofereceu ao bem-vindo hóspede uma taça de ouro cheia de vinho e convidou-o a sentar-se e a beber. Encantado com tanta hospitalidade, Héracles ergueu as mãos ao céu e suplicou:

— Zeus, meu pai, se alguma vez ouvistes com misericórdia as minhas preces, concedei a Télamon, que não tem descendentes, um filho corajoso como herdeiro, tão invulnerável quanto eu sob esta pele do leão de Nemeia!

Mal terminou de pronunciar essas palavras, Zeus enviou-lhe uma majestosa águia. Héracles então exclamou:

— Sim, Télamon, você terá o filho que deseja! Ele há de ser esplêndido como esta águia e seu nome será Ájax!

Voltou a sentar-se à mesa e em seguida, reunido aos outros heróis, partiu em sua expedição contra Troia. Quando desembarcaram ali, Héracles encarregou Oileu da vigília dos navios, enquanto ele avançava, juntamente com os demais heróis, em direção à cidade. Entrementes, Laomedonte reuniu apressadamente seus homens, atacou os navios dos heróis e matou Oileu na batalha. Mas quando quis recuar novamente e voltar para o interior de sua cidade, foi cercado pelos companheiros de Héracles. Enquanto isso, prosseguia o sítio à cidade. Télamon rompeu a muralha e foi o primeiro a penetrar na cidade. Héracles foi atrás dele. Aquela era a primeira vez, em sua vida, que o herói via sua coragem ser superada pela de outrem. Sentiu o aguilhão do ciúme e, com a espada na mão, hesitava em abater Télamon, que caminhava à sua frente. Mas este adivinhou o que estava acontecendo e olhou para trás. Curvou-se rapidamente e amontoou as primeiras pedras que avistou. Quando Héracles perguntou-lhe o que estava fazendo, Télamon respondeu:

— Um altar para Héracles, o vencedor.

Essa resposta envergonhou o herói. Os dois voltaram a aliar-se na luta e com suas flechas Héracles matou Laomedonte e todos os seus filhos, à exceção de um.

Depois que a cidade foi conquistada, Héracles deu de presente a seu amigo uma das filhas de Laomedonte, Hesíone. Ao mesmo tempo, permitiu a ela conceder a liberdade a um prisioneiro de sua escolha. Ela escolheu seu irmão, Podarces.

— Pois, que ele seja seu — disse Héracles. — Mas antes disso ele precisará conhecer a vergonha de ser escravo. Depois você poderá comprar a sua liberdade pelo preço que desejar!

Quando o menino foi efetivamente vendido como escravo, Hesíone tirou da cabeça sua preciosa diadema e entregou-a como resgate por seu irmão. Por isso ele recebeu o nome de Príamo (o resgatado). Sobre ele há ainda muitas outras histórias.

Hera não concedeu esse triunfo ao semideus. Ao regressar de Troia, ele enfrentou uma violenta tempestade, até que Zeus restringiu as atividades de Hera. Depois de muitas aventuras,[14] o herói decidiu vingar-se do rei Augias, que também lhe recusara a recompensa prometida. Apoderou-se de sua cidade, Élis, matou-o juntamente com os seus filhos e entregou o reino a Fileu, que fora expulso por causa de sua amizade com Héracles. Depois dessa vitória, Héracles fundou os jogos olímpicos.

---

14. Normalmente a luta contra os gigantes, que já foi narrada na página 185, é situada nesse momento.

Diz-se que naquela época até mesmo Zeus, tendo tomado a forma humana, lutou com Héracles e foi vencido por ele. Apesar disso, o deus cumprimentou o filho por sua força.

Héracles e Dejanira

Depois de outras aventuras no Peloponeso, Héracles chegou à Etólia e a Cálidon, nas terras do rei Eneu, que tinha uma filha encantadora, Dejanira. Sua beleza atraiu muitos pretendentes. De início ela vivia em Plêuron, outra cidade do reino de seu pai. Ali aparecera o deus-rio Aqueloo, que pedira a Eneu a mão da donzela, metamorfoseando-se ora em touro apaixonado, ora em um dragão cintilante e por fim em homem, mas com cabeça de touro, de cujo queixo peludo corriam regatos de água fresca. Dejanira ficou horrorizada com aquele pretendente horrível e, desesperada, pediu aos deuses para morrer. O pretendente insistia cada vez mais, e seu pai não se mostrava contrário a entregá-la ao deus-rio, que era de antiga nobreza. Justamente nesse momento, Héracles, a quem seu amigo Meleagro descrevera, nos Ínferos, a beleza de sua irmã, surgiu como pretendente. Ele percebera que não conquistaria a adorável donzela sem luta. Quando o deus o viu chegando, as veias de sua cabeça de touro começaram a jorrar água e ele tentou golpeá-lo com os chifres. Quando o rei Eneu viu os dois pretendentes à sua frente, tão dispostos a lutar, não quis ofender nenhum dos poderosos amantes com uma resposta negativa e prometeu sua filha ao vencedor.

Assim, diante dos olhos do rei, da rainha e de sua filha Dejanira, teve início um duelo furioso. Héracles não conseguia ferir a potente cabeça de touro do deus-rio, e este tentava golpear o adversário com seus chifres. Por fim, engalfinharam-se, braço contra braço, perna contra perna. O suor corria dos membros e das cabeças dos lutadores, e ambos ofegavam em seu esforço sobre-humano. Finalmente o filho de Zeus venceu, deitando por terra o forte deus-rio. Este transformou-se imediatamente numa serpente, mas Héracles a agarrou e a teria esmagado se Aqueloo não se tivesse transformado em touro. Héracles, porém, não se deixou enganar. Agarrou o monstro por um dos chifres e atirou-o ao chão com tanta força que o chifre se partiu. E então o deus-rio capitulou, deixando a noiva para o vencedor. Mais tarde Aqueloo, que certa vez recebera da ninfa Amalteia a cornucópia, cheia de romãs, uvas e todo tipo de frutas, trocou esse presente pelo próprio chifre que Héracles lhe partira.

O casamento de Héracles não trouxe nenhuma mudança em seu modo de vida. Continuava de aventura em aventura, e quando novamente se encontrava em casa, com sua esposa e seu sogro, teve que voltar a fugir por causa do assassínio involuntário de um jovem que deveria ter-lhe alcançado água para lavar as mãos numa refeição.[15] Sua jovem mulher e seu pequeno filho Hilo o acompanharam.

Héracles e Nesso

De Cálidon seguiram viagem para Tráquis, onde vivia Ceíce, o amigo de Héracles. Essa foi a viagem mais fatídica que Héracles empreendeu. Quando chegaram ao rio Eveno, encontraram o centauro Nesso, que em troca de um óbolo transportava os viajantes para a outra margem do rio. O centauro afirmava ter recebido esse privilégio dos deuses, como recompensa por sua honestidade. Héracles, porém, não precisou de seus serviços, pois já cruzara o rio com seus passos poderosos. Já Dejanira teve de ser transportada para o outro lado por Nesso. O centauro colocou nos ombros a esposa de Héracles e levou-a vigorosamente pela água. Mas no meio da travessia, enlouquecido por sua beleza,

---

15. O menino Êunomo, que servia os hóspedes à mesa de Eneu, deixou de perceber alguma coisa. O herói quis puni-lo com uma leve palmada, mas sem querer golpeou o menino com tanta força que ele caiu morto. Embora o pai dele tenha perdoado esse ato involuntário, o herói impôs a si mesmo a pena de banimento.

ousou tocá-la de maneira impudica. Héracles, que estava na outra margem, ouviu os gritos de socorro de sua mulher e voltou-se rapidamente. Quando a viu nas mãos do centauro, não parou para pensar: tirou de sua aljava uma seta e arremessou-a contra as costas de Nesso, que subia para a margem do rio com sua vítima. Dejanira libertou-se dos braços do centauro e queria correr para junto de seu marido quando o moribundo, pensando em vingança mesmo diante da morte, a chamou:

— Ouça-me, filha de Eneu! Como você é a última pessoa que eu carreguei, será também a minha herdeira. Apanhe o sangue fresco que está jorrando de minha ferida mortal! Ele vai servir-lhe como poção mágica. Se você tingir com ele a camisa de seu marido, ele jamais amará outra mulher mais do que a você.

E, tendo pronunciado esse ardiloso testamento, Nesso morreu. Dejanira, embora não duvidasse do amor de seu marido, colheu o sangue grosso num recipiente e guardou-o sem que Héracles o soubesse. E assim, depois de passar por algumas outras aventuras, chegaram às terras de Ceíce, o hospitaleiro rei de Tráquis, na Tessália, e ali se estabeleceram com seu séquito da Arcádia, que seguia Héracles aonde quer que ele fosse.

O fim de Héracles

A última batalha de Héracles deu-se em sua expedição contra Êurito, rei de Ecália, que certa vez lhe recusara sua filha Íole.[16] Reuniu um exército numeroso e partiu para a Eubeia a fim de sitiar Êurito e seus filhos na sua capital, Ecália. A vitória continuou do seu lado. A fortaleza foi destruída, a cidade arrasada e Íole, ainda jovem e bela, foi aprisionada por Héracles.

Enquanto isso, Dejanira, em sua casa, ansiava por notícias de seu marido. Por fim, ouviu gritos de alegria no palácio. Um mensageiro chegou correndo:

---

16. Cf. pp. 206-7.

— Seu marido está chegando, vitorioso — disse ele. — Neste momento seu serviçal Licas está anunciando a vitória ao povo. Ele ainda não chegou porque está ainda fazendo as oferendas de gratidão a Zeus.

Logo surgiram Licas e os prisioneiros.

— Saudações, esposa de meu senhor! — disse ele a Dejanira. — A justiça de Héracles venceu, com a ajuda dos deuses, e a cidade foi conquistada. Mas os prisioneiros que lhe estamos trazendo devem ser protegidos, por ordem de seu esposo, especialmente a infeliz donzela que ali se prosterna a seus pés.

Dejanira olhou, apiedada, para a formosa donzela. Levantou-a do chão e disse:

— Quem é você? Você parece solteira e de origem nobre! Diga-me, Licas, quem são os pais dessa donzela?

— Como posso saber? Por que está perguntando isso? — retrucou o emissário.

Mas a expressão de seu rosto revelava que ele estava tentando ocultar alguma coisa. Depois de hesitar um pouco, ele prosseguiu:

— Certamente não é de nenhuma casa humilde de Ecália.

A donzela apenas suspirou, permanecendo calada, de maneira que Dejanira nada mais lhe perguntou e mandou que ela fosse bem tratada em sua casa. Enquanto Licas cumpria essas ordens, o primeiro mensageiro aproximou-se de sua senhora e sussurrou-lhe:

— Não confie no emissário de seu marido, Dejanira! Ele está escondendo a verdade de você. Foi de sua própria boca que ouvi que Héracles só conquistou a cidade de Ecália por causa dessa donzela. Ela é Íole, a filha de Êurito, a quem Héracles amou antes de conhecer você. Ela veio para esta casa não para ser sua escrava, mas sua rival e concubina de seu marido.

Isso entristeceu Dejanira profundamente. Porém ela logo se consolou e mandou chamar Licas. Primeiro ele jurou por Zeus ter dito a verdade e não saber quem eram os pais da donzela. Mas Dejanira suplicou-lhe que parasse de desonrar o nome de Zeus.

— Ainda que eu esteja me queixando da infidelidade de meu marido — disse ela, chorosa —, não seria injusta à ponto de culpar essa donzela que jamais me causou mal algum. Tenho pena dela, pois sua beleza custou-lhe a felicidade, precipitando na escravidão toda a sua pátria.

Ouvindo-a falar de maneira tão compreensiva, Licas confessou tudo. Em seguida, Dejanira o dispensou sem repreendê-lo e mandou-o esperar até que ela preparasse uma recompensa pelo grande exército de prisioneiros que seu marido lhe mandara.

Longe do fogo, e escondido dos raios de luz, Dejanira guardara o unguento que ela preparara segundo as indicações do centauro, com o sangue envenenado que saíra de sua ferida mortal. Pela primeira vez, ela se lembrou desta poção mágica, que imaginava ser totalmente inofensiva, tendo como único efeito reconquistar o coração e a fidelidade de seu marido. Penetrou sorrateiramente no quarto e tingiu uma túnica fina com o unguento, usando um chumaço de lã para espalhá-la de maneira uniforme sobre o tecido. Em seguida, dobrou cuidadosamente a bela túnica vermelha e guardou-a numa caixa. Atirou negligentemente a lã suja no chão, saiu do quarto e deu a camisa a Licas para que a entregasse a Héracles.

— Leve esta roupa a meu marido — disse ela. — Eu mesma a fiz, e nenhum outro além dele deve usá-la. Ele também não deve expô-la ao fogo nem à luz do sol antes de tê-la mostrado aos deuses no solene dia do sacrifício, pois esta foi a promessa que fiz. Ele deverá reconhecer, por este anel que lhe confio, que a mensagem que você leva veio realmente de mim.

Licas prometeu fazer tudo da maneira como sua senhora ordenara. Dirigiu-se rapidamente a Eubeia com o presente, para que seu senhor não ficasse mais tempo sem notícias de sua casa. Passaram-se alguns dias, e o filho mais velho de Héracles e Dejanira, Hilo, correu até onde seu pai se encontrava para convencê-lo a apressar a sua volta. Enquanto isso, Dejanira entrara outra vez, casualmente, no quarto onde tingira a túnica. Encontrou o chumaço de lã no chão exposto aos raios do sol e por eles aquecido. Aquela visão deixou-a horrorizada, pois a lã desfizera-se, transformando-se em pó, e dos restos erguia-se uma espuma peçonhenta e borbulhante.

A mulher, chocada, foi tomada de terror e, terrivelmente inquieta, pôs-se a vagar pelo palácio.

Por fim, Hilo voltou, porém sem o seu pai.

— Oh, mãe! — exclamou ele, com desprezo. — Gostaria que você jamais tivesse vivido e que não fosse minha mãe!

A princesa assustou-se.

— Meu filho — disse ela —, que aconteceu?

— Estou vindo das montanhas de Cenéon, mãe — respondeu-lhe seu filho, com a voz quase sumindo sob os soluços. — Foi você quem me roubou meu pai!

Dejanira ficou pálida como um cadáver, mas conteve-se e disse:

— Quem disse isso a você, meu filho? Quem pode me acusar de tamanho crime?

— Eu me convenci do destino de meu pai com os meus próprios olhos — prosseguiu o jovem. — Encontrei-o nas montanhas de Cenéon, onde ele estava se preparando para sacrificar a Zeus vários animais simultaneamente, em diversos altares, como oferenda de gratidão. Então surgiu Licas com o seu presente, com a sua maldita túnica. Meu pai a vestiu imediatamente e começou a sacrificar doze touros esplêndidos. A princípio meu pai orou com toda a serenidade. Mas subitamente, quando da brasa do sacrifício as chamas já se erguiam para o céu, sua pele começou a transpirar copiosamente, a roupa colou-se ao seu corpo, como se estivesse soldada, e ele foi acometido de intensa tremedeira. Como se uma serpente o estivesse devorando, ele urrava, chamando por Licas, que lhe levara, inocentemente, aquele presente venenoso. Este veio e repetiu as recomendações que você lhe fizera. Meu pai agarrou-o pelo pé e atirou-o contra os rochedos do mar, fazendo com que ele submergisse, despedaçado. Diante desse gesto, todo o povo se ergueu, mas ninguém ousava aproximar-se do

222 | GUSTAV SCHWAB

herói enfurecido. Ele atirou-se no chão, gritando, e então voltou a levantar-se. Amaldiçoou a você e ao seu casamento. Por fim, me chamou e disse: "Filho, se você tem pena de seu pai, parta com ele sem demora, para que eu não morra numa terra estranha". Embarcamos o infeliz e, urrando de dor, ele chegou aqui. Logo você o verá, vivo ou morto, à sua frente. Esta é a sua obra, mãe. Você matou traiçoeiramente o maior de todos os heróis.

Sem se justificar, desesperada, Dejanira deixou seu filho. Os criados do palácio a quem ela confiara o segredo da poção de amor de Nesso explicaram ao jovem que, em seu ódio, ele fora injusto para com sua mãe. Hilo correu atrás da infeliz, mas chegou tarde demais. Ela estava morta, sobre a cama de seu marido. Seu peito estava perfurado por uma espada de dois gumes. Chorando, o filho abraçou o cadáver e deitou-se a seu lado, desolado com as suas palavras precipitadas. A chegada do pai ao palácio o assustou.

— Filho! — exclamou Héracles —, filho, onde você está? Empunhe a espada contra o seu pai, arranque meu pescoço e cure-me da dor que sua mãe me causou!

E então, desesperado, voltou-se para a multidão que o cercava, estendeu os braços e exclamou:

— Não foi uma espada, nem um animal selvagem, nem um exército de gigantes que me venceu; tudo isso foi feito pela mão de uma mulher! Por isso, meu filho, mate-me e puna sua mãe!

Mas quando ouviu, de seu filho Hilo, que sua mãe causara involuntariamente a sua infelicidade e que expiara a sua culpa com o suicídio, Héracles ficou arrasado. Ainda celebrou o noivado de seu filho com a prisioneira, Íole, a quem ele tanto amara. Como chegara um oráculo de Delfos dizendo que ele haveria de terminar a sua vida no monte Eta, na região de Tráquis, mandou que o levassem para lá, apesar de suas dores torturantes. Ali foi preparada uma fogueira, sobre a qual o condenado à morte se colocou. Ele então mandou que os seus acendessem o fogo, mas ninguém estava disposto a prestar-lhe esse serviço. Por fim, ouvindo as súplicas de seu amigo, torturado por uma dor desesperadora, Filoctetes o atendeu. Em sinal de gratidão, Héracles deu-lhe suas flechas invencíveis e seu arco. Logo que a fogueira se acendeu, raios caíram do céu, avivando as chamas. Uma nuvem então desceu sobre a pilha de lenha e levou o imortal para o Olimpo em meio aos ribombos dos trovões. Quando só restavam as cinzas da fogueira, e Iolau e outros amigos se aproximaram do lugar onde Héracles fora queimado para apanhar os ossos, não encontraram mais nada. Não havia dúvida de que, cumprindo a antiga sentença dos deuses, Héracles fora elevado da esfera dos homens para a dos deuses. Levaram-lhe uma oferenda fúnebre, consagrando-o assim como uma divindade que haveria de ser honrada por toda a Grécia. No céu, Héracles, transformado em deus, foi recebido por sua amiga Atena, que o conduziu ao círculo dos imortais. Hera reconciliou-se com ele e deu-lhe como esposa Hebe, a deusa da eterna juventude, que, no Olimpo, deu à luz filhos imortais.

OS HERACLIDAS

Os heraclidas chegam a Atenas

Depois que Héracles foi levado aos céus, seu primo Euristeu, rei de Argos, já não tinha motivos para temê-lo. Passou então a perseguir os filhos do semideus, no intuito de vingar-se deles. Os filhos de Héracles viviam com a mãe dele, Alcmena, em Micenas, a capital de Argos. Fugindo da perseguição de Euristeu, foram buscar refúgio com o rei Ceíce, de Tráquis. Mas quando Euristeu exigiu que os filhos de Héracles lhe fossem entregues, ameaçando invadir o pequeno principado, eles ficaram com medo. Deixaram Tráquis e fugiram através da Grécia. Iolau, sobrinho e amigo de Héracles, filho de Íficles, fazia o papel de pai deles. Da mesma maneira que em sua juventude partilhara com Héracles todos os sacrifícios e aventuras, também agora, já envelhecido, cuidava dos filhos abandonados de seu amigo, vagando pelo mundo ao lado deles.

Os jovens queriam sobretudo garantir a posse do Peloponeso, conquistado por Héracles. E assim, perseguidos por Euristeu, chegaram a Atenas, onde reinava o filho de Teseu, Demofonte, que derrubara do trono o usurpador Menesteu. Em Atenas, o grupo acampou na praça do mercado, junto ao altar de Zeus, e implorou a proteção dos atenienses.

Mas foram ameaçados por um mensageiro do rei Euristeu, que desdenhosamente dirigiu-se a Iolau e lhe disse:

— Você pensa que encontrou um lugar seguro aqui, Iolau! Mas quem ousaria provocar a hostilidade do poderoso Euristeu? Saia daqui com todos os seus asseclas e vá imediatamente para Argos, onde, por força de uma decisão judicial, vocês estão condenados a ser apedrejados até a morte!

Imperturbável, Iolau respondeu:

— Não! Este altar é um lugar sagrado que me protegerá não só de você mas também dos exércitos de seu senhor. Estamos a salvo nesta terra de liberdade!

— Pois saiba — tornou Copreu (tal era o nome do mensageiro) — que não vim para cá sozinho. Atrás de mim está uma força que logo expulsará a todos vocês, liquidando com essa suposta liberdade.

Iolau, então, clamou ao povo de Atenas:

— Piedosos cidadãos! — exclamou —, não tolerem que os protegidos de Zeus sejam expulsos com violência, que os deuses e toda a sua cidade sejam desonrados.

Ouvindo esse apelo, os atenienses acorreram de todos os lados à praça do mercado.

Vendo os fugitivos sentados em torno do altar, perguntaram:

— Quem é esse honrado velho? Quem são esses belos jovens?

Assim falavam milhares de vozes, e quando descobriram que se tratava dos filhos de Héracles, implorando a ajuda dos atenienses, foram tomados de piedade e respeito, mandaram o mensageiro afastar-se do altar e comunicaram suas intenções ao rei daquele lugar.

— Quem é o rei deste país? — perguntou Copreu, intimidado.

— É um homem cujos julgamentos você pode acatar com toda a confiança: Demofonte, filho do mortal Teseu, é o nosso rei — responderam-lhe.

Demofonte

Logo chegou aos ouvidos do rei, em seu palácio, a notícia de que a praça do mercado estava ocupada por refugiados e de que um exército estrangeiro, precedido por um emissário, tinha chegado ao país e exigia a entrega dos refugiados. Demofonte dirigiu-se à praça do mercado e ouviu da boca do mensageiro as pretensões de Euristeu:

— Sou um argivo — principiou Copreu —, e os homens que pretendo levar também são argivos, súditos de meu senhor. Você, filho de Teseu, não seria tão imprudente a ponto de pretender ser o único rei de toda a Grécia, nem vai querer entrar em guerra com Euristeu por causa desses refugiados!

Demofonte era um homem sábio e sensato.

— Como é que poderei analisar corretamente essa questão e decidir a disputa antes de ter ouvido ambas as partes? Que o líder desses jovens exponha o que tem a dizer — retrucou Demofonte.

Iolau ergueu-se dos degraus do altar, inclinou-se respeitosamente perante o rei e começou:

— Rei, pela primeira vez vejo que estou numa cidade livre, pois aqui impera o direito de falar e ouvir. Em outros lugares, eu e meus protegidos fomos expulsos sem que nos ouvissem. Euristeu expulsou-nos de Argos, não permitindo que ficássemos sequer mais uma hora em suas terras. Como pode ele ainda chamar-nos de seus súditos ou alegar qualquer direito sobre mim e esses jovens, se nos privou de todos os nossos direitos? Acaso um refugiado de Argos também fica proibido de pisar em toda a Grécia? Não, pelo menos não em Atenas! Os habitantes desta cidade heroica não irão expulsar de suas terras os filhos de Héracles. E seu rei não permitirá que aqueles que imploram proteção sejam arrancados do altar dos deuses. Consolem-se, filhos, estamos no reino da liberdade. Aqui encontramos nossos parentes, pois, ó rei destas terras, não é a uns estrangeiros que está dando refugio. Seu pai, Teseu, e Héracles, o pai dessas crianças perseguidas, eram ambos netos de Pélops. Sim, e o pai delas libertou Teseu, o rei de Atenas, do Hades.

O rei estendeu a mão a Iolau e disse:

— Três motivos levam-me a acatar o seu pedido. Primeiro, Zeus e este altar sagrado; depois, o nosso parentesco; e, por fim, todo o bem que Héracles fez a meu pai. Se eu permitisse que vocês fossem levados à força desse altar, estas terras deixariam de ser as da liberdade, do respeito aos deuses e da virtude! Por isso, mensageiro, volte para

Micenas e anuncie ao seu senhor que jamais permitirei que você leve consigo esses refugiados!

— Vou-me embora — redarguiu Copreu, erguendo de maneira ameaçadora o seu bastão de mensageiro —, mas saiba que voltarei com o exército argivo. Dez mil escudeiros aguardam apenas um sinal de meu rei. Eu mesmo os comandarei. O exército já está de prontidão nas fronteiras.

— Vá para o Hades — respondeu Demofonte, desdenhoso. — Não tenho medo nem de você nem de sua Argos!

Os filhos de Héracles, então, que formavam um exército de jovens na flor da idade, ergueram-se alegremente do altar e saudaram seu generoso salvador. Iolau tomou mais uma vez da palavra e em nome deles agradeceu à cidade e aos cidadãos.

O rei Demofonte deu início aos preparativos para receber de armas em punho as hostes de seu novo inimigo. Reuniu os videntes e mandou que se fizessem oferendas solenes. Queria acomodar Iolau e seus protegidos em seu palácio, mas Iolau declarou que não pretendia deixar o altar de Zeus e que ficaria ali com seus homens a fim de orar pela salvação da cidade.

— Só depois de conquistar a vitória, com a ajuda dos deuses — disse ele — é que concederemos descanso a nossos corpos cansados, sob o teto de sua hospitalidade.

Entrementes, o rei subiu à torre mais alta de seu palácio e dali observou o avanço do exército inimigo. Reuniu então os guerreiros atenienses, fez todos os preparativos para a guerra, aconselhou-se com os videntes e estava pronto para fazer as oferendas solenes. Demofonte então chegou, com passos rápidos e expressão transtornada, e aproximou-se de Iolau.

— Que farei, amigos? — exclamou ele, preocupado. — Embora meu exército esteja armado e pronto para enfrentar os argivos, os videntes afirmam que a vitória só se dará sob uma condição impossível de ser satisfeita. O oráculo disse: "Vocês não devem sacrificar bezerros nem bois, e sim uma donzela da mais nobre estirpe. Só assim vocês e sua cidade poderão obter a vitória." Como faremos uma coisa dessas? Eu mesmo tenho filhas, mas quem pode esperar de um pai um sacrifício como esse? E que outro cidadão nobre me entregaria sua filha, se eu ousasse fazer semelhante pedido? Isso provocaria uma guerra civil em minha cidade!

Os filhos de Héracles ouviram assustados as palavras de seu protetor.

— Ai de nós! — exclamou Iolau. — Somos como náufragos que, tendo chegado a uma praia, são novamente arrastados para o alto-mar por uma tempestade! Vã esperança, por que nos acalentou com seus sonhos? Estamos perdidos, meus filhos. Ele agora nos entregará, e não podemos sequer censurá-lo por isso!

Subitamente, contudo, um brilho de esperança luziu nos olhos do velho.

— Sabe o que nos haverá de salvar? Entregue-me a Euristeu, no lugar dos filhos de Héracles. Ele decerto preferirá matar vergonhosamente a mim, que fui o fiel acompanhante do grande herói. Estou velho, e é com alegria que sacrifico a minha vida por esses jovens!

— Sua oferta é nobre — respondeu Demofonte com tristeza —, mas não nos ajuda em nada. Acha que Euristeu se dará por satisfeito com a morte de um velho? Não, ele quer exterminar os descendentes de Héracles. Se tiver alguma outra ideia, diga-a. Esta não serve para nada.

Macária

Os altos lamentos provocados pelo cruel oráculo chegaram ao palácio real. Logo depois da chegada dos refugiados, Demofonte levara para lá a velha e curvada mãe de Héracles, Alcmena, assim como a filha do herói, Macária, que nascera de Dejanira, e escondera as duas mulheres dos olhares dos curiosos. Alcmena, já muito velha e senil, nada percebia do que estava acontecendo lá fora. Mas sua neta ouviu os lamentos. Temendo pelo destino de seus irmãos, correu para o mercado. Permaneceu escondida durante algum tempo no meio da multidão e assim inteirou-se da situação em que se encontravam a cidade e os heraclidas, assim como do terrível oráculo. Com passos firmes, dirigiu-se ao rei e disse-lhe:

— Vocês estão procurando uma vítima que lhes permita alcançar a vitória na guerra, evitando que os meus irmãos sejam assassinados por este tirano. Esqueceram-se de que a filha de Héracles está aqui? Estou pronta para ser sacrificada e tenho certeza que os deuses me aceitarão, pois o faço voluntariamente. Se a cidade vai combater pelos descendentes de Héracles, sacrificando assim centenas de seus filhos, será que não haverá entre os descendentes do herói uma só pessoa disposta a morrer para assegurar essa vitória? Não seríamos dignos de ser salvos se nenhum de nós pensasse assim!

Iolau e todos os que estavam à sua volta permaneceram silenciosos por muito tempo. Por fim, o líder dos heraclidas disse:

— Você provou ser digna de seu pai. Mas parece-me que seria mais justo se todas as donzelas de sua família se reunissem e sorteassem qual delas deve morrer pelos seus irmãos.

— Não quero morrer em virtude de um acaso — retorquiu Macária jubilosamente —, senão por livre e espontânea vontade. Mas não hesitem mais para que o inimigo não os surpreenda, revogando o oráculo.

E assim, acompanhada das mais nobres mulheres de Atenas, a nobre donzela entregou-se voluntariamente à morte.

A batalha da salvação

Admirados, o rei e os cidadãos de Atenas a seguiram com o olhar. Mas o destino não lhes permitiu refletir sobre o que acontecia. Mal Macária desapareceu, um mensageiro chegou correndo ao altar com uma expressão de contentamento.

— Onde está Iolau? — perguntou ele. — Tenho uma mensagem amistosa para ele.

Iolau ergueu-se do altar, mas não conseguiu ocultar a dor que sentia.

— Não me conhece mais? — perguntou o mensageiro. — Sou o velho criado de Hilo, filho de Héracles e Dejanira. Você sabe que meu senhor separou-se de vocês quando fugia em busca de aliados. E agora ele acaba de chegar com um poderoso exército.

Ao ouvir essa notícia os refugiados ficaram exultantes, assim como os cidadãos de Atenas. O velho Iolau não vacilou um momento sequer. Mandou que lhe trouxessem armas e protegeu seu corpo com uma armadura. Entregou os filhos e a avó de seu amigo aos cuidados dos mais velhos dentre os atenienses, que ficariam no interior da cidade. Com o jovem exército e o seu rei Demofonte, saiu para juntar-se ao exército de Hilo. Quando o exército estava pronto para o combate e eles se viram diante das infinitas fileiras do poderoso exército do rei Euristeu, Hilo desceu de sua carruagem de guerra, colocou-se no meio do espaço estreito que o exército inimigo ainda deixara livre e gritou para o rei dos argivos:

— Príncipe Euristeu, antes que comece esse inútil derramamento de sangue e duas cidades entrem em guerra por causa de umas poucas pessoas, ouça a minha sugestão: decidamos nós dois a luta num duelo honesto. Se eu cair, você terá o direito de levar consigo os meus irmãos e fazer com eles o que quiser. Mas, se você for derrotado, então que as honras ao pai deles e seu domínio sobre o Peloponeso sejam asseguradas a mim e a todos os descendentes de Héracles.

O exército de aliados aprovou por aclamação esta sugestão, enquanto as hostes dos argivos também murmuravam, concordando. Só Euristeu, que já dera provas de sua covardia diante de Héracles, mais uma vez não ousou colocar em jogo a própria vida e não deixou o abrigo proporcionado pelas fileiras de soldados sob seu comando. Hilo também voltou para junto de suas tropas. Os videntes fizeram oferendas e logo ecoou o grito de guerra.

— Cidadãos! — exclamou Demofonte, dirigindo-se aos seus homens — lembrem-se de que estão lutando pela sua própria cidade, a cidade que lhes deu a vida e lhes dá alimento.

Do outro lado, Euristeu exortava os seus a não envergonharem Argos e Micenas. As trombetas atroavam, escudos chocavam-se contra escudos, as carruagens retumbavam, as lanças eram atiradas, espadas chocavam-se contra espadas, e em meio a todo esse clamor ouviam-se os gritos dos feridos. Num primeiro momento, os aliados dos heraclidas recuaram ante o ataque das lanças argivas, que ameaçavam romper as suas fileiras, mas logo conseguiram afastar os inimigos e avançar. Começou então um embate corpo a corpo que por longo tempo deixou a batalha empatada. Mas, por fim, as fileiras dos argivos foram derrotadas e seus guerreiros, pesadamente armados, fugiram em debandada com seus carros de guerra.

Então o velho Iolau também foi tomado pelo desejo de guerrear, e justamente quando Hilo passava a seu lado, em seu carro de guerra, estendeu-lhe a destra e pediu para subir no carro, em lugar dele. Hilo cedeu respeitosamente o lugar ao amigo de seu pai e apeou. Agora, em vez dele, era o velho Iolau que se equilibrava no comando. Não era fácil para aquele ancião dominar as duas parelhas de cavalos mas, decidido, ele seguiu adiante. No santuário de Atena que se ergue em Palene[1] ele avistou ao longe a carruagem de Euristeu em fuga. Levantou-se, então, em sua carruagem e suplicou a Zeus e Hebe, a deusa da juventude e esposa imortal de seu amigo Héracles, que fora levado para o Olimpo, para que lhe emprestassem só naquele dia as forças de um jovem, para que pudesse vingar-se de Euristeu, o inimigo de Héracles. E aí aconteceu um grande milagre: duas estrelas desceram do céu, colocaram-se sobre os arreios dos cavalos e ao mesmo tempo a carruagem inteira foi encoberta por uma grossa nuvem de neblina. Isso durou apenas alguns minutos; logo as estrelas e a neblina tornaram a desaparecer, mas no carro Iolau estava rejuvenescido, com os cachos castanhos, a postura ereta e os braços fortes de um jovem. Com as mãos firmes segurava as rédeas das duas parelhas de cavalos, e assim corria em grande veloci-

---

1. Palene, localidade ática onde havia um templo de Atena, famoso no mundo inteiro, ficava cerca de três horas a nordeste de Atenas, no caminho para Maratona.

dade, terminando por alcançar Euristeu na entrada de um vale através do qual o argivo pretendia fugir. Euristeu não reconheceu o homem que o perseguia e desviou-se de sua carruagem, mas Iolau levou a melhor graças à força emprestada pelos deuses. Obrigou seu antigo adversário a descer da carruagem, amarrou-o e levou-o consigo para as hostes aliadas, como troféu de guerra. A batalha estava vencida, e o exército desordenado dos argivos pôs-se em fuga. Todos os filhos de Euristeu, e mais uma infinidade de outros guerreiros, foram massacrados e logo não restava um só inimigo no solo da Ática.

Euristeu perante Alcmena

O exército dos vencedores chegou a Atenas e Iolau, reassumindo a forma de um velho, conduziu o humilhado perseguidor dos descendentes do herói, com as mãos e pés atados, à presença da mãe de Héracles.

— Enfim você chegou! — exclamou a velha. — Depois de tanto tempo, eis que o alcança a justiça punidora dos deuses! Olhe seus inimigos nos olhos! Então foi você quem perseguiu meu filho ao longo de tantos anos, humilhando-o e impondo-lhe trabalhos; foi você quem o mandou matar serpentes venenosas e cruéis leões, para que ele tombasse na luta; foi você quem o mandou descer ao reino sombrio do Hades para que ali ele perecesse? E agora você queria expulsar a mim, a mãe dele, e aos seus filhos de toda a Grécia? Mas encontrou uma cidade e um povo livres, que não tiveram medo de você. Agora morrerá, e deve dar-se por satisfeito de morrer simplesmente, pois merecia ser torturado lentamente até a morte!

Euristeu conteve-se e falou com calculada frieza:

— Não estou tentando evitar a morte. Só quero falar um coisa para me justificar: não foi por minha própria vontade que persegui Héracles. A deusa Hera foi quem me encarregou de travar essa batalha, e tudo o que fiz foi por ordens dela. Mas como eu me tornei, embora a contragosto, inimigo de um poderoso homem e semideus, tinha que

AS MAIS BELAS HISTÓRIAS DA ANTIGUIDADE CLÁSSICA VOL I | 233

fazer de tudo para me proteger do seu ódio. Por isso, depois de sua morte pus-me a perseguir os seus descendentes, meus inimigos, já que são os vingadores de seu pai. Faça comigo o que bem entender, não me importa ter que deixar esta vida.

Assim falou Euristeu, que parecia aguardar serenamente o seu destino. Mas o próprio Hilo pronunciou-se a favor do prisioneiro, e os cidadãos de Atenas invocaram a generosidade de sua cidade, que costumava perdoar os criminosos vencidos. Alcmena, porém, permaneceu inflexível. Pensou em todos os sofrimentos que seu filho imortal tivera que suportar na terra enquanto fora servo daquele rei cruel. Lembrou-se da morte de sua querida neta, que se sacrificara voluntariamente para assegurar a vitória sobre Euristeu, retratou o destino que se teria abatido sobre ela e sobre todos os seus netos se Euristeu fosse agora o vencedor, e não um prisioneiro.

— Não, ele deve morrer — exclamou ela.

Euristeu então voltou-se para os atenienses e disse:

— A vocês, senhores, que pediram misericórdia, minha morte não haverá de trazer mal algum. Se me enterrarem de maneira honrosa no lugar onde fui alcançado por meu perseguidor, no templo de Atena em Palene, então, como um hóspede propício, vigiarei as fronteiras de seu país para que nunca sejam atravessadas por nenhum exército inimigo. Pois saibam que algum dia os descendentes destas crianças e destes jovens que agora protegem os atacarão, pagando com o mal pelo bem que vocês agora lhes fazem. E então eu, o inimigo jurado dos descendentes de Héracles, serei o seu salvador.

E depois de dizer essas palavras ele morreu serenamente.

Hilo e seus descendentes

Os heraclidas prometeram eterna gratidão a Demofonte, seu protetor, e deixaram Atenas conduzidos por seu irmão Hilo e pelo amigo de seu pai, Iolau. Em toda parte, agora, eles encontravam aliados e assim se dirigiram às terras que lhes tinham sido legadas pelo seu pai, no Peloponeso. Lutaram um ano inteiro até conseguir conquistar todas as cidades, exceto Argos. Enquanto isso, uma epidemia terrível, que parecia não ter fim, grassava por toda a península. Por fim, os heraclidas souberam, através de um oráculo, serem eles mesmos os culpados por aquela desgraça, pois tinham regressado antes de ter o direito de fazê-lo. Por isso, abandonaram o Peloponeso já conquistado, retornaram ao território ático e passaram a residir nos campos de Maratona. Hilo, enquanto isso, cumprindo a vontade expressa por seu pai quando este se encontrava à beira da morte, casara-se com a formosa donzela Íole, cuja mão certa vez o próprio Héracles pretendera, e imaginava constantemente uma forma pela qual pudesse apossar-se da herança paterna. Finalmente consultou o oráculo em Delfos e obteve a seguinte resposta: "Espere pela terceira fruta, e então o seu retorno será bem-sucedido".

Hilo interpretou essas palavras como referindo-se aos frutos dos campos do terceiro ano e aguardou pacientemente a chegada do terceiro verão para de novo atacar o Peloponeso com seu exército. Em Micenas, depois da morte de Euristeu, Atreu, neto de Tântalo e filho de Pélops, tornara-se rei. Ante o avanço hostil dos heraclidas, aliou-se à cidade de Tégea e outras cidades vizinhas e partiu para enfrentar seus inimigos. No estreito de Corinto, os dois exércitos defrontaram-se. Mas Hilo, que queria proteger a Grécia, esforçou-se por evitar a batalha, substituindo-a por um duelo. Desafiou qualquer um dos seus inimigos a enfrentá-lo e, confiando no oráculo, impôs a condição de que se ele, Hilo, saísse vitorioso, os heraclidas deveriam apossar-se das antigas terras de Euristeu sem um único golpe de espada. Por outro lado, se Hilo fosse vencido, os descendentes de Héracles não poderiam voltar a pisar no Peloponeso nos próximos cinquenta anos. Quando esse desafio foi ouvido pelas tropas inimigas, o valente guerreiro Equedemo, rei de Tégea, ergueu-se e aceitou o desafio. Ambos lutaram com grande coragem, mas finalmente Hilo foi vencido. E, moribundo, pensava com amargura na ambiguidade do oráculo. Cumprindo o que fora combinado, os heraclidas regressaram ao istmo e voltaram a viver na região de Maratona.

As mais belas histórias da antiguidade clássica vol i | 235

Os cinquenta anos se passaram sem que os filhos de Héracles pensassem em tentar, rompendo os termos do acordo, reconquistar as terras que lhes cabiam por herança. Enquanto isso, Cleodeu, o filho de Hilo e Íole, tornara-se um homem de mais de cinquenta anos. Como agora o prazo havia expirado, e não havendo mais nada que lhe obstasse, Cleodeu invadiu o Peloponeso juntamente com os outros netos de Héracles, trinta anos depois do término da Guerra de Troia. Mas não teve melhor sorte do que o seu pai e pereceu junto com todo o seu exército. Vinte anos mais tarde, na época em que Tisâmeno, um dos filhos de Orestes, reinava sobre os habitantes do Peloponeso, seu filho Aristômaco, neto de Hilo e bisneto de Héracles, fez nova tentativa.

Aristômaco também foi enganado pela ambiguidade do oráculo, que dissera: "Os deuses lhe concederão a vitória pelo caminho do estreito". Ele invadiu o Peloponeso pelo istmo, foi rechaçado e perdeu a vida, como acontecera a seu pai e a seu avô.

Mais trinta anos se passaram, já oitenta haviam transcorrido desde a destruição de Troia. Então os filhos de Aristômaco e netos de Cleodeu — Têmeno, Cresfontes e Aristodemo — empreenderam a última invasão. Apesar de toda a ambiguidade dos oráculos, não tinham perdido a fé nos deuses. Dirigiram-se a Delfos e interrogaram a sacerdotisa. As respostas que obtiveram foram idênticas às que tinham sido recebidas por seus antepassados. Então o mais velho dos irmãos, Têmeno, queixou-se:

— Meu pai, meu avô e meu bisavô seguiram estas palavras e isso fez com que fossem destruídos!

O deus então apiedou-se e lhes revelou, por meio da sacerdotisa, o verdadeiro sentido daquelas palavras.

— Os seus antepassados foram os únicos culpados por seu infortúnio — disse ela —, porque não lograram interpretar as sábias palavras do oráculo! Ele não se referia aos terceiros frutos da terra, e sim à terceira geração humana. A primeira foi a de Cleodeu, a segunda a de Aristômaco e a terceira, a quem foi profetizado a vitória, são vocês. Mas o estreito que a ela conduzirá não é o estreito de Corinto, e sim o mar que está à direita do istmo. Agora que já sabem o sentido dos oráculos façam, com a ajuda dos deuses, o que quiserem fazer!

O olhar de Têmeno iluminou-se. Junto com seus irmãos, ele apressou-se em preparar um exército. Construiu navios em Lócris, e esse lugar passou então a ser chamado Naupacto, ou seja, estaleiro. Mas também essa expedição não haveria de ser fácil para os descendentes de Héracles e lhes custaria muito sofrimento e muitas lágrimas. Quando o exército estava reunido, o mais jovem dos irmãos, Aristodemo, morreu atingido por um raio. Depois de terem enterrado seu irmão e observado o luto por ele, quiseram partir, mas apareceu um vidente, possuído pelos deuses, que anunciava oráculos. Os heraclidas pensaram que ele fosse um mago que tivesse sido enviado pelos peloponésios para destruir o seu exército. Hípotes arremessou contra ele uma lança e o matou. Os deuses se enfureceram com os heraclidas. Sua frota foi a pique, colhida por uma tempestade, as tropas terrestres foram vitimadas pela fome e assim o exército acabou por desfazer-se.

Têmeno interrogou o oráculo também acerca dessa desgraça.

— O mal abateu-se sobre vocês por causa do vidente que mataram. Vocês devem desterrar o assassino durante dez anos e colocar suas tropas sob o comando daquele que tem três olhos — revelou-lhes o deus.

A primeira parte do oráculo logo se realizou. Hípotes foi expulso do exército e teve que se exilar. Mas a segunda parte do oráculo deixou os heraclidas desesperados. Onde e como haveriam de encontrar uma criatura com três olhos? Confiando nas palavras do deus, procuraram incansavelmente e assim encontraram Óxilo, filho de Hêmon, descendente de uma família real da Etólia. Na época em que os heraclidas penetraram no Peloponeso, ele cometera um assassínio em sua terra natal, a Etólia, e tivera que fugir para Élis, no Peloponeso. Um ano depois, quando estava voltando para a sua terra natal, montado em sua mula, topou com os heraclidas. Tinha um olho só, pois o outro lhe fora arrancado por uma flecha na juventude. Assim a mula era obrigada a ajuda-lo a ver, e juntos eles tinham três olhos. Os heraclidas viram realizar-se também aquele estranho oráculo e Óxilo foi designado comandante de suas tropas. Com novas tropas e novos navios, atacaram seus inimigos e mataram seu comandante.

Os heraclidas dividem o Peloponeso

Depois de conquistar todo o Peloponeso, os heraclidas ergueram três altares em honra a Zeus, seu antepassado, e mediante sorteio começaram a dividir entre si as cidades. A primeira região a ser sorteada foi Argos, a segunda, a Lacedemônia, a terceira, a Messênia. Ficou decidido que cada qual jogaria numa urna cheia de água um caco de cerâmica sobre o qual estava escrito o seu nome.

Assim, Têmeno e os filhos de Aristodemo, os gêmeos Euristeu e Prócles, jogaram os seus cacos, mas o astuto Cresfontes, que desejava obter a Messênia, jogou na água um pedaço de terra crua, que se dissolveu. Primeiro foi sorteada Argos: o caco de Têmeno apareceu; a seguir a Lacedemônia, e surgiram os nomes dos filhos de Aristodemo. julgou-se desnecessário procurar o terceiro nome, e assim Cresfontes recebeu a Messênia. Logo em seguida, cada qual acompanhado pelo seu séquito fez oferendas aos deuses em seus altares e receberam um estranho sinal: cada qual encontrou, em seu altar, um animal diferente. Os que tinham recebido Argos encontraram uma rã; aqueles a quem tinha sido designada a Lacedemônia, um dragão; e os que tinham recebido a Messênia, uma raposa. Intrigados com esses sinais, interrogaram os videntes que ali viviam, e os videntes interpretaram da seguinte maneira:

— Os que receberam a rã farão melhor permanecendo em suas casas, pois este é um animal que não tem nenhuma proteção em suas viagens; os que encontraram um dragão serão agressivos e violentos, e poderão ousar sair das fronteiras de suas terras; mas os que encontraram uma raposa não deverão ser nem ingênuos nem violentos. Sua proteção será a astúcia.

Esses animais tornaram-se símbolos dos argivos, dos espartanos e dos messênios em seus brasões. Seu comandante Óxilo não foi esquecido e recebeu como recompensa por seu comando a região de Élis. Em todo o Peloponeso, a única região que não foi conquistada pelos heraclidas foram as montanhas da Arcádia, habitada por pastores e seus rebanhos. Dos três reinos por eles fundados na península, somente Esparta teve uma longa vida. Em Argos, Têmeno deu em casamento a Deifontes, um bisneto de Héracles, sua filha Hirneto, a predileta dentre toda a sua prole, e em todas as questões buscava os conselhos do genro. Isso enfureceu seus próprios filhos, que, conspirando, decidiram assassiná-lo. Os argivos reconheceram o filho mais velho como rei, mas como amavam a liberdade e a igualdade acima de tudo, restringiram a tal ponto o seu poder que nada restou, para ele e seus descendentes, além do título de rei.

Mérope e Épito

Cresfontes, rei de Messênia, não teve sorte melhor que a de seu irmão Têmeno. Casara-se com Mérope, a filha do rei Cípselo, da Arcádia, que lhe deu muitos filhos, entre os quais Épito, o caçula. Para seus numerosos filhos e para si mesmo construiu um esplêndido palácio. Era um governante moderado, que tentava sobretudo ajudar as pessoas mais simples. Isso deixava os ricos indignados, que o mataram juntamente com todos os seus filhos, só deixando vivo o caçula, Épito, salvo por sua mãe, que o levou para junto do velho Cípselo, na Arcádia. Lá ele foi criado em segredo. Enquanto isso, na Messênia, Polifonte, também um heraclida, apoderou-se do trono e obrigou a viúva do rei assassinado a lhe dar a mão em casamento. Porém a notícia de que um dos herdeiros de Cresfontes ainda estava vivo logo se espalhou e Polifonte, o novo soberano, ofereceu um grande prêmio por sua cabeça. Mas não havia ninguém que quisesse ou pudesse conquistar tal prêmio. Só havia rumores de que o herdeiro estava vivo, porém ninguém sabia dizer onde nem como. Entrementes, Épito crescia e chegava à adolescência. Deixou secretamente o palácio de seu avô e, sem que ninguém o suspeitasse, chegou à Messênia, onde descobriu que sua cabeça fora colocada a prêmio. Então, encheu-se de coragem e como estrangeiro, não reconhecido nem pela própria mãe, dirigiu-se ao palácio do rei Polifonte. Apresentou-se dizendo diante da rainha Mérope:

— Soberana, estou disposto a conquistar o prêmio pela cabeça do príncipe que, por ser filho de Cresfontes, ameaça o seu trono. Conheço-o tão bem quanto a mim mesmo e hei de entregá-lo em suas mãos.

A mãe empalideceu ao ouvir aquelas palavras e imediatamente mandou chamar um velho servo de sua confiança, que a havia ajudado a salvar o pequeno Épito e que agora, temendo o novo rei, vivia longe da corte. Enviou-o secretamente à Arcádia para advertir seu filho e, quem sabe, trazê-lo para chefiar uma insurreição dos cidadãos contra aqueles que odiavam a tirania de Polifonte. Quando o velho servo chegou à Arcádia, encontrou o rei Cípselo e toda a família real profundamente combalidos, pois seu neto Épito desaparecera e ninguém sabia o que era feito dele. O velho servo correu de volta para a Messênia e contou à rainha o que acontecera. E então ambos pensaram que o estrangeiro que se apresentara ao rei tivesse matado o pobre Épito na Arcádia, trazendo o seu cadáver para a Messênia. Não perderam muito tempo em reflexões, e como o estrangeiro morava no palácio real a rainha, na calada da noite, armada com um machado e acompanhada de um velho servo, seu confidente, penetrou no quarto do hóspede para matá-lo.

Mas o jovem dormia placidamente, e um raio de luar refletia-se em seu rosto. Mérope já levantara o machado para executá-lo quando o servo agarrou-lhe o braço com um grito de horror.

— Pare! — exclamou ele. — Você está prestes a matar seu próprio filho Épito!

Mérope deixou cair o braço com o machado e atirou-se sobre o leito de seu filho, que despertou. Depois de um longo abraço ele lhe revelou que viera para vingar-se do assassino, libertá-la do odiado casamento e conquistar o trono de seu pai com a ajuda dos cidadãos. Então ele, sua mãe e o velho servo combinaram uma linha de ação. Mérope vestiu-se de luto, apresentou-se diante de seu marido e lhe contou que acabara de receber a triste notícia da morte de seu último filho. Disse que doravante estava disposta a viver em paz com seu marido, esquecendo as antigas dores. O tirano caiu na armadilha. Alegrou-se ao ver seu coração aliviado da maior de todas as suas preocupações e prometeu aos deuses uma oferenda de gratidão, já que agora todos os seus inimigos tinham desaparecido da face da terra. Quando, cumprindo as suas ordens, todos os cidadãos se reuniram na praça do mercado — a contragosto, pois o povo simples amava o rei Cresfontes e agora lamentava a morte de seu filho Épito —, Épito investiu contra o rei, que fazia uma oferenda, e atravessou-lhe o coração com a espada. Então Mérope acorreu com o servo e os dois revelaram ao povo que o estrangeiro era Épito, o herdeiro do trono, que todos acreditavam morto. Ele puniu os assassinos de seu pai e de seus irmãos e com seu bom coração conquistou até mesmo os mais nobres dentre os messênios, sendo tão amado e reconhecido que os seus próprios descendentes, em vez de se chamarem heraclidas, ficaram conhecidos como epítides.

TESEU

Nascimento e juventude do herói

Teseu, o grande herói e rei de Atenas, era filho de Egeu e Etra, filha do rei Piteu, de Trezena. Seus avôs paternos eram o velho rei Erictônio e aqueles atenienses que, segundo o mito, brotaram espontaneamente da terra. Do lado materno, seu avô[1] era Pélops, o mais poderoso dos reis do Peloponeso. Certa vez o rei Egeu de Atenas, que não tinha filhos, foi visitar Piteu, um dos filhos de Pélops e fundador da pequena cidade de Trezena. Ele reinou em Atenas cerca de vinte anos antes da expedição dos argonautas, de Jasão, e era o mais velho dos quatro filhos do rei Pandíon, o jovem. Muito pesar lhe causava o fato de seu casamento não ter sido abençoado com filhos. Ele temia os cinquenta filhos de seu irmão Palas, que o odiavam, desprezando-o por não ter filhos. Foi por isso que teve a ideia de casar-se mais uma vez em segredo, sem o conhecimento de sua esposa, achando que assim talvez conseguisse um filho que pudesse cuidar dele na velhice e herdar o seu reino. Confiou esse plano a seu anfitrião Piteu, e quis a sorte que um estranho oráculo tivesse justamente anunciado a Piteu que sua filha não haveria de casar-se, mas que mesmo assim teria um filho famoso. Assim, secretamente, o rei casou sua filha Etra com aquele homem, embora ele já tivesse uma esposa. Após isso, Egeu só permaneceu por mais alguns dias em Trezena e logo voltou para Atenas. Na praia, despediu-se de sua nova esposa, colocou sua espada e seus sapatos sob um rochedo e disse:

---

1. Os filhos de Pélops eram Atreu (pai de Agamémnon e Menelau), Tiestes (pai de Egisto), Copreu, Piteu, Crisipo (cf. o mito de Édipo) e Alcátoo (fundador da cidade de Mégara).

— Se os deuses aprovarem nossa união e lhe derem um filho, crie-o em segredo e não revele a ninguém o nome do pai dele. Quando ele for suficientemente grande e forte para empurrar este rochedo, traga-o até aqui, mande-o apanhar a espada e os sapatos e envie-o, com esses objetos, para Atenas.

Etra, efetivamente, deu à luz um filho varão, deu-lhe o nome de Teseu e criou-o sob os cuidados de seu pai Piteu. Ocultou o nome do verdadeiro pai da criança, e o avô espalhou a história de que o menino era filho de Posídon. Isso porque os moradores de Trezena tinham uma reverência especial por esse deus, honrando-o como protetor de sua cidade e oferecendo-lhe as suas primícias. Seu tridente era o símbolo de Trezena. Por isso não causou nenhum espanto que aquele deus tão honrado tivesse concedido à filha do rei a honra de ter um filho seu.

Um dia, depois que o menino crescera e se tornara, além de forte, um mancebo corajoso, inteligente e determinado, sua mãe Etra levou-o ao local onde ficava a pedra. Explicou-lhe sua verdadeira origem e exortou-o a que apanhasse os sinais de reconhecimento de seu pai e os levasse consigo para Egeu, em Atenas. Teseu afastou facilmente o rochedo, empurrando-o. Calçou os sapatos e pendurou a espada ao lado do corpo. Mas recusou-se a viajar por mar, embora seu avô e sua mãe lhe pedissem insistentemente que o fizesse, pois naquela época o caminho por terra para Atenas, passando pelo istmo, era muito perigoso, infestado por ladrões e bandidos, apesar de Héracles ter liquidado alguns deles em suas expedições. Mas nessa época ele estava servindo como escravo à rainha Ônfale, na Lídia, e na Grécia recomeçava uma onda de violência que ninguém conseguia conter. Por isso a viagem por terra, pelo Peloponeso, tornara-se muito arriscada. Piteu, o avô de Teseu, descreveu a seu neto todos aqueles ladrões e assassinos, narrando-lhe as crueldades que infligiam aos viajantes, mas havia tempos que Teseu tomara como modelo Héracles e sua coragem, e por isso não se deixou assustar.

Quando Teseu tinha sete anos de idade, Héracles visitara o seu avô, e nessa ocasião o jovem Teseu sentara-se à mesa com ele. Durante a refeição, Héracles tirara a sua pele de leão. Os demais garotos, quando viram a pele, saíram correndo assustados, mas Teseu deixou a sala sem medo, tirou um machado das mãos de um servo e com ele atacou a pele, pensando que se tratasse de um leão verdadeiro. Desde essa visita Teseu sonhava, cheio de admiração, com os feitos de Héracles, e ansiava por realizar algo semelhante. Além disso os dois eram parentes consanguíneos, já que suas mães eram filhas de irmãos. Assim, para o jovem Teseu, que contava então dezesseis anos, seria impensável fugir à luta enquanto por toda parte seu primo impunha a ordem e a lei.

— O que o deus, que todos dizem ser o meu pai, haveria de pensar de mim se eu empreendesse esta viagem no colo seguro de suas águas e levasse como provas de que sou seu filho sapatos sem poeira e uma espada sem sangue? — retrucou Teseu, irritado.

Estas palavras agradaram muito ao seu avô, que também fora um herói impávido. A mãe o abençoou e assim ele partiu.

A viagem de Teseu para junto de seu pai

O primeiro bandido que se interpôs no caminho de Teseu foi Perifetes. Empunhava ele uma clava de ferro com que costumava golpear os viajantes, derribando-os e matando-os. Tinha por isso o epíteto de "lançador de clava".

Quando Teseu chegou à região de Epidauro, esse criminoso saiu de uma floresta escura e impediu-lhe a passagem. Mas o jovem exclamou, imperturbável:

— Você chegou na hora certa!

Atirou-se sobre o ladrão e liquidou-o depois de breve luta. Arrancou a clava das mãos do cadáver e levou-a consigo como arma e troféu.

Topou com outro malfeitor no estreito de Corinto. Era Sínis, o "inclinador de pinheiros", assim chamado porque costumava puxar com suas mãos fortes e gigantescas os troncos de dois pinheiros, aos quais amarrava suas vítimas, fazendo com que fossem despedaçadas quando soltava os troncos e as árvores voltavam a seus lugares. Matando esse monstro, Teseu inaugurou sua nova clava. Sínis tinha uma filha, Perigune, muito formosa e esbelta, que fugira assustada depois de presenciar a morte do pai. Teseu procurou-a por toda parte. A donzela tinha-se escondido no meio de uns arbustos e com uma inocência pueril suplicava às plantas que a ajudassem. Jurou que nunca mais destruiria nem queimaria os arbustos se eles estivessem dispostos a escondê-la e salvá-la. Mas quando Teseu gritou que não lhe faria mal algum, ela saiu de seu esconderijo e desde então permaneceu sob sua proteção. Mais tarde ele a entregou como esposa a Deioneu, filho do rei Êurito, da Ecália. Seus descendentes também cumpriram o juramento da avó e jamais atearam fogo a um único ramo.

Teseu não afrontava apenas homens cruéis; como Héracles, ousava também lutar contra animais selvagens. Assim é que abateu Feia[2], a porca de Crômion, um animal selvagem e agressivo. Na fronteira de Mégara encontrou Ciro, outro famoso assaltante, que vivia sobre o alto rochedo entre as terras de Mégara e a Ática e que costumava estender seus pés aos viajantes, obrigando-os a lavá-los. Enquanto eles cumpriam suas ordens, atirava-os ao mar com um pontapé. Teseu infligiu-lhe essa mesma morte. Já no território ático, perto da cidade de Elêusis, ele deparou o bandoleiro Cércion, que desafiava os viajantes a lutar contra ele e matava seus adversários depois de vencê-los. Teseu aceitou-lhe o desafio, venceu-o e libertou o mundo de mais um monstro.

Logo ele encontrou o último e mais cruel de todos os salteadores, Damastes, que todos conheciam pelo nome de Procristes, ou seja, o esticador de membros. Esse bandido possuía duas camas, uma muito grande e outra muito pequena. Se um estrangeiro de pequeno porte chegasse às suas terras, esse terrível criminoso, ao anoitecer, levava-o para a cama grande.

— Como vê — dizia então —, minha cama é grande demais para você. Ajuste-se a ela!

---

2. Pronuncia-se "féia". [N. E.].

As mais belas histórias da antiguidade clássica vol i | 245

E depois dessas palavras esticava os braços e as pernas da vítima até que ela morresse. Se, por outro lado, o hóspede fosse grande, ele o levava para o leito pequeno e declarava:

— Lamento, meu caro, que a minha cama não tenha sido feita para você e seja pequena demais, mas já já vamos dar um jeito nisso!

E assim ele cortava os pés da vítima, tirando tudo o que excedesse as medidas da pequena cama. Teseu jogou esse gigante na cama menor e foi-lhe encurtando o corpo com a espada até ele morrer miseravelmente.

Em toda a sua viagem, o herói não encontrou ninguém que lhe fosse amigável. Quando finalmente chegou ao rio Cefiso, encontrou alguns homens do clã dos fitálidas, que o receberam com muita hospitalidade.[3] A instâncias suas, eles o purificaram do sangue que derramara, de acordo com os costumes tradicionais, e o acolheram como hóspede. Depois de agradecer aos corajosos anfitriões, Teseu dirigiu seus passos para a sua pátria, que já estava próxima.

Teseu em Atenas

Em Atenas o jovem herói não encontrou a paz e a alegria que esperava. Disputas e confusão imperavam entre os cidadãos. A casa de seu pai Egeu encontrava-se num estado lastimável. Medeia, que deixara Corinto e o desesperado Jasão em sua carruagem puxada por um dragão, tinha vindo para Atenas. Conseguira obter as graças do velho Egeu, prometendo-lhe restituir as forças de sua juventude por meio de poções mágicas. Por isso o rei e ela viviam em estreita intimidade. Graças à sua magia, Medeia já sabia da chegada do jovem Teseu. Egeu, perturbado com os distúrbios entre os seus cidadãos, fora convencido por ela a receber o estrangeiro, que Medeia descrevera como um peri-

---

3. O herói Fítalo hospedara amistosamente a deusa Deméter em Elêusis e em troca recebera de presente dela uma figueira. Seus descendentes eram os piedosos e hospitaleiros fitálidas.

goso espião, hospedá-lo em sua casa e matá-lo com um veneno, pois ela temia que Teseu fosse expulsá-la dali.

Assim Teseu chegou, incógnito, pela manhã e já prelibava o momento em que seu pai descobriria quem ele era. A taça com veneno já estava preparada, e Medeia aguardava impaciente o instante em que o jovem fosse tomar o primeiro gole. Mas Teseu afastou a taça, ansioso por mostrar a seu pai os sinais que o fariam reconhecê-lo. Como se quisesse cortar a carne que lhe era oferecida, sacou da espada que seu pai ocultara sob a rocha, para que Egeu a percebesse. Mal avistou aquela arma tão conhecida, ele derrubou a taça com o veneno. Por meio de algumas perguntas, convenceu-se finalmente de que tinha diante de si seu saudoso filho e, feliz, abraçou-o. Imediatamente o pai o apresentou perante a assembleia popular, contando a história de sua viagem. O povo saudou o jovem herói com regozijo e entusiasmo e a traiçoeira Medeia foi expulsa do país.[4]

Teseu em Minos

Depois de ter sido reconhecido como filho do rei e herdeiro do trono ático, Teseu matou os cinquenta filhos de seu tio Palas. Eles esperavam conquistar o trono e estavam indignados com o fato de que no futuro um estrangeiro reinaria sobre eles e sobre aquelas terras. Tomaram, pois, suas armas e prepararam uma armadilha para o recém-chegado. Mas o emissário deles, um estrangeiro, revelou todo o plano a Teseu, que atacou o esconderijo dos filhos de Palas e liquidou os cinquenta. Para não atrair a ira do povo por esse ato de legítima defesa, Teseu partiu numa aventura que haveria de resolver tudo: dominou o touro de Maratona,[5] que havia tempos atormentava

---

4. Ela fugiu para sua pátria, a Cólquida. Lá seu pai Eetes tinha sido destronado por seu próprio irmão. Medeia reconciliou-se com ele e com suas mágicas ajudou-o a reconquistar o trono. Depois de sua morte, ela passou a ser honrada pelos cólquidos como uma deusa.
5. O mesmo que Héracles certa vez roubara de Creta e que soltara, cumprindo as ordens de Euristeu.

os moradores de quatro cidades da Ática. Levou-o para ser exibido em Atenas e por fim sacrificou-o a Apolo.

Nessa época chegavam da ilha de Creta, pela terceira vez, emissários do rei Minos para receber o tributo habitual. A situação era a seguinte: o filho de Minos, Andrógeo, tinha sido morto numa emboscada nas montanhas da Ática. Como vingança, seu pai movera contra os habitantes do lugar uma guerra devastadora, sendo que os próprios deuses destruíram aquelas terras com uma série de secas. Então o oráculo de Apolo anunciou que a ira dos deuses e os sofrimentos dos atenienses terminariam se eles conseguissem aplacar a cólera de Minos e fazer que ele os perdoasse. Assim, os atenienses lhe dirigiram súplicas e conseguiram que ele lhes concedesse a paz sob a condição de que, todos os anos, lhe fossem entregues como tributo sete rapazes e sete donzelas. Estes eram presos no famoso Labirinto de Minos e ali eram mortos pelo terrível Minotauro, que era um monstro metade homem e metade touro.

Quando chegou a época de pagar esse tributo pela terceira vez, e todos os rapazes solteiros e donzelas tinham que se sujeitar a um sorteio, os cidadãos começaram a reclamar, dizendo que Egeu era o culpado por toda aquela desgraça, já que nomeara como seu sucessor um bastardo recém-chegado do estrangeiro e agora observava com indiferença os filhos dos atenienses sendo arrancados de sua pátria. Esses lamentos comoveram Teseu, que se levantou em meio à assembleia e disse que se entregaria aos emissários de Minos. O povo admirou a nobreza de seu caráter, e sua decisão permaneceu inalterada, embora seu pai lhe tenha suplicado reiteradas vezes que não cometesse aquela loucura. Ele tranquilizou Egeu, assegurando-lhe que haveria de derrotar o Minotauro. Até então, o navio que levava as infortunadas vítimas para Creta sempre navegara com velas negras. Mas dessa vez, quando ouviu seu filho falar com tanta coragem, Egeu deu ao timoneiro uma vela branca e mandou-o içá-la caso Teseu retornasse são e salvo.

Terminado o sorteio, o jovem Teseu conduziu os rapazes e as donzelas que tinham sido sorteados ao templo de Apolo e levou ao deus, em nome deles, um ramo de oliveira embrulhado em lã, o presente consagrado dos que suplicam proteção. Desceu então para o porto com os jovens e embarcou no navio enlutado. O oráculo de Delfos tinha-o aconselhado a escolher como guia a deusa do amor. Mas o sucesso revelou o verdadeiro sentido dessa profecia, pois quando Teseu desembarcou em Creta e se apresentou a Minos, sua beleza e sua juventude encantaram a bela filha do rei, Ariadne. Ela declarou-lhe seu amor e lhe entregou um novelo com um longo fio, cuja ponta ele deveria prender à entrada do labirinto, desenrolando-o à medida que adentrasse os confusos corredores até alcançar o lugar onde ficava o terrível Minotauro. Entregou-lhe também uma espada, com a qual ele poderia matar o monstro. Teseu e seus companheiros foram enviados por Minos ao Labirinto. O herói conduziu o grupo e, com sua arma miraculosa, abateu o monstro. Com ajuda do fio desenrolado, todos conseguiram escapar dos corredores infernais. Teseu fugiu com seus companheiros, e Ariadne o acompanhou. Ela aconselhara o herói a perfurar os cascos dos navios dos cretenses para que estes não pudessem persegui-los. Imaginando-se seguros, aportaram despreocupadamente na ilha de Dia, que mais tarde foi chamada de Naxos. Ali o deus Baco apareceu a Teseu num sonho e, declarando que Ariadne era sua noiva, ameaçou o herói com todos os males caso ele não lha entregasse. Teseu fora educado por seu avô no temor os deuses. Receoso da ira divina, abandonou a desditosa filha do rei Minos naquela ilha solitária e seguiu viagem. À noite apareceu Baco, que raptou Ariadne e a levou para o monte Drio. Ali, o deus se fez invisível e logo em seguida o mesmo sucedeu com Ariadne.

Teseu e seus companheiros estavam muito abatidos com a perda da donzela. Em sua tristeza, esqueceram-se de que o navio ainda navegava com as velas negras, as mesmas com as quais deixara o porto na Ática. Esqueceram-se de içar as velas brancas e por isso a embarcação chegou à costa da terra natal com suas cores enlutadas. Egeu encontrava-se no porto quando o navio chegou e, vendo a cor negra das velas, concluiu que seu filho estava morto. E assim, cansado que estava da vida, atirou-se dum rochedo nas profundezas do mar.[6]

Logo depois Teseu desembarcou e, no porto, celebrou o sacrifício prometido aos deuses. Mandou um mensageiro à cidade para anunciar o bom êxito de sua missão. O mensageiro não compreendeu por que a cidade o recebia daquela maneira. Enquanto alguns o acolhiam cheios de júbilo, outros estavam mergulhados na mais profunda tristeza. Por fim o enigma foi resolvido, pois finalmente foi divulgada a notícia da morte do rei. O mensageiro voltou para o porto, onde encontrou Teseu ainda ocupado com as oferendas no templo. Permaneceu imóvel junto à porta, para que o sacrifício não fosse perturbado pela triste notícia. E, terminado o sacrifício, anunciou o fim de Egeu. Como se tivesse sido atingido por um raio, Teseu caiu por terra.

Teseu rei

O navio no qual Teseu retornara são e salvo junto com os jovens áticos, uma nau de trinta remos, foi guardada pelos atenienses como memorial eterno. A madeira apodrecida era sempre substituída por outra, e por muito tempo ainda, depois de Alexandre, o Grande, a nau continuava a ser exibida.

Como rei, Teseu deu provas de que não só era um herói nas lutas e nas batalhas mas também tinha a capacidade de criar um Estado e garantir a paz ao seu povo. Neste sentido, superou até mesmo o seu modelo, Héracles. Antes de seu reinado, a maior parte dos habitantes da Ática vivia espalhada em pequenos povoados e aldeias ao redor do palácio e da pequena cidade de Atenas. Era difícil congregá-los em assembleias. Teseu reuniu todos os moradores da Ática numa só cidade e assim, de várias comunidades esparsas, construiu um único Estado comum. Essa grande obra não foi realizada com o emprego de violência. Ele viajava

---

6. Por isso o mar entre a Grécia e a Ásia Menor chama-se, desde então, Egeu.

por todas as pequenas comunidades e clãs com o fito de estabelecer a concórdia entre todos. Entre os mais pobres, não lhe era difícil persuadi-los, pois a convivência com os ricos só podia trazer-lhes vantagens. Mas aos ricos e poderosos ele prometia restringir os poderes do rei, que até então tinham sido ilimitados, e adotar uma constituição totalmente livre. "Eu mesmo", dizia ele, "só quero ser seu chefe na guerra e proteger as leis. No mais, todos os nossos cidadãos terão os mesmos direitos." Isso agradou a muitos dentre os mais nobres. Outros, que desejavam menos uma transformação na ordem do Estado, temendo a estima que o povo tinha por Teseu, seu grande poder e sua coragem, preferiram concordar voluntariamente do que serem obrigados a fazê-lo.

Assim, Teseu aboliu todos os conselhos e instâncias independentes das aldeias e fundou uma assembleia comum no centro da cidade. Promoveu também uma festa para todos os cidadãos, à qual chamou Panateneias, ou seja, de todos os atenienses. Só então é que Atenas se tornou uma verdadeira cidade e seu nome passou a ser conhecido em toda parte. Antes fora apenas um palácio real, que seu fundador chamara de Fortaleza de Cécrope, e à sua volta só existiam umas poucas casas. Para aumentar ainda mais a nova cidade, Teseu atraiu moradores vindos de todas as regiões e garantiu-lhes igualdade de direitos, pois queria fazer de Atenas uma terra comum a todos os povos. Mas, para evitar que a multidão de novos habitantes causasse desordens na cidade recém-fundada, dividiu primeiro o povo em nobres, camponeses e artesãos, estabelecendo os direitos e as obrigações de cada uma dessas classes. Limitou seu próprio poder como rei, conforme prometera, e sujeitou-se ao conselho dos anciãos e à assembleia do povo.

A guerra das amazonas

Teseu colocou a cidade sob a proteção de Atena. Além disso, para honrar Posídon, de quem era protegido, estabeleceu as competições sagradas no istmo de Corinto. Nessa época, Atenas teve que travar uma guerra rara e única. Em sua juventude, Teseu chegara às praias das amazonas em uma de suas expedições. Surpreendentemente, elas não fugiram do esplêndido herói, mas, contrariando o seu hábito, enviaram-lhe presentes de boas-vindas. Teseu, porém, gostou não só dos presentes como também da bela amazona que os trouxe. Ela se chamava Hipólita,[7] e o herói convidou-a para visitar o seu navio. Depois que Hipólita embarcou, Teseu zarpou com ela a bordo. E em Atenas os dois se casaram. Hipólita estava satisfeita em ser a esposa de um tal herói, mas as agressivas amazonas ficaram indignadas com o rapto e durante muito tempo tramaram vingança. Certo dia aportaram subitamente na Ática com uma frota, assenhorearam-se da região, cercaram e invadiram a cidade. Ergueram seu acampamento no centro meio de Atenas, enquanto os cidadãos, assustados, buscavam refúgio na fortaleza real. Por muito tempo, nenhuma das partes ousou atacar, mas por fim Teseu encetou a luta a partir da fortaleza, depois de ter feito uma oferenda ao deus do terror, seguindo as recomendações de um oráculo. Primeiro os homens de Atenas recuaram diante do ataque das mulheres-homens e foram forçados a retroceder até o templo das erínias. Depois o flanco direito das amazonas foi obrigado a ceder terreno até elas alcançarem o seu acampamento, e muitas foram mortas. Diz-se que nesse dia a rainha Hipólita lutou contra as amazonas. Uma lança atingiu-a quando ela estava ao lado de Teseu, matando-a. Mais tarde, uma coluna foi erigida em sua memória. A guerra terminou com uma trégua; as amazonas deixaram Atenas e voltaram para as suas terras.

---

7. Segundo algumas versões do mito, esta era a mesma cujo cinturão foi levado à Grécia por Héracles. Outras versões, entretanto, afirmam que a esposa de Teseu não era Hipólita, e sim Antíope.

Teseu e Pirítoo

Teseu era conhecido por sua força e coragem extraordinárias. Pirítoo, um dos mais conhecidos heróis da Antiguidade, um dos filhos de Ixíon, quis pô-lo à prova e para tanto furtou as reses do herói. Quando soube que Teseu, armado, o perseguia, conseguiu o que queria. Quando os heróis se defrontaram, cada qual admirou a força, a beleza e a coragem do adversário. Como se alguém lhes tivesse dado um sinal, ambos jogaram suas armas no chão e correram um para o outro. Pirítoo estendeu o braço direito para Teseu, exortando-o a julgar ele mesmo o roubo das reses.

— A única indenização que exijo — respondeu Teseu com os olhos brilhantes — é que você se torne meu amigo e aliado.

Os dois heróis abraçaram-se e juraram lealdade e amizade.

Quando, mais tarde, Pirítoo libertou Hipodâmia, a filha dos príncipes da Tessália, do clã dos lápitas, convidou seu companheiro de armas Teseu para o casamento. Os lápitas eram um conhecido clã da Tessália, gente rude e animalesca das montanhas, os primeiros mortais que aprenderam a domar cavalos. Mas a noiva era esbelta, tinha um rosto delicado e bonito e era tão bela que todos os hóspedes consideraram Pirítoo um homem afortunado. Todos os príncipes da Tessália tinham vindo para a festa, mas também os parentes de Pirítoo, os centauros, metade homens, metade cavalos, descendentes de uma nuvem que Ixíon,[8] o pai de Pirítoo, abraçara, imaginando tratar-se de Hera. Por isso eles também eram chamados de filhos da nuvem. Eram inimigos dos lápitas, mas dessa vez seu parentesco com o noivo fizera com que se esquecessem dos antigos ressentimentos e eles compareceram à festa amigavelmente.

---

8. O primeiro a matar um parente seu. Quando seu sogro Deioneu veio visitá-lo para apanhar o presente costumeiramente devido à família da noiva, e que Ixíon lhe recusara, ele o atirou numa vala cheia de carvões em brasa. Como ele também manifestasse seu desejo pela rainha dos deuses, Zeus, como castigo, o prendeu, nos Ínferos, a uma roda que girava constantemente a uma velocidade terrível.

A luta dos lápitas e dos centauros

Durante um bom tempo a festa decorreu alegremente. Mas eis que, embriagado pelo vinho, o mais selvagem dentre os centauros, Êurito, ao ver a donzela Hipodâmia teve a ideia de raptar a noiva. Ninguém soube como aquilo aconteceu, ninguém notara nada, mas subitamente os convivas viram Êurito enfurecido arrastando pelos cabelos Hipodâmia, que esperneava e gritava por socorro. Aquilo despertou nos outros centauros, também embriagados, o desejo de fazer o mesmo, e antes que os heróis e os lápitas tivessem tempo de levantar-se de seus assentos, cada um dos centauros já capturara, agarrando com suas mãos grosseiras, uma das donzelas tessálias, servas da corte do rei ou convidadas da festa do casamento. Os gritos das mulheres reboavam pela enorme construção, e rapidamente todos os amigos e parentes da noiva se puseram de pé.

— Você ficou louco, Êurito? — exclamou Teseu. — Irritar Pirítoo enquanto eu ainda estou vivo, ofendendo dois heróis ao mesmo tempo?

E assim dizendo arrancou a noiva de seu raptor enfurecido. Êurito não conseguiu dizer uma só palavra. Ergueu a mão e desferiu um soco no peito de Teseu. Mas este, como não tinha nenhuma arma ao seu dispor, agarrou um jarro de metal e arremessou-o contra o rosto de seu adversário, derrubando-o e abrindo-lhe no crânio um corte pelo qual jorraram seus miolos e muito sangue.

— Às armas — gritaram todos.

Primeiro voaram taças, garrafas e travessas; depois um centauro agarrou as oferendas de um altar sagrado, enquanto outro atirava os candelabros contra a multidão. Um terceiro lutava armado com a galhada de um veado pendurada na parede como enfeite e oferenda. Entre os lápitas, muitas vítimas caíram. Então a lança de Pirítoo também voou, perfurando um centauro gigantesco, Petreu, justamente quando ele ia apanhar do chão um galho de carvalho para usar como arma. Um outro, Díctis, tombou sob os golpes dos heróis gregos, e ao cair derrubou um imponente freixo. Outro, que queria vingá-lo, foi esmagado por Teseu com um galho de carvalho.

Cílaro era o mais belo dos centauros. Tinha longos cachos dourados e uma barba loira, e seu rosto jovial era amistoso. O pescoço, o peito, os ombros e as mãos eram delicados, e a parte inferior de seu corpo, de cavalo, era também perfeita. Cílaro comparecera à festa juntamente com sua amada, a bela centaura Hilônome. Durante a refeição ela se abraçara a ele apaixonadamente e agora lutava ao seu lado. Então, atingido por mão desconhecida, ele caiu, morrendo nos braços de sua amada. Hilônome curvou-se sobre o seu amado, beijou-o, tirou a flecha de seu coração e com ela golpeou a si mesma.

A batalha continuou por muito tempo, até que os centauros finalmente foram derrotados e fugiram para não morrer. Assim, Pirítoo ficou com sua esposa e na manhã seguinte Teseu despediu-se de seu amigo. A luta em que ambos participaram solidificou os laços entre os dois, tornando-os irmãos inseparáveis.

Teseu e Fedra

Teseu estava no auge da felicidade. Quando o herói raptara, em Creta, a amada de sua juventude, Ariadne, filha de Minos, a jovem irmã de Ariadne, Fedra, viera com ela. Fedra não queria deixar a companhia da irmã sob nenhuma condição e assim, quando Ariadne foi raptada por Baco, ela acompanhou Teseu a Atenas, pois não ousava voltar para junto de seu tirânico pai. Só depois da morte deste é que a donzela regressou à sua pátria, onde foi criada na casa de seu irmão, o rei Deucalião, tornando-se uma mulher bela e inteligente. Teseu, que permaneceu sozinho por muito tempo depois da morte de sua primeira esposa, Hipólita, ouvia falar dos seus encantos e esperava que ela pudesse se comparar à sua irmã Ariadne. Deucalião também tinha estima por Teseu e decidiu fazer um acordo de proteção e aliança com os atenienses quando Teseu retornou do sangrento casamento de seu amigo.

Teseu então lhe disse que gostaria de casar-se com Fedra, e seu pedido não lhe foi recusado. Logo o filho de Egeu conduziu à sua casa a donzela de Creta. Efetivamente ela era tão parecida com Ariadne que Teseu sentiu-se outra vez na flor da juventude. Para que nada faltasse à alegria do rei, logo nos primeiros anos de seu casamento ela lhe deu dois filhos, Acamântis e Demofonte. Fedra, porém, não era tão boa e fiel quanto bela. O jovem filho do rei, Hipólito, que tinha a mesma idade que ela, lhe agradava bem mais do que seu marido. Hipólito era o único filho que a amazona raptada dera ao seu marido. Em sua juventude, o pai mandara o garoto para Trezena, a fim de que fosse criado pelos irmãos de sua mãe Etra. Quando cresceu, o belo jovem, que queria dedicar sua vida à virginal deusa Ártemis e que jamais olhara uma mulher nos olhos, dirigiu-se a Atenas e Elêusis para participar da celebração dos mistérios. Foi então que Fedra o viu pela primeira vez. Imaginou estar contemplando seu próprio marido rejuvenescido, e a beleza e inocência do jovem inflamaram-lhe o coração. Porém ela ocultou sua paixão no fundo do peito. Depois que o jovem partiu, ela construiu na cidadela da Atenas, de um ponto onde era possível avistar Trezena, um templo à deusa do amor, que mais tarde recebeu o nome de Templo de Afrodite, a longevidente. E ali passava seus dias, com o olhar perdido no mar.

Quando Teseu fez uma viagem a Trezena, para visitar seus parentes e seu filho, ela o acompanhou. Ali também ela tentou conter sua paixão, isolando-se dos outros e chorando seu triste destino à sombra de um pé de mirto. Mas por fim ela confiou o seu segredo a uma velha ama, mulher fiel que devotava à sua senhora um amor cego. E esta tratou de informar o jovem da paixão de sua madrasta. Mas o inocente Hipólito ouviu-a com desprezo, e sua indignação cresceu quando sua madrasta, esquecendo-se de suas obrigações, sugeriu-lhe derrubar do trono seu próprio pai e dividir com ela o cetro real. Em sua indignação, Hipólito amaldiçoou a todas as mulheres e imaginou que o simples fato de ter ouvido tão vergonhosa sugestão fosse já um pecado. E, como Teseu estava ausente — esse era o momento que Fedra esperava —, Hipólito declarou que não mais queria viver sob o mesmo teto que ela nem por um instante sequer. Depois de dispensar a ama, Hipólito correu para fora da cidade a fim de caçar pelas florestas a serviço de sua amada senhora, a deusa Ártemis, permanecendo afastado da casa real até que seu pai voltasse e ele pudesse contar-lhe tudo o que acontecera.

Fedra não queria mais viver depois que sua proposta fora recusada. Em seu íntimo lutavam a consciência de culpa e a paixão, mas a maldade prevaleceu. Quando Teseu voltou, encontrou na mão enrijecida e fechada de sua esposa uma carta que ela escrevera antes de morrer: "Hipólito atentou contra a minha honra e só me restou uma saída. Prefiro morrer a ser infiel ao meu marido".

Teseu ficou paralisado de horror e desprezo. Por fim ergueu suas mãos para os céus e clamou: "Pai Posídon, que sempre me amastes como a vosso próprio filho, uma vez me prometestes que realizaria três desejos meus. Lembro-vos de vossa promessa. Só quero que um desejo meu se realize: não permitais que meu maldito filho veja o pôr do sol de hoje!"

Mal pronunciara esta maldição quando Hipólito, sabendo da chegada do pai, voltava da caçada e entrava pelas portas do palácio. Às maldições do pai, seu filho respondeu serenamente:

— Pai, minha consciência está tranquila, não sei de nenhum mal que tenha sido cometido por mim.

Mas Teseu mostrou-lhe a carta de Fedra e o expulsou do país. Hipólito invocou sua protetora, a virginal Ártemis, como testemunha de sua inocência e despediu-se, pela segunda vez, de sua pátria.

No final desse mesmo dia, um mensageiro apresentou-se ao rei Teseu e disse:

— Meu senhor e rei, seu filho Hipólito não mais enxerga a luz do dia.

Teseu recebeu a notícia com a mais absoluta frieza e disse com um sorriso amargo:

— Terá ele sido assassinado por algum amigo cuja mulher ele desonrou da mesma forma como quis desonrar a mulher de seu pai?

— Não, meu senhor — respondeu o mensageiro. — Ele foi morto pela sua própria carruagem.

— Ó Posídon! — exclamou Teseu, erguendo as mãos aos céus, em gratidão. — Provastes hoje ser meu pai verdadeiro, ouvistes minhas súplicas! Mas diga-me como foi que meu filho se acabou!

O mensageiro começou a contar.

— Nós, servos, estávamos cuidando dos cavalos de nosso senhor Hipólito na praia quando ele chegou e nos mandou preparar os cavalos e a carruagem para a partida. Tudo estava pronto quando ele ergueu as mãos para os céus e suplicou: "Zeus, puni-me se fui um homem mau! E, esteja eu vivo ou morto, possa o meu pai descobrir que foi injusto para comigo!" E, dizendo isto, subiu para a carruagem, agarrou as rédeas e partiu acompanhado por nós, os servos, a caminho de Argos e Epidauro. Tínhamos chegado às praias desertas do mar. À nossa direita o mar rugia, à esquerda erguiam-se gigantescos blocos de rocha. De repente ouvimos um ruído profundo. Parecia um trovão subterrâneo. Os cavalos levantaram as orelhas e todos olhamos temerosos à nossa volta, buscando ver de onde vinha aquele ruído. E eis que vimos no mar uma onda que se erguia como uma torre em direção ao céu, ocultando todas as demais ondas e também o istmo. Então o colosso de água abateu-se sobre a praia, reboando e espumando. E junto com aquela onda furiosa um monstro saiu do mar, um touro gigantesco cujos mugidos ecoaram pela praia e pelos rochedos. Essa vista amedrontou os cavalos, mas nosso senhor puxou as rédeas com ambas as mãos. Os cavalos, porém, saíram galopando. Queriam seguir em frente, mas o monstro marinho impedia-lhes o caminho; quiseram escapar para o lado, mas ele fez com que esbarrassem no rochedo e trotassem junto dele. E assim sucedeu que as rodas bateram na rocha e seu infortunado filho caiu de cabeça e foi arrastado pelos animais em fuga, juntamente com seu carro, e dilacerado pelas pedras e pela areia. Tudo aconteceu muito depressa, e nós, servos, não fomos capazes de ampará-lo. Uma saliência no rochedo impedia a nossa visão. Subitamente o monstro marinho voltou a desaparecer, como se tivesse sido engolido pela terra.

Teseu ficou imóvel e silencioso, fitando o chão demoradamente.

— A desgraça dele não me alegra, mas também não a lamento — disse ele por fim, cheio de dúvidas. — Se ainda pudesse vê-lo em vida uma só vez, interrogá-lo, falar com ele sobre a sua culpa...

Nesse momento ele foi interrompido pelo grito de dor de uma velha que, saindo do meio dos servos, veio prosternar-se aos pés do rei. Era a velha ama da rainha Fedra, que, não conseguindo mais guardar silêncio, banhada em lágrimas, revelou ao rei a inocência de seu jovem filho e a culpa de sua senhora. Antes mesmo que o infeliz pai pudesse se dar conta do que ela dizia, seu filho Hipólito, dilacerado mas ainda respirando, foi trazido para dentro do palácio numa maca. Arrependido e desesperado, Teseu atirou-se sobre o moribundo, que ainda conseguiu fazer uma pergunta aos que estavam à sua volta:

— Minha inocência foi reconhecida?

A resposta afirmativa que recebeu o consolou.

— Pobre pai — sussurrou ele, valendo-se de suas últimas forças — eu o perdoo! — E morreu.

Foi enterrado por Teseu sob a árvore onde Fedra tantas vezes tentara conter seu amor. Ali, naquele lugar de que ela tanto gostava, foi também enterrado o seu cadáver, pois o rei não quis deixar de prestar as homenagens devidas à sua falecida esposa.

Teseu perseguindo as mulheres

Graças à sua amizade com o jovem herói Pirítoo, Teseu, que já envelhecia, viu renascer em si o desejo de novas aventuras ousadas e solitárias. A esposa de Pirítoo, Hipodâmia, morrera pouco tempo depois de seu casamento, e como Teseu também estava de novo só, ambos saíram em busca de mulheres. Naquela época Helena, que mais tarde viria a ser tão famosa, a filha de Zeus e Leda, criada no palácio de seu padrasto Tíndaro, ainda era muito jovem. Mas já era considerada a mais linda donzela de seu tempo. Teseu e Pirítoo viram-na dançando no templo de Ártemis, quando chegaram a Esparta, numa expedição. Ambos foram tomados de paixão por ela. Ousados e arrogantes, raptaram a princesa do santuário e a levaram a Tégea, na Arcádia. Ali tiraram a sorte para ver quem ficaria com ela, e ambos prometeram fraternalmente amparar-se na busca de uma outra beldade para aquele que saísse derrotado. Teseu ganhou a donzela no sorteio e levou-a para Afidna, no território ático, onde entregou Helena a Etra, sua mãe.

Em seguida Teseu seguiu viagem com seu companheiro de armas. Ambos planejavam um feito hercúleo. Pirítoo decidiu raptar a esposa de Plutão, Perséfone, no Hades, compensando assim a perda de Helena. Já contamos que essa tentativa malogrou, que os dois foram condenados por Plutão a permanecer para sempre nos Ínferos e que Héracles tentou salvar a ambos, mas só conseguiu salvar Teseu.

Enquanto Teseu estava preso nos Ínferos, os irmãos de Helena, Castor e Pólux, foram para Atenas e solicitaram pacificamente que Helena lhes fosse devolvida. Mas quando os habitantes da cidade responderam que ela não se encontrava ali e que não sabiam onde Teseu a deixara, os dois se enfureceram e ameaçaram atacá-los. Os atenineses então ficaram temerosos, e um deles, Academo, que descobrira o segredo de Teseu, revelou aos irmãos que Helena estava escondida em Afidna. Castor e Pólux fizeram então uma expedição contra aquela cidade e a venceram. Enquanto isso, em Atenas tinham acontecido algumas coisas desfavoráveis a Teseu. Menesteu, filho de Peteu e bisneto de Erecteu, tomara a si o papel de porta-voz da multidão, inclinando-se a tomar o trono que tinha ficado vago. Também conseguira convencer a nobreza, alegando que o rei, ao fazer com que deixassem suas terras e se mudassem para a cidade, os tinha transformado em súditos e escravos. Por outro lado, dizia ao povo que, sonhando com a liberdade, tinham abandonado seus santuários e deuses campestres e, em vez de servirem a seus bons senhores rurais, serviam agora a um déspota estrangeiro. Como a conquista de Afidnas pelos tindáridas assustara os atenienses, Menesteu também aproveitou-se desse sentimento do povo e convenceu os cidadãos a abrirem a cidade aos filhos de Tíndaro, que tinham arrancado Helena da mãos de seus vigias, e os recebessem amigavelmente, uma vez que estes só estavam em guerra contra Teseu, que raptara a donzela. E dessa vez Menesteu disse a verdade, pois embora os irmãos entrassem em Atenas por portas abertas e ali tivessem tudo nas mãos, não causaram mal a ninguém, só pedindo para serem iniciados nos mistérios de Elêusis, assim como os nobres atenienses e os descendentes de Héracles. E depois, com Helena salva, despediram-se dos atenienses e voltaram para sua pátria.

O fim de Teseu

Durante sua longa prisão no Hades, Teseu teve a oportunidade de reconhecer que a impulsividade que mostrara em sua última aventura, que nada tinha a ver com o seu heroísmo, fora um erro do qual se arrependeu. Quando voltou para o mundo superior, era já um velho sério e ficou aliviado ao saber que Helena fora salva por seus irmãos, pois estava envergonhado do que tinha feito. Preocupavam-no os distúrbios que se sucediam em sua cidade quando regressou, e embora tivesse retomado as rédeas do governo, afastando o partido de Menesteu, não voltou a ter sossego até o fim da vida. Quando quis tomar nas mãos as rédeas do Estado, ergueu-se contra ele uma nova revolta, liderada por Menesteu. Este era apoiado pelo partido dos nobres, que ainda se chamavam palântidas, descendentes de seu ancestral Palas e de seus filhos assassinados. Os que antes o odiavam tinham agora perdido o temor, o povo em geral havia sido tão desencaminhado por Menesteu que, em vez de obedecer-lhe, só queria ser adulado.

De início Teseu tentou usar a violência, mas conspirações sediciosas e a franca oposição fizeram com que todas as suas iniciativas fracassassem, e o infortunado rei decidiu abandonar voluntariamente sua rebelde cidade. Antes já havia mandado seus filhos Ácamas e Demofonte para a Eubeia, onde eles ficaram sob a proteção do príncipe Elpenor.

Em Gargeto, uma região da Ática, ele amaldiçoou solenemente os atenienses, e muito tempo depois ainda se exibia o lugar de sua maldição. E então ele embarcou para Ciros. Considerava os moradores dessa ilha grandes amigos seus, pois lá o rei possuía vastas propriedades que herdara de seu pai.

Nessa época, Licomedes era o soberano da ilha de Ciros e Teseu pediu-lhe que lhe entregasse suas propriedades para que ele pudesse estabelecer-se ali. Mas o destino preparara um áspero caminho para o herói. Não se sabe se Licomedes temia a Teseu por causa de sua fama ou se fizera uma conspiração com Menesteu. O fato é que planejava livrar-se daquele hóspede indesejado. Levou-o até o pico mais alto da ilha, alegando querer mostrar-lhe de cima as vastas propriedades que Teseu herdara do pai. Enquanto Teseu percorria os campos com o olhar, o traiçoeiro príncipe empurrou-o pelas costas e derrubou-o lá de cima. Seu corpo chegou despedaçado ao solo.

Em Atenas, Teseu logo foi esquecido pelo povo ingrato, e Menesteu governou como se tivesse herdado o trono de seus antepassados. Os filhos de Teseu acompanharam o herói Elfenor em sua expedição contra Troia como simples soldados. Muitos séculos mais tarde, quando os atenienses tiveram que enfrentar os persas em Maratona, o espírito do grande herói brotou de dentro da terra e conduziu à vitória os descendentes de seus ingratos súditos. Por isso o oráculo de Delfos ordenou aos atenienses que apanhassem os ossos de Teseu e os sepultassem com todas as honras. Mas onde procurá-los? E, ainda que tivessem encontrado seu túmulo na ilha de Ciros, como haveriam de arrancar os seus restos das mãos dos bárbaros? Aconteceu então que o famoso ateniense Címon, filho de Milcíades, conquistou a ilha de Ciros numa nova expedição. Enquanto procurava atentamente o túmulo do herói pátrio, avistou uma águia que esvoaçava acima de um pico. Parou e viu como a ave mergulhou e desfez com suas garras um monte de terra. Nesse sinal, Címon reconheceu uma ordem divina. Mandou que escavassem o lugar. Nas profundezas da terra encontrou-se um grande caixão e junto dele uma lança e uma espada de bronze. Ele e seus acompanhantes não tiveram dúvidas de que tinham acabado de encontrar os ossos de Teseu. Os sagrados despojos foram conduzidos a Atenas num navio de guerra e recebidos com júbilo. Era como se o próprio Teseu tivesse voltado para a cidade. E assim, depois de muitos séculos, os descendentes dos velhos atenienses prestaram ao fundador da liberdade e da constituição de Atenas a homenagem que uma geração vil ficara lhe devendo.

ÉDIPO

O assassínio do pai

Laio, filho de Lábdaco, da família de Cadmo, era rei de Tebas e vivia com Jocasta, filha do nobre tebano Meneceu. Por muitos anos não tiveram filhos. Como ele desejasse ardentemente um herdeiro, consultou o oráculo de Apolo, em Delfos, e recebeu a seguinte resposta: "Laio, filho de Lábdaco, você haverá de ter um filho, mas saiba que está destinado a morrer pelas mãos de seu próprio filho. Isso foi determinado por Zeus, o filho de Crono, que deu ouvidos à maldição de Pélops, cujo filho você raptou."

Em sua juventude, Laio tinha sido expulso de seu país e fora recebido como hóspede no Peloponeso, na corte do rei Pélops. Mas pagou o bem com o mal, raptando Crisipo, filho de Pélops, nos jogos de Nemeia.[1]

Consciente dessa culpa, Laio acreditou no oráculo e por muitos anos viveu separado de sua esposa. Mas o amor que tinham um pelo outro fez com que voltassem a unir-se, apesar da advertência do oráculo, e por fim Jocasta deu um filho a seu marido. Quando a criança nasceu, os pais lembraram-se do oráculo e, para evitar que este se realizasse, mandaram perfurar os pés da criança quando esta tinha três dias e abandoná-la, com os pés amarrados, no monte Citéron. Mas o pastor encarregado desse crime terrível ficou com pena da criança inocente e entregou-a a outro pastor, que pastoreava os rebanhos do rei Pólibo,

---

1. Esse Crisipo, filho de Pélops e de uma ninfa, foi muito infeliz apesar de sua beleza. Depois que seu pai o recuperou de Laio, numa guerra, ele foi assassinado de maneira traiçoeira por Atreu e Tiestes, filhos de sua madrasta Hipodâmia, a ciumenta esposa de Pélops.

de Corinto. Voltou então para casa e declarou ao rei e à sua esposa Jocasta que cumprira a missão. Os dois pensaram que a criança tivesse morrido de fome ou que fora destroçada por animais selvagens, impossibilitando assim a realização do oráculo. E tranquilizavam a própria consciência alegando terem protegido a criança, evitando que ela assassinasse o próprio pai.

Enquanto isso o pastor de Pólibo desamarrou os pés perfurados do menino e chamou-o de Édipo, que significa "o de pés inchados", por causa de suas feridas. E levou o menino para Corinto, para junto de seu senhor.

O rei Pólibo apiedou-se do menino e entregou-o à sua esposa Mérope, que o criou como se fosse seu próprio filho. Depois que cresceu ele achava que era filho e herdeiro de Pólibo, que não tinha outros filhos. Um acaso atirou Édipo aos abismos do desespero. Um coríntio, que havia muito tempo invejava a sua posição de destaque, embriagou-se de vinho num banquete, chamou Édipo a um canto e disse-lhe que ele não era um verdadeiro filho de seu pai. Ferido por essas palavras, o jovem mal pôde esperar pelo fim da refeição.

E na manhã seguinte dirigiu-se aos seus pais e pediu-lhes que o informassem a respeito. Pólibo e sua esposa ficaram muito chocados e tentaram esclarecer as dúvidas de seu filho, mas sem revelar-lhe a verdade. O amor que Édipo sentiu nas palavras deles fez-lhe bem, mas a desconfiança continuava a devorar-lhe o coração, pois as palavras de seu inimigo tinham-no atingido profundamente. Por fim ele consultou, em segredo, o oráculo de Delfos, no intuito de obter um desmentido da desonrosa acusação de que fora vítima. Mas Febo Apolo, ao invés de lhe dar uma resposta, apenas revelou uma desgraça muito maior que pairava sobre ele.

O oráculo disse: "Você há de matar seu próprio pai, casar-se com sua mãe e deixar uma descendência vergonhosa." Édipo foi tomado de um temor indizível, pois acreditava que Pólibo e Mérope, que sempre tinham sido tão amorosos para com ele, fossem seus pais verdadeiros. Não ousava voltar para sua terra, temeroso de que pudesse realizar o que o oráculo previra, levantando a mão contra seu amado pai Pólibo e, tomado de loucura, casar-se com sua mãe Mérope. Por isso tomou o caminho da Beócia. Encontrava-se ainda na estrada, entre Delfos e a cidade de Dáulis, quando numa encruzilhada encontrou um carro sobre o qual ia um velho desconhecido, acompanhado de um mensageiro, um condutor e dois servos. O condutor empurrou o pedestre, que os encontrara naquela passagem estreita do caminho. Édipo, que, por natureza, era vingativo, golpeou o rude condutor. Quando o velho viu o jovem correndo em direção ao carro com tanta ousadia, golpeou-o fortemente na cabeça com a sua lança. Fora de si, Édipo ergueu o seu cajado e derrubou o velho de seu assento. Começou então uma áspera luta. Édipo teve que se defender contra três agressores, mas sua força juvenil venceu e ele liquidou a todos, menos um, e fugiu.

Estava seguro de ter-se vingado de algum foceu ou beócio, que ameaçava a sua vida, pois o velho com o qual se encontrara não ostentava nenhum sinal de sua posição. Mas o homem assassinado era Laio, rei de Tebas, seu pai, que fazia uma viagem para consultar o oráculo. E assim se concretizou a dupla profecia recebida pelo pai e pelo filho, da qual ambos tentavam escapar.

Édipo desposa sua mãe

Logo depois desse acontecimento a Esfinge apareceu diante dos portões de Tebas. Era um monstro alado que na parte da frente era uma mulher e na parte de trás um leão. Filha de Tifeu e da Equidna, a ninfa com forma de serpente, era ela a terrível mãe de numerosos monstros e irmã de Cérbero, o cão do Inferno, da Hidra de Lerna e da Quimera, o monstro que vomita fogo. A Esfinge sentara-se sobre uma rocha e de lá propunha toda sorte de enigmas aos moradores de Tebas. Quem não soubesse a solução, era destruído e devorado.

Essa desgraça abatera-se sobre a cidade justamente quando todos estavam enlutados pela morte do rei, que fora assassinado numa viagem não se sabia por quem. Creonte, irmão da rainha Jocasta, reinava em seu lugar. O próprio filho de Creonte, a quem a Esfinge propusera um enigma, não conseguira desvendá-lo e fora devorado pelo monstro. Esta situação levou o príncipe a decretar que entregaria o reino e daria sua irmã Jocasta como esposa àquele que conseguisse libertar a cidade do monstro.

No exato momento em que esse decreto era divulgado, Édipo chegou a Tebas com o seu cajado, atraído pela aventura e pelo prêmio oferecido. Não se importava em arriscar sua vida, por causa das profecias que pairavam sobre ele. Dirigiu-se, pois, ao rochedo sobre o qual a Esfinge se sentara e mandou-a apresentar-lhe um enigma. O monstro quis propor um enigma insolúvel ao ousado estrangeiro e disse o seguinte:

— De manhã tem quatro pernas, ao meio-dia, duas e ao entardecer, três. Dentre todas as criaturas, é a única a mudar o número de suas pernas, mas justamente quando esse número é maior, a força e a rapidez de seus membros são menores.

Édipo sorriu ao escutar o enigma, cuja solução não lhe parecia tão difícil.

— A resposta ao seu enigma é o ser humano — disse ele —, que no alvorecer da vida é uma criança fraca, que engatinha sobre os dois braços e as duas pernas. Depois, no meio da vida, torna-se forte e caminha sobre as duas pernas. Por fim, no anoitecer da vida, torna-se um velho e, precisando de apoio, apanha uma bengala que lhe sirva de terceira perna.

O enigma foi resolvido. Tomada de vergonha e desespero, a Esfinge atirou-se do alto do rochedo, suicidando-se.[2] Como recompensa, Édipo recebeu o reinado de Tebas e a mão da viúva, que era sua própria mãe.

Com o passar dos anos, Jocasta deu-lhe quatro filhos: primeiro os gêmeos Etéocles e Polinices, depois duas filhas, a mais velha chamada

---

2. Segundo outras versões do mito, ela foi morta pelo próprio Édipo.

Antígona, e a mais jovem, Ismênia. Os quatro eram, ao mesmo tempo, seus filhos e seus irmãos.

A revelação

Por muito tempo o terrível segredo ficou oculto de todos e Édipo, um rei bom e justo, ainda que tivesse alguns defeitos, reinava sobre Tebas feliz e amado pelo povo, ao lado de Jocasta. Passado algum tempo os deuses fizeram com que uma epidemia se abatesse sobre a cidade, matando muita gente, e contra a qual não se conseguia encontrar remédio. Os tebanos buscaram a proteção de seu soberano contra o terrível mal, pois achavam que ele era um protegido dos céus e imaginavam que se tratasse de alguma vingança divina. Homens, mulheres, velhos, crianças, sacerdotes, levando ramos de oliveira, apresentaram-se diante do palácio real, sentaram-se nos degraus do altar e esperaram pela chegada de seu soberano. Quando Édipo, saindo de seu palácio, perguntou-lhes por que a cidade tinha sido invadida pela fumaça das oferendas e pelos lamentos, o mais idoso dos sacerdotes lhe respondeu:

— Vós mesmo podeis ver, senhor, a desgraça que se abateu sobre nós. Os campos e as pastagens estão sendo destruídos por um calor insuportável, e em nossas casas abate-se uma epidemia. Diante dessa situação, buscamos refúgio em vós, amado soberano. Já nos libertastes uma vez da terrível Esfinge e de seus enigmas. Não há dúvida de que fizestes isso com a ajuda dos deuses. E é por isto que nós confiamos em vós para que nos ajudais também desta vez.

— Infelizes! — exclamou Édipo. — Bem sei o que os leva a suplicar assim, bem sei que estão sofrendo, mas ninguém está mais inquieto do que eu. Pois lamento não só pelos meus familiares, mas por toda a cidade. Pensei muito, e acredito que finalmente encontrei um meio para a nossa salvação. Enviei meu cunhado Creonte para consultar o oráculo em Delfos, onde perguntará o que fazer para libertar a cidade.

Falava ainda o rei quando Creonte chegou e lhe comunicou, diante do povo, a resposta que recebera do oráculo e que não era muito consoladora: o deus mandara expulsar da cidade um criminoso que nela se abrigava, e não fazer aquilo que não pode ser redimido por meio de nenhuma punição, pois o assassínio do rei Laio pairava sobre o país como uma pesada culpa.

Sem saber do que se tratava, Édipo mandou que lhe relatassem o assassínio do rei, mas ainda assim seu espírito permaneceu dominado pela cegueira. Disse que era sua missão cuidar daqueles mortos e dissolveu a assembleia. Em seguida decretou que, em todo o reino, quem soubesse alguma coisa sobre o assassínio de Laio deveria avisá-lo. Quem preferisse calar, por preocupar-se com algum amigo, tornando-se assim cúmplice do assassino, ficaria excluído de todos os rituais religiosos e da companhia de seus concidadãos. Por fim amaldiçoou o criminoso com as mais terríveis imprecações, desejando-lhe todo o sofrimento e toda a dor — mesmo que vivesse escondido dentro do palácio real. Em seguida enviou dois mensageiros ao vidente cego, Tirésias, cuja visão do desconhecido era comparável à do deus da profecia, Apolo. Tirésias, conduzido pelas mãos de um menino, apresentou-se perante o rei e a assembleia popular. Édipo explicou-lhe a preocupação que torturava a ele e a todo o reino e pediu-lhe que empregasse toda a sua capacidade para ajudá-los a encontrar o assassino. Mas Tirésias soltou um grito de dor e, estendendo as mãos em direção ao rei, disse:

— Terrível é o conhecimento que só traz desgraças a quem conhece! Deixai-me voltar para minha casa, rei. Carregai vosso próprio fardo e deixai-me carregar o meu!

Ouvindo isso, Édipo suplicou ainda mais ao vidente, e os que estavam à sua volta ajoelharam-se diante dele, implorando. Mas como mesmo assim ele não dispunha a dar nenhuma resposta, o ódio acendeu em Édipo e ele acusou Tirésias de ser cúmplice ou até mesmo de ter participado do assassínio de Laio.

— Édipo — disse ele —, acabais de pronunciar vossa própria condenação. Não me culpeis, não culpeis ninguém do povo, pois vós mesmo sois a causa do horror que infesta a nossa cidade! Sois o assassino do rei, sois aquele que vive com sua mãe numa relação maldita.

Édipo porém estava cego. Acusou o vidente de ser um bruxo, um charlatão, um intrigante. Suspeitava também de seu cunhado Creonte, e acusou a ambos de conspirarem contra ele. Mas Tirésias permaneceu firme, acusando Édipo de ter matado o próprio pai e de ser marido da própria mãe, profetizando a sua desgraça. Em seguida retirou-se, enfurecido, conduzido por seu pequeno guia. Acusado pelo rei, também o príncipe Creonte acorrera, e entre os dois começou uma acirrada disputa que Jocasta em vão tentava acalmar. Creonte afastou-se, furioso, de seu cunhado.

Mais cega ainda do que o rei estava a sua esposa Jocasta.

— Vede — disse ela — como os videntes sabem pouco, vede-o neste exemplo! Também o meu primeiro marido, Laio, recebeu certa vez um oráculo que dizia estar ele destinado a morrer assassinado pelo próprio filho. Mas na verdade Laio foi assassinado por bandidos numa encruzilhada. Quanto ao nosso único filho, foi abandonado nas montanhas, atado pelos pés, e não viveu mais do que três dias.

Estas palavras terríveis tiveram sobre Édipo um efeito totalmente diverso do esperado pela rainha.

— Numa encruzilhada? — perguntou ele, nervoso. — Laio morreu numa encruzilhada? Como era a aparência dele? Que idade tinha?

— Ele era alto — respondeu Jocasta, sem compreender o nervosismo do marido —, e os primeiros cabelos brancos adornavam a sua cabeça. Na verdade, esposo meu, ele era até bastante parecido convosco.

— Tirésias não é cego, Tirésias enxerga tudo! — exclamou Édipo, horrorizado, pois a noite que se abatera sobre seu espírito iluminou-se de repente, como sob o efeito de um clarão. E seu próprio horror impelia-o a continuar investigando, como se tivesse possibilidade de encontrar uma resposta que lhe pudesse mostrar que sua terrível descoberta fora um equívoco. Mas todos os pormenores coincidiam, e por fim ele descobriu quem fora o servo que escapara, que anunciara o assassínio do rei. Mas esse pastor, ao ver Édipo no trono, suplicara-lhe para ser enviado para o mais longe possível da cidade, para as pastagens do rei. Édipo quis vê-lo, e o escravo foi chamado. Antes mesmo de ele chegar, apresentou-se um mensageiro de Corinto, anunciando a Édipo a morte de seu pai, Pólibo, e chamando-o para suceder-lhe no trono.

Ouvindo essa mensagem, a rainha tornou a falar, triunfante:

— Grandes oráculos divinos, onde estais? O pai que deveria ter sido morto por Édipo sucumbiu suavemente à velhice!

Mas a notícia teve um efeito bem diferente sobre Édipo. Ele ainda estava inclinado a acreditar que Pólibo era seu pai, mas mesmo assim não conseguia entender como um oráculo podia permanecer irrealizado. Tampouco queria ir para Corinto, pois sua mãe Mérope ainda vivia ali, e a outra parte do oráculo, seu casamento com a própria mãe, ainda poderia concretizar-se. Mas o mensageiro logo dirimiu essa dúvida. Ele era o mesmo homem que, muitos anos antes, recebera a criança recém-nascida de um servo de Laio, no monte Citéron. Disse ao rei que, embora fosse herdeiro do trono, era apenas um filho adotivo do rei Pólibo. Édipo então perguntou quem era o servo que o entregara, recém-nascido, aos coríntios. Recebeu de seus criados a informação de que era o mesmo que fugira depois de testemunhar o assassínio de Laio.

Ouvindo isso, Jocasta deixou seu marido e o povo reunidos. E então apareceu o velho pastor, que tinha sido buscado longe e que logo reconheceu o coríntio. Mas o velho pastor estava pálido de susto, e primeiro tentou negar tudo. Só diante das furiosas ameaças de Édipo ele por fim disse a verdade: Édipo era filho de Laio e Jocasta, e o terrível oráculo, de que ele haveria de matar o próprio pai, fizera com que ele lhe tivesse sido entregue para ser morto, mas que por dó o deixara vivo.

Édipo e Jocasta penitenciam-se

Não restavam mais dúvidas: o terrível fato fora revelado. Com um grito de loucura, Édipo retirou-se precipitadamente. Corria pelo palácio, transtornado, pedindo uma espada para varrer da face da terra aquele monstro que era ao mesmo tempo sua mãe e sua esposa. Como todos se afastassem dele, correu ao seu quarto, arrombou a porta dupla, que estava trancada, e entrou. Uma visão hedionda apresentou-se ao seu olhar. Viu Jocasta, com os cabelos revoltos, pendendo de uma corda, enforcada, sobre a sua cama. Édipo ficou paralisado durante um longo tempo, com o olhar fixo na morta, e então aproximou-se, gemendo. Soltou a corda, deixou o cadáver cair no chão e arrancou as presilhas douradas do vestido da mulher. Levantou-a com a mão direita, amaldiçoou seus próprios olhos, obrigados a presenciar aquilo, e perfurou-os com uma agulha. Em seguida quis apresentar-se aos tebanos como o parricida, marido da própria mãe, como uma maldição dos céus e uma praga da terra. Mas o povo recebeu o soberano, que fora tão amado e honrado, com a mais profunda compaixão, e não com repugnância. Até mesmo Creonte, seu cunhado, ofendido pelas injustas suspeitas de Édipo, acorreu para reconduzir o rei maldito à sua casa. Édipo, arrasado, ficou profundamente comovido com tanta bondade. Entregou o trono ao seu cunhado, para que ele reinasse em nome de seus jovens filhos, e pediu um túmulo para sua infeliz mãe. Colocou sob a proteção do novo rei suas filhas, que acabavam de tornar-se órfãs, e pediu para ser expulso daquelas terras, que ele contaminara com um crime duplo, para o monte Citéron, que já tinha sido determinado pelos seus pais como o lugar de sua morte e onde desejava viver ou morrer, conforme a vontade dos deuses. Depois pediu que chamassem suas filhas, cuja voz queria ouvir ainda uma vez, e colocou a mão sobre suas cabeças inocentes. Abençoou Creonte por toda aquela bondade não merecida, e invocou, para ele e para todo o povo, a proteção dos deuses.

Édipo e Antígona

No instante em que a terrível verdade se revelou, Édipo teria preferido a morte, e efetivamente o povo lhe teria feito uma caridade se o tivesse lapidado. Mas, depois de ter sido atingido pela cegueira, seu ódio por si mesmo arrefeceu, e seu cruel destino foi errar pelas terras estrangeiras. O amor pelo seu lar redespertou e ele achou que já tinha sido suficientemente punido com a morte de Jocasta e com a própria cegueira. Manifestou também a Creonte e aos seus filhos Etéocles e Polinices o desejo de permanecer em casa.

Mas então descobriu que o acesso de misericórdia do rei Creonte passara rapidamente, enquanto seus filhos também mostravam dureza e egoísmo. Creonte exortou seu infeliz cunhado a seguir sua decisão inicial, e os filhos afastaram-se dele. Deram-lhe o bastão dos mendigos e expulsaram-no do palácio. Só suas filhas sentiram-se inclinadas a ampará-lo. A mais jovem, Ismênia, permaneceu na casa de seus irmãos como uma defensora do pobre rejeitado. A mais velha, Antígona, partilhava o exílio com o pai, guiando os passos do cego. Vagueava ao lado dele, atravessando as florestas descalça e esfomeada, exposta ao sol e à chuva, embora pudesse viver em casa, com seus irmãos, cercada de todo o conforto. A princípio Édipo tencionava ficar numa região deserta do monte Citéron, para passar ali o resto da vida. Mas, como era um homem piedoso, não queria dar esse passo sem o consentimento dos deuses e por isso fez primeiro uma peregrinação ao oráculo de Apolo em Delfos.

E lá recebeu um oráculo que o consolou. Os deuses reconheceram que Édipo pecara contra sua própria vontade, contra a natureza e contra as leis mais sagradas da humanidade. Suas transgressões, embora involuntárias, precisavam ser punidas, mas a pena não deveria ser eterna. Por isso o deus revelou-lhe que, passado muito tempo, quando ele tivesse chegado à terra que o destino lhe determinasse, onde as honradas deusas eumênides concedessem-lhe um refúgio, ele seria absolvido. O nome eumênides, as benevolentes, era um epíteto das erínias ou fúrias, as deusas da vingança, pois os mortais queriam suavizá-las com um nome aprazível. O oráculo era enigmático e terrível: Édipo haveria de ser absolvido dos seus pecados contra a natureza pelas fúrias! Ainda assim, ele confiou nas palavras divinas e, deixando por conta do destino a realização do oráculo, pôs-se a vagar pela Grécia, nutrido pelas esmolas de gente piedosa. Sempre pedia pouco, e também só recebia pouco. Mas dava-se por satisfeito, pois a longa duração de seu exílio, os sofrimentos e a nobreza de seu próprio caráter o haviam ensinado a ser modesto.

Édipo em Colona

Depois de muito perambular, os dois chegaram, num fim de tarde, a uma bonita aldeia, numa região muito agradável. Os rouxinóis cantavam nas árvores e as flores das videiras espalhavam o seu perfume, enquanto oliveiras e loureiros ofereciam suas sombras. Até mesmo o cego Édipo sentiu o quanto aquele sítio era aprazível e, ouvindo a descrição de sua filha, concluiu que deveria ser um lugar sagrado. Ao fundo, erguiam-se as torres de uma cidade, e Antígona descobriu que se encontravam perto de Atenas.

Édipo sentou, exausto, sobre uma pedra. Um morador da aldeia, que passava por ali, ordenou-lhe que deixasse aquele lugar, onde nenhum mortal tinha o direito de pisar. Os dois errantes então conheceram que estavam em Colona, no santuário das eumênides. Tal era o nome sob o qual os atenienses honravam as erínias.

Édipo então reconheceu que tinha alcançado o objetivo de sua migração e que a solução pacífica de seu destino estava próxima. Suas palavras deixaram o homem de Colona pensativo, e ele já não mais ousava expulsar o estrangeiro de seu assento antes de informar o rei dos acontecimentos.

— Quem reina aqui nestas terras? — perguntou Édipo, que depois de seus prolongados sofrimentos não estava a par da história e da situação de seu mundo.

— Você não conhece o nobre e poderoso herói Teseu? — perguntou-lhe o aldeão. — A fama dele espalhou-se pelo mundo inteiro!

— Se o seu soberano é tão nobre — redarguiu Édipo —, gostaria que você fosse meu mensageiro e lhe pedisse para vir até aqui. Prometo recompensá-lo bem por esse favor.

— E que benefício poderia um cego proporcionar ao nosso rei? — perguntou o camponês, olhando para o estrangeiro com ar de misericórdia. — Sim — acrescentou — se não fosse a sua cegueira, meu bom homem, você teria uma aparência nobre e digna, o que me obriga a respeitá-lo. Por isso vou comunicar o seu pedido ao meu rei e aos meus concidadãos.

Quando ficou de novo a sós com sua filha, Édipo levantou-se, voltou os olhos para o chão e suplicou às eumênides, numa prece compenetrada:

— Ó deusas terríveis, mas também misericordiosas, mostrem-me agora, conforme o que foi profetizado por Apolo, o futuro de minha vida, se é que já padeci o bastante! Tenham pena de mim, ó filhas da Noite; tenha misericórdia, honrada cidade de Atenas, da sombra do rei Édipo, que está à sua frente, pois ele já não é quem foi!

Não ficaram sós por muito tempo. A notícia de que um homem cego, cuja aparência impunha respeito, estava no santuário das fúrias logo atraiu para lá os anciãos da aldeia, que queriam evitar a profanação do santuário. Ficaram ainda mais horrorizados quando o cego lhes revelou que era um homem perseguido pelo destino. Temiam que o ódio das deusas fosse recair sobre eles, caso permitissem que um homem marcado pelos céus permanecesse naquele lugar sagrado, e ordenaram-lhe que abandonasse imediatamente aquela região. Édipo suplicou-lhes insistentemente que não o expulsassem daquele lugar, que a própria voz divina anunciara ser o destino de suas longas peregrinações. Antígona também suplicou:

AS MAIS BELAS HISTÓRIAS DA ANTIGUIDADE CLÁSSICA VOL I | 275

— Se não querem apiedar-se dos cabelos grisalhos de meu pai, então recebam-no por mim, pobre abandonada que não tem culpa nenhuma!

Enquanto os moradores hesitavam, ao mesmo tempo apiedados e temerosos das erínias, Antígona avistou uma jovem aproximando-se rapidamente, montada num cavalinho, com o rosto protegido do sol por um largo chapéu. Um servo, igualmente a cavalo, seguia-a de perto.

— É Ismênia! — exclamou ela, agradavelmente surpresa. — Quem sabe ela nos está trazendo notícias de casa!

Acompanhada por seu único servo, Ismênia viajara de Tebas até ali para levar uma notícia ao seu pai. Seus filhos encontravam-se numa situação de grande perigo e que fora provocada por eles mesmos. De início eles tinham a intenção de abdicar do trono em favor de Creonte, pois a maldição de sua família os ameaçava. Mas quanto menos se lembravam de seu pai, mais esqueciam esse pensamento. O desejo de reinar e de ter as honras de um rei despertava neles, e assim começou a rivalidade entre os irmãos. Polinices, o primogênito, foi quem primeiro subiu ao trono. Mas Etéocles, o mais jovem, não estava disposto a revezar-se no trono com seu irmão, conforme propusera. Incitou o povo a revoltar-se e destronou seu irmão. Segundo os boatos que corriam em Tebas, este fugira para Argos, no Peloponeso, onde tornou-se genro do rei Adrasto, conquistando amigos e aliados e ameaçando vingar-se de sua terra natal. Mas ao mesmo tempo se divulgava um novo oráculo divino, segundo o qual os filhos de Édipo nada poderiam fazer sem a ajuda de seu pai. Precisavam encontrá-lo vivo ou morto, se quisessem ter sucesso em alguma coisa.

Os moradores de Colona ouviram assombrados o relato de Ismênia, e Édipo levantou-se de seu assento. Seu rosto de cego irradiava uma dignidade real quando ele disse:

— É do banido e do mendigo que eles querem ajuda? Agora que eu não sou nada é que vou ser considerado um homem verdadeiro?

— Assim é — respondeu Ismênia —, e é justamente por isso que nosso tio Creonte logo virá até aqui. Tive que me apressar muito para chegar antes dele, pois ele quer convencer você a ir com ele ou condu-

276 | GUSTAV SCHWAB

zi-lo à força até as fronteiras do território tebano, para que o oráculo se realize de maneira vantajosa e favorável a ele e ao meu irmão, evitando ao mesmo tempo que a sua presença profane a cidade.

— E como é que você sabe de tudo isso? — indagou o pai.

— De peregrinos que estiveram em Delfos.

— E se eu morrer lá — perguntou Édipo —, serei enterrado em terras tebanas?

— Não — respondeu a donzela. — Sua culpa não permite que isso aconteça.

— Então, eles nunca haverão de me capturar! — exclamou o velho rei, indignado. Se para os meus dois filhos o desejo de poder é maior do que o amor paternal, suplico aos céus que jamais façam cessar a sua rivalidade, e se a decisão de sua disputa depende de mim, então que nem aquele que agora tem o cetro nas mãos permaneça no trono, nem o que foi expulso jamais volte a ver sua terra natal. Só estas moças são minhas verdadeiras filhas! Que as minhas culpas jamais venham a prejudicá-las. Imploro para elas a bênção dos céus e também a sua proteção, piedosos amigos! Concedam-lhes, e também a mim, toda a sua ajuda e concedam uma proteção poderosa para a sua cidade!

Édipo e Teseu

Os habitantes de Colona tinham muito medo do cego Édipo, que, apesar de ter sido banido, ainda lhes parecia assaz poderoso. Aconselharam-no a absolver-se da profanação do santuário das fúrias. Só então os anciãos se inteiraram do nome e da culpa do rei Édipo, e o seu horror ante aqueles feitos talvez os tivesse voltado contra ele novamente, se o rei Teseu não chegasse naquele instante. Amigável e respeitoso, aproximou-se do estrangeiro cego e lhe disse:

— Pobre Édipo, conheço bem o seu destino, e seus olhos, violentamente cegados, revelam a pessoa que tenho à minha frente. Seu infortúnio toca-me profundamente. Diga-me o que quer de mim e de minha cidade.

As mais belas histórias da antiguidade clássica vol I | 277

— Suas palavras me deixam reconhecer a sua generosidade — respondeu Édipo. — Meu pedido, na verdade, é um presente. Dou-lhe este meu corpo fatigado, que pouco parece ser um bem, mas que possui grande valor. Quero que me enterre e colha, em troca de sua misericórdia, muitas bênçãos.

— O favor que me pede é pequeno — disse Teseu, espantado. — Peça algo melhor, algo mais elevado, e lho darei.

— O favor não é tão pequeno quanto você imagina — prosseguiu Édipo —, pois você terá que lutar por este corpo.

E ele então contou de seu banimento e do pedido egoísta de seus familiares, que queriam de novo lançar mão dele. Teseu ouviu-o com toda a atenção e depois lhe prometeu solenemente:

— Minha casa está aberta a qualquer hóspede, por isso não tenho como abandoná-lo. E aliás eu não o faria, pois foram as mãos dos deuses que o trouxeram até aqui.

Em seguida perguntou a Édipo se queria ir com ele para Atenas ou se preferia ficar em Colona. Édipo decidiu ficar onde estava, pois fora determinado pelo destino que ali ele haveria de vencer seus inimigos e também encerrar a sua vida. O rei dos atenienses prometeu-lhe sua proteção, e regressou à cidade.

Édipo e Creonte

Pouco depois, o rei Creonte, de Tebas, invadiu Colona com homens armados.

— Vocês estão surpresos com a minha invasão ao território da Ática — disse ele aos aldeãos —, mas não se preocupem nem se enfureçam. Não sou mais tão jovem a ponto de ousar entrar em guerra contra a mais forte das cidades da Grécia. Sou um velho que foi enviado por seus concidadãos para fazer com que este homem volte comigo para Tebas.

Voltou-se então para Édipo e fingiu comover-se com sua desgraça. Mas Édipo estendeu o seu bastão, dando a entender que Creonte não deveria aproximar-se dele.

— Mentiroso desavergonhado! — exclamou ele. — Era só o que faltava para o meu sofrimento, você me levar preso! Não imagine que assim fazendo conseguirá livrar sua cidade do mal que paira sobre ela. Não irei com vocês, mas mandarei para lá um demônio vingador. E que os meus injustos filhos só possuam do solo tebano o suficiente para o túmulo dentro do qual haverão de cair.

Creonte então tentou levar à força o rei cego, mas os cidadãos de Colona não o permitiram. Enquanto isso, em meio à confusão, os tebanos, a um sinal de Creonte, arrancaram Ismênia e Antígona de seu pai e, apesar da oposição dos aldeãos de Colona, conseguiram levá-las embora.

— Arrancamos-lhe as suas muletas — gritou Creonte. — Agora, cego, continue sozinho as suas peregrinações.

Encorajado por essa vitória, Creonte investiu novamente contra Édipo e agarrou-o. Mas nesse momento chegou Teseu, que recebera a notícia da invasão dos tebanos. Imediatamente ele enviou servos a pé e a cavalo para reaverem as jovens capturadas pelos tebanos. E declarou a Creonte que só o soltaria depois que ele tivesse devolvido a Édipo as suas filhas.

— Filho de Egeu — disse Creonte com dissimulação —, não vim aqui para fazer guerra contra a sua cidade. Não sabia que seus cidadãos defenderiam meu cunhado cego com tanta dedicação. Não sabia que você prefere ter consigo o parricida que se casou com a própria mãe, em vez de entregá-lo aos representantes de sua terra natal.

Teseu ordenou-lhe que se calasse e se retirasse dali sem mais demora, mas não sem antes lhe informar o lugar onde estavam presas as duas moças. E pouco depois ele trazia a Édipo, profundamente comovido, as suas filhas. Creonte e seus servos tinham partido.

Édipo e Polinices

Mas nem assim o pobre Édipo encontraria sossego. Teseu lhe trouxe a notícia de que um parente seu, que não era de Tebas, viera a Colona suplicar proteção no altar do templo de Posídon, que ficava perto dali.

— É meu filho Polinices! — exclamou Édipo. — Não quero falar com ele!

Mas Antígona, que amava seu irmão, acalmou o ódio do pai e conseguiu que ele concordasse ao menos em ouvir o infeliz. Depois de implorar uma vez mais a proteção de Teseu, caso seu filho tentasse levá-lo embora à força, Édipo mandou chamar Polinices.

A própria postura do filho de Édipo mostrava que suas intenções eram diferentes das de seu tio Creonte, e Antígona chamou a atenção do cego para isso.

— Vejo-o chegar desacompanhado! — exclamou ela. — E as lágrimas correm por suas faces.

— É verdade? — perguntou Édipo, afastando o rosto.

— Sim, pai — respondeu Antígona. — Seu filho Polinices está diante do senhor.

Polinices prosternou-se na frente de seu pai e abraçou-lhe os joelhos. Condoído, olhou para suas roupas de mendigo, para os buracos vazios de seus olhos, para seus cabelos grisalhos, despenteados, esvoaçando ao vento.

— Pequei terrivelmente contra o senhor, pai! Será que pode perdoar-me? O senhor continua calado? Oh, minhas caras irmãs, façam com que o nosso pai se reconcilie comigo!

— Meu irmão, diga-nos o que o trouxe aqui — disse Antígona delicadamente. — Quem sabe se você falar primeiro ele falará também.

Polinices, então, contou como tinha sido expulso por seu irmão, sua recepção pelo rei Adrasto em Argos, que lhe deu sua filha como esposa, e como ele conseguira a aliança com sete príncipes e sete exércitos que entrementes tinham cercado Tebas. E então, em meio às lágrimas, suplicou a seu pai que o acompanhasse para, depois de destronar seu arrogante irmão, receber pela segunda vez, das mãos de seu filho, a coroa de Tebas.

Mas nem mesmo o arrependimento do filho logrou acalmar o pai.

— Quando o trono e o cetro ainda estavam em suas mãos — disse ele —, você expulsou seu próprio pai de sua terra natal. Você e seu irmão não são meus verdadeiros filhos; se dependesse de vocês, eu estaria morto há muito tempo. Só continuo vivo graças às minhas filhas. Vocês estão condenados à vingança dos deuses. Você não conseguirá destruir sua terra natal, há de cair sobre seu próprio sangue, assim como o seu irmão. É esta a resposta que deverá levar aos seus aliados!

Polinices ficou horrorizado com a maldição de seu pai. Ergueu-se e recuou alguns passos.

— Ouça minhas súplicas, Polinices — implorou Antígona. — Volte para Argos com as suas tropas, não faça a guerra contra a sua terra natal!

— Impossível — retorquiu Polinices, hesitante. — A maldição me precipitaria agora na ignomínia e na destruição! E muito embora ambos tenhamos que perecer, meu irmão e eu não podemos ser amigos!

E, soltando-se dos braços da irmã, Polinices saiu correndo, desesperado.

O fim de Édipo

E assim Édipo resistiu às tentações de seus familiares, deixando-os à mercê do deus da vingança. Agora seu próprio destino estava realizado. Os trovões ribombaram no céu; o velho compreendeu aquela voz e mandou chamar Teseu. Toda a região foi coberta pela escuridão que prenuncia uma tempestade, e um grande temor apoderou-se do rei cego. Ele temia que seu anfitrião não fosse mais encontrá-lo vivo, ou consciente, o que o impediria de agradecer-lhe por todo o amparo que lhe dera. Por fim, Teseu apareceu, e Édipo então pronunciou sua bênção solene sobre a cidade de Atenas. Em seguida exortou o rei a obedecer ao chamado dos deuses, acompanhando-o até aquele lugar onde, sem ser tocado por qualquer mão mortal, ele haveria de morrer diante de seus olhos. Teseu não poderia revelar a nenhum mortal o lugar onde Édipo morreria, pois enquanto seu túmulo permanecesse desconhecido, seria uma proteção segura contra todos os inimigos de Atenas. Às suas filhas e aos moradores de Colona ele permitiu que o acompanhassem por um trecho do trajeto, e assim todo o cortejo o seguiu, penetrando no bosque sagrado das fúrias. Ninguém podia tocar em Édipo. Ele, o cego, que até então sempre tivera que ser conduzido por suas filhas, subitamente parecia capaz de ver. Caminhava ereto, à frente de todos, mostrando o caminho do lugar que lhe tinha sido designado pelo Destino.

No meio do bosque das erínias havia uma grande rachadura na terra, cuja abertura tinha uma porta de bronze. Ali cruzavam-se vários caminhos. Desde tempos imemoriais, dizia-se que aquela rachadura era uma das entradas dos Ínferos. Édipo deixou que seu cortejo o acompanhasse até aquela gruta. Parou debaixo de uma árvore oca, sentou-se sobre uma pedra e soltou o cinturão de sua veste de mendigo. Em seguida pediu água, lavou toda a sujeira acumulada em suas longas peregrinações e vestiu uma roupa adornada que suas filhas lhe tinham trazido de uma casa das cercanias. E então, depois que Édipo trocou de roupa e se sentiu como que renovado, um trovão subterrâneo ecoou. Édipo abraçou suas filhas, beijou-as e disse:

— Adeus, filhas! De hoje em diante vocês não têm mais pai!

Elas então ouviram repentinamente uma voz que parecia um trovão. Não era possível saber se vinha do céu ou das profundezas da terra.

— Que está esperando, Édipo? — gritava a voz.

O rei cego soltou-se dos braços de suas filhas, chamou o rei Teseu e colocou as mãos delas nas dele, como um sinal de seu compromisso de jamais abandoná-las. Em seguida mandou que todos à sua volta se retirassem, sem olhar para trás. Só Teseu pôde aproximar-se, ao seu lado, da abertura na terra. Suas filhas e o cortejo só olharam para trás depois de se terem afastado um bom pedaço. E então aconteceu o milagre. Do rei Édipo não havia sequer um rastro. Não se viam raios, não se ouviam nem trovões nem ventania, e no ar pairava o mais profundo silêncio. Teseu, que permanecera ali sozinho, cobriu os olhos com as mãos. Depois de uma breve prece, dirigiu-se às filhas de Édipo e voltou com elas para Atenas.

A GUERRA DE TEBAS

Polinices, Tideu e Adrasto

Adrasto, o filho de Tálao, rei de Argos, tinha três filhos, e duas belas filhas, Argia e Deípile. Sobre o destino destas filhas, soubera de um estranho oráculo que ele as daria como esposas a um leão e a um javali. Em vão o rei refletia sobre o sentido destas palavras obscuras, e quando as meninas tinham crescido ele logo quis casá-las de maneira a evitar a concretização daquele preocupante presságio.

Casualmente, naquela época, dois refugiados bateram às portas de Argos, pedindo asilo. Polinices fora expulso de Tebas por seu irmão Etéocles, e Tideu, filho de Eneu e Peribeia, meio-irmão de Meleagro e Dejanira, fugira de Cálidon, onde matara um parente acidentalmente, numa caçada. Ambos os fugitivos encontraram-se diante do palácio real, em Argos. Na escuridão da noite, imaginaram que fossem inimigos um do outro, e começaram a lutar. Adrasto ouviu o ruído das armas, e apartou os contendores. E então, quando o rei tinha, um de cada lado, os heróis que tinham estado brigando, ele assustou-se, pois no escudo de Polinices avistou uma cabeça de leão, enquanto que no de Tideu viu uma cabeça de javali.

Polinices ostentava este símbolo em seu escudo em honra a Héracles, enquanto que o outro escolhera o seu brasão como lembrança da caçada ao javali da Calidônia e de Meleagro. Adrasto então reconheceu o sentido do obscuro oráculo, e os refugiados se tornaram seus genros. Polinices recebeu em casamento a filha mais velha, Argia, enquanto que a filha mais jovem, Deípile, foi casada com Tideu. A ambos ele prometeu solenemente ajudar a reconquistarem as suas pátrias, de onde tinham sido expulsos.

Primeiro decidiram fazer uma expedição contra Tebas, e Adrasto reuniu seus heróis: eram sete príncipes, inclusive ele, com sete exércitos. Seus nomes eram Adrasto, Polinices, Tideu e também Anfiarau e Capaneu, o primeiro, cunhado de Adrasto, o outro um sobrinho, e por fim também dois irmãos, Hipomedonte e Partenopeu. Mas Anfiarau, o cunhado do rei, que antes fora, por muito tempo, seu inimigo, era um profeta e previu o malogro da expedição guerreira. Depois de esforços em vão para tentar demover Adrasto e os demais heróis de sua intenção, ele procurou um esconderijo, que só era conhecido por sua esposa Erifile, a irmã do rei Adrasto, e lá ocultou-se. Por muito tempo os heróis o procuraram, em vão. Adrasto não ousava empreender uma guerra sem ele, e costumava chamar Anfiarau de "o olho de seu exército". Em sua fuga de Tebas, Polinices trouxera consigo o colar e o véu, agourentos presentes com os quais, certa vez, Afrodite honrara Harmonia, em seu casamento com Cadmo, o fundador de Tebas, e que causavam a destruição de quem quer que os usasse. Estes presentes já tinham causado a morte de Harmonia, de Sêmele, a mãe de Baco, e de Jocasta.[1] A última a possuí-los fora Argia, a esposa de Polinices, e ele então decidiu subornar Erifile com o colar, para que ela revelasse o lugar onde se escondia o seu marido. Havia muito tempo que esta mulher invejava sua sobrinha por causa daquela bela joia, que lhe fora dada de presente pelo estrangeiro. Quando ela viu as pedras preciosas reluzentes e as fivelas de ouro, não foi capaz de resistir à tentação. Mandou Polinices segui-la e conduziu-o até o esconderijo de Anfiarau. Ele não pôde deixar de participar da expedição, pois já antes prometera a Adrasto que deixaria por conta de sua esposa a decisão de qualquer disputa com seu cunhado. Foi sob esta condição que ele recebeu como esposa a irmã de Adrasto. Armou-se, então, e reuniu seus guerreiros. Mas antes de partir, chamou seu filho Alcméon para junto de si, e obrigou-o a prestar um juramento sagrado, de que ele se vingaria de sua mãe infiel.

---

1. Veja observação pp. 45-6 (trecho em itálico).

A partida dos Sete contra Tebas

Os demais heróis também se armaram, e logo Adrasto tinha reunido um exército poderoso que, dividido em sete unidades, cada qual comandada por um herói, deixou a cidade de Argos cheio de esperanças. Mas logo no início do caminho aconteceu-lhes o primeiro revés: tinham alcançado a floresta de Nemeia, onde todas as fontes, rios e lagos tinham secado. O calor do dia torturava-os com uma sede ardente, e o peso das armaduras e escudos, assim, tornava-se insuportável. A poeira acumulava-se em seus lábios secos, e até mesmo os seus cavalos tinham as bocas secas.

Enquanto Adrasto, junto com alguns guerreiros, em vão buscava fontes, eles deram com uma mulher triste, de rara beleza que, levando no peito um menino, sentava-se sob uma árvore. Tinha os cabelos revirados e trajava uma roupa pobre, mas tinha um rosto majestoso. Surpreso, o rei imaginou que tinha uma ninfa da floresta à sua frente. Atirou-se aos seus joelhos, suplicando por ajuda. Mas a mulher respondeu com o olhar baixo:

— Estrangeiro, eu não sou uma deusa. Talvez, a julgar por sua aparência esplêndida, você seja um descendente de deuses, mas quanto a mim, o único que tenho de sobrenatural é o sofrimento que suportei, e que é maior do que o de qualquer outro mortal. Eu sou Hipsípile, fui a rainha das amazonas em Lemnos,[2] a filha do majestoso Toas, mas agora, depois de ter sido raptada por piratas e vendida, sou prisioneira e escrava de Licurgo, rei de Nemeia. Este menino não é meu próprio filho; é Ofeltes, o filho de meu senhor, e eu sou sua pajem. Mas darei de bom grado a vocês o que vocês desejam de mim. Só uma única fonte jorra neste deserto desconsolado, e eu sou a única que conheço o caminho secreto que leva até lá. Ali há água suficiente para saciar a sede de todo o seu exército. Sigam-me!

---

2. Veja pp. 129 ss.

A mulher levantou-se, colocou o bebê na grama e adormeceu-o com uma cantiga de ninar. Os heróis chamaram seus companheiros e assim todo o exército seguiu os passos de Hipsípile, penetrando na mais profunda floresta. Logo eles chegaram a uma fenda rochosa na terra, ao fundo da qual havia um vale. Um vapor fresco erguia-se dali. Ao mesmo tempo, ouviram o retumbar de uma cascata. "Água!", gritaram, alegres, "água! água!", repetiu todo o exército. Eles então desceram para a beira do riacho, bebendo avidamente. Logo encontraram também caminhos para as carruagens e os cavalos, através da floresta, que desciam para o fundo do vale, e os condutores foram com as carruagens para o meio do rio, deixando que os cavalos se refrescassem na água e saciassem sua sede.

Todos estavam descansados, e Hipsípile conduziu Adrasto e seus heróis, seguidos agora por seus exércitos a uma distância respeitosa, de volta à estrada, onde ela os tinha encontrado, sentada à sombra de uma árvore. Mas antes de reencontrar aquele lugar, a mulher ouviu, de longe, um gemido sofrido, que seus acompanhantes mal perceberam. Hipsípile também era mãe de filhos grandes e pequenos, os quais tivera que deixar para trás, em Lemnos, quando fora raptada. E agora ela dedicava àquele bebê todo o seu amor maternal. Um temor receoso fez gelar seu coração. Ela correu à frente dos heróis, mas o pequeno tinha desaparecido, e ela nem mesmo conseguia ouvir a sua voz. Olhando à sua volta, logo tudo lhe ficou claro: perto da árvore uma serpente gigantesca retorcia-se, com a cabeça apoiada sobre sua barriga inchada. Hipsípile deu um grito, horrorizada, e os heróis acorreram. O primeiro a avistar a serpente foi Hipomedonte. Ele atirou, imediatamente, uma pedra sobre aquele monstro, mas suas costas encouraçadas suportaram a pedrada como se fosse um calombo de areia que tivesse sido lançado. Ele então atirou a sua lança, que não deixou de atingir o alvo. Penetrou pela goela da serpente, e saiu pelas costas. O animal retorceu-se, e depois de uma longa agonia, expirou.

Só depois que a serpente estava morta a pobre Hipsípile ousou seguir os rastros da criança. Encontrou a grama tingida de sangue, e avistou os ossos da criancinha. Desesperada ela os juntou no colo, entregando-os aos heróis. Eles enterraram o pequeno cadáver solenemente, e fundaram, em sua honra, os jogos sagrados de Nemeia. Sob o nome de Arquêmoro, que significa "o precocemente finado",[3] ele passou a ser honrado por eles como um semideus.

Hipsípile foi atirada pela mãe da criança, Eurídice, numa masmorra, e uma morte terrível a esperava. Mas quis a sorte que os filhos mais velhos de Hipsípile a libertassem.

Tebas sitiada

— Aí está um presságio de como esta expedição vai terminar! — disse o vidente Anfiarau, num tom sombrio.

Mas os demais pensavam apenas na serpente, que fora morta, considerando isto um presságio favorável. E todos estavam animados. O pesado suspiro do profeta da desgraça não foi ouvido, e a expedição continuou. Não demorou muito e o exército dos argivos chegou às muralhas de Tebas.

Na cidade, Etéocles e seu tio Creonte tinham preparado tudo para uma defesa ferrenha, e ele, diante da assembleia de cidadãos, disse:

— Pensem agora, meus cidadãos, naquilo que vocês devem à sua terra natal. Todos vocês, desde os mais jovens até os maduros, precisam defendê-la, defender os altares dos deuses da cidade, seus pais, suas mulheres, seus filhos e suas terras! Coloquem-se a postos sobre as muralhas, subam para as torres com os seus arcos e flechas, vigiem atentamente todas as saídas e não temam o tamanho das tropas inimigas! Meus espiões estão fora, e tenho certeza de que me trarão notícias precisas. E depois de ter sido informado por eles, agirei.

---

3. Ou o condutor do destino, o condutor para a morte, pois o vidente Anfiarau, que previra o malogro da expedição, viu no trágico destino do garoto um sinal que indicava o seu próprio destino, e o dos demais heróis. Foi por este motivo que ele deu ao garoto o nome mencionado acima.

Enquanto isto, Antígona estava na torre mais alta do palácio, com um velho escudeiro de seu avô Laio. Depois da morte de seu pai ela não permanecera por muito tempo em Atenas, sob a amigável proteção de Teseu, mas voltara para a sua terra natal, juntamente com sua irmã Ismênia. Ela queria compartilhar do destino de seu irmão e da cidade. Lá foi recebida de braços abertos pelo príncipe Creonte e por seu irmão Etéocles, pois eles viam nela uma refém voluntária, e uma intermediária bem-vinda. Nos campos em volta da cidade, ao longo das margens do rio Ismenos e em torno da fonte Dirce, famosa havia muitos anos, estava acampado o poderoso exército inimigo. Eles justamente se colocavam em movimento. Todos os campos reluziam com o brilho das armaduras esplêndidas. Massas de infantaria e cavalaria infestavam os portões da cidade sitiada, erguendo um clamor terrível.

Antígona assustou-se diante dessa vista, mas o velho a consolou:

— Nossas muralhas são altas e fortes, nossos portões de carvalho estão seguros por pesadas ferragens. Por dentro a cidade oferece toda a segurança, e guerreiros corajosos a defendem.

E em seguida ele se pôs a responder às perguntas da donzela, que queria saber quem eram os líderes das tropas inimigas.

— Aquele com o elmo reluzente é o príncipe Hipomedonte! Mais à direita, com trajes estrangeiros, como um semibárbaro, está Tideu, o cunhado de seu irmão.

— E quem é aquele jovem herói ali? — perguntou a donzela.

— É Partenopeu — explicou-lhe o velho —, o filho de Atalanta, a amiga de Ártemis. Mas você está vendo ali aqueles dois heróis no túmulo das filhas de Níobe? O mais velho é Adrasto, o líder de toda a expedição. E o mais jovem, você o conhece?

— Vejo — exclamou Antígona, visivelmente condoída — apenas o peito e os contornos de seu corpo, mas ainda assim eu o reconheço: é meu irmão Polinices! Oh! Se eu pudesse voar com as nuvens e estar junto dele, e abraçá-lo! Mas quem é aquele outro, que conduz uma carruagem branca?

— É o vidente Anfiarau — respondeu o velho. — Mas você está vendo aquele que anda de um lado para outro junto das muralhas, procurando os pontos mais vulneráveis? Aquele é o arrogante Capaneu, que amaldiçoou a nossa cidade e que quer levá-la, donzela, para as águas de Lerna, como escrava!

Antígona empalideceu e voltou-se. O velho estendeu-lhe a mão, e acompanhou-a para baixo.

Meneceu

Enquanto isto, Creonte e Etéocles discutiam sua estratégia de guerra. Colocaram um líder em cada um dos sete portões de Tebas. Mas, antes que começasse a batalha, também queriam interpretar os sinais anunciados pelo voo dos pássaros, que lhes preconizariam o resultado da guerra. Entre os tebanos vivia, como já o sabemos da história de Édipo, o vidente Tirésias, filho de Everes e da ninfa Cariclo. Quando jovem, a deusa Atena o cegou. Sua mãe Cariclo suplicara à sua amiga para que devolvesse a luz a seu filho, mas isso estava além dos poderes da deusa. Em compensação, porém, ela aguçou tanto a audição dele que ele se tornou capaz de compreender as vozes dos pássaros. E a partir desse instante, tornou-se o vidente da cidade.

Creonte mandou seu jovem filho Meneceu consultar o vidente, já idoso. Com os joelhos trêmulos, conduzido por sua filha Manto e pelo jovem, o velho logo se apresentou a Creonte. O rei o exortou a revelar o que os pássaros lhe anunciavam acerca do destino da cidade. Tirésias permanceu calado por muito tempo, mas por fim disse, entristecido:

— Os filhos de Édipo pecaram gravemente contra o seu pai; fazem com que amargas desgraças se abatam sobre as terras tebanas. Argivos e cadmeus vão matar-se, e seus filhos cairão, uns pelas mãos dos outros. Só há uma salvação para a cidade, mas não quero revelá-la a vocês. Adeus!

Ele virou-se, e queria partir, mas Creonte suplicou até que ele acabou ficando.

— Você quer mesmo ouvir? — perguntou o vidente, num tom sério —, então ouça! Mas antes diga-me, onde está seu filho Meneceu, que me trouxe até aqui?

— Ele está a seu lado — respondeu Creonte.

— Então que ele fuja para tão longe quanto for capaz! — disse o velho.

— Por quê? — perguntou Creonte. — Meneceu é filho do pai dele, e é capaz de guardar segredo quando isto se faz necessário, e decerto há de alegrar-se quando souber o que poderá nos salvar!

— Então ouçam o que deduzi do voo dos pássaros — disse Tirésias —, a salvação virá, mas de maneira difícil. O mais jovem dos descendentes da colheita dos dentes do dragão terá que cair, é só com esta condição que vocês poderão ser vitoriosos!

— Ai de mim! — exclamou Creonte —, qual é o significado destas palavras?

— Que o mais jovem dos netos de Cadmo terá que morrer para que a cidade possa ser salva!

— Você está pedindo pela morte de meu filho Meneceu? — prosseguiu o príncipe, indignado —, arranque-se daqui imediatamente! Não preciso de suas profecias para nada!

— A verdade não permanece verdade, mesmo se acarreta sofrimentos? — perguntou Tirésias, sério.

Creonte então atirou-se a seus pés, abraçou seus joelhos, e suplicou ao profeta cego para que ele revogasse sua profecia. Mas o vidente permaneceu inflexível.

— Esta exigência é inalterável — disse ele —, na fonte de Dirce, onde antes estava o dragão, o seu sangue terá que jorrar, num sacrifício. A terra só será sua aliada, depois que receber de volta o sangue de um dos descendentes daquele sangue que ela mesma fez jorrar, para Cadmo, nos dentes de dragão. Se este jovem se sacrificar por sua cidade, ele será o seu salvador. Escolha, Creonte, o destino que você quiser.

E com estas palavras o vidente afastou-se, conduzido por sua filha. Creonte permaneceu imerso em silêncio. Por fim ele exclamou, temeroso:

— Gostaria de poder eu mesmo morrer por minha pátria, mas você, meu filho, como posso sacrificá-lo? Fuja, filho, fuja desta terra amaldiçoada para tão longe quanto os seus pés forem capazes de levá-lo. Vá para Delfos, para a Etólia, Epiro, para o santuário de Dodona, e esconda-se ali, sob a proteção do oráculo!

— Farei isto com prazer — respondeu Meneceu, com o olhar brilhante. — Certamente não deixarei de acertar o caminho.

Creonte então se acalmou, e correu para o seu posto. Mas o jovem atirou-se ao chão e rezou fervorosamente para os deuses.

— Perdoai-me, deuses celestes, se eu menti, e se tranquilizei meu pai através de falsas promessas! Que covarde seria eu se traísse a minha pátria, à qual devo a vida! Por isto, ouvi o meu juramento, ó deuses, e recebei-me com misericórdia! Quero salvar minha pátria através de minha morte! Eu mesmo vou me atirar, das muralhas, na fenda profunda e escura do dragão e assim, conforme o vidente anunciou, salvar minha pátria!

Alegre, o rapaz ergueu-se e correu para a beirada da muralha. Colocou-se no seu ponto mais alto, examinou a ordem de combate dos inimigos, e os amaldiçoou solenemente. E então apanhou uma adaga, que levava escondida sob as suas vestes, perfurou o próprio ventre, e atirou-se das alturas. Seu corpo caiu, despedaçado, junto à fonte de Dirce.

O ataque à cidade

O oráculo estava realizado. Creonte conteve a sua tristeza, Etéocles colocou um exército à disposição de cada um dos sete defensores, para proteger com soldados todos os pontos vulneráveis da muralha. O exército dos argivos iniciou seu ataque. Ecoavam os cânticos de guerra, e as trombetas ressoavam, tanto a partir das muralhas quanto dos exércitos invasores. Primeiro Partenopeu, filho da caçadora Atalanta, liderou suas tropas no ataque contra uma das portas da cidade.

Os soldados vinham em formação, escudo contra escudo. O escudo de Partenopeu trazia um retrato de sua mãe, matando um javali, na Etólia, com uma flechada. Outra porta era atacada pelo sacerdote e vidente Anfiarau, que levava animais sacrificiais em sua carruagem. Suas armas e seu escudo eram simples, sem adornos ou brasões. A terceira porta era atacada por Hipomedonte, cujo escudo trazia um retrato de Argos, de cem olhos, vigiando Io, que fora transformada em vaca por causa de Hera. Contra a quarta porta Tideu conduzia suas tropas. Seu escudo era adornado com uma pele de leão, e no braço direito ele levava uma tocha, agitando-a furiosamente. Polinices, o rei expulso, comandava o ataque à quinta porta, e seu escudo retratava uma parelha de cavalos furiosos. Capaneu conduzia o seu exército contra a sexta porta. Ele era ousado a ponto de querer guerrear contra o próprio deus Ares. Em seu escudo estava gravada a imagem de um gigante que, tendo arrancado uma cidade inteira do solo, carregava-a nos ombros. E contra a sétima e última porta vinha Adrasto, o rei dos argivos. Seu escudo retratava centenas de serpentes, que levavam embora, em suas bocas, crianças tebanas.

Quando todos se aproximaram da cidade, começou a batalha, primeiro com pedras lançadas por fundas, e logo depois com arcos e lanças. O primeiro ataque foi defendido de maneira vitoriosa pelos tebanos, de forma que os exércitos argivos foram obrigados e recuar. Tideu e Polinices, então, exclamaram:

— Ataquem os portões com forças reunidas, cavaleiros, condutores de carros e soldados a pé, todos juntos!

Este grito, que se espalhou rapidamente pelas tropas, voltou a encorajar os argivos. O ataque começou com forças redobradas, mas não teve resultados diferentes do anterior. Com as cabeças ensanguentadas, os atacantes caíram aos pés dos defensores, e fileiras inteiras pereceram sob a muralha.

O arcádio Partenopeu, então, atacou a sua porta como uma tempestade, clamando por fogo e por machados, para rompê-la. O tebano Periclimno, que mantinha seu posto sobre a muralha, observava os seus esforços, e arrancou um pedaço da balaustrada de ferro da muralha, do tamanho da carga de uma carruagem inteira, que esmagou os atacantes. Diante da quarta porta, Tideu lutava furiosamente, como um dragão. Balançava sua cabeça sob o elmo esvoaçante, e seu escudo ecoava. Com a mão direita ele atirava a lança por sobre a muralha, e seus escudeiros atiravam uma chuva de lanças em direção à mais alta das torres da muralha, de maneira que os tebanos eram obrigados a se abrigar longe da balaustrada. Neste instante, apareceu Etéocles, que reuniu os soldados e os reconduziu até a beira da muralha. Ele então pôs-se a correr de porta em porta. E assim encontrou também o furioso Capaneu, que trazia uma escada e gritava, gabando-se de que nem mesmo o próprio Zeus seria capaz de contê-lo e de impedi-lo de partir as muralhas da cidade conquistada. Encostou a escada na muralha, e começou a galgar as pedras lisas, protegido por seu escudo, atacado por pedras por todos os lados. Mas neste caso foi o próprio Zeus quem tratou de puni-lo por sua arrogância, e quando ele já alcançava o topo da muralha, atingiu-o com um raio. Foi um golpe que ressoou pela terra, e seus membros despedaçados se espalharam por todos os lados, enquanto de seus cabelos erguiam-se as chamas em direção ao céu.

Através deste sinal, o rei Adrastro reconheceu que o pai dos deuses se opunha às suas intenções. Mandou que suas tropas recuassem de perto da muralha, acompanhando-as. Os tebanos saíram a pé e em carruagens de dentro da cidade tão logo reconheceram o sinal propício que lhes fora enviado por Zeus. Os soldados tebanos, a pé, atacaram os exércitos dos argivos, carruagens colidiam, e os tebanos saíram vitoriosos, só voltando para o interior de suas muralhas depois de perseguirem os inimigos por um longo trecho.

O duelo entre os irmãos

Assim terminou o ataque contra Tebas. Quando Creonte e Etéocles tinham voltado com os seus para dentro da cidade, o exército dos argivos voltou a organizar-se, tornando a atacar a cidade. Etéocles então tomou uma importante decisão. Enviou um mensageiro para o exército argivo, novamente acampado em torno das muralhas tebanas, e pediu uma trégua. Então, do alto de sua fortaleza, ele gritou, para os seus próprios exércitos e para os dos argivos, em voz alta:

— Dânaos e argivos, que vieram até aqui, ó povo de Tebas! Não arrisquem as suas vidas, uns por Polinices, os outros por mim, que sou seu irmão! Deixem que eu mesmo corra todos os riscos desta guerra, duelando com meu irmão Polinices. Se eu o matar, então serei o único soberano de Tebas, se ele me matar, deixarei para ele o cetro, e vocês, argivos, voltam para a sua pátria, sem perder suas vidas inutilmente diante destas muralhas.

Das fileiras dos argivos, então, saltou Polinices, e gritou, em direção à fortaleza, que aceitava a sugestão de seu irmão. Ambos os exércitos concordaram. Foi feito um acordo, reforçado por um juramento dos dois líderes.

Antes que tivesse início o duelo fatídico, os videntes de ambos os exércitos ainda fizeram oferendas, para profetizar o resultado do duelo a partir da forma das chamas sacrificiais. O sinal era ambíguo, profetizando a ambos tanto a vitória quanto a derrota. Polinices então ergueu suas mãos, suplicante, voltou a cabeça em direção às terras dos argivos, e suplicou:

— Hera, soberana de Argos, foi de suas terras que eu trouxe a minha mulher, é em suas terras que eu vivo, permita que os seus cidadãos conquistem a vitória no duelo!

Do outro lado, Etéocles dirigiu-se ao templo de Atena em Tebas:

— Conceda, ó filha de Zeus — suplicou ele —, que eu manobre a lança de maneira a conquistar a vitória!

Junto com as suas últimas palavras, ressoaram as trombetas, o sinal da luta sangrenta, e os irmãos se lançaram, furiosamente, um contra o outro. As lanças voavam, uma ao lado da outra, e retumbavam, ao atingirem os escudos, que resistiam também aos golpes de espada. Os espectadores suavam diante daquela luta furiosa. Por fim, Etéocles distraiu-se. Enquanto se esquivava, tentou afastar com o pé direito uma pedra que estava em seu caminho, e assim descuidou-se, expondo sob o escudo sua perna direita. Polinices então o golpeou com a espada, rompendo a sua canela. Todo o exército argivo jubilou ao ver este golpe, prevendo a decisão do combate. Mas enquanto era golpeado, o ferido, que em nenhum instante perdeu a consciência, viu um dos ombros de seu adversário descoberto, e atirou contra ele a sua lança. A luta agora estava empatada, e ambos estavam sem as suas lanças. Cada qual então apanhou sua espada, e aproximaram-se. Escudo batia contra escudo, e um forte clamor de batalha ecoava. Etéocles, então, lembrou-se de um golpe que aprendera na Tessália. Subitamente ele mudou de posição, recuou apoiando-se em seu pé esquerdo, cobriu a parte inferior de seu corpo, colocou então seu pé direito para a frente e golpeou o ventre de seu irmão, que não estava preparado para esta mudança na posição de seu adversário. Retorcendo-se de dor, Polinices inclinou-se para o lado, e caiu, coberto de sangue. Etéocles, agora, tinha certeza de sua vitória. Atirou longe sua espada e curvou-se sobre o moribundo. Mas ainda que estivesse caindo, Polinices segurava firmemente a sua espada, e lhe restavam forças suficientes para golpear o fígado de Etéocles, inclinado sobre ele. Este caiu duro, ao lado do irmão moribundo. E assim a maldição do pai sobre os dois concretizou-se.

Então as portas de Tebas se abriram, as mulheres e os servos saíram, chorando a morte de seu senhor. Antígona atirou-se sobre o seu amado irmão Polinices. Etéocles morrera antes, e só um suspiro profundo saiu de seu peito. Polinices ainda respirava. Voltou os olhos para sua irmã e disse:

— Como lamento o seu destino, irmã, e também o destino do irmão morto, que de amigo tornou-se meu inimigo! Agora na morte reconheço que o amei! Mas você, querida irmã, enterre-me em minhas terras, e faça as pazes com a cidade, para que ao menos me conceda esta graça! E assim ele morreu, nos braços de sua irmã. A multidão gritou, alto. Os tebanos consideraram que seu soberano, Etéocles, fora o vencedor; já os invasores diziam ser vitorioso Polinices. Diante desta disputa, tomaram as armas. Os tebanos colocaram-se em ordem, e todos tinham observado o duelo armados, enquanto que os argivos tinham deposto as armas, assistindo à luta seguros da vitória. Subitamente os tebanos atacaram as tropas argivas, antes mesmo que tivessem tempo de se armarem. E não encontraram resistência. Desarmados, os inimigos fugiram pela planície, o sangue jorrava, pois centenas de invasores eram abatidos, em fuga, pelas lanças.

Durante esta fuga dos argivos aconteceu também que o herói Periclimno perseguiu o vidente Anfiarau até as margens do rio Ismeno. Ali, o fugitivo, que ia em sua carruagem puxada por um cavalo, foi obrigado a parar. O tebano estava em seu encalço. Desesperado, o vidente mandou o seu cocheiro deixar os cavalos procurarem uma passagem pela água, mas antes mesmo que ele estivesse dentro do rio, o inimigo alcançou a margem, ameaçando-o com sua lança. Zeus, não querendo que o vidente fosse morto, lançou um raio, abrindo uma fenda no chão, que se abriu, formando uma caverna escura, engolindo os cavalos que procuravam uma passagem, juntamente com a carruagem, o vidente e seus companheiros.

Logo a região de Tebas estava livre de seus inimigos. Também o corajoso herói Hipomedonte e o poderoso Tideu tinham caído. Vindos de todos os lados, os tebanos agora traziam os escudos dos derrotados e outros troféus de guerra, levando-os, triunfalmente, pela cidade.

A decisão de Creonte

O reinado de Tebas foi herdado por Creonte, depois que os dois irmãos morreram, e este teve que providenciar o enterro de seus dois sobrinhos. Mandou enterrar Etéocles com todas as honras. Todos os moradores da cidade seguiram o cortejo fúnebre, enquanto Polinices permanecia insepulto, junto às muralhas da cidade. Creonte então mandou anunciar a sua decisão de não lamentar a morte do inimigo da pátria, e de não lhe dedicar um túmulo, simplesmente deixando o cadáver do maldito exposto, para servir de alimentação aos cães e às aves de rapina. Ao mesmo tempo, ele encarregou os cidadãos de ficarem atentos para que a sua vontade real fosse cumprida. Colocou homens de guarda, para evitar que alguém roubasse o cadáver e o enterrasse. Quem ousasse fazer isto, seria condenado à morte por lapidação.

Esta cruel disposição do rei também chegou aos ouvidos de Antígona. Ela não se esquecera da promessa que fizera ao moribundo. Com o coração oprimido, dirigiu-se à sua irmã mais jovem, Ismênia, tentando convencê-la a ousar furtar o corpo de seu irmão dos inimigos. Mas Ismênia tinha medo.

— Irmã — disse ela, chorando —, será que esqueceu a terrível morte de nosso pai e nossa mãe? Será que não se lembra mais da trágica morte de nossos irmãos? Também quer entregar-nos à ruína?

Antígona afastou-se:

— Você não tem que me ajudar — disse ela —, enterrarei nosso irmão sozinha. E depois de ter feito isso, morrer será uma alegria para mim!

Pouco depois, um dos vigias apresentou-se, temeroso, a Creonte:

— O cadáver que deveríamos vigiar foi enterrado — anunciou ele —, e o autor desconhecido do furto escapou-nos. Também não sabemos como isto pôde acontecer. Quando o primeiro vigia da manhã avisou-nos do ocorrido, não conseguimos encontrar nenhuma explicação. Só uma fina camada de poeira foi colocada sobre o morto, a quantidade mínima necessária para que os deuses dos Ínferos considerem que o corpo foi enterrado. Não havia nenhum rastro, nem marca.

Diante desta notícia, Creonte enfureceu-se terrivelmente. Ameaçou de morte todos os vigias se eles não lhe trouxessem, imediatamente, o autor daquele gesto. Mandou que a terra fosse tirada de sobre o cadáver, .e que eles continuassem vigiando. E assim, sob o sol escaldante, eles montaram guarda, do amanhecer até o meio-dia. Subitamente ergueu-se uma tempestade, e o ar encheu-se de poeira. Diante daquele sinal inesperado, os vigias levantaram-se. Viram então uma donzela aproximando-se. Nas mãos ela levava um regador, cheio de poeira, aproximava-se do cadáver — pois os vigias estavam bastante longe dali, numa montanha — e em vez de enterrar o morto, cobria seu corpo com pó. Os vigias, então, não hesitaram mais. Aproximaram-se dela, agarrando-a, e levaram para junto de seu senhor.

Antígona e Creonte

Creonte logo reconheceu sua sobrinha Antígona.

— Sua tola! — exclamou ele —, confessará ou desmentirá este feito?

— Eu confesso — disse ela, erguendo a cabeça.

— E você sabia que infringia uma lei?

— Sim, sabia — disse Antígona, firme e serena. — Mas esta não é uma lei que foi dada pelos deuses imortais. Eu conheço outras leis, que não foram criadas ontem ou hoje, mas que têm um valor perene, e que ninguém sabe de onde vieram. Nenhum mortal pode infringi-las sem tornar-se vítima do ódio dos deuses. Uma lei como esta obriga-me a não deixar insepulto o filho de minha própria mãe. Se esta forma de agir parece-lhe tola, tolo é quem me acusa de tolice!

— Você acha — disse Creonte, ainda mais enfurecido com a réplica de Antígona — que não conseguirei dobrar o seu orgulho? Quem está sob o poder de outrem, não deve ser arrogante!

Antígona, então, respondeu:

— O pior que pode fazer contra mim é matar-me, então por que perder tempo? Meu nome não será manchado pela minha morte. E sei também que só o medo fez com que os seus cidadãos, aqui, permaneçam calados, e que todos, no fundo de seus corações, admiram o que fiz, pois amar o irmão é a primeira obrigação de uma irmã.

— Então ame-o no Hades — exclamou o rei —, uma vez que você tem que amá-lo.

E logo mandou que os seus servos a agarrassem. Ismênia, que ouvira o que acontecera à sua irmã, chegou correndo. Parecia ter-se esquecido de sua fraqueza e de seu medo. Corajosamente, ela se apresentou a seu cruel tio, declarou-se cúmplice, e pediu para ser morta juntamente com a sua irmã. Ao mesmo tempo, ela lembrou ao rei que Antígona não só era filha da irmã dele, mas também noiva de seu próprio filho, Hémon.

Ao invés de dar qualquer tipo de resposta, Creonte mandou seus carrascos agarrarem também a irmã, e levarem ambas para o interior do palácio.

Hémon e Antígona

Quando Creonte viu seu filho aproximar-se, achou que ele estivesse indignado com a condenação de sua noiva. Mas Hémon mostrou uma subserviência filial, e só depois de convencer seu pai de sua lealdade, ousou suplicar por sua amada noiva:

— Você não sabe, pai — disse ele — o que o povo está dizendo, e as críticas que têm sido feitas. Na sua frente, ninguém ousa dizer nada que não lhe agrade, mas eu já ouvi muitos rumores. Deixe-me dizer-lhe que toda a cidade está lamentando a condenação de Antígona, a maneira como ela agiu tem sido elogiada por todos os cidadãos e ninguém acredita que ela mereça a morte, por não permitir que o corpo de seu irmão fosse devorado por cães e por aves de rapina! Por isso, meu querido pai, ceda aos apelos do povo, faça como as árvores que não se voltam contra a força das torrentes, na floresta, e sim cedem a ela, pois as árvores que tentam resistir têm as suas raízes arrancadas.

— Você está querendo me ensinar a governar? — exclamou Creonte, com um tom de desprezo. — Tenho a impressão de que você está aliado a elas!

— Só falei tudo isto pelo seu próprio bem — respondeu rapidamente o jovem.

— Estou vendo que você é um prisioneiro do seu amor cego por esta donzela, mas você não irá libertá-la com vida! Ela será emparedada viva numa caverna, e só lhe daremos o mínimo de alimento necessário para que não pareça que cometemos um assassinato! Que ela suplique a libertação aos deuses dos Ínferos! Ela reconhecerá tarde demais que é melhor obedecer aos vivos do que aos mortos!

Enfurecido, Creonte afastou-se de seu filho, e logo foram tomadas todas as providências para que a horrível decisão do tirano fosse implementada. Abertamente, diante de todos os cidadãos, Antígona foi conduzida à caverna e, clamando pelos deuses e pelos seres amados com os quais ela esperava reencontrar-se, desceu, sem temor.

O cadáver insepulto de Polinices continuava ali. Cães e pássaros aproximaram-se dele. Então o velho vidente Tirésias apresentou-se diante de Creonte, da mesma maneira que antes apresentara-se a Édipo, anunciando-lhe maus presságios. Ele ouvira grasnados de pássaros nocivos e agourentos, e o animal sacrificado sobre o altar ficara fumegando ao invés de arder em brasas.

— Evidentemente os deuses estão enfurecidos conosco — terminou ele — por causa dos maus tratos ao finado filho do rei. Por isto, ó senhor, não seja tão teimoso! Que glória terá você por matar mais uma vez aqueles que já estão mortos?

Mas Creonte, da mesma forma como Édipo anteriormente, expulsou o vidente com palavras rudes, acusando-o de querer extorquir dinheiro com suas mentiras. O vidente, tomado de um ódio ardente, desvelou, sem qualquer escrúpulo, todo o futuro que esperava pelo rei.

— Saiba — disse ele — que antes de o Sol se pôr um cadáver do seu próprio sangue substituirá dois cadáveres. Você está cometendo um crime duplo ao impedir que o morto entre nos Ínferos, como seria de seu direito, ao mesmo tempo impedindo que a viva, que pertence ao mundo superior, não saia para ele. Rápido, leve-me embora daqui, menino! Vamos deixar este homem entregue à sua própria desgraça.

A punição de Creonte

O rei olhou, temeroso, para o vidente enfurecido. Chamou para junto de si os anciãos da cidade, perguntando-lhes o que deveria fazer.

— Liberte a donzela da caverna, e enterre o corpo do jovem! — disseram eles, unanimemente.

Foi difícil para o inflexível soberano ceder. Mas sua coragem estava em declínio, e assim ele concordou. Este era o único caminho pelo qual poderia evitar a ruína de sua casa, anunciada pelo vidente. Ele mesmo dirigiu-se, com seus servos e seu séquito, primeiro para o campo, onde jazia Polinices, e depois para a caverna onde Antígona estava aprisionada. Sua esposa Eurídice ficou sozinha no palácio. Logo depois, ela ouviu, nas ruas, gritos de dor e lamentos, e quando deixou seus aposentos, saindo para o pátio do palácio, um mensageiro veio ao seu encontro.

— Rezávamos para os deuses dos Ínferos — disse o mensageiro —, lavando o morto e cremando os restos de seu corpo. Depois de erguermos um túmulo para ele, com a terra de nossa pátria, fomos para a caverna de pedra, onde Antígona estava destinada a morrer de fome. Ali, já de longe um servo ouviu lamentos. Mas nosso senhor já tinha reconhecido a voz: era a de seu filho. Nós, os servos, corremos quando ele nos chamou e olhamos pela fenda na rocha. Nas profundezas da caverna, vimos Antígona, coberta com o seu véu, já morta. E diante dela, abraçado a seu corpo, estava Hémon, o seu filho, lamentando pela morte da noiva e amaldiçoando a crueldade do pai. Enquanto isto, ele entrou pela passagem que fora aberta. "Meu filho!", exclamou ele, "saia, venha para junto de seu pai! Eu lhe suplico, ajoelhado". Mas o filho olhava para ele, desesperado e sem responder desembainhou sua espada de dois gumes. O pai saiu correndo da caverna escapando do golpe. Hémon, então, atirou-se sobre a própria espada.

Eurídice ouviu, muda, esta notícia, e saiu correndo. Desesperado, o rei voltou para dentro de seu palácio. Servos o acompanhavam carregando o corpo de seu único filho. Neste momento trouxeram-lhe a notícia de que sua esposa estava morta, em meio a uma poça de seu próprio sangue, no interior no palácio.

O enterro dos heróis argivos

Da família de Édipo, só restava, além de dois filhos dos irmãos faleci-dos, Ismênia. O mito nada nos conta sobre ela. Ela morreu solteira, ou sem filhos, e com a sua morte findou-se aquela infeliz família. Dos sete heróis que partiram contra Tebas, o único a escapar do combate foi o rei Adrasto, salvo por seu imortal cavalo negro Aríon. Alcançou Atenas ileso, ali conseguindo asilo como refugiado, no altar da misericórdia, e suplicou aos atenineses para o ajudarem, indo buscar os heróis e concidadãos que tinham morrido diante de Tebas para enterrá-los con-dignamente. Os tebanos foram obrigados a permitir o enterro. Adrasto ergueu então sete montes com os corpos dos heróis caídos, e realizou jo-gos fúnebres em honra a Apolo no Asopo. Quando o monte de Capaneu ardia, sua mulher Evadne saltou sobre o fogo e foi queimada também. O cadáver de Anfiarau, engolido pela terra, não fora encontrado. Doía ao rei não poder prestar a última homenagem, o enterro, a este seu amigo.

— Sinto falta — disse ele — do olho de meu exército, do homem que possuía a vista mais aguçada e era o mais corajoso dentre os guerreiros!

Depois do enterro solene, Adrasto ergueu um belo templo à deu-sa Nêmesis, diante de Tebas, e juntamente com os seus aliados, os atenienses, partiu dali.

Os epígonos

Dez anos mais tarde os filhos dos heróis caídos diante de Tebas, chama-dos epígonos, ou descendentes, decidiram fazer uma nova expedição contra a cidade, para vingarem a morte de seus pais. Eram oito homens:

Alcméon e Anfíloco, filhos de Anfiarau; Egialeu, filho de Adrasto; Diomedes, filho de Tideu; Prômaco, filho de Partenopeu; Estênelo, filho de Capaneu; Tersandro, filho de Polinices; e Euríalo, filho de Mecisteu.[4] Também o velho rei Adrasto juntou-se a eles, mas não quis assumir o comando da expedição, deixando-o para um guerreiro mais jovem e forte. Os aliados então interrogaram o oráculo de Apolo, para saber quem deveria ser escolhido para o posto de comandante. E o oráculo indicou-lhes Alcméon, filho de Anfiarau. Mas não estava claro se ele poderia aceitar esta honra, antes de ter vingado o seu pai. Por isto, ele também foi até Delfos para consultar o oráculo. Apolo respondeu-lhe que ele deveria fazer as duas coisas simultaneamente. Sua mãe Erifile não só conseguiu apossar-se do colar maldito, mas também do segundo dos presentes perniciosos de Afrodite, o véu. Tersandro, o filho de Polinices, que herdara o véu, o dera de presente a ela, assim subornando-a, para que ela convencesse seu filho Alcméon a participar da expedição contra Tebas.

Obedecendo ao oráculo, Alcméon tomou o comando da expedição, adiando sua vingança para quando voltasse. De Argos trouxe um exército considerável, e além disto muitos guerreiros de cidades vizinhas se juntaram a ele e assim ele conseguiu levar um grande exército contra as portas de Tebas. E ali, da mesma maneira que acontecera dez anos antes com os seus pais, houve uma luta violenta. Eles, porém, tiveram mais sorte do que os seus pais, e Alcméon saiu vitorioso. No calor do combate só um dos epígonos, Egialeu, filho do rei Adrasto, caiu. Foi morto pelo líder dos tebanos, Laodamas, filho de Etéocles. Mas este depois foi morto por Alcméon, comandante dos epígonos. Depois de perderem o seu líder e muitos de seus concidadãos, os tebanos deixaram o campo de batalha, buscando refugio detrás de suas muralhas. Ali foram pedir os conselhos do cego Tirésias, o vidente que, agora com

---

4. Mecisteu, na verdade, não era um dos sete, mas apenas um irmão de Adrasto. Por isto, outras versões do mito citam Eurípilo ou Polidoro, como filhos de Hipomedonte, em vez de Euríalo.

mais de cem anos de idade, ainda vivia em Tebas. Ele aconselhou-os a seguir o único caminho possível para a salvação, enviando um mensageiro propondo a paz aos argivos, e enquanto isto deixando a cidade. Eles acataram a sua sugestão, enviaram um emissário para junto dos inimigos, e enquanto este negociava, carregaram as suas carruagens com suas mulheres e crianças, e fugiram da cidade. Na escuridão da noite chegaram a uma cidade na Beócia, chamada Tilfússion. O cego Tirésias, que também fugira, tomou um gole da água fria do rio Tilfussa, que corria pela cidade, e morreu. Mas mesmo nos Ínferos o sábio vidente recebeu distinções. Sua profunda inteligência e seu dom profético foram conservados. Sua filha Manto não tinha fugido com ele e caiu nas mãos dos conquistadores. Estes tinham feito uma promessa de dedicar a Apolo as melhores coisas que conseguissem saquear da cidade e acharam que nada poderia agradar mais ao deus do que a vidente Manto, que herdara o dom divino de seu pai. Por isto os epígonos a levaram a Delfos e ali a dedicaram a Apolo, como sacerdotisa. Em Delfos ela aperfeiçoou-se cada vez mais na arte de profetizar e em outras ciências e logo tornou-se a mais renomada vidente de sua época. Com frequência via-se um velho entrando e saindo de sua morada, a quem ela ensinava cânticos que logo se difundiram por toda a Grécia. Era ele Homero de Meônia.

Alcméon e o colar

Quando Alcméon voltou de Tebas, resolveu realizar também a segunda parte do oráculo, vingando-se de sua mãe, a assassina de seu pai. Seu ódio por ela crescera ainda mais quando descobriu que, depois de sua volta, Erifile aceitara presentes e também o traíra. Ele achou que não havia mais motivos para poupá-la, atacou-a com a espada e a matou. Em seguida, apanhou o colar e o véu, e deixou a casa paterna, que se tornara odiosa para ele. Mas, embora a vingança lhe tivesse sido exigida pelo oráculo, o matricídio é um crime contrário à natureza e os deuses não podiam deixar de puni-lo. Assim, foi enviada uma fúria para perseguir Alcméon e ele foi punido com a loucura. Neste estado ele foi, primeiramente, para a Arcádia, para junto do rei Ecles[5]. Mas a fúria não lhe concedeu a paz, ali, e ele foi obrigado a seguir em sua peregrinação. Por fim, ele encontrou refúgio em Psófis, na Arcádia, junto do rei Fegeu. Absolvido por este, recebeu em casamento sua filha, Arsínoe, e os terríveis presentes, o colar e o véu, se tornaram propriedade dela. Alcméon foi liberado de sua loucura, mas a maldição ainda pairava sobre a sua cabeça, pois por causa dele as terras de seu sogro foram punidas com a esterilidade. Alcméon consultou o oráculo, mas este o despachou com palavras pouco consoladoras: ele não encontraria sossego antes de chegar a uma terra que ainda não existia na época em que ele matara a sua mãe. Erifile, ao morrer, amaldiçoara todas as terras que pudessem dar asilo ao matricida.

Sem qualquer esperança, Alcméon deixou sua esposa e seu filho pequeno Clítio, e saiu vagando pelo mundo. Depois de muito viajar finalmente encontrou o que o oráculo previra. Chegou ao rio Aqueloo, e ali encontrou uma ilha que só se formara recentemente. Nesse lugar se estabeleceu, livrando-se de sua maldição. Mas a nova felicidade o fez ousado e arrogante. Ele esqueceu-se de sua antiga esposa Arsínoe e de seu filho pequeno e casou-se com a bela Calírroe, a filha do rio-deus Aqueloo, que logo lhe deu dois filhos, um depois do outro, Acarnane e Anfótero. Mas como Alcméon era famoso por possuir os dois presentes mágicos de Afrodite, sua nova esposa logo também lhe pediu o esplêndido colar e o véu. Alcméon deixara estes tesouros nas mãos de sua primeira esposa, quando a abandonara secretamente. Mas ele não queria que sua esposa atual soubesse de seu casamento anterior, e então inventou uma história sobre um lugar distante, onde teria escondido aquelas preciosidades, e prometeu-lhe que iria buscá-las. Foi assim que

---

5. Pai de Anfiarau, portanto, avô de Alcméon. Há quem diga que Ecles caiu diante de Troia, como companheiro de armas de Héracles. Segundo uma outra versão do mito, ele teria morrido na velhice na Arcádia, onde seu túmulo era mostrado.

viajou de volta a Psófis, apresentou-se outra vez diante de seu primeiro sogro, e de sua esposa abandonada, e desculpou sua ausência alegando um ataque de loucura, do qual ele afirmou ainda não estar curado.

— Para libertar-me da maldição, e poder voltar — disse ele —, só há uma maneira, de acordo com a profecia: preciso levar como oferenda para o deus em Delfos o colar e o véu que eu dei de presente a você.

Ela lhe entregou ambos, e Alcméon partiu, alegremente. Mas então aqueles presentes malignos haveriam de mostrar seus efeitos nocivos a ele também. Um de seus servos tinha confiado ao rei Fegeu que Alcméon se casara novamente, e que queria levar aqueles presentes para a sua nova esposa. Então os irmãos da mulher enganada se puseram a caminho, esperando por ele numa tocaia, e assim dominaram o viajante, que cavalgava tranquilamente. Levaram as joias de volta para a sua irmã. Mas Arsínoe ainda amava o infiel Alcméon, e amaldiçoou seus irmãos quando eles lhe anunciaram sua morte. Os presentes nocivos haveriam de mostrar seu efeito terrível também a Arsínoe. Amargurados, os irmãos achavam que tinham que punir severamente a irmã deles, por sua ingratidão. Pegaram a mulher, trancaram-na num baú e a levaram a um aliado deles, o rei Agapenor, de Tégea, dizendo que Arsínoe assassinara o próprio Alcméon. E ela morreu, miseravelmente.

Enquanto isto, Calírroe foi informada da morte de seu marido Alcméon. Ela se atirou no chão e suplicou a Zeus para realizar um milagre, fazendo dos seus pequenos filhos homens, imediatamente, para que eles pudessem vingar a morte do pai. Como Calírroe era inocente, Zeus atendeu à sua súplica, e os filhos, que tinham ido dormir meninos, acordaram como homens barbados, cheios de iniciativa e vontade de vingança. Partiram, e dirigiram-se primeiramente para Tégea. Chegaram ali na mesma hora em que os filhos de Fegeu, Pronoo e Agenor, tinham entregue a sua infeliz irmã, Arsínoe, e estavam se preparando para viajar a Delfos, para oferecer no templo de Apolo as malignas joias de Afrodite. Eles não sabiam quem eram aqueles dois jovens barbudos que se aproximavam, atacando-os, e antes mesmo que pudessem saber qual era o motivo da agressão, já jaziam mortos. Os filhos de Alcméon justificaram-se diante de Agapenor, e lhe contaram o que acontecera. Em seguida, dirigiram-se a Psófis, na Arcádia, entraram no palácio, e executaram o rei Fegeu e sua mulher. De volta a casa, relataram à sua mãe que já tinham vingado a morte do pai. Em seguida, viajaram para Delfos e, seguindo os conselhos de seu avô Aqueloo, dedicaram o véu e o colar como oferendas a Apolo no templo. Quando isto aconteceu, a maldição que recaíra sobre a casa de Anfiarau extinguiu-se, e seus netos Acarnane e Anfótero, os filhos de Alcméon e de Calírroe, reuniram moradores em Epiro, e fundaram a Acarnânia. Clítio, o filho de Alcméon e Arsínoe, deixara com repugnância a família de sua mãe depois do assassinato de seu pai, refugiando-se em Élis.

APÊNDICE

OS DEUSES GREGOS E ROMANOS

Os deuses celestes

Zeus (*Júpiter,* na tradição romana) é o mais importante dentre os deuses gregos. Em Homero, é chamado de "pai dos deuses e dos homens", "mais alto dos soberanos", "melhor e mais alto dos deuses". Ele é o antigo deus celeste do monoteísmo, ao qual foram sendo incorporados, ao longo do tempo, vários atributos. Assim, é o deus das intempéries, da chuva, da neve e das tempestades. Como tal, possui, em Homero, o epíteto de "lança-trovões", "lança-raios", "reunidor de nuvens", "de escuras nuvens". Enquanto rei dos deuses, é ele quem lidera o governo do mundo, vigiando a organização estatal e social da humanidade. É de seu poder que são derivados os poderes dos deuses terrestres. Ele é o guardião do direito e da fidelidade, e quem age contra a ordem do dircito deve temer o seu ódio. Ele protege também as casas das pessoas, e é o protetor dos estrangeiros e dos refugiados. Como "vigia da luta", é ele quem decide as batalhas. Numa balança de ouro, pesa os destinos dos guerreiros para anunciar a vontade divina, e determinar quem entre dois guerreiros vai morrer. Zeus é também o deus das profecias, e todas as revelações e sinais divinos provêm dele.

Embora seja o guardião dos costumes, inclusive na esfera familiar, ele não é muito rigoroso com as obrigações de seu próprio casamento. Casado com sua irmã Hera, não vive em paz e harmonia com ela. Deste seu casamento descendem Ares, Hefesto, Hebe e as ilítias (deusas do parto). Mas Zeus também desposou outras deusas, e destes seus outros casamentos há toda uma geração de divindades. A deusa Deméter gerou, dele, Perséfone; a filha dos titãs, Leto, gerou Apolo e Ártemis; do seu amor à deusa arcádia Maia nasceu Hermes; com Dione, filha dos titãs, teve uma filha, a deusa Afrodite. Metamorfoseando-se de várias maneiras, Zeus também seduziu muitas mulheres mortais, fazendo delas as mães de famosos heróis e semideuses. Isso provocou os ciúmes de Hera, que fez com que estas mulheres sentissem o seu ódio, perseguindo-as em todas as oportunidades.

O mais antigo local de culto a Zeus era Dodona, na região de Epiro. Ali também se encontrava o mais importante oráculo grego, juntamente com o de Apolo, em Delfos. A partir do ruído de um carvalho sagrado, os sacerdotes faziam profecias aos homens que pediam os conselhos de Zeus em diversas oportunidades. Também em Olímpia, na Élida, havia um famoso templo de Zeus. E lá eram realizados, a cada quatro anos, em honra a este deus, os Jogos Olímpicos, uma grande celebração esportiva. No templo de Zeus em Olímpia encontrava-se a mais famosa escultura representando este deus, feita de marfim e de ouro pelo escultor Fídias. Esta obra retrata um momento descrito por Homero, quando Zeus promete realizar o pedido da mãe de Aquiles: "O filho de Crono falou, e fez um sinal com suas sobrancelhas escuras, e seus cachos ambrosiais oscilaram, caindo sobre a testa do soberano, e ele fez estremecer o grande Olimpo."

O deus romano correspondente a Zeus é Júpiter. Seu templo mais importante situava-se em Roma, no Capitólio. Ali terminavam as famosas paradas triunfais dos marechais vitoriosos, que realizavam oferendas de gratidão pela vitória sobre os inimigos, dedicando a Júpiter o butim das guerras.

Hera (*Juno*), como esposa e irmã de Zeus, é a mais alta deusa celeste, e conselheira dele. É a protetora da fidelidade conjugal, dos costumes matrimoniais, e protetora das mulheres.

Os romanos a consideraram idêntica a Juno, que possui, como Juno Moneta, um templo ao lado do de Júpiter no Capitólio, em Roma. Moneta significa "a que adverte". Ao lado do templo de Juno encontrava-se a oficina onde eram cunhadas as moedas do estado, que mais tarde receberam o nome de "moneta" por causa disto. Ainda hoje usamos essa palavra (moeda, monetário). A ave sagrada de Juno é o ganso. Os gansos do templo de Juno no Capitólio advertiram os romanos, com o seu grasnar, de uma invasão dos gálios, motivo pelo qual Juno era honrada como "a que adverte".

Atena (*Minerva*), chamada também de Palas Atena, é na verdade a virginal deusa da cidade de Atenas. Segundo a concepção de Homero, ela é a deusa da sabedoria, o que já fica patente na história de seu nascimento. Da ligação de Zeus com Métis, a deusa da inteligência, estava destinado a nascer um filho que superaria as forças de seu pai. Para evitar que isto acontecesse, quando Métis engravidou pela primeira vez, Zeus a engoliu. Em consequência disso, ficou com uma dor de cabeça que se tornou tão insuportável que ele mandou Hefesto abrir o seu crânio com uma machadada. Quando isto foi feito, Atena de lá saltou, trazendo na mão uma lança. Como um pensamento, ela saiu do lugar do pensamento do mais sábio entre os deuses. A lança indica a guerra, mas Atena não é uma deusa da terrível fúria guerreira, e sim da bem pensada estratégia, que por isto protege homens inteligentes e corajosos. Seu predileto é Odisseu.

Enquanto deusa da sabedoria, ela é também a patrona de artes pacíficas, especialmente das habilidades manuais e artísticas femininas. Foi ela quem ensinou às mulheres a tecer. A ambiciosa Aracne, filha de um produtor de tecidos de púrpura, queria superar Atena em sua arte. Tomando a forma de uma velha mulher, Atena aconselhou-a não cometer tamanha arrogância. Mas Aracne não lhe deu ouvidos. Atena então revelou-se e a desafiou para um concurso. Cada qual teceu um tapete, decorado artisticamente. Evidentemente Atena venceu, por sua habilidade superior. Com isto Aracne ofendeu-se, e mesmo assim não concedeu a fama que a deusa merecia. Enfurecida com a própria derrota, ela se dependurou em uma corda. Como punição, Atena a transformou em aranha.

Atena é também a inventora da construção de navios. Foi sob sua orientação que o primeiro navio foi construído, e levou os argonautas a Cólquida, onde pretendiam apanhar o Velocino de Ouro. Além disto, ela também inventou a trombeta e a flauta, mas jogou-as fora ao perceber, num espelho d'água, com que cara ficava ao soprar aquele instrumento.

Como protetora das cidades e dos estados, Atena certa vez brigou com Posídon pela posse da região da Ática. Zeus então decidiu que a terra deveria pertencer àquele que desse o presente mais valioso a seus moradores. Posídon, então, presenteou-os com um cavalo, mas Atena deu-lhes a oliveira, e assim venceu. O cultivo das oliveiras tornou a Ática uma das regiões mais ricas, pois o óleo tinha um papel de grande importância na Antiguidade, funcionando não só como alimento mas também sendo usado para a iluminação e para os cuidados corporais.

Os romanos consideravam Atena idêntica à sua deusa Minerva.

Apolo e Ártemis (*Apolo* e *Diana*). Quando Leto (*Latona*), a filha dos titãs, sentiu que estava para tornar-se mãe — ela tivera uma ligação amorosa com Zeus —, Hera a perseguiu, enciumada, e Leto foi obrigada a vagar, incessantemente, pela terra. Ninguém queria receber a pobre deusa. Posídon, então, apiedou-se dela, e indicou-lhe a ilha de Delos, que até então vagava pelos mares, flutuando, e que parou porque ele assim determinou, oferecendo-se como refúgio. Nesse local Leto deu à luz os gêmeos Apolo e Ártemis. Originalmente, ambos eram divindades da morte. Por meio das setas disparadas de seu arco de prata, Apolo levava a morte aos homens, enquanto Ártemis matava as mulheres. Segundo se pensava à época de Homero, as setas poderiam matar de maneira suave ou cruel. Era assim que se distinguia a morte natural, não provocada por doenças, da morte violenta, ou causada por alguma doença. Ártemis era representada como uma bela caçadora, que vagava pelos vales e montanhas acompanhada pelas ninfas. Foi assim que, com o tempo, Ártemis tornou-se deusa da caça e dos animais selvagens.

Apolo, também conhecido por Febo, era considerado o deus da sabedoria. Como tal, concedia, falando através de suas sacerdotisas, as pitonisas, oráculos a todos aqueles que viessem interrogá-lo em seu santuário em Delfos. Era dele que os videntes recebiam o dom da profecia, e era também ele quem concedia o dom do canto e da música, uma arte na qual ele mesmo também era mestre. Mais tarde passou a ser considerado como o líder das musas, e como deus do canto, da poesia e da dança. Também era considerado como o deus da saúde e da salvação, e seu filho Asclépio era o deus dos médicos e da medicina. Além disto, Apolo era honrado como deus da agricultura e da pecuária. Assim como a sua irmã Ártemis, ele também era considerado um deus da caça. No período posterior a Homero, a partir do século V a.C., Apolo foi assimilado também ao antigo deus-sol Hélio.

Um antigo costume é derivado do amor de Apolo pela ninfa Dafne. Dafne rejeitou os avanços amorosos do deus, e fugiu dele. Quando, depois de longa perseguição, ele conseguiu alcançá-la, ela suplicou a seu pai, o deus-rio Peneu, que a transformasse num loureiro. Desde então, o louro é sagrado a Apolo, e uma coroa de louros era, na Antiguidade, o prêmio nas competições artísticas.

Juntamente com a fusão dos deuses Apolo e Hélio ocorreu a fusão de Ártemis com a antiga deusa-lua Selene. Ela era considerada também como uma deusa da magia e da castidade. Actéon, um belo e jovem caçador, avistou-a, certa vez, tomando banho com as ninfas, e por causa disto foi transformado num veado, e devorado pelos seus próprios cães.

A Ártemis de Éfeso, originalmente, nada tinha a ver com Ártemis. Era uma deusa da fertilidade, da Ásia Menor, que só mais tarde foi igualada a Ártemis. A rica bênção das frutas, por ela concedida, foi expressa em estátuas em sua homenagem, onde a deusa aparece com vinte seios em vez de apenas dois.

Dentre os romanos, Ártemis foi igualada à antiga deusa dos bosques, Diana.

Ares (*Marte*) era considerado filho de Zeus e Hera e, ao contrário de Atena, era o deus das guerras sangrentas e destruidoras. Por isto ele era odiado por todos os deuses. Só Afrodite, deusa do amor, foi capaz de enfeitiçá-lo. De sua ligação amorosa nasceu Eros, o pequeno deus do amor. Ares era honrado, sobretudo, pelos amantes da guerra e pelos povos selvagens. De seu séquito fazem parte Deimos, o medo, Fobos, o pavor, e sua irmã Éris, a deusa das disputas. Mas Ares também era considerado como o vingador dos assassinatos. Em Atenas, a sede do antigo tribunal onde eram julgados os crimes de sangue, o Areópago (a colina de Ares ou, segundo outra versão, o refúgio), era dedicado a ele.

Dentre os romanos, ele era o antigo deus Marte. Marte, originalmente, não era apenas um deus da guerra, mas também um deus das bênçãos. Em sua honra seus sacerdotes dançavam, adornados por armas, pelas ruas de Roma no início do mês de março, que era consagrado a ele. Marte era considerado como um dos principais protetores de Roma.

Hefesto (*Vulcano*) era o filho de Zeus e de Hera. Veio ao mundo manco e feio, e por isto foi atirado por Hera do Olimpo ao mar. A nereida Tétis o abrigou, apiedada, e cuidou dele. Quando cresceu, logo deu mostras de grande habilidade. Para sua mãe Hera ele construiu um trono de ouro, enviando-o a ela como presente. E quando ela sentou-se ali não pôde mais levantar-se, pois engenhosas correntes a mantinham presa, e ninguém foi capaz de soltá-la. Hefesto então foi chamado, mas ele nem pensava em ir para lá.

Foi só Dioniso, o deus do vinho, quem conseguiu enganá-lo. Deu-lhe vinho para beber, e embriagado e encorajado pela bebida, Hefesto decidiu voltar ao Olimpo. Tornou-se o deus do fogo, e de todas as artes e ofícios que fazem uso deste elemento, em particular dos fundidores de bronze. Construiu o palácio dos deuses no Olimpo, fez a égide de Zeus, uma armadura artisticamente elaborada, que depois Atena usou, e o cetro, símbolo de seu poder soberano, além de muitas outras obras de arte. Ele criou também donzelas de ouro para servi-lo. Por causa de seu trabalho, ele sempre tinha uma aparência robusta, e ainda que mancasse e fosse feio, conquistou como esposa a mais bela das deusas, Afrodite. Mas esta não lhe foi fiel. Inflamada de amor por Ares, uma vez ela foi surpreendida por Hefesto, que envolveu ambos com uma teia de ouro, sem que eles o percebessem, e então chamou todos os deuses para verem os dois amantes, provocando muita risada.

Sua oficina situava-se no Olimpo, segundo uma versão mais antiga do mito, sob o vulcão Etna, onde ele trabalhava juntamente com os seus companheiros, os ciclopes, e forjava os raios para Zeus.

Dentre os romanos, ele corresponde ao deus do fogo Vulcano, de quem uma das atribuições era proteger as casas e as cidades dos incêndios.

Afrodite (Vênus) era considerada filha de Zeus e da filha de titãs, Dione. Segundo uma outra versão, ela brotara da espuma mar, fecundada pelo sangue de Urano quando este foi castrado. Ela era honrada como deusa do amor e da beleza. Sua atratividade encontrava-se em seu cinturão, que uma vez a própria Hera pediu emprestado para com ele encantar o seu marido. Afrodite era também considerada deusa da primavera, dos jardins e das flores. Certa vez ela se apaixonou por Adônis, o belo filho de um rei. Preocupando-se com a sua vida, ela lhe pediu para não mais caçar, mas Adônis não lhe deu ouvidos. Numa caçada, ele foi morto por um javali, que Ares, enciumado, incitara contra ele. Quando procurava o seu corpo, Afrodite arranhou-se nos ramos espinhosos da floresta. Das gotas de seu sangue, que caíram por terra, brotaram as rosas. Do sangue de Adônis morto, ela fez com que brotassem anêmonas, e através de seus dolorosos lamentos ela conseguiu de Zeus que ele só passasse uma parte do ano nos Ínferos, podendo alegrar-se com o amor da deusa durante o tempo restante. Adônis é originalmente um dos numerosos deuses orientais que morrem e voltam a nascer. Mais tarde, este mito passou a ser visto como um símbolo da morte e do renascimento da natureza.

Afrodite era também honrada como deusa dos mares e da navegação, e invocada para propiciar viagens marítimas seguras.

Suas servas são as cariátides, as deusas da graça.

Dentre os romanos, a deusa Vênus era igualada a Afrodite. Ela era considerada como a mãe do clã ao qual pertenceu Júlio César.

Hermes (*Mercúrio*) é o filho de Zeus e da divindade arcádica Maia. Era considerado mensageiro dos deuses, concedendo a riqueza aos homens, em especial enquanto multiplicador dos rebanhos. Mais tarde ele passou a ser honrado como deus dos caminhos, das ruas e das viagens, como protetor dos comerciantes, mas também dos ladrões e vigaristas. Já em sua primeira infância ele deu provas de grande astúcia. Uma vez ele furtou de seu irmão Apolo, que pastoreava os rebanhos dos deuses, cinquenta reses, e soube escondê-las com tanta habilidade que Apolo não foi mais capaz de encontrá-las. Embrulhou os seus cascos com folhagens, de maneira que suas pegadas se tornaram indecifráveis, e escondeu-as numa caverna, levando-as de marcha-a-ré, para que as pegadas parecessem levar de dentro para fora. Conseguiu reconciliar-se com seu irmão, que as encontrou depois de muito procurar, dando-lhe de presente a lira, que acabara de inventar. Encontrou uma tartaruga, cuja carapaça ele usou como caixa acústica, sobre ela colocando sete cordas, feitas das tripas de uma das vacas que ele roubara e abatera.

Hermes também era considerado como o deus que concede o sono. Com um bastão de ouro, ele fechava e abria os olhos dos seres humanos, e conduzia aos Ínferos as almas dos finados.

Nas artes plásticas, era representado como um belo jovem com um chapéu de viagem, sandálias douradas e um bastão. Mais tarde, o chapéu, as sandálias e o bastão foram decorados com asas.

O romano Mercúrio, que corresponde ao grego Hermes, era honrado sobretudo como deus do comércio, o que já é indicado pelo seu próprio nome, derivado do latim *merx* (mercadoria).

Héstia (*Vesta*), a irmã de Zeus, era a deusa do fogo dos lares. O local onde era honrada era o fogão de cada casa. Assim como o fogão constituía o ponto central da família, havia também um fogão para a comunidade mais ampla de todos os cidadãos, um fogão do estado, que ficava na assembleia de Atenas, onde brilhava uma luz eterna. Quando uma cidade grega fundava uma colônia, os colonos apanhavam o fogo do altar sagrado de Héstia, para o fogão da nova cidade a ser construída, e o levavam com eles.

Encontramos a mesma situação em Roma, onde a deusa do fogo sagrado se chamava Vesta. No templo de Vesta, em Roma, sacerdotisas chamadas vestais zelavam por um fogo eterno que jamais podia apagar-se. Este posto apenas era acessível a moças nobres, já devotadas a este sacerdócio desde a infância, e que permaneciam por trinta anos a serviço da deusa, período durante o qual precisavam manter a virgindade. Se uma vestal perdesse a virgindade, era enterrada viva. Se deixasse apagar-se o fogo eterno, era açoitada pelo sacerdote superior. O fogo novo era criado através do atrito de dois pedaços de madeira, ou através dos raios de sol concentrados por um espelho.

Os deuses da água

Posídon (*Netuno*). A Posídon, irmão de Zeus, coube, na divisão do mundo, a soberania sobre a água. Com seu imponente tridente, ele agita as ondas do mar e assim provoca as tempestades, a bordo de sua carruagem de ouro, puxada por cavalos com arreios de ouro. Também é capaz de provocar tremores de terra ao agitá-la com o seu tridente. Em Homero, seu epíteto é "treme-terra". Mas ele não só faz com que maremotos e naufrágios recaíam sobre os homens, como também envia-lhes bons ventos e boas viagens. O cavalo, que ele dera de presente à Ática em sua disputa com Atena, era sagrado a ele. Ele também era considerado o domador dos cavalos de corrida, e por isto era frequentemente honrado como deus-cavaleiro. Em sua honra eram celebrados, no estreito de Corinto, no istmo, os Jogos Ístmicos, cujo ponto alto era uma corrida de quadrigas. O deus marinho dos romanos era Netuno.

Demais divindades marinhas. Além de Anfitrite, a esposa de Posídon, seu filho Tritão, que sopra uma concha marinha, provocando e acalmando os movimentos do mar, e do velho do mar, Nereu, com suas cinquenta filhas, as nereidas, os gregos conheciam outras divindades marinhas. Na ilha de Faros, na costa egípcia, Proteu vigiava entre as focas de Anfitrite. Ele possuía o dom da profecia, mas só fazia uso deste quando era obrigado, e buscava escapar desta obrigação metamorfoseando-se de todas as maneiras. Seu nome, até hoje, é usado para designar pessoas capazes de se transformarem.

Também o deus marinho Glauco, com o epíteto Pôntios, é uma divindade profética. Segundo o mito, ela era um pescador da Beócia, que enlouqueceu por causa de uma erva mágica, saltando no mar, onde foi transformado em divindade. Dentre as divindades aquáticas estão também os deuses-rios e as ninfas aquáticas. Segundo as ideias dos antigos, cada rio era uma divindade masculina. As ninfas eram filhas de Zeus, que viviam não só nas fontes, córregos e rios, mas também em bosques, florestas e grutas. Ainda assim, faz-se uma distinção entre náiades (ninfas da água e das fontes), dríades (ninfas das árvores), oréades (ninfas dos morros) etc. Elas eram imaginadas como atraentes donzelas, que possuíam vida muito longa, mas que não eram imortais.

Os deuses da terra

Deméter (em latim, *Ceres*) é a deusa da fertilidade, especialmente da agricultura. A Zeus ela deu uma filha, Perséfone (em latim, *Proserpina*). Hades, o deus dos Ínferos, a raptou justamente quando ela brincava num prado, perto de Hena, na ilha da Sicília, com as filhas de Oceano, e a levou consigo para o seu reino, onde fez dela a sua esposa. Lamentando-se, sua mãe vagou por nove dias e nove noites pela terra, à procura de sua filha perdida. Quando, no décimo dia, o deus-sol Hélio, que tudo vê, revelou-lhe o que acontecera com Perséfone, ela ficou tão desolada que fugiu da companhia dos deuses e, tomando a forma de uma mulher, passou a vagar entre os homens, vestida como uma mendiga. Em Elêusis, perto de Atenas, foi reconhecida e recebida com grande hospitalidade. Foi construído um templo em sua honra, no qual ela passou a morar. Ela estava enfurecida com Zeus por ele ter permitido que sua própria filha fosse raptada, e privou a terra de sua fertilidade, de maneira que uma grande fome ameaçava destruir toda a humanidade. Zeus então determinou que Perséfone passaria dois terços do ano com sua mãe, e um terço com seu marido, nas profundezas da terra. Enquanto ela permanecia na superfície da terra, as flores e frutos apareciam; quando ela deixava a terra, chegava o inverno. Ao filho do rei de Elêusis, Triptólemo, ela ensinou a agricultura como prova de gratidão pela acolhida que recebera. Em Elêusis ambas as divindades eram honradas, e em sua honra eram celebrados festivais todos os anos, os mistérios de Elêusis, onde a história dos sofrimentos de Deméter era representada para os iniciados neste ritual religioso.

Os romanos consideravam Deméter idêntica à sua deusa da fertilidade, Ceres.

Dioniso (Baco) era o deus do crescimento exuberante e da opulência, e em particular do vinho. A poesia homérica não lhe faz nenhuma referência. Seu culto só chegou mais tarde à Grécia, proveniente da Trácia.

Ele era considerado filho de Zeus e da princesa Sêmele, da qual Zeus se aproximara depois de tomar forma humana. Ela pediu que Zeus se mostrasse a ela em sua forma divina, como trovão, mas isto fez com que ela fosse despedaçada. Seu filhinho foi criado pelas ninfas.

Quando Dioniso cresceu, passou a vagar pelo mundo, acompanhado de um grande séquito de ninfas e sátiros, espíritos da floresta com chifres, rabos e cascos de bodes, para disseminar seus rituais religiosos e o cultivo do vinho.

Dentre os romanos, Dioniso era honrado sob o nome de Baco.

Pã (Fauno) era uma divindade das montanhas e das florestas, considerado como protetor de animais pequenos, pastores e caçadores. Era representado como um homem barbudo, com uma cabeleira desarrumada, cascos de bode e chifres. Durante o dia, em companhia das ninfas, ele percorria os morros e vales, na hora do almoço, dormia (a hora de Pã), à noite tocava, em sua gruta, a Siringe, a flauta de pastor por ele inventada, que consistia de sete ou oito tubos, justapostos e presos um ao outro por uma faixa. A ele era atribuído o terror súbito que toma as pessoas ao ouvirem um barulho inesperado em meio ao silêncio mortal de um dia de verão (terror pânico).

Os romanos viam em Pã o deus da fertilidade, Fauno, visto como o protetor da pecuária e da agricultura.

Os deuses dos Ínferos

Hades (Orco) é o irmão de Zeus e Posídon. Junto com a sua esposa Perséfone (*Proserpina, na tradição romana*) ele é o soberano do reino dos mortos. Como inimigo de tudo o que vive, é odiado por deuses e homens. No período pós-homérico, o espaço subterrâneo onde se imaginava que ficassem confinadas as almas dos finados também era chamado de Hades.

O deus romano dos Ínferos, que corresponde a Hades, é Orco.

Hécate. Originalmente uma deusa dos camponeses, Hécate era considerada pelos gregos como uma divindade dos fantasmas, que vagava pela noite nas estradas e nos túmulos, acompanhada das almas dos finados e de fantasmas de todos os tipos. Tinha também um papel na magia.

Erínias (Fórias). As erínias eram deusas vingadoras, a serviço dos deuses dos Ínferos, que puniam todas as injustiças, não só nos Ínferos mas também no mundo superior. Imaginavam-se essas deusas como mulheres com cabelos de serpente, dentes arreganhados e línguas de fora, com cinturões de serpente, tochas e chicotes nas mãos. Para não provocá-las, costumava-se chamá-las de eumênides ("as benevolentes"). Dentre os romanos, eram chamadas de fúrias.

As divindades da morte propriamente ditas eram *Tânato,* o irmão gêmeo do deus do sono, Hipnos, e as *keres,* deusas da morte violenta.

ÍNDICE ONOMÁSTICO

Abdero, amigo de Héracles 197

Absirto, filho de Eetes 145, 160, 162, 163, 165, 174, 178

Academo, ateniense 260

Acamântis, filho de Teseu 256

Acarnane, filho de Alcméon e de Calírroe 306, 308

Acasto, filho de Pélias 174

Acates, adorador de Baco 47

Acrísio, rei de Argos, pai de Dânae 52, 57, 117

Actéon, filho de Aristeu e de Autônoe 46, 78, 80

Admete, filha de Euristeu 198

Admeto, rei de Feres, marido de Alceste 129, 207, 208, 209, 210, 211

Adrasto, rei de Argos, líder dos Sete contra Tebas 276, 280, 284-287, 289, 293, 303, 304

Aédon, mulher de Zeto 84

Afareu, pai de Linceu e de Ida 112, 114, 149

afáridas, Linceu e Idas, camaradas dos dióscoros 113, 114, 117

Afrodite, filha de Zeus e de Dione, deusa da beleza 19, 42, 45, 70, 71, 107, 108, 129, 132, 149, 166, 256, 285, 304, 306, 307, 310, 314, 315, 316

Agapenor, soberano em Tégea, na Arcádia 307

Agave, mãe de Penteu, filha de Cadmo 46, 49, 51

Agenor, filho de Fegeu 137, 138, 307

Agenor, pai de Europa e de Cadmo 38, 39, 40, 43

Agrigento, cidade da Sicília, túmulo de Minos 70

Ájax, o filho de Oileu, rei de Locres 129

Alceste, esposa de Admeto 129, 207, 208, 209, 211

Alcínoo, rei dos Feácios 167, 168, 169, 170

Alcíone, filha de Éolo, esposa de Ceíce 122, 123, 124, 125

Alcioneu, gigante 185, 187

Alcipe, amazona 198

Alcmena, esposa de Anfitrião, mãe de Héracles 174, 179, 180, 185, 225, 229, 233, 234

Alcméon, filho de Anfiarau e de Erifile 46, 285, 304-308

Alexandre da Macedônia, 197, 250

Alfenor, filho de Níobe 76

Alteia, mãe de Meleagro 104, 105

Amalteia, ninfa 218

amazonas, povo de mulheres guerreiras 32, 110, 130, 139, 141, 197, 198, 215, 251, 252, 286

Amiclas, pai de Jacinto 100

Âmico, rei dos bébrices 112, 136, 137

Amitáon, filho de Creteu 112, 115

Anceu, timoneiro da Argo 103, 143, 169

Andrômeda, esposa de Perseu 54, 55, 57

Anfiarau, vidente, pai de Alcméon 285, 288, 290, 293, 297, 303, 304, 306, 308

Anfidamante = *Anfidamas*, herói da nave dos argonautas 141

Anfíloco, irmão de Alcméon 304

Anfíon, rei de Tebas, marido de Níobe 74, 77

Anfótero, filho de Alcméon e de Calírroe, irmão de Acarnane 306, 308

Anfitrião, marido de Alcmena 179-181, 184

Anteia, mulher de Preto 109

Anteu, filho de Geia e Posídon, gigante 200

Antígona, filha de Laomedonte 197

Antígona, filha de Édipo 268, 273-276, 279-281, 289, 290, 296, 298, 299, 300-302

Antíope, filha de Nicteu 85-87

Ápis, = *Épafo* 33

Apolo, filho de Zeus e de Leto, deus da luz e das artes 43, 57-65, 75, 77, 86, 99-101, 105, 113, 115, 119, 122, 126, 137, 173, 181, 185, 187, 192, 207, 208,

212, 248, 264, 265, 269, 273, 273, 275, 303-305, 307, 308, 310, 312, 313, 316,

Aqueloo, deus-rio, rio da Grécia 217, 218, 306

Aqueronte, rio dos Ínferos 205

Aquiles, filho de Peleu e Tétis, herói grego em Troia 13, 92, 129, 310

Aracne, filha de Ídmon, tecelã 95-98, 311

Areópago, tribunal de Atenas, templo de Ares 67, 314

Ares, filho de Zeus e de Hera, deus da guerra 80, 126, 128, 141, 147, 186, 197, 198, 201, 215, 293, 314, 315

Arestor, pai de Argos 29, 128

Arete, esposa de Alcínoo 167, 168

Argia, filha de Adastro 284, 285

Argo, navio dos argonautas 128-130, 133, 136, 166, 170, 174

argonautas, navegadores do Argo 13, 46, 112, 126, 127, 129, 130, 132-134, 136-138, 141, 142, 144-146, 150, 158, 160, 161, 163, 164, 166, 167, 172, 173, 242, 312, 172, 174, 177, 178, 248, 319

Argos, filho de Frixo 142, 146, 148-150, 152, 158, 161

Argos, construtor do Argo, filho de Arestor 29-32, 128

Argos, guardião de Io 29-32, 293

Ariadne, filha de Minos 249, 255, 256, 303

Aríon, cavalo do rei Adrasto 303

Aristeu, filho de Apolo e da ninfa Cirene 78

Aristodemo, filho de Aristômaco 236-238

Aristômaco, bisneto de Héracles 236, 242, 243

Arquêmoro, filho de Licurgo 288

Arsínoe, primeira esposa de Alcméon 306

Ártemis, filha de Zeus e de Leto 31, 32, 75, 79, 88, 101, 105, 106, 111, 161-163, 192, 198, 256, 257, 259, 289, 310, 312-314

Asclépio, médico, filho de Apolo 207, 313

Asopo, deus-rio, pai de Egina 90, 303

Atalanta = *Atalante*, filha de Iásio 102, 103, 105, 106-108, 289, 292

Atamante = *Átamas*, esposo de Ino 127, 142

Atena, filha de Zeus, deusa da sabedoria 17, 19, 45, 53, 59, 66, 95-97, 101, 110, 128, 131, 140, 146, 163, 167, 179, 184, 185, 186, 187, 195, 203, 224, 232, 234, 251, 290, 295, 311, 312, 314, 315, 318

Atlas, filho de Tirano 53, 75, 163, 185, 202, 203

Atreu, filho de Pélops 74, 235

Augias, rei de Élis, filho de Forbas 144, 194, 195, 216

Aurora = *Éos*, deusa do alvorecer 87, 186

Autólico, filho de Hermes 206

Autônoe, mãe de Actéon, filha de Cadmo 78

Baco = *Dioniso*, filho de Zeus e de Sêmele, deus do vinho 46, 47, 49-51, 62, 63, 83, 98, 99, 101, 193, 249, 255, 285, 319, 320

Báucis, mulher de Filêmon 92-95

Belerofonte, filho de Glauco 108-111

Belo, filho de Líbia 34

Bia, violência, criado de Hefesto 20

Bias, filho de Amitáon 115, 116, 119

bistônios, povo bélico da Trácia 197

Bóreas, vento do Norte 135, 137, 138, 139

Busíris, rei do Egito, filho de Posídon 202

Butes, filho de Pandíon 80, 166

Cadmo, filho de Agenor, fundador de Tebas 13, 43-47, 75, 76, 78, 79, 85, 155, 264, 285, 291

Cálais, gigante 135, 138

Calcíope, filha de Eetes 128, 145, 149, 150, 155, 158

cálibos, povo do Ponto, produtor de ferro 139, 141

Calíope, musa da poesia épica e da ciência 119

Calipso, filha de Atlas, ninfa da ilha Ogígia 163

Calírroe, mulher de Alcméon 306, 307, 308

Capaneu, filho de Hipónoo 285, 290, 293, 294, 303

Caríbdis, redemoinho 166

Cariclo, ninfa, mãe de Tirésias 290

Caronte, condutor dos Ínferos 120

Castor, irmão gêmeo de Pólux, filho de Tíndaro 114, 129, 157, 163, 164, 181, 260

cécropes, duendes 213

Céfalo, filho de Hermes e de Herse 87-89

Cefeu, pai de Andrômeda, rei da Etiópia 54, 55

Ceíce = *Céix*, filho de Eósforo e de Filônis, rei de Traquis 122-124, 218, 219, 225

centauro, ser de fábulas, metade homem e metade cavalo 102, 106, 192, 204, 253-255

Cérbero, cão dos Ínferos, filho de Tífon e Equidna 203, 204, 214, 266

Ceto, filho de Geia 201

ciclopes, filhos de Geia 25, 117, 207, 315

Cicno, filho de Ares 201

Cila, monstro marinho, filho de Fórcis 166

Cílaro, centauro 255

Cíniras, pai de Adônis 97

Cípselo, pai de Mérope 239, 24

Circe, filha de Hélio, feiticeira 163-165

Ciro, ladrão de rua 245

Cízico, rei dos dolíones 132, 133

Cleodeu, filho de Hilo 236

Cleópatra, mulher de Meleagro 105

Cleópatra, mulher de Fineu 138

Clímene, oceânide, mãe de Faetonte 35, 38, 190, 226-228

Clítio, argonauta 141, 187

Cloto = *Parca*, morte 71

Cócalo, rei da Sicília 70, 71

Comolco, educador de Héracles 181

Copreu, filho de Pélops 190, 226-228

Crato, o dever, criado de Hefesto 20

Creonte de Tebas, irmão de Jocasta 267-270, 272, 273, 276, 278-280, 288-292, 295, 297-302

Creonte, pai de Glauce 174, 175, 184

Cresfontes, filho de Aristômaco 236, 238-241

Creteu, filho de Éolo 112, 115, 126, 142

Creusa, filha de Erecteu 57-66

Crisaor, gigante, pai de Gérion 53, 199

Crísipo, filho de Pélops 264

Crócale, ninfa 79

Crono, titã 18

Damasícton, filho de Níobe 77

Damastes = *Procrustes*, ladrão 245

Dânae, mãe de Perseu 52, 54, 57

danaides, filhas de Dânao 34

Dânao, filho de Belo 34, 120

Dédalo, artesão, neto de Erecteu 67-71, 213

Deífobo, filho de Príamo 212

Deifontes, bisneto de Héracles 239

Deioneu, filho de Êurito 245

Deípile, filha de Adrasto 284

Dejanira, esposa de Héracles 204, 217-223, 229, 231, 284

Delfos, oráculo de Apolo 58-61, 63, 64, 67, 90, 100, 185, 188, 212, 223, 235, 236, 249, 262, 264-266, 268, 273, 277, 292, 304, 305, 307, 308, 310, 313

Deméter = *Ceres*, filha de Crono, deusa da fertilidade 71, 101, 205, 310, 319

Demofonte, filho de Teseu 225-229, 231, 234, 256, 261

Deucalião, filho de Minos 255

Deucalião, filho de Prometeu 24, 26-28, 59, 154

Díctis, centauro 254

Díctis, irmão de Polidectes 52

Diomedes, filho de Ares 197

Dione, mãe de Níobe 75

326 | GUSTAV SCHWAB

Dioniso = Baco 46, 51, 87, 98, 99, 121, 187, 188, 314, 319, 320

Dirce, esposa de Lico, fonte perto de Tebas 86, 87

Dodona, oráculo de Zeus e Epiro 91, 128, 292, 310

dolíones, povo da costa da Frígia 132-134

Doro, filho de Heleno 28

Éaco, filho de Zeus e da ninfa Egina 90-92, 106

Eagro, pai de Orfeu, deus-rio 119

Ecles, pai de Anfiarau 306

Édipo, filho de Laio, rei de Tebas 13, 23, 46, 264-283, 290, 301, 303

Eetes, rei dos cólquidos 127, 128, 135, 139, 142, 144-146, 155-158, 160, 165, 168

Egeu, rei de Atenas, pai de Teseu 242, 243, 246-250, 256, 279

Egialeu, filho de Adrasto 304

Egina, filha do deus-rio Asopo, mãe de Éaco 90

egipcíadas, os cinquenta filhos de Egito 34

Egito, irmão de Dânao 34

Egle, ninfa 171

Encélado, gigante 185

Endeis, esposa de Éaco 90

Enômao, rei de Pisa, filho de Ares 73, 74

Éolo, neto de Deucalião e de Pirra 25, 28, 108, 112, 122, 125

Éos, aurora, deusa do amanhecer 188

Épafo, filho de Io 33

epígonos, descendentes diretos dos Sete contra Tebas 46, 303-305

Epimeteu, irmão de Prometeu 20

Épito, filho de Cresfontese de Mérope 239-241

Epopeu, rei de Sícion 85

Equidna, monstro, metade mulher, metade serpente 110, 189, 191, 266

Equíon, pai de Penteu 45, 46, 51

Erecteu = Erictônio, rei de Atenas 57-60, 67, 80, 87, 260

Ergino, rei dos Mínios, na Beócia 184

Erifile, mãe de Alcméon 285, 304-306

erínias = eumênides 81, 165, 252, 274, 276, 282, 322

Eros, filho de Ares e Afrodite, deus do amor 146, 314

Esculápio = Asclépio 207

Esfinge, monstro feminino, filha de Equidna 266-268

Éson, pai de Jasão 112, 126, 127

Estênelo, filho de Capaneu 304

estinfálidas, pássaros cujas penas são espinhos 142, 195

Etéocles, filho de Édipo 267, 273, 276, 284, 288, 289, 292, 294-297, 304

Etra, mãe de Teseu 242, 243, 256, 260

Eufemo, filho de Posídon e de Europa 129, 139, 140, 172, 173

eumênides = erínias 120, 273-275, 321

Eumolpo, sacerdote em Elêusis 204

Euríalo, filho de Mecisteu 304

Eurídice, esposa de Creonte 288, 302

Eurídice, náiade, esposa de Orfeu 119, 120

Euristeu, rei de Micenas 188-190, 192, 194-197, 199, 201, 203, 205, 206, 225-227, 229, 231-235, 238

Euro, vento do Sul 122

Europa, filha de Agenor 13, 38-43, 172

Evadne, esposa de Capaneu 303

Eveno, rio e deus-rio, pai de Marpesa 113, 218

Faetonte, filho do sol (Hélio) 34-37, 164,

Fásis, filho de Hélio 139, 143

Febe, titânide, mãe de Leto 113

Fédimo, filho de Níobe 76

Fedra, filha de Minos 255-257, 259

Feia, porca de Crômion 245

Fllaco, filho de Déion, pai de Íficlo 116, 117

Filêmon e Báucis, casal de camponeses pobres 92-95

Fileu, filho de Augias 195, 216

Filoctetes, amigo de Héracles 224

Filomela, filha de Pandíon, rei de Atenas 80-84

Filônis, ninfa, mãe de Ceíce 122

Filônoe, filha de Ióbates 111

Fineu, irmão de Cefeu 55-57, 137-141, 149, 161

Foco, filho de Éaco e de Psâmate 90

Folo, centauro que vivia em Fóloe 192-194

Fórcis, filho de Ponto 52, 201

Frixo, filho de Átamas, rei de Tebas 127, 128, 142-146, 148, 161, 162

Frôntis, filho de Frixo 158

fúrias = erínias 42, 274, 275, 277, 282, 321

Geia, mãe-terra 185, 186, 200, 201

Gérion, gigante, filho de Crisaor 199, 200, 214

gigantes, filhos de Urano 132, 133, 145, 155, 157, 180, 185-191, 223

Glauce, filha de Creonte 174, 175

Glauco, rei de Corinto, pai de Belerofonte 108

Glauco, deus do mar 135, 318

górgonas, monstros, filhas de Fórcis 52

Hades = Plutão, irmão de Zeus, deus dos mortos, senhor dos Ínferos 114, 119, 162, 204-208, 214, 227, 228, 233, 260, 261, 299, 319, 320

Harmonia, esposa de Cadmo 45, 46, 285

Harpálico, professor de Héracles 181

harpias, monstros alados 137, 138

Hebe, deusa da eterna juventude 180, 224, 232, 309

Hécate, deusa mística dos espíritos 145, 148, 150, 151, 153, 155, 161, 321

Hefesto, vulcão, filho de Zeus e de Hera, deus do fogo 19-21, 25, 39, 132, 145, 156, 167, 185, 187, 195, 309, 311, 314, 315

Hele, irmã de Frixo 127, 128, 131, 132

Hélen, patriarca dos helenos, filho de Deucalião 28, 59

Helena, filha de Zeus e de Leda 23, 112, 256-261

helíades, filhas de Hélio 38, 164

Hélio, deus-Sol, filho de Hipérion 34-38, 124, 313, 319

Hemo, rei Trácio 97

Hémon, filho de Creonte, rei de Tebas 237, 300, 302

Hera, irmã e esposa de Zeus 28-33, 36, 39, 46, 63, 70, 71, 76, 81, 90, 93, 97, 112, 116, 118, 123, 126, 145, 151-154, 158, 159, 163-168, 171, 179, 187, 188, 197, 198, 200, 201, 207, 216, 224, 233, 253, 293, 295, 309, 310, 312, 314, 315

Héracles, filho de Zeus e Alcmena, herói grego 13, 21, 112, 129, 131-135, 142, 144, 156, 171, 179-239, 243-247, 250, 260, 261, 284

heraclidas, descendentes de Héracles 13, 225, 230, 232, 234, 235, 237-242

Hércules = Héracles 179

Hermes, filho de Zeus e de Maia, mensageiro dos deuses 19, 31, 32, 40, 52, 58, 86, 87, 92, 128, 144, 184, 187, 197, 204, 310, 316, 317

Herse, filha de Cécrops 87

Hesíodo, poeta grego 23

Hesíone, irmã de Príamo 198, 215, 216

hespérides, filhas de Atlas 21, 98, 171, 201-203

Hidra, monstro, filha de Tífon e de Equidna 191, 193, 214, 266

Hílara, filha de Leucipo, irmã de Febe 113

Hilas, amigo de Héracles 129, 134, 135

Hileu, centauro 225

Hilo, filho de Héracles 218, 221-223, 231-236, 255

Hilônome, centaura 255

Himeneu, deus do casamento 81

Hipéloco, pai de Glauco 111

hiperbóreos, povo imaginário além do extremo norte 192

Hipermnestra = Hipermestra, filha de Dânao 34, 117

Hipodâmia, esposa de Pélops 72-74

Hipodâmia, esposa de Pirítoo 253, 254, 259

Hipólita, rainha das amazonas 197-199, 252, 255

Hipólito, gigante 187

Hipólito, filho de Teseu 256-259

Hipomedonte, irmão de Adrasto 285, 287, 289, 293, 297

Hipômenes = Melânion, filho de Megareu 107, 108

Hípotes, pai de Eolo 237

Hipsípile, filha de Toas, rei de Lemnos 129-132, 286-288

Hirneto, filha de Têmeno, rei de Argos 239

Homero, maior poeta grego 14, 305, 309-313, 317,

Horas, filhas de Zeus e de Témis, deusas das horas 34, 36

Iárdano, pai de Ônfale, rei da Lídia 212

Iásio = Íaso, pai de Atalanta 102, 106

Ícaro, filho de Dédalo 67-69, 71, 213

Idas, filho de Afareu 112-114, 149, 155

Ídmon, pai de Aracne 95

Idômene, esposa de Amitáon 115

Íficles, irmão de Héracles 191, 225

Íficlo, filho de Fílaco 116

Ífito, filho de Êurito 206, 207, 212

Ilíoneu, filho de Níobe 77

ilítias, deusas do parto 309

Ilo, rei de Troia 72

Ínaco, pai de Io 28, 29, 30

Ino = *Leucoteia*, filha de Cadmo, deusa do mar 46, 127

Io, filha de Ínaco, amante de Zeus 13, 28-34, 293

Ióbates, rei da Lícia 109, 110, 117

Iolau, filho de Íficles 188, 191, 206, 224-234

Íole, filha de Êurito 219, 220, 223, 235

Íon, patriarca dos jônios, filho de Apolo e de Creusa 28, 57, 62-66

Íris, deusa do arco-íris 123, 138, 139

Isandro, filho de Belerofonte 111

Ísis = *Io* 33

Ismênia = *Ismene*, irmã de Antigona, filha de Édipo 268, 273, 276, 279, 289, 298, 300, 303

Ismeno = *Ismênio*, filho de Níobe 76

Ítis, filho de Procne 81, 84, 85

Ixíon = *Ixião*, pai de Pirítoo, rei dos lápitas 253

Jacinto, filho do rei Amiclas 100, 101

Jápeto, titã, pai de Prometeu 17, 19

Jasão, filho de Éson, líder dos argonautas 103, 126-135, 140, 142-178, 197, 242-246

Jocasta, mãe e esposa de Édipo 264-268, 270-273, 285

Juno = *Hera* 310, 311

Júpiter = *Zeus* 310, 311

Lábdaco, rei de Tebas, avô de Édipo 80, 85, 264

Ládon, dragão, guardião das maçãs de ouro 171, 201

Laerte, pai de Odisseu 206

Laio, pai de Édipo 85, 264, 266, 269, 271, 289

Laodâmia, filha de Acasto 111

Laomedonte, rei de Troia 198, 199, 215, 216

Laomedonte, filho de Epopeu 85, 97

Leda, mulher de Tíndaro, mãe de Helena 112, 136, 259

Lelape, cão veloz de Ártemis 88

Lerna (Hidra de Lerna), filha de Tífon e de Equidna 266

Leto, mãe de Apolo e Ártemis 75-77, 310, 312

Leucipo = *Leucípides*, irmão de Afareu 113

Líbia, neta de Io, ísis Egípcia 33, 34, 39, 173, 200

Licáon, rei da Arcádia 24

Licas, criado de Héracles 220-222

Lico, irmão de Nicteu 85-87

Licomedes, herói grego em Troia 262

Licurgo, filho de Feres, rei da Nemeia 286

Linceu, filho de Egito 34, 112-114, 117, 129, 171

Lino, professor de Héracles 181

Lisianassa, mãe de Busíris, rei do Egito 202

Litierses, filho de Midas 213

Macária, filha de Héracles 229, 300

Marpessa, filha do deus-rio Eveno 113

Marte = *Ares* 314

Mecisteu, irmão de Adrasto 304

Medeia, filha de Eetes da Cólquida 145-168, 170, 172, 174-178, 246, 247

Medusa, uma das górgonas 52-56, 110, 204

Mégara, esposa de Héracles 184, 188, 206, 242, 245

Megareu, pai de Hipómedes 107

Melampo, filho de Amitáon 112, 115-119, 119, 120, 121, 122

Melanipa, líder das amazonas 198

Meleagro, filho de Eneu, rei dos etólios de Cálídon 101-105, 129, 204, 284

Melicertes, filho de Ino, transformado na divindade marinha Palêmon 46

Meneceu, pai de Creonte e de Jocasta 264, 290-292

Menécio, pastor dos Ínferos 205

Menécio, pai de Pátroclo 129

Menesteu, filho de Péteo 225, 260-262

Mênfis, filha de Nilo, esposa de Épafo 33

Mercúrio = Hermes 316

Mérope, esposa de Cresfontes 239-241, 265

Mérope, esposa de Pólibo, pais adotivos de Édipo 265, 271

Metíon, pai de Dédalo 67

Métis, divindade, filha de Oceano e Tétis 311

Midas, rei da Frígia 98-100, 138, 213

Milcíades, general ateniense 262

Minerva = Atena 311, 312

Minos, rei de Creta 41, 68, 70, 83, 86, 92, 196, 248, 249, 255

Minotauro, monstro com cabeça de touro 68, 248, 249

Mírtilo, cocheiro de Enômao 73

Molorco, pastor que morava perto de Nemeia 189

Moneta = Juno 311

Mopso, vidente, filho de Manto e neto de Tirésias 152

Morfeu, filho do Sono (Hipno), deus dos sonhos 124

Néfele, mãe de Frixo e Helle 127

Neleu, pai de Nestor, argonauta 112, 115-117

Nereu, deus do mar, filho de Ponto e de Géia 54, 167, 173, 202, 318

Nesso, centauro 218, 219, 223

Netuno = Posídon 317

Nicteu, pai de Antíope 85

Níobe, filha de Tântalo 74-78, 84, 85, 289

Oceano, água que cerca o mundo, pai de todos os rios, filho de Urano e de Geia 23, 52, 319

Odisseu, filho de Laerte, rei de Ítaca 14, 311

Ofeltes, filho de Licurgo, rei de Nemeia 286

Oileu, pai do pequeno Ajáx, rei da Lócrida 129, 141, 215

Olimpo, montanha mais alta da Grécia, morada dos deuses 25, 28, 29, 33, 100, 111, 114, 124, 173, 186, 187, 207, 208, 224, 232, 310, 314, 315

Ônfale, rainha da Lídia 212-214, 243

Orestes, filho de Agamémnon e de Clitemnestra 14, 236

Orfeu, cantor, filho de Eagro 119-122, 124, 129, 137, 166, 171

Pã, identificado em Roma como o deus fauno, divindade dos pastores e dos bosques 31, 99, 320

Palas, irmão de Egeu 242, 247, 261

Pandíon, o mais velho, pai de Erecteu 80-82, 242

Pandora, a primeira mulher 19, 20

Partenopeu, filho de Atalanta, um dos Sete contra Tebas 108, 285, 289, 292, 293, 304

Pasítea, mulher de Erictônio 80

Pátroclo, amigo de Aquiles 129

Pégaso, cavalo alado 53, 110, 111

Peleu, pai de Aquiles 90, 92, 106, 129, 143, 148, 163, 170, 215

Pélias, rei de Iolco, tio de Jasão 106, 112, 126-128, 140, 154, 174

Pélops, filho de Tântalo 13, 72-74, 227, 235, 242, 264

Péloro, gigante 187

Penteu, filho de Equíon, rei de Tebas 46-51

Peribeia, mãe de Tideu 284

Periclimno, herói tebano 293, 297

Perifetes, bandido em Epidauro 244

Perigune, filha de Sínis, um salteador morto por Teseu 245

Pero, filha de Neleu 115, 117

Perséfone, filha de Deméter, deusa dos Ínferos 71, 120, 186, 204, 205, 260, 310, 319, 320

Perseu, filho de Zeus e Dânae 52-57, 179, 188

Petreu, centauro 254

Pirítoo, amigo de Teseu 129, 204, 205, 253, 255, 259, 260

Pirra, "a ruiva", filha de Epimeteu e de Pandora, mulher de Deucalião 13, 24, 26, 27, 28

Piteu de Trezena, filho de Pélops 74, 242, 243

Podarces = Príamo 216

Pólibo, rei em Corinto que acolheu e educou Héracles 264-266, 271

Polibotes, gigante 187

Polidectes, filho de Magnes, que criou e educou Perseu 52

Pólides, vidente 110

Polidoro, filho de Cadmo 85

Polifemo, argonauta 134, 135

Polifonte, heraclida 239

Polinices, filho de Édipo 267, 273, 276, 280, 281, 284, 285, 289, 293, 295-298, 301, 302, 304

Pólux, irmão gêmeo de Castor, filho de Zeus e Leda 112-114, 129, 136, 137, 157, 163, 164, 260

Porfirion, gigante 185

Posídon, deus que reina nos mares, irmão de Zeus 25, 26, 39, 46, 53, 60, 72-74, 96, 107, 110, 112, 126, 129, 170, 174, 185, 187, 196, 198, 202, 213, 243, 251, 257, 258, 280, 312, 317, 318, 320

Preto, rei de Tirinte, filho de Abante 109, 117, 118

Príamo = Podarces, rei de Troia 216

Prócles, filho do heraclida Aristodemo 238

Procne, filha de Pandíon 80-84

Prócris, filha do rei de Atenas, Erecteu 87-89

Prômaco, filho de Partenopeu 304

332 | GUSTAV SCHWAB

Prometeu, "primo" de Zeus, filho do titã Jápeto 13, 17, 18, 19, 20, 21, 26, 27, 143, 149, 151, 152, 154, 185

Pronoo, filho de Fegeu 307

Proserpina = *Perséfone*, deusa dos Ínferos 319, 320

Prótoe, amazona 198

Psâmate, nereida, mãe de Foco 90

Quimera, monstro 110, 266

Quíron = *Círon*, centauro sábio, filho de Crono 78, 126, 127, 193

Radamante, rei de Creta, juiz dos Ínferos 42, 92, 181, 185

Reco, centauro 106

Reto, gigante 185, 187

Ródope, mulher de Hemo, montanha 97, 186

Salmoneu, filho de Éolo 111, 112

Sarpédon, filho de Zeus e de Europa 43

Sarpédon, filho de Zeus e de Laodâmia 111

Sêmele, filha de Cadmo, mãe de Baco 46, 285, 320

Sileno, filho de Hermes, companheiro de Baco 98, 192

Sileu, filho de Posídon, rei de Áulis 213

Simplégades (rochas = cianeias), duas ilhas rochosas no mar 139

Sínis, bandido, pai de Perigune 244, 245

Sípilo, filho de Níobe 71, 76

Sísifo, filho de Éolo 90, 108, 111, 120

Sol = *Hélio* 160, 185, 186, 213

Tálao, pai de Adrasto 284

Talo = *Pêrdix*, sobrinho de Dédalo 67, 69

Talo, gigante 172, 173

Tânato, gênio masculino alado que personifica a morte 208, 210, 321

Tântalo, pai de Níobe 74, 75

Tântalo, filho de de Zeus e de Pluto 71, 72, 76, 120, 235

Télamon, pai do grande Ájax 90, 92, 129, 135, 144, 146, 148, 215, 216

Têmeno, filho de Aristômaco 236-239

Têmis, titânide, deusa da lei 27

Tereu, rei da Trácia, filho de Ares 80-84

Têmero, gigante da Tessália 201

Tersandro, filho de Polinices 304

Teseu, filho de Egeu, herói ático 13, 112, 129, 196, 204, 205, 225, -227, 242-263, 275, 277-283, 289

Téssalo, filho de Jasão 174

Tétis, uma das nereidas (filhas de Nereu), divindade marítima, mãe de Aquiles 36, 166, 167, 314

Tideu, pai de Diomedes 284, 285, 289, 293, 294, 297, 304

Tiestes, irmão gêmeo de Atreu 74

Tífis, primeiro-piloto do navio Argo 129, 135, 139, 140

Tíndaro, rei de Esparta, marido de Leda 112, 259, 260

Tirésias, adivinho célebre de Tebas, cego 46, 75, 180, 269, 270, 290, 291, 301, 304, 305

Tiro, filha de Salmoneu e de Alcídice 38, 101, 112

Tisâmeno, filho de Orestes 236

Tisandro, filho de Medeia 174

Tmolo, montanha personificada 95, 98, 99, 100

Toas, pai de Hipsípile 129, 131, 286

Tritão, filho de Posídon, deus do mar 171-173, 318

Vênus = Afrodite 315

Vulcano = Hefesto 315

Xanto = Escamandoro, o vermelho, deus-rio 109

Xuto, filho de Hélen 28, 59-66

Zetes, filho de Bóreas 135, 138

Zeto, filho de Zeus e de Antíope 84-87

Zeus, filho do titã Crono, divindade máxima 17-31, 33, 38-43, 46, 47, 52, 54, 55, 66, 71-75, 85, 86, 88, 90-92, 95-97, 108, 111-116, 128, 129, 135-138, 146, 159, 160, 163, 165, 168, 172, 179-181, 185-190, 199, 201, 202, 205, 207, 208, 212, 214-217, 220, 222, 225-228, 232, 238, 258, 259, 264, 294, 295, 297, 307, 309-311, 314-320

Zeuxipa, mulher de Pandíon 80

Este livro foi composto na tipografia
Palatino Lt Std, em corpo 10,5/15,
e impresso em papel off-white no
Sistema Digital Instant Duplex da Divisão
Gráfica da Distribuidora Record.